# 加拿大多元文化新视野

## New Horizon
## Canadian Multicultural Studies

李桂山　朱柯冰　著
LI Guishan ZHU Kebing

机 械 工 业 出 版 社

本书以作者 30 多年来与加拿大各界朋友交往中亲眼所见、亲耳所闻、亲身经历为背景，介绍了加拿大这个幅员辽阔、富裕祥和的多元文化国家。

本书共 11 章，囊括了加拿大的多元文化主义、历史文化、英语语言文化、文学概览、多元文化教育、多元文化背景下的双语教育、土著文化、福利文化、节日文化、文化价值观及生活方式等方面，内容丰富、充实。

本书对研究加拿大社会文化的学者、从事英语国家概况教学的大学教师、在校硕士生和大学生、赴加拿大留学者、涉外工作人员等都有很高的参考价值。

## 图书在版编目（CIP）数据

加拿大多元文化新视野/李桂山等著 . —北京：机械工业出版社，2011. 10

ISBN 978-7-111-36367-5

Ⅰ . ①加… Ⅱ . ①李… Ⅲ . ①多元文化 – 研究 – 加拿大 Ⅳ . ①G171. 1

中国版本图书馆 CIP 数据核字（2011）第 227435 号

机械工业出版社（北京市百万庄大街 22 号　邮政编码 100037）
策划编辑：刘　涛　责任编辑：刘　涛　沈　红　版式设计：霍永明
责任校对：张　媛　封面设计：路恩中　责任印制：乔　宇
北京机工印刷厂印刷（三河市南杨庄国丰装订厂装订）
2012 年 1 月第 1 版第 1 次印刷
184mm×260mm · 13. 5 印张 · 334 千字
标准书号：ISBN 978-7-111-36367-5
定价：48. 00 元

凡购本书，如有缺页、倒页、脱页，由本社发行部调换

电话服务　　　　　　　　　　网络服务

社 服 务 中 心：(010) 88361066　门户网：http：//www. cmpbook. com

销 售 一 部：(010) 68326294

销 售 二 部：(010) 88379649　教材网：http：//www. cmpedu. com

读者购书热线：(010) 88379203　**封面无防伪标均为盗版**

# 写在前面的话

1976 年，我有幸作为国家选派的留学生，赴加拿大麦吉尔大学（McGill University）学习加拿大历史和美国历史。之前对加拿大的了解仅限于毛主席著作《纪念白求恩》，经过两年的学习，我才开始对加拿大有了较深入的了解。20 世纪 90 年代初，我很荣幸地获得加拿大科研和教学奖金，应加拿大联邦政府外交部的邀请再次赴加拿大学习，并从西海岸到东海岸考察访问了温哥华、维多利亚岛、卡尔加里、多伦多、渥太华，最后到蒙特利尔麦吉尔大学故地重游，使我对加拿大的认识又上了一个新台阶。

在过去的 30 多年里，我多次赴加拿大进行学术研究、讲学、访问和国际教育交流等方面的工作。在此期间，我结识了许多加拿大各界人士，并与这些加拿大朋友进行了广泛的交流。他们来自于加拿大各个阶层，有工人、农民、学生、商人、军人、教育界人士、政府高官乃至监狱的犯人，从他们身上我获取了很多有关加拿大的知识，其中涉及文明史、民族性格、文化价值观、风俗习惯、宗教信仰、语言文学、教育体制、多元文化、法律制度等各个方面，而这些背景知识恰恰是加拿大社会与文化的亮点。加拿大是一个包罗万象的国家，是一个文化包容性极强的国家，不同民族、不同语言、不同肤色、不同文化背景的人，都可以在这片土地上找到适宜其生存的土壤，身处加拿大，你就仿佛置身于大千世界。

加拿大是个移民大国，也是世界上民族最多的国家之一。无论是土著民族，还是欧洲移民以及亚洲移民，都对加拿大的多元文化建设作出了贡献。多元文化主义为加拿大的未来发展提供了无穷的力量源泉。多元文化主义政策提高了加拿大各族裔的平等意识和自尊心，从而强化了国家对少数族裔的认同感，提高了加拿大人民对各民族文化多样性的认识。加拿大的多元文化主义政策的最终目的不是只承认各种存在的民族文化的现状，也不是只维护和发扬这种不同文化，而是力求民族融合，最终形成一种有特色的整体的加拿大民族文化。经过多年的多元文化政策的实施，人们看到了多元文化在消除民族歧视和种族歧视方面起到了积极作用，同时更体会到了人们对同一文化下的文化差异表示宽容。这就是许多国家在向加拿大学习其多元文化政策的理由。在加拿大推广和实施多元文化并不是一帆风顺的，尤其在20 世纪末出现过的种族主义、民族主义问题的危机，诸如魁北克省独立问题、土著居民权利问题、自治问题等。

这个年轻的国度建立于 1867 年，分为 10 个省和 3 个地区。据 2008 年 10 月 1 日人口普查，加拿大人口总数约为 3 400 多万。一提到加拿大，人们脑海里自然会浮现出雄伟壮观的山川湖泊、层峦叠嶂的落基山脉（The Rockies）、辽阔无垠的大草原、气势磅礴的尼亚加拉大瀑布、甘甜香醇的枫糖浆、精神抖擞的皇家骑警、口感独特的葡萄冰酒、神秘莫测的原始大森林以及众多被列为世界文化遗产的公园、城堡等古老建筑。这个美丽富饶的"枫叶之国"面积约为 1 000 万平方千米，几乎与整个欧洲一样大，是世界上面积第二大国，仅次于俄罗斯；这里有大面积未开发的处女地和原始森林。这片广袤而美丽的神奇土地，连续多年被联合国评选为最适宜人类居住的地方。

加拿大位于北美洲北半部，西邻太平洋，东临大西洋，北迎北冰洋，南依美国本土，东北隔巴芬湾与格陵兰岛相望，西北与美国阿拉斯加接壤。加拿大有着长约 25 万千米的海岸线，腹地还包括大约 200 万个大小湖泊。她森林资源丰富，面积广阔，森林木材制造的纸浆和纸张是最大的出口产品。大片的森林和湖泊描绘了一幅山清水秀、江山壮丽的风景，造就了其高质量、高等级的环境状况。每次赴加拿大考察访问，我都会被加拿大美丽的自然风光和加拿大人的和谐友善所打动。这里地广人稀，加之人们良好的素质和强烈的环境保护意识，许多地方都还保持着相当原始的状态，让我领略了未被人类开发滥用的自然本色。

加拿大人热爱枫树。枫树是加拿大的国树，代表着加拿大的国风和性格；红色枫叶图案被印上了国旗，飘扬在议会大厦的上空。枫树糖浆现已成为加拿大文化的一部分，每年 3 月初的枫糖节时，场面盛大。枫糖节期间，魁北克省的许多农场免费供应枫糖块。当人们盛上一杯皑皑的白雪，浇上浓烈的糖浆的一刹那，一股暖流顿时涌遍全身，滋润在人们的心田。

加拿大文明起源于原生的北美土著文化，后来衍生了法、英、北美殖民地文化。建国后，加拿大注重探索和发展自身特色，逐渐形成了延续至今的以多元文化为特色的加拿大文化。建国一百多年以来，加拿大一直走着自己的特殊道路，不断地探索着强国富民、公正平等的新途径。1971 年，加拿大成了世界上第一个实行多元文化主义政策的国家，多元文化主义成就了加拿大独一无二的鲜明特点。加拿大的多元文化主义政策不仅加强了国内的民族平等，促进了各民族间的和谐繁荣，同时也为加拿大引进了国外各行各业的精英。加拿大重视教育，多元文化主义教育是加拿大的治国之本，它加强了各民族文化间的理解和宽容；迄今为止，至少产生过 8 位诺贝尔奖获得者，获得了诺贝尔物理学奖、诺贝尔生物学奖、诺贝尔和平奖、诺贝尔经济学奖等。

加拿大很重视科技兴国。目前，加拿大在核能技术、计算机信息技术、森林防火技术、能源开发技术等领域均居世界前列。加拿大联邦政府采取移民政策吸引全球的人才，特别是技术移民和商业投资移民，为国家的经济发展输入了大量的新鲜血液。由于加拿大重视对外贸易，在加强吸引外资的同时积极扩大对外投资，因此国民经济持续增长，人民生活不断改善。从 1976 年开始，加拿大便跻身于世界七大工业强国之列。"移民兴邦"策略的坚持，使加拿大无论在农业、工业、教育还是在科技等各个领域，都取得了令人瞩目的成就。

加拿大优厚的福利待遇在世界上是首屈一指的，日趋完善的高福利社会制度是加拿大文化的又一大特色，不但加拿大人自己为其合理优厚的福利制度和社会保障体系感到骄傲和自豪，就连"老大哥"美国也对其羡慕不已。加拿大完善的社会保障体系体现了这个国家人民的价值取向。加拿大在 1982 年《加拿大权利与自由宪章》中规定，除保护个人的基本权利外，其主要内容涵盖了各种群体权利的平等，比如土著民族接受各种教育的权利、使用英法官方语言及其他语言的权利、各少数民族弘扬各自文化的权利、妇女的平等权利等。

1988 年加拿大通过的《多元文化法案》，进一步明确规定了加拿大各民族维护自身语言和文化的权利，积极倡导保护各民族文化、保护少数民族的权利，反对种族歧视。加拿大在如何取得民族和谐、建立和谐社会方面给世界各国树立了一个良好的榜样。

自 1976 年赴加拿大留学至今，我的足迹踏遍加拿大的 8 个省、2 个地区，期间对加拿大进行的学习、考察和教学、学术研究及国际教育合作等活动从未间断过。多年来，在加拿大各界人士的帮助下，我的文化视野不断丰富拓展，尤其对加拿大社会与文化背景知识的研究和了解也不断加深。

　　在加拿大众多城市中，最令我难以忘怀的是 20 世纪 70 年代我曾留学两年的蒙特利尔市。那里有我留学时结交的许多加拿大好友，其中我的英语老师戴安娜·布鲁诺（Diana Bruno）教授给我印象最深刻。她至今还住在蒙特利尔市，曾多次热情地接待我带去的企业家及教育代表团队。

　　蒙特利尔是一座天主教城，有大小教堂 400 多所。圣母教堂（Basilique Notore-Dame）和圣约瑟夫教堂（Saint-Joseph's Oratory）气势磅礴、庄严雄伟，是北美最著名的天主教堂。留学期间，我曾多次参观教堂并和那些虔诚的天主教徒们交谈，这使我对加拿大宗教观念及其对人们的影响有了进一步的认识。这个古色古香的历史老城具有高雅的人文品味和深远的文化意义，给人以充实的回忆。圣约瑟夫教堂的独特之处在于大厅中为数众多的拐杖。传说，修士安德烈（Andre）年幼时体弱多病，但他敬仰圣约瑟夫，并曾以圣约瑟夫教堂中的灯油，治愈了许多身有残疾的病人。所以，人们蜂拥而至，前来朝拜，祈求得到神的庇佑。当他们朝拜完毕离开教堂时，感觉精神抖擞，身体硬朗起来，于是将来时用的拐杖留下，这便形成了今天圣约瑟夫教堂的独特之处。

**气势磅礴的圣约瑟夫教堂**

　　20 世纪 70 年代在蒙特利尔市麦吉尔大学学习期间，我也曾几次参观了白求恩工作过的皇家维多利亚医院。由于白求恩在中国享有的很高声誉，皇家维多利亚医院还专门建立了白求恩展室。每当我看到伫立在广场上的白求恩雕像时，心中都会感慨万千，那是由中国人民赠送给加拿大人民的汉白玉雕像，是中加两国人民友谊的象征。这位加拿大的医生为了中国人民的解放事业献出了自己宝贵的生命，令人钦佩不已。

　　蒙特利尔市的另一亮点当属圣保罗大街（Saint Paul Street）。圣保罗大街横穿雅克·卡迪埃广场（Place Jacques Cartier），是蒙特利尔最古老的街道，修建于 1672 年，距今已经有 400 多年的历史了。其位于蒙特利尔老港中心的一段街道仍然保持着其石板路的特征，是蒙特利尔最具特色和最典型的古老街道。圣保罗大街是蒙特利尔保留不多的几条依然用石板铺路的街道。虽然这里现在允许汽车在其上通行，但是从 2009 年开始，蒙特利尔市政府规定每年夏天从 7 月中旬到 8 月上旬，圣保罗街的一段会被封路，变成纯粹的步行街。人们踩在石板铺成的马路上，可以感受到 400 多年来蒙特利尔经历的兴衰繁荣。

　　魁北克市老城区是一座古老的石头建筑，老城区仍保留着 300 多年前的城墙，是北美唯一有城墙的城市，这座古城被联合国教科文组织列为世界文化遗产。我在麦吉尔大学学习加拿大历史时，我的教授曾带着我们来到这座古老的城市进行实地教学。省议会大厦就位于这一城区，它是一座赫赫有名的 17 世纪的法国建筑。

**加拿大议会大厦**

　　对我影响最深的另一座加拿大大城市是多伦多，那里有多伦多大学等一批著名学府。多伦多大学校园之大令人惊叹，学校现有学生 4 万多人，在世界 500 强大学排名榜上名列前茅。多伦多市有加拿大最大、最出色的安大略艺术馆（Art Gallery of Ontario）和安大略皇家博物馆（Royal Museum of Ontario）。艺术馆里陈列的艺术作品琳琅满目，让人应接不暇，美不胜收：有别具匠心的欧洲艺术风格的作品，也有独一无二的加拿大艺术风格的作品。博物馆里收藏有古埃及古董、木乃伊和多种恐龙化石。在那里，人们可以了解到世界各地的文化知识。

　　据《吉尼斯世界纪录大全》记载，位于安大略省多伦多市的加拿大国家电视塔（CN Tower）是世界最高的电视塔，也是多伦多市标志性的建筑。加拿大国家电视塔具有独特的魅力，是加拿大人的骄傲，可谓是当今世界的一大奇迹。1976 年竣工以后，这座高达533.33 米直冲云霄的电视塔已成为加拿大吸引游客的一道亮丽的风景线。据统计，每年约有 200 万游客从世界各地前来欣赏。塔内装有 4 部高速透明电梯，游客将会在 1 分钟内被送上 346 米高的观景平台，尽情俯瞰全城的壮观景色。该电视塔的建筑结构也是独一无二的，它被西方建筑行业专家认为是世界建筑史上的奇迹。加拿大人视国家电视塔为本国的象征。

**高耸入云的多伦多广播电视塔**

距离多伦多市车程一个半小时的尼亚加拉大瀑布是世界上最壮观的旅游胜地之一，每年约有 1 200 万 ~ 1 500 万的观光者前来欣赏这个奔流在加美边界的壮观瀑布。水流磅礴的气势令所有前来观赏的游人为之震撼。当你身临其境时，你会感受到"飞流直下三千尺，疑是银河落九天"诗句中的壮观景象。尼亚加拉大瀑布常年开放，包括冬季，这里的夜晚更是灯火辉煌。尼亚加拉大瀑布不仅仅是探险和旅游胜地，也为水力发电作出了巨大贡献。大瀑布惊人的落差使之成为开发水力发电的理想位置。1906 年，这里的第一座水力发电站开始投入使用。尼亚加拉的另一大文化盛事是每年 1 月中旬举行的"尼亚加拉冰酒节"。此时，你可以免费品尝到足够的、甘醇的冰酒。

在多伦多美术馆里，我有幸欣赏到了加拿大"七人画派"（Group of Seven）的美术作品。他们的作品内涵丰富，让我大饱眼福。他们的作品以捕捉加拿大山水所蕴含的庄严神秘感见长，试图通过描绘加拿大人的风土人情，创造出一种独具特色的加拿大本土艺术，为加拿大人乃至整个世界创造了珍贵的物质财富和精神财富。

　　首都渥太华是加拿大第四大城市，位于该市的联邦政府议会大厦是加拿大的标志性建筑。参观大厦的人们可以在这里了解到加拿大参议院、众议院的职能以及加拿大这个君主立宪制、联邦制国家的背景知识。渥太华市每年 5 月份举办规模盛大的郁金香节，场面令人叹为观止。2008 年 5 月，我恰逢在渥太华市参观访问，代表团有幸被邀请参加郁金香节举办的大型盛会。那天的新闻报道说，参展的郁金香多达 200 种。花展期间，鲜花争奇斗艳，活动丰富多彩，吸引了来自世界各地的众多游客。渥太华的冰雪节在寒冷的严冬举行，雕刻家们在这里制作大量精雕细刻的巨型艺术冰雕，甚至造出冰屋寒宫，供人参观游览。

**斯坦利公园 Styanley Park 的图腾柱群**

　　作为访问学者，我于 1994 年在新布伦瑞克省（New Brunswick）省府佛雷德里克顿大学（University of Fredericton）讲学。在考察访问期间，我了解到该省 85% 以上的土地为森林所覆盖，林业一直是该省传统的支柱产业，也是北美最重要的木材加工基地。基地规模宏大，木材堆积如山，出口到世界各地，加拿大真可谓是木材大国。

**中国企业家考察加拿大林业**

　　温哥华市是我考察访问次数最多的一个城市。那里有面积广达 1 000 公顷的斯坦利公园（Stanley Park）。园内有加拿大最大的水族馆和图腾柱群。坐落在大温哥华地区的不列颠哥伦比亚大学（University of British Columbia，UBC）、西蒙弗雷泽大学（Simon Fraser University，SFU）和三一西部大学（Trinity Western University，TWU）的学者、教授们为我了解和研究加拿大社会与文化方面的工作给予了热情的支持和无私的帮助。温哥华市还有馆藏极为丰富的博物馆、天文馆和海洋博物馆等文化设施。不列颠哥伦比亚大学始建于 1915 年，位于温哥华市区。该校 2005 年被加拿大最具权威的《McLean's》评为加拿大医学博士类大学第四名。该大学设有 27 个研究中心和机构。开放于 1976 年的人类学博物馆（the Museum of Anthropology）由阿瑟·埃里克森（Arthur Erickson）设计，馆中珍藏着丰富的西北海岸印第安文化艺术珍品。

　　不列颠哥伦比亚省的省会维多利亚市的美术馆、博物馆、水族馆都为研究加拿大的学者们提供了很好的研究素材。该市的博物馆中收藏有不列颠哥伦比亚省 1 200 多年以来的文物，这是了解土著文化和早期欧洲殖民者生活的宝贵财富。岛上的维多利亚大学（University of Victoria）和皇家路大学（Royal Roads University）校园景色优美，绿草如茵。令人难以置信的是，校园的草坪上总徜徉着美丽的孔雀，甚至还有可爱的小浣熊。皇家路大学校园中的海特利公园遗迹以及古城堡赋予这座校园迷人的神秘，仿佛穿越时空回到了帝王世家。

　　我曾有幸和中国的企业家们参观过加拿大的阿尔伯塔省（Alberta），它是加拿大北部煤矿、石油储藏量最大的省份。这里的埃德蒙顿（Edmonton）市被称为加拿大的"油都"。亲眼目睹了油城之后，我们才真正惊叹于加拿大矿产资源的丰富。该省的卡尔加里（Calgary）是另外一座油城，是加拿大一座新兴的世界石油中心。世界上众多国家，包括中国的许多大型石油企业都在那里设有常驻机构。该城曾于 1988 年成功举办过第十五届冬奥会。一年一度的"牛仔节"是这个城市最著名的节日。

**加拿大高校为中国企业搭建产学合作平台**

　　加拿大沿海地区的爱德华王子岛以其浪漫的生活情调著称。这里的龙虾闻名于世，所以也被加拿大人称为"龙虾岛"。岛上灯火闪烁的小渔村到处可见。夏天来到这里，岛上的每个小镇或地区都会备有当地妇女烹制的精美晚餐和龙虾宴。宴席都摆在教堂或大厅里，四五百人可以同时就餐，人们可以品尝到最可口的龙虾菜肴。在纽芬兰，我还参观了加拿大政府在古文物保护方面的杰作：北美唯一的北欧人遗址、保存完好的印第安人的捕鲸船等。

冰球被誉为加拿大的国球。加拿大人迷恋冰球。许多男孩都是迎风冒雪在结冰的湖面上玩冰球长大的，他们痴迷于冰球运动的程度让人惊愕。在加拿大，一年中有各种各样的冰球比赛。每逢赛事，大家都用自己的方式为自己的球队加油。我几次在加拿大看到人们在酒吧，甚至在大街上，手里拿着啤酒，拼命为自己支持的球队呐喊助威。

加拿大的秀丽美景、旖旎风光、无垠旷野给人们娱乐休闲提供了十分优越的条件，但也正是由于这种地广人稀的空旷，使得初来乍到的人们感到一种无所适从的茫然，难免会觉得寂寞孤独。不过，加拿大人是热情好客的，一旦与他们结识为友，你就总能得到他们诚心诚意的帮助，也因此会感受到家庭的温暖。

近年来，从国内移民到加拿大的新移民大多数在国内受到了良好的教育，有着良好的心理素质和文化素质。新移民在加拿大的地位和影响今非昔比。中国人的勤劳、勇敢和拼搏精神在新移民身上有着深刻、明显的体现。据报道，到 2010 年底，华人在加拿大总数已超过150 万人。当我走在大温哥华地区的列志文（Richmond）大街上时，满目是中文牌匾广告，满耳乡音话语，使我怀疑自己已然回到了中国。

中加两国的友谊源远流长。几十年来，我奔波于中加两国之间，庆幸自己能为两国的教育交流事业尽绵薄之力。在此过程中，我也深感加拿大多元文化的纷繁浩瀚。多元文化赋予加拿大社会生活的各个方面乃至价值观最形象、最生动的诠释，人们尽情地享受着这种"文化马赛克"所带来的平静、祥和，从而使得这个充满活力的国度因为多元文化的存在而更加显得静谧。

加拿大多元文化在逐步发展过程中对加拿大人文化价值观产生了有利的影响。和谐、包容的国度需要各民族人民互相理解，彼此尊重，种种社会因素形成了加拿大人特有的文化价值观，为它们在社会生活中的行为出发点找到了归宿。我曾受到加拿大三届总理的亲切接见，通过和这些加拿大总理、省长及市长的交流，我体会到了平等观念在加拿大社会生活中的深入人心；结交的很多加拿大朋友都让我感受到了加拿大人积极奋进、乐于拼搏的生活态度；琐碎的生活细节也尽现了加拿大人的热情豪放、自信勇敢等优秀品质。这些反映在社会生活中的价值观，无疑是对加拿大多元文化的有力褒奖。作为一个国家，加拿大正在朝着更加多元化的方向发展，而这也要求加拿大公民以更平和的姿态欣赏各种不同的文化以及它们所带来的社会财富！

This is a lighthearted offering, written in the hope that it will contribute towards a better understanding of Canada.

Prof. Li Guishan, graduated from McGill University Canada in 1970s and has been doing academic research on Canadian Studies since then, writing a number of academic papers and books about Canadian society.

Prof. Li has won several Canadian Studies Federal Enrichment Program Awards, visited Canada many times in the past thirty years, and has met Canadian people in all walks of life. It has been his special experience that contributes to the completion of this book.

This book introduces many topics: Canadian history, society, culture, college life, independence, equality, ethnic groups, multiculturalism, the culture of maple syrup, camping, nature, etiquette, literary works, the education system, individualism, etc. He also talks about the values that Canadians hold.

Prof. Li is no longer just looking at Canada from a Chinese perspective; he has cast himself into Canadian society and life. He praises the friendliness and kindness of the Canadian people, but maintains an academic's view of Canadian society.

Readers will learn about Canadian history, its people, its resources and

prospects and gain an overall view of the grandeur of Canada. I hope that Prof.

Li Guishan's work will strengthen the friendship between Canadians and Chinese,

and that this book will be a bridge between Canadian and Chinese peoples.

David Mulroney, Ambassador
Beijing, November 2011

这是一份倾情献礼，它将对进一步弘扬加拿大文化作出贡献。

　　李桂山教授于 20 世纪 70 年代毕业于加拿大麦吉尔大学，自那时起便致力于加拿大文化学术研究，并发表多篇论文和学术著作。

　　在过去的 30 多年里，李教授多次访问加拿大，与加拿大各行各业人士进行交流合作，曾几次荣获加拿大联邦政府科研奖金。他丰富而独特的阅历为本书付梓提供了大量真实的素材。

　　本书介绍了加拿大的历史、社会、文化、大学生活、独立自主、平等意识、少数族裔、多元文化、枫糖文化、户外活动、自然风光、行为准则、文学作品、教育体制、个体主义等方面。同时，书中还探讨了加拿大人所持有的文化价值观。

　　李教授对加拿大的理解已超越了一个中国人的视野，他将自己融入到加拿大社会生活的各个方面。他高度赞扬了加拿大人的友好和善良，同时，也从学术研究的视角对加拿大社会进行了评述。

　　通过阅读本书，读者们可以从中了解到加拿大的历史、加拿大人的文化价值观、加拿大的资源和发展前景，进而获得对加拿大的综观认识。我由衷地希望李桂山教授的这本著作能够加强中加两国的友谊，在中加两国人民之间架起友谊的桥梁。

加拿大驻华大使

大维·马尔罗尼

2011 年 11 月，北京

Canadä

# 前　言

加拿大是西方第一个宣布实行多元文化主义政策的国家。作为一个移民大国，作为世界上民族最多的国家之一，多元文化主义在加拿大联邦政府维护国家统一、抵制分裂主义、缓解民族矛盾、各种不同族裔相互适应与融合方面确实起到了积极作用，同时也为世界民族学的发展作出了重要贡献。

某种程度上讲，加拿大的历史是一部世界范围内移民迁入的历史，是一部多元文化从萌芽、成形到成熟的历史。在第一批欧洲人的足迹踏上加拿大这片土地之前，加拿大广袤无垠的土地还是一片荒原。一群群游牧民从西伯利亚出发，穿过白令海峡（the Bering Strait）这座连接亚洲和加拿大的天然陆桥来到这片陆地上，他们被认为是加拿大最早的居民，即加拿大的土著居民。这些土著民族在加拿大的历史上活跃了数千年，他们用自己的双手，在生产劳动中创造了璀璨的原始文明。随着时间的流逝，加拿大人口、民族发生了巨大的变化，逐渐从有多部落、多方言的土著社会发展成为法兰西人与土著人的社会，继而又变成以法兰西人和英伦人为主流的社会，渐渐分化成不同的族群。加拿大的历史发展过程就是土著居民和各国移民的融合过程，加拿大的多元文化主义现象及理论是有其历史渊源的。在过去的 50 年间，随着世界各国移民的不断涌入，加拿大人口持续增长，各国移民人口所带来的不同的文化现象充斥着加拿大多元文化社会的各个方面，赋予加拿大多元文化更独特的多样性。

多元文化政策的出台和实施赋予了各族裔人民一种归属感。1988 年《加拿大多元文化法案》和 1982 年《加拿大权利与自由宪章》的颁布，确保了所有加拿大公民一律平等，并享有思想自由、信仰自由和宗教自由。各种族裔文化得以在双语框架下受到保护，并得到联邦政府的支持和鼓励。多元文化政策的实施使人们对种族多样性的认识更加深刻，并有利于消除种族歧视思想，促进了不同文化群体之间的交流和沟通。在 20 世纪 70 年代至 80 年代末，加拿大各省陆续成立了若干多元文化委员会，多元文化政策进一步得到完善，并被写入宪法。

多元文化政策所蕴含的义务性和包容性如同一种粘合剂，将各种马赛克文化紧紧地粘在一起，控制冲突，促进沟通，加强交流，使人们努力寻找与不同于自己文化的共同点，并达成共识。如此，各种文化群体可以了解其他文化的价值观、文化习俗、生活方式等，并在了解其文化特征和历史背景的基础上，开阔自己的文化视野，以此提高本族与他人和睦相处的能力。

本书共 11 章，囊括了加拿大的历史文化、多元文化主义、英语语言文化、文学概览、多元文化教育、多元文化背景下的双语教育、土著文化、文化价值观及生活方式等，内容丰富而充实。这些内容演绎了加拿大生活中的真实片段，让读者感同身受，不必羁旅天涯，即可习得纷繁浩瀚的加拿大多元文化。

本书对研究加拿大社会文化的学者、从事英语国家概况教学的大学教师、在校硕士生和大学生、赴加拿大留学者、涉外工作人员等都有很高的参考价值。本书旨在让读者通过轻松愉快的阅读，了解加拿大的文明史和民族特性，掌握加拿大的文化背景知识，开阔视野。

　　本书的圆满完成得益于几位硕士研究生的鼎力支持和帮助，他们是朱柯冰、张建海、高英、郝斯佳、朱娅境；他们朝气蓬勃、勤于思考、踏实认真的精神一直激励着我。特别是由朱柯冰撰写的第九章"加拿大土著文化"，丰富了该书多元文化特色的内容。同时，在本书的撰写过程中，我还得到了加拿大和美国朋友的关心和帮助。他们是加拿大皇家路大学（Royal Roads University）副校长辛迪·麦克劳德女士（Ms. Cindy McLeod）和陈慧康女士（Ms. Connie Chan），加拿大汤姆逊大学（Thompson Rivers University）商学院叶春吟教授（Dr. Warveni Jap）和美国法律博士克里斯托弗·塞纳先生（Dr. Christopher Cynar）。在此，我还要特别感谢我的同事何家蓉教授、傅文利博士、芦文娟博士、谢山书记、李锦一老师以及办公室主任谭雪立老师等，他们为我提供了很多支持，也给予我强大的精神动力。

　　本书是天津市哲学社会科学研究规划资助项目（TJZXWT11-27）成果。

　　限于作者的知识水平，书中难免有疏漏和错误之处，热切希望专家和读者不吝指正。

李桂山

# 目　　录

写在前面的话

序

前言

**第一章　加拿大多元文化主义** ……………………………………………… 1

　第一节　多元文化主义的概念 ……………………………………………… 1

　第二节　加拿大多元文化形成的历史背景 ………………………………… 3

　第三节　加拿大多元文化主义政策对魁北克问题的影响 ………………… 5

　第四节　多元文化主义在加拿大 …………………………………………… 9

　第五节　加拿大多元文化政策的评价 …………………………………… 12

　第六节　美国和加拿大多元文化主义比较 ……………………………… 13

　第七节　加拿大多元文化主义政策下的华裔 …………………………… 15

**第二章　加拿大人的多元文化价值观** …………………………………… 17

　第一节　独立自主和自立精神 …………………………………………… 18

　第二节　"一切靠自己" …………………………………………………… 24

　第三节　崇尚友善 ………………………………………………………… 25

　第四节　平等观念 ………………………………………………………… 30

　第五节　隐私文化 ………………………………………………………… 34

　第六节　自我表现 ………………………………………………………… 37

　第七节　冰球文化与竞争意识 …………………………………………… 39

　第八节　礼尚往来 ………………………………………………………… 42

　第九节　人际关系 ………………………………………………………… 43

　第十节　时间观念 ………………………………………………………… 46

**第三章　加拿大历史文化** ………………………………………………… 48

　第一节　加拿大历史的序幕 ……………………………………………… 49

　第二节　加拿大历史形成过程 …………………………………………… 56

　第三节　加拿大历史遗留问题及前景 …………………………………… 57

　第四节　关于加拿大历史的几点思考 …………………………………… 58

**第四章　加拿大地理文化** ………………………………………………… 65

　第一节　地理概述 ………………………………………………………… 66

　第二节　自然区气候 ……………………………………………………… 67

　第三节　省区气候 ………………………………………………………… 70

　第四节　关于加拿大地理的几点思考 …………………………………… 73

**第五章　加拿大英语语言文化** …………………………………………… 76

　第一节　加拿大英语的根 ………………………………………………… 76

　第二节　加拿大英语特点概述 …………………………………………… 78

第三节　加拿大英语的拼写特点 ·································································· 79
第四节　加拿大英语的词汇特点 ·································································· 80
第五节　加拿大英语的语音特点 ·································································· 84
第六节　加拿大英语的语法和语篇特点 ······················································ 86

第六章　加拿大多元化文学 ············································································ 89
第一节　加拿大英语文学 ·········································································· 89
第二节　加拿大法语文学 ·········································································· 96
第三节　加拿大移民文学 ········································································· 101

第七章　加拿大多元文化教育 ······································································· 110
第一节　加拿大多元文化教育的背景和意义 ··············································· 110
第二节　加拿大多元文化教育系统 ···························································· 112
第三节　加拿大多元文化背景下双语教育的成因及背景 ·································· 114
第四节　加拿大沉浸式双语教育 ······························································· 119
第五节　加拿大高等学校实施双语教育的现状及回眸 ···································· 123
第六节　国际化视野下中外合作办学双语教学模式的建构 ······························ 129
第七节　加拿大多元文化背景下的双语教育对国内双语教学的启示 ··················· 135

第八章　加拿大土著文化 ············································································· 142
第一节　寻找历史足迹的梅蒂斯人 ···························································· 143
第二节　冰屋的主人——因纽特人 ···························································· 145
第三节　第一民族印第安人 ····································································· 146

第九章　加拿大福利文化 ············································································· 158
第一节　加拿大社会保障制度的发展 ·························································· 158
第二节　加拿大主要社会保障和福利项目 ···················································· 160
第三节　加拿大福利保障制度的评价 ·························································· 169

第十章　加拿大节日文化 ············································································· 171
第一节　法定的全国性节日 ····································································· 171
第二节　传统的全国性节日 ····································································· 174
第三节　地区性节日 ············································································· 176
第四节　省政府规定的节日 ····································································· 179
第五节　国际性文化艺术节 ····································································· 180

第十一章　加拿大生活文化 ·········································································· 182
第一节　饮食文化 ················································································ 182
第二节　聚会文化 ················································································ 185
第三节　大自然野营 ············································································· 186
第四节　健身意识 ················································································ 188
第五节　购物文化 ················································································ 189
第六节　环保意识 ················································································ 190

后记 ······································································································ 194

参考文献 ································································································ 197

# 第一章　加拿大多元文化主义

对于文化的多元化，人们的理解往往停留在比较浅显的、表面意义上的文化差异，如饮食习惯、服装式样、艺术、音乐、舞蹈形式等，但表面的文化差异远不是多元文化的本质。我们要认识的文化多元化要比文化差异深刻得多。文化多元化不仅仅表现在文化的流传与普及、教育与法律的准则和人们的价值观念，更体现在民族道德、社会道德和居民的社会义务方面。文化不是静止的概念，它会随着社会的发展而发展，根据环境的改变而改变，也会因人们交流的需要而变化。

加拿大是一个多民族移民国家，目前有近 200 个来自世界各国的民族。数百年来，许多国家的公民漂洋过海来到加拿大，为这里的人们带来了丰富多彩的民族文化与传统。沿着加拿大城市的街道行走，比如温哥华、渥太华、蒙特利尔和多伦多，你能看见来自世界各国的人们的面孔。来自不同国家的移民现在仍然保持着自己民族的传统文化、宗教信仰、语言和生活方式，让置身于此的各国移民感受到了多元文化的浓厚气息。加拿大联邦政府鼓励移民们以自己的语言、宗教信仰和文化为荣，还鼓励所有的加拿大人互相尊重其文化亮点，加拿大人也为其丰富的多元文化资产而骄傲。所以，加拿大多元文化主义的重要前提和目标就是，不同民族、不同文化之间的相互理解和尊重。

加拿大是一个多元文化社会，在全国 3 400 万（2008 年人口普查统计）人口中，除法裔和英裔居民外，其他族裔的人口约占全国总人口的 47%，有意大利人、德国人、乌克兰人、荷兰人、芬兰人、印度人、日本人、中国人、越南人和希腊人等，是一个多民族的大熔炉。"多元文化"正是对加拿大各个不同种族融合的描述。除了原著居民以外，加拿大人口全部由外来移民构成，因此，加拿大也被称为"移民的国家"（nation of immigrants）。当你在加拿大的某一城市打开电视或收音机时，你会听到西班牙语、海地语或中国普通话以及法语或英语播出的节目，这就是如今的加拿大。这是一个多元文化的社会，也是一个多种语言并存的国家。加拿大政府特定每年 6 月 27 日为"多元文化节"，无论是政府官员还是人民大众，都已经将多元文化看做是体现民族宽容与和谐的又一象征。

## 第一节　多元文化主义的概念

首先，我们需要注意，"多元文化"与"多元文化主义"的概念是有区别的。多元文化指的是一个国家或地区的文化现状，而多元文化主义则是指国家和政府针对文化制定的政策。同时，这两者又有着紧密的联系。正是因为存在文化多元的现状，政府才会制定相应的政策。

文化多元这一现象很早以前就存在，不同民族的人们在相互尊重的基础上和谐地生活在同一社会。多元文化主义在历史上曾经是一种哲学、一种理论。近年来，西方一些国家作为一项政治战略倡导从"多元文化主义"这个角度来处理多民族间的团结和统一。根据侧重点不同，多元文化主义可以分为保守多元文化主义（conservative multiculturalism）、自由多元文化主义（free multiculturalism）、多样化多元文化主义（pluralist multiculturalism）、左倾本原多元文化主义（left-essentialist multiculturalism）和批评性多元文化主义（critical multiculturalism）。

多元文化主义倡导的是选择的自由和对差异的包容，要求人们平等对待少数群体和弱势群体，承认并尊重他们的身份。其基本的理念大体有如下四点：第一，多元文化主义相信，少数群体的生活方式是有价值的，它不断给予其成员一种社会安全感；第二，多元文化主义认为，少数群体文化传统的保留与民族统一及社会经济的进步并不矛盾，应该接受文化的多样性；第三，多元文化主义视不同社会群体间权力与财富的平等为多元文化主义得以实现的前提，努力让少数群体的文化获得展示机会；第四，多元文化主义认为所有文化都具有同等的价值，文化没有优劣之分，有的只是风格的不同，只能在孕育它们的环境中加以评判。

现代多元文化主义的创始人意大利人巴蒂斯塔·维柯（Ciam Battista Vico，1668—1744年）和德国人约翰·戈特弗雷德·赫尔德（Johann Gottfried Herder，1744—1803年）都曾对多元文化主义的哲学理念详细阐述过。维柯在18世纪早期便指出："每一种真正的文化都有它自己独特的世界观，都有它自己的价值尺度，必须根据它本身来理解它。"如果说是维柯首先提出多元文化主义，那么这一观念在赫尔德的著作中则得到了更加经典的阐释。赫尔德指出："世界天然地分化成不同的文化区域，每个人类社会、每个民族都具有它自己独特的理想、标准、生活、思想和行为方式。能够根据一个单一的优劣顺序对不同的文化和民族作高低排序的、普遍且永恒不变的判断标准是不存在的。""每个民族——在它自己的民族要求、自己独特的性格的发展过程中——都有各自的传统、特性"。当然，多元文化也需要包含某种共同的文化要素，否则各文化群体便无法相互沟通。对差异的包容和对少数群体的尊重便是多元文化主义的核心理念。

多元文化主义积极地保护和援助少数群体的传统文化、语言、生活习惯，禁止种族歧视，积极纠正差别，消除不平等状况。语言、文化、宗教方面的差异往往成为种族、民族、族裔之间政治、经济结构不平等的理由。在这种状态下，如果对族群之间的不平等不予理睬，就会加大弱势群体的不满而导致社会动荡。仅仅保障个人形式上的平等无法改善弱势族群生活实质上的不平等，在充斥着不同文化的社会中反而会造成族群间的冲突与矛盾。

多元文化主义论者还提出"差异政治"的理想，即以"差异"为核心来建构政府理论。他们主张政治考虑不能完全以个人作为出发点，要从政治和法律的角度出发，通过公共领域的承认，赋予族群特殊的权利，以展示其不同的文化和需求，从而重新建构一个能够容纳差异的社会。

根据1985年版《加拿大百科全书》的解释，"多元文化主义（multiculturalism）"在加拿大的含义是：1）指一个具有混杂种族和多种文化特征的社会；2）指族裔和文化群体之间相互平等、尊重的思想观念；3）指自1971年以来加拿大联邦政府及各省政府推行的包容各种文化的改革。通常加拿大认为的多元文化是指各种各样的出身、族裔或性别的人都能平等地参与加拿大社会生活，同时自由地保持和发扬自己民族的文化，任何来自不同地域的加拿大人都应当接受广泛的人类差异、克服种族主义、性别主义和以其他形式表现出的对异种文化的歧视。概括起来，加拿大的多元文化的涵义就是促进民族之间相互尊重，促进各民族间的相互了解，建立一个同呼吸、共命运、各种文化并存的和谐社会。

## 第二节　加拿大多元文化形成的历史背景

　　加拿大人口的族裔构成在不同的历史时期呈现出不同的特点。第一个时期即前欧洲移民时期，印第安人和因纽特人等土著部落生活在这块广袤的土地上；第二个时期为新法兰西时代（1608～1760年），绝大多数开拓者来自法国；第三个时期为英属殖民地时代（1760～1867年），效忠派和其他英国移民的到来使英裔居民超过法裔居民；第四个时期是自治领时代，来自欧洲和美国的非英裔和非法裔移民增多，其中许多人来到西部草原地区；第五个时期为第二次世界大战后时代，大量来自亚、非、拉的移民使"看得见的少数民族"明显增多。加拿大联邦建立时（1867年），英、法裔居民占总人口的91.6%。直到第二次世界大战以前，如果说加拿大称得上是"马赛克"，则主要是一种"英、法型马赛克"或"欧式马赛克"，来自英、法或欧洲其他国家的移民及其后裔构成人口的绝大多数。

　　第二次世界大战后多种因素的发展变化使得联邦政府对移民和少数族裔群体的态度更加宽容，推动了民族多样性和多元文化的成长。反法西斯战争大大增强了人们对希特勒种族主义的憎恨，各国人民对反对种族主义流毒达成共识。英国作为世界"超级强国"的地位发生了变化，它在加拿大的影响力日益衰退。美国民权运动的成果激发了加拿大少数族裔群体的平等、权利意识。20世纪五六十年代的经济增长促进了非盎格鲁·撒克逊群体成员的社会、经济地位的提高，削弱了族裔背景与阶级地位的密切联系。大量外来移民良好的教育和技术水平改变了过去非盎格鲁移民"愚昧"、"低能"的形象。1944年加拿大签署《联合国宪章》，1948年签署《世界人权宣言》，1960年通过《权利法案》，联邦和各省建立了人权委员会，从法律制度上保证了少数族裔群体权利的改善。少数族裔群体的政治觉悟和影响力逐步提高，盎格鲁·撒克逊种族主义赋予英、法裔群体的文化优越感和社会责任地位发生了动摇。由于个人和集体的努力以及经济繁荣和国家立法的进步，种族主义歧视政策逐渐瓦解，少数族裔群体的整体处境有所改善。白人公民对有色族裔的平等要求持有更加普遍的同情和支持态度。

　　第二次世界大战后的前几十年，加拿大对有色种族的歧视和限制性移民政策还没有完全消除。1945～1960年，96%的移民来自美国、欧洲和澳大利亚；1962～1967年，来自英国、美国和欧洲其他国家的移民占80%，1968～1976年占56%。随着欧洲20世纪60年代的经济繁荣和人口出生率的下降，欧洲已不能向加拿大提供稳定数量的移民，加之这一时期国内外人权运动的压力和对具有良好教育背景的专业技术人员需求的增加，加拿大政府不得不修改移民政策，陆续放宽对来自非欧洲移民的限制。过去长期对非白人移民关闭的大门被逐步打开后，来自亚洲各国的移民数量增加最快。

　　1971年，皮埃尔·特鲁多总理（Pierre Trudeau）宣布实行双语和多元文化政策时，加拿大有95%的人是白人。从20世纪70年代开始，来自亚、非、拉发展中国家的移民不断增加，加拿大进一步成为多种族社会。20世纪50年代至90年代初，非英裔和非法裔人口从占总人口的20%上升到33%。这一方面是由于移民来源的变化，另一方面是因为新移民的出生率高于英裔和法裔人口的出生率。到1991年，非欧裔、非白人种族的人口达到总人口的10%。加拿大的"英、法型马赛克"或"欧式马赛克"在很大程度上正在向世界性"多种族马赛克"转变。

　　加拿大族裔群体的分布呈现出一定的地区差别。1986 年，纽芬兰省具有共同族裔背景的人口的比重最高，80% 的人称自己是单一英国祖籍的人；而魁北克省 78% 的人是法裔。西部省份的人口呈现更大的族裔多样性，马尼托巴省和萨斯喀彻温省最大的单一族裔群体是英裔人，分别占两省人口的 21% 和 22%；其次是德意志人，分别占 9% 和 13%。这两个省的非英裔和非法裔人口都超过 40%。加拿大西北地区是唯一欧裔人口不占多数的地区，主要居民为土著人，占当地人口的 64%；在其他省份中，欧裔人口均占多数。纽芬兰省的非英裔和非法裔人口比例最低（2%）。亚裔群体主要居住在安大略省和不列颠哥伦比亚省；而 85% 的加拿大黑色人种居住在安大略省和魁北克省。加拿大不同族裔群体分布的地区差异比较悬殊，这也给加拿大的族裔关系带来不同的影响和后果。

　　长期以来，加拿大社会存在着明显的族裔界线，所有族裔群体包括英裔在内都承认英裔群体掌握最大的控制权，具有政治、经济优势。加拿大著名社会学家约翰·波特（John Porter）的《直立的马赛克：加拿大的社会阶级与权力》（Vertical Mosaic：An Analysis of Social Class and Power in Canada）（1965 年）一书分析了加拿大的种族分层。"直立的马赛克"形象地反映了加拿大社会仍然存在着种族不平等。不同族裔的社会地位和关系取决于对社会资源的接近和控制程度，以及社会业已形成的有利于或不利于某些特殊群体的各种规则、条件，包括来到加拿大时的社会历史环境、族裔群体的规模、种族肤色、自身文化素质和社会组织性、原籍国家在国际社会中的地位等。直到现在，法裔及其他族裔群体与英裔的经济差距虽有所缩小，但英裔集团的决策精英地位并没有多大改变。

　　"二元文化"和双语是加拿大社会的特点之一。按照皇家双语和"二元文化"委员会的解释，"二元文化"是指加拿大两种主要文化的存在，即与英语密切联系的文化和与法语密切联系的文化。从 17 世纪初来自法国和英国的移民在加拿大建立永久性居住点以后，两大殖民帝国的争夺和来自这两个国家移民的组织结构就决定了未来社会的文化二元性。英裔和法裔群体是加拿大的所谓两大"创始民族"（the founding peoples），它们无论在人口规模还是社会政治利益方面都居于相对优势的地位；这两大族裔群体的关系一直是影响加拿大政治生活的焦点。

　　《魁北克法》（1774 年）、《1791 年宪法》、《联盟法》（1841 年）、《不列颠北美法》、《1982 年宪法》和《米奇湖协议》等一系列联邦法律文件都反映英、法两大族裔群体在权力分配和各自语言、文化权利方面的立场。虽然随着时代和社会条件的变化，两个族裔群体的关系也有所调整，但只要两个民族生活在同一社会里，涉及政治、经济权利和语言问题的矛盾就会长期存在。因为各自的人口规模和财富不同，英国在加拿大形成中的特殊地位和影响，以及整个北美社会（包括美国）的益格鲁文化特性突出，所以两大族裔群体的竞争结果是不平等的，英裔群体占据明显优势。"二元文化"的倡导者主张在统一的制度下两种文化都得到适当的体现，两个民族的成员都有机会保留和传播自己的文化。

　　与英裔和英语相联系的社会文化在加拿大全国范围内占主导地位；而与法语相联系的社会文化主要以魁北克为中心。因此"二元文化"体系又体现为加拿大联邦及其他各省同魁北克省之间的文化依存与对立。魁北克作为一个省，又是法裔的居住区，法裔人口占全省人口的 80%，加拿大 90% 以上的法裔人口居住在这里。居住在魁北克的法语人口的比例不断增加，从 1921 年的 78% 增加到 90 年代的 90%。魁北克也是法国本土外最大的法兰西人社区之一，在加拿大形成了一个独特的文化社会。法裔魁北克人认为自己的语言、宗教、文化和制度使魁北克省不同于加拿大其他省份。天主教是法裔文化的重要支柱之一，罗马天主教是魁北克的主要宗教，1991 年天主教信徒占魁北克人口的 86%；97% 的法裔魁北克人称自己信仰天主教，占全部魁北克天主教信徒的 88%。魁北克的许多行政、立法和司法制度起源于法国传统，而不是英国的普通法。因此，在魁北克，个人、社会和集团之间的关系原则也不同于加拿大其他地区，如魁北克的社会服务形成统一完整的体系，各种医疗和社会救助机构向儿童、老人、病人和其他有特殊需要的人提供服务。凡此种种，都强化了魁北克社会的自治性和独特性。

"二元文化"的客观现实反映了英、法两大族裔群体在加拿大社会的历史地位和互动关系，但"二元文化"并不是加拿大政府的政策。特鲁多总理 1971 年 10 月 8 日在众议院的讲话中指出："虽然我们有两种官方语言，但没有官方文化，没有任何族裔群体优先于其他群体。没有任何公民或公民群体不属于加拿大人，所有人都应当受到公平对待。"加拿大联邦政府认为："我们坚信文化多元主义就是加拿大认同的实质。每一个族裔群体都有权在加拿大范畴内保留和发展自己的文化和价值。我们说有两种官方语言并不是说有两种官方文化，没有任何一种文化比其他文化更具官方色彩。多元文化主义政策必须是所有加拿大人的政策。"1994 年 10 月魁北克就主权问题进行全民公决，这进一步显示了"二元文化"和双语的复杂矛盾。如何处理好"二元文化"和双语在现实生活中的关系，仍然是涉及加拿大国家统一的关键问题。

## 第三节　加拿大多元文化主义政策对魁北克问题的影响

加拿大多元文化主义政策和影响是深远的，它首先满足了魁北克省以外的法裔关于语言教育方面的要求，基本平息了在其他省份的法裔的不满情绪，对维护国家的统一起了重要作用。

魁北克的独立运动和公投常被外界视为民主自决的表征。历史上魁北克分离主义者曾两次试图将魁北克省从加拿大联邦中分离出去。在 1980 年举行的"主权结合"公民投票中，独立派虽然最终失败，以 59.6% 的多数票否决了魁北克政府同联邦政府谈判独立的主张，但已经得到了 40% 左右的支持。最为惊心动魄的独立运动是在 1995 年的"主权国家"的再次公投中，独立派得到了 49.44% 的支持，险些成功。统一派只以微弱的优势战胜了分裂势力。面对分裂势力，加拿大联邦政府顶住压力，始终保持其立场不变，即魁北克是加拿大的一个省。

魁北克分裂势力的失败，与联邦政府积极的应对以及时任总理的杰出领导有关。被誉为加拿大历史上最伟大的总理特鲁多在 20 世纪 70 年代对极端的魁北克分离分子不惜动用"战争措施法"，甚至以武力断然镇压独立分子的暴力活动；20 世纪 90 年代的总理克雷蒂安（Jean Chrétien）在 1995 年的魁北克公投前，不仅针锋相对地与独立派势力进行斗争，而且做了大量细致的工作。值得一提的是，两位总理都出生在魁北克省，他们都曾背上"出卖"故乡的骂名。

在 1995 年联邦主义者险胜后，政府又果断地采取了一系列法律手段，大大遏制了"魁独"趋势。但事实上，联邦政府的积极措施只是外因，而起决定性作用的是内因。虽然分离主义者对他们的独立诉求振振有词，但魁北克民众的观点却是不一致的：大多数人赞同脱离加拿大联邦，但对脱离后的方向，有着不同意见，有人青睐美国，有人喜欢法国，有人希望主权独立，有人希望政治独立但在经济体系上与联邦合作。正是由于大众对魁北克民族独立问题的看法不同，才使得1995年的"主权国家"公投没有通过。

伴随着魁北克人独立意志逐渐衰落，社会上存在着不少争议。几十年来，联邦政府为了避免魁北克独立，给予该省特殊的经济利益照顾。但利益的保证仅仅是一个方面，联邦政府还在文化、语言等领域给予魁北克的尊重和保护，提升他们的归属感。加拿大联邦政府认为采取这种多元文化主义政策才是缓和彼此对立的根本渠道。

加拿大联邦政府为了阻止魁北克省的独立，对其实施很多优惠政策，从政治经济到文化教育各个方面，而把法语列为官方语言并积极保护法语，无疑起到了重要的作用。语言是一个民族的身份，更是一个民族最重要的特征。只有很好地保护法语的地位，才能有效保护法语文化，并促进文化之间的融合。

在魁北克省，无论是哪个党派执政，无论其是否支持魁北克独立，省政府都积极采取了有效措施保护法语的地位。其中，魁北克省议会1977年通过了著名的《法语宪章》，规定法语作为魁北克省单一官方语言应全面应用在立法、司法和行政部门、公共服务部门等各个领域，启动了强制法语化的进程，对提高法语在魁北克省的地位起到了具有历史转折意义的作用。《法语宪章》不仅要求企业法语化，同时在教育方面，除了极少数情况外，要求所有孩子在小学和中学阶段都必须上法语学校。

在1995年魁北克独立公投失败后，加拿大联邦政府从法律上采取措施，希望阻止分离主义的继续发展。联邦最高法院1998年判决，一个省无权单方面脱离联邦，不论联邦宪法还是国际法都不允许魁北克单方面脱离。为了有效执行最高法院的判决，国会2000年又通过了《清晰法》，对一个省的"独立公投"作了重重限制，使公投独立根本不可能实现。

《清晰法》（the Clarity Act）规定，一个省要独立公投，首先在文字上必须清晰表明独立意图，不能用含糊文字来降低人民对独立后果的认识，而且赞成独立的票简单多数不行，必须绝对多数。文字是否清晰，赞成票是否占绝对多数，只有国会有权决定。即使这两个条件都具备，还必须在由联邦政府和所有省份都参加的谈判中取得三分之二同意方可独立。根据加拿大国情，其他省几乎全是英语省份，魁北克独立似乎成了一个不可能的命题。司法的确能对魁北克分离主义者造成一定的影响，但其实作用是很有限的。

有人曾经好奇，为何在联邦制之下，法裔魁北克人仍然有着强烈的分离主义倾向。毕竟在联邦制之下，地方政府有着极高的自主权，而且魁北克的情况又非常特殊，不仅受到特殊宪法的保护，有着不同的金融管理制度和语言保护，甚至总督和总理都是英裔和法裔轮流担任。

魁北克问题的实质是民族问题。在美国，由于白人在社会和文化中占据主导地位，所以他们的政策为民族"大熔炉"，把各种颜色溶解在一起；而加拿大则自喻为民族"马赛克"。

法裔魁北克人有着极强的身份认同问题。毕竟，他们长期居住在魁北克，有着自己的语言、宗教和文化。从某种意义上说，联邦制非但无法阻止分离主义，反而会加深矛盾。1995年10月，魁北克省进行的第二次全民公决分裂主义者被挫败后，同年11月，加拿大总理克雷蒂安联邦政府正式承认了魁北克省的"特殊地位"。这一举措是联邦政府在魁北克问题上做出的伟大妥协和让步。正如特鲁多总理所指出的"政府要支持和鼓励那些给我们社会带来稳定和活力的各种文化和族裔群体，鼓励文化和价值体系的共享。"克雷蒂安总理秉承特鲁多总理制定的多元文化主义政策，以促进国家统一和民族的团结为目标，从而缓解了魁北克分裂问题。

加拿大建国历史中英裔与法裔的矛盾，以及其中复杂的情感，都增加了法裔加拿大人的离心力。在魁北克，法裔加拿大人是绝对的主流，但从全国范围看，他们仍为少数，在拥有极强族裔认同感的同时，会担心受到英裔加拿大人文化的同化，甚至侵蚀。语言、风俗等都是民族的具体特征，如果逐渐丧失这些特征，那这个民族也就不存在了。

其实，以前的加拿大省政府以及后来的联邦，一直为魁北克问题头痛不已。针对法裔加拿大人不断高涨的族群认同和独立意识，联邦政府曾采取过不同的整合策略，包括殖民时期的"加拿大化运动"、移植美国"熔炉"政策等，但效果并不明显。直到20世纪70年代，加拿大选择了多元文化立国的政策。多元文化政策主张英裔文化应该对法裔及其他少数族裔的文化采取宽容和接纳的态度。

加拿大多元文化加强了外来移民和其他少数族裔对联邦的认同。这种认同成为维护加拿大统一性的一种基本共识，其他族裔就从未提出过独立或自治，这无形中对法裔魁北克人造成了心理上的影响。如今，我们透过现况回望历史，会发现多元文化政策在化解魁北克省独立风波中起到的关键作用。正是由于20世纪70年代魁北克的语言立法和联邦政府旨在鼓励多元文化发展而采取的一系列措施，才使魁北克的民族主义不再成为推动政治变革可以利用的有效工具。

近些年，法裔魁北克人独立意识的降低，跟经济也有着密切的联系。法裔魁北克人独立诉求的理由，也包含经济自立，即希望摆脱联邦对魁北克省经济的束缚和压迫。但事实上，加拿大联邦政府近些年并未侵害魁北克省经济利益，相反，却给了他们大量的实惠。

在20世纪60年代以前，魁北克非常像"英国的殖民地"，大部分的商业和政治活动都被英裔加拿大人所控制。在魁北克省最大城市蒙特利尔，大部分的服务以英文为主。而之后法裔魁北克人所发起的"寂静革命"，虽然培养了中产阶级，保存了法语文化的独特性，增加了族群认同感，但20世纪70年代以后，由于受不断高涨的魁北克分离运动影响，魁北克错过了全球化的发展，并不断没落。

100年前，蒙特利尔被认为是北美最有希望的城市，是北美工业、商业、文化、金融中心。直到30多年前，仍然是加拿大最大的城市。由于分离运动，一些大的工商企业纷纷撤离，使得蒙特利尔的地位逐渐被其他城市赶超。

1995年的独立公投，基本开销达7亿加元。公投后所付出的社会成本，更是难以计算。1996年蒙特利尔的失业率高达15%，居加拿大大城市之首；全市低收入人口达到34.1%，在加拿大全国也是最高。虽然不能将经济的不景气全归咎于分离运动和独立公投，但由于担心分离运动所造成的政治不稳定，全国性大公司总部陆续迁出蒙特利尔，而投资者更是担心动荡，所以不敢投资。1.2万名蒙特利尔人在1996年4月到6月短短两个月间陆续搬到加拿大其他城市居住。

其实，这样的情况并非第一次发生。从1976年魁北克党成为魁北克省执政党到1980年第一次公投，4年间有近10万英裔加拿大人搬离蒙特利尔，许多企业也同时搬往安大略省，这对魁北克经济造成了很大影响。

1995年之后，由于分离运动造成的经济不景气，使得加拿大三级政府和魁北克人之间达成一个默契：拼命发展经济。因为惧怕魁北克闹独立，加拿大联邦政府给予魁北克省相当优厚的政策和财政支持，从其他英语大省输血给魁北克。2009 年魁北克财政预算统计显示，自 20 世纪 70 年代以来，魁北克省财政收入中联邦政府转移支付的比例一直稳定在 20% 以上，这还不包括其他预算外投入。2007 年，联邦政府对魁北克的各种财政拨款达到 230 亿美元，而当年魁北克自己的预算收入只不过是 495 亿美元。

经济基础决定上层建筑。对法裔魁北克人来说，失去联邦政府财政支持会大大降低自己的生活水平，这也是很多人独立意愿降低的原因之一。当然，目前在魁北克仍然有不少顽固的分离主义者，但越来越多的人成为了"投机主义者"，他们不把加拿大视为一个联邦或一个国家，而是作为一个可从中提取利益的整体。目前，魁北克省经济发展势头良好，人心思定，"魁独"运动渐入低潮，并不令人意外。

在魁北克分离运动中，法国或明或暗的支持，无疑对分离势力的兴盛起到了推动作用。1967 年，借蒙特利尔举行世界博览会之机，戴高乐重访魁北克。7 月 27 日，戴高乐发表即兴演说，对市政厅广场上聚集的法裔魁北克人用法语喊出了"魁北克万岁！"在一片欢呼声中，戴高乐又喊出那句备受争议的"自由魁北克万岁！"由于"自由"两字无异于主张魁北克独立，这句话得罪了加拿大政府。戴高乐被迫取消后续访问，直接从蒙特利尔飞回巴黎。

法国自 20 世纪 60 年代末以来，对魁北克分离运动一直奉行所谓"不干预"政策，法国当局虽然表面不鼓吹魁北克独立，却一再暗示欢迎魁独。这种矛盾直到近些年才得以解决。2008 年 10 月，魁北克城举行的法语国家和政府首脑峰会期间，法国总统萨科齐明确表示支持加拿大统一的立场，说"法国必须在加拿大和魁北克之间做一抉择的时代已经过去。加拿大人是法国的朋友，魁北克人则是兄弟般的亲人。"这种表态无疑为法国此前的"暧昧"立场画上了句号。

法裔魁北克人独立意识的降低，与无法获得国际社会的支持也有关系。除了法国之外，对魁北克影响最大的则是美国。如果魁北克独立无法得到美国的支持，其经济将遭受严重的打击。美国与加拿大向来和睦，彼此是兄弟国家，但美国与魁北克的关系却不甚和睦。当魁北克闹独立时，美国甚至威胁说，如果魁北克省独立，在加入北美自由贸易组织、世界贸易组织等一系列问题上，都要重新谈判。可以说，美国的极力反对，与 1995 年魁北克独立运动失败有着密切关系。

在经济层面上，联邦政府对魁北克省有巨额投资和经济支持，分裂只会破坏魁北克省的投资环境。对法裔魁北克人来说，失去联邦政府的财政支持会大大降低自己的生活水平，这也是魁北克其他少数族裔强烈反对独立的主要理由。邓小平曾经说过："发展才是硬道理"。只有经济繁荣、民众安居乐业，分离主义的市场才会越来越小。

在政治层面上，联邦政府非常尊重魁北克自治权。魁北克在联邦中除享有独特的政治地位之外，还拥有联邦宪法赋予的专享立法权，包括医疗卫生制度、教育等。

2006 年 11 月 27 日，加拿大国会以 266 票同意、16 票反对通过了总理哈珀的"魁北克人是统一的加拿大中的一个民族"的动议。但由于"nation"这一个名词可解作"国家"或者"民族"，因而有部分加拿大人表示魁北克有独立了的感觉。其实，多数魁北克居民未必支持独立，毕竟几百年的政治、经济和历史联系很难轻易地分离。更多的魁北克人只是希望在语言、文化和政治地位方面获得"特殊待遇"。

在文化保护方面，联邦政府一直遵循多元文化主义的原则，通过各种方式支持法裔文化的保护和发展。加拿大的多元文化主义与美国不同。美国提倡个人主义，而加拿大则坚持群体向导，强调族群认同的稳固性。

联邦政府对魁北克独特文化的尊重和保护，使得魁北克人希望保留独特社会地位的要求得以满足，其结果是鼓吹独立的分离分子失去了群众基础。同时，多元文化政策提高了族裔成员的平等意识和自尊心，从而强化了他们对国家的认同感。魁北克不仅属于法裔，也属于其他族裔，比如魁北克省土著居民不赞成独立，华裔、意大利裔等少数族裔在魁北克省生活愉快，对加拿大认同感强烈，他们也绝不会支持魁北克省独立。这些民族的心态对于魁北克分离势力来说，无疑也是一种压力。

世界上没有完美的制度，在处理民族问题上，必须谨慎。政府应该对具体的政策不断改进，来鼓励民族融合。魁北克独立问题，虽然仍是加拿大政坛焦点，但已经远离了普通民众的生活，成为政客们获取政治利益的工具。

加拿大的经验告诉了我们，在充分妥协和尊重的基础上进行讨论并找出解决之道，符合国家和大众的利益。联邦政府在最大妥协基础上，以最小代价维护了加拿大统一和完整；魁北克则以自己独特的文化、历史和政治资源，赢得巨大地方利益，保护并促进民族文化发展。加拿大的多元文化政策，受益的不仅是少数族裔，而是每一个加拿大人。

## 第四节　多元文化主义在加拿大

加拿大联邦政府于 1971 年 10 月 8 日宣布实行"多元文化主义政策"。当时，特鲁多总理向国会说明该政策时强调了对所有民族都应该公平对待，这种多元文化是加拿大的特征，任何种族都有权保留和发展本民族文化与价值观。特鲁多总理不主张为部分特殊民族制定特殊文化政策，不主张实行以一种或两种文化为主体的官方文化，极力消除人们的"以部分民族优于其他民族"的偏见。

这项政策阐明了政府将对那些愿意和努力发展其能力来为加拿大做出贡献，而且明显需要帮助的弱小民族进行帮助和扶持。政府将帮助所有文化集团人员克服文化障碍，全面融入加拿大社会；政府将在国家团结的前提下，促进加拿大各文化集团之间的接触和交流；从根本上缓解民族矛盾和冲突，融 100 多个民族为一个整体，和睦相处于一个大家庭中；政府将继续出资帮助移民学习加拿大一种官方语言，使他们全面进入加拿大社会。

加拿大政府期望多元文化主义政策的实施可以为在加拿大居住、来自不同背景的人营造一种归属感，同时，使具有多样性的民族文化能够得到承认、尊重。加拿大政府还希望这一政策能够起到鼓励不同民族的人们积极参与社会活动的作用，以使他们能够抓住机遇，发挥自己的能力，成为对自己的民族或者整个加拿大社会有贡献的人。此外，加拿大政府还希望多元文化主义政策可以有助于确保对不同文化背景的人实施社会正义。

1971 年所提出的多元文化政策的内容已经不能满足日益发展的多元文化社会的需求。于是 1987 年联邦政府对这一政策又进行了补充。在 1971 年所强调的民族和种族平等、协助全民参与加拿大社会等内容基础上，1987 年所提出的补充原则使其民族政策的特征更加明显，既除了强调多元文化在两种官方语言中的地位，保护所有其他民族传统语言和文化的多元性外，还尤其明确了"多元文化主义政策是针对所有加拿大人的政策，不是专为某个民族文化区的政策，必须对所有加拿大人有利"，增加了消除种族歧视、提倡社会平等的内容，提出了支持移民的一体化，"而不是同化"。规定所有加拿大公民，不论存在怎样的差异，不论肤色、宗教、出生地、种族背景如何，都享有平等的权力。这一原则性扩充，为多元化主义政策在加拿大的进一步有效实施提供了保障。

在特鲁多总理的推动下，多元文化主义政策成为加拿大法定的国策之一。随后，各省的立法议会也通过相应的法律，并利用联邦政府的津贴，为各族裔提供诸如"族裔语文教育"等的多元文化服务拨款。到 20 世纪 80 年代，多元文化政策不仅被写入《1982 年宪法》，而且有了进一步的发展。1988 年联邦政府提供经费建立了加拿大种族关系基金会，同年 7 月加拿大议会一致通过世界上第一个国家级的多元文化主义法律《多元文化法案》。《多元文化法案》是在 1971 年加拿大官方正式倡导多元文化主义 17 年之后颁布的一个专门法案，对推行和维护多元文化主义政策提供了重要依据。

《多元文化法案》的核心内容，是在确保所有加拿大人平等、充分有效地参与加拿大的经济、社会、文化和政治生活的同时，保存和加强加拿大的多元文化遗产。《多元文化法案》的法律基础是《1982 年宪法》、《1976 年公民法》、《加拿大人权法》（1977 年）、《加拿大权利和自由宪章》（1982 年）和《官方语言法》（1988 年）。《多元文化法案》使多元文化主义成为建构加拿大社会及其内部关系的指导原则，并为社会的多元化发展所需的各种具体政策、项目和方法提供法律基础。它的具体实现主要有两条途径：一是加拿大各省议会和政府相应通过并实施的各项相关社会政策和措施；一是联邦政府设立的与多元文化主义有关的若干具体项目在社会上直接实施，并拨出一定的款项用于支持和实施这些项目，使多元文化主义理想和政策转化为群众的行动并带来社会的变化。

多元文化是促使加拿大社会向文明社会发展的原动力。多元文化的发展，促进了加拿大的繁荣与发展。加拿大的多元文化主义政策取得了巨大成效，不仅促进了本国民族文化的繁荣，维护并发展了加拿大文化的多元化特征，也起到了抵制外来文化影响的作用。客观地讲，已经实施了 30 多年的多元文化政策对加拿大社会产生了积极的影响。

加拿大人的宽容和文化的兼容性使得司空见惯的种族主义歧视在不断减少。尽管要彻底根除加拿大社会中的种族主义仍需时间，但是，明目张胆的种族主义言行已为法律和公众舆论所不允许，这有效地抵制了二元结构所出现的分离倾向，缓和了民族关系。在不少人看来，现在的加拿大似乎是世界各地各族移民的乐土，各族人民和平共处而又可以保留其自己的文化习俗。的确，加拿大是一个由移民建立的历史不长的国家，境内有近 200 多个民族，虽说英裔居民和法裔居民不论在人数上，还是影响上，始终占据主导地位，并且被称为"建国民族"。然而，来自其他地区和国家的移民的影响和地位也日渐显著。20 世纪 60 年代以来，从第三世界来的移民日益增多，亚洲各国来的移民在新来的移民中的比例增长尤为明显。有资料记载，在加拿大总共有大约 100 种不同的文化，因而加拿大就成了名副其实由不同文化和民族拼成的"马赛克"。

进入 21 世纪，多元文化主义政策使新移民更加易于适应和融入加拿大社会。以族裔为基础的社区组织，为新移民提供了从生活、就业到文化娱乐各方面的支持与帮助。正因为加拿大是个典型的移民国家，又实行着独具特色的多元文化主义政策，在这里种族歧视的现象比其他西方国家要轻得多。在多伦多、蒙特利尔、温哥华等一些移民比较多的大城市，聚居着来自世界不同国家和地区的移民，他们分别讲着 150 多种不同的语言，保留着各自不同的传统文化和生活习惯。不同民族和不同文化存在，并不等于不互相吸收优良传统。他们在彼此承认并尊重对方文化的同时，互相吸收。虽然彼此之间存在悬殊的差异，但是所有居民都是加拿大人。这是许多加拿大人引以为傲的。

多元文化主义政策为加拿大提供了一条适合国情，有别于他国的文化发展道路。在国际社会中，多元文化成了加拿大的鲜明特征。加拿大政府深感由于加拿大立国较晚，历史不长，而导致文化受美国和欧洲的影响。所以，除鼓励国内各族裔发展自己的文化和丰富加拿大的文化之外，还经常举办各种文化节或文化展，通过这些活动使人们了解国外的古老文化，增进与各国人民之间的友谊。同时，也通过这种方式使加拿大文化在国际上占有一席之地。

多元文化主义政策巩固了国家政权。从历史上看，加拿大本身就是社会矛盾的产物。加拿大民主社会政治制度是从欧洲移入的，以欧洲政体形式为基础创立的，现代社会制度与其他团体、民族制度、民族价值、民族道德之间，都存在着纷争。如果没有一种稳定的政治纲领来化解社会矛盾，那么要使它成为长治久安的联邦政治体制的国家，根本就不可能。加拿大作为一个移民大国，只有充分兼顾各民族的文化和利益，才可以达到这个目的。最好的方法就是发展各民族的文化，加强多元文化主义政策的实施。这样，不仅可以帮助不同民族了解加拿大是一个多元文化社会，而且还教育人们建设加拿大社会，创造美好的未来。加拿大之所以有今天的繁荣，乃是有众多的不同文化背景的民族共同建设的结果。

通过多元文化主义政策建立了良好的国际关系。多元文化主义政策作为一种基本国策，不仅在处理国内民族关系和政治、社会诸多关系中发挥着作用，且在处理国际关系中也发挥着积极的作用。由于加拿大是移民国家，因此，它的国情特点决定了它几乎能与世界各地相通。为了维护加拿大的政治利益和经济利益，扩大其在世界上的影响，加强与世界各国的联系，这一政策将多元文化渗透到各种国际交往中，为加拿大开展国际贸易和各种国际竞争，提供了极为有利的先决条件，显示出了许多优于单一民族国家的优势。

加拿大地处美洲新大陆北部，远离传统的欧洲及其他人口密集和古代文明发达地区，所以加拿大在当前3 400多万的人口当中，绝大部分都是后来的移民定居者，由此来看，加拿大几乎是世界上最丰富多彩的、开放的和最具有包容性的国家，当然加拿大同时也是对外来移民最包容的国家之一。

说到占多数的移民人口，不能不说占少数的原住居民。他们是北美大陆原来居民的后裔，总人口数大约100万。加拿大宪法承认加拿大国境内有三个原住居民群落，分别是印第安人、梅第斯人和因纽特人，这三个民族各自具有独特的传统、语言、文化习惯和精神信仰。自1996年起，每年的6月21日成为全国原住居民日，纪念加拿大原始部落印第安人、因纽特人和梅第斯人对加拿大文化做出的贡献。当然，对于现在申请成为加拿大移民的人来说，了解加拿大的这些相关知识是很必要的，起码可以让移民官知道自己是对加拿大非常了解和向往的。

加拿大有两种官方语言：英语和法语。加拿大宪法保证了英语和法语在所有联邦政府机构中的平等使用，其中在魁北克省法语的地位尤其突出。全世界有8亿人说英语，2.5亿人说法语，这两种语言也在中国和世界各地广泛地被当做第二种语言加以学习。在全球一体化的趋势下，加拿大的双语环境是一个重要的国家优势。在国际社会中，加拿大作为仅次于法国的第二大法语区，在大国关系和语言区交流领域中扮演着重要角色。每年的3月20日，加拿大都和世界上其他说法语的国家一起庆祝国际说法语国家日。在当今社会中，英语对出国移民人士来说应该不是难题，对法语的了解掌握则对移民加拿大尤其魁北克作用明显，甚至成为通过面试的点睛之笔。

双语交流和各地移民的聚集，决定了加拿大文化的多样性，这也是加拿大立足国际社会的重要条件之一。自 1867 年以来，加拿大接纳了近 2 000 万的移民。到 21 世纪的今天，每年都有超过 20 万的新移民来到加拿大，其中有许多来自中国（据统计在加拿大的华裔已经超过 100 万人）。加拿大一直努力保证所有的加拿大公民都有机会施展自己的潜力和融入到加拿大社会，鼓励文化的多样化，支持世界各国人民为进步而进行的文化交流和对话。2002年 5 月 21 日，加拿大的国会正式宣布 5 月为亚洲传统文化月，给所有的加拿大人一个了解亚洲各国和亚裔加拿大人的历史的机会，庆祝他们为加拿大的繁荣和发展所做出的贡献。

文化丰富、双语环境、经济发达以及社会开放和包容性并举的加拿大，拥有传统国家没有的发展环境，也避免了许多新型国家出现的社会不稳定等不利因素，而多元发展的社会环境造就了开放的居住氛围，优越的地理位置和经济文化基础让加拿大更加吸引投资者的目光，成为许多出国人士的移民首选地。

# 第五节　加拿大多元文化政策的评价

多元文化主义政策被很多人认为是一种有利的、治国安邦的政治手段。但是，应当注意的是，过多地保护多元文化在某种程度上会引起民族间的冲突，同时也影响到加拿大主流文化的发展及国民意识的增强。加拿大的历史是以英、法裔加拿大人为主的发展史，加拿大的人口也以英、法裔加拿大人占多数，因此加拿大的文化也主要以英、法裔加拿大人的文化为主流。然而最初 20 年间，加拿大政府过多地保护少数民族文化，忽视了传统的加拿大主流文化的传播与发展，这在加拿大社会中引起了不同的反响。

多元文化主义政策本身包含着国家所希望实现的各种目标：保障基本的人权，增加公民参与，加强民族团结，鼓励文化差别，消除种族歧视。但在多元文化主义政策出现后，许多人持有批评或怀疑意见。例如，有些人认为，多元文化主义政策扭曲了历史与社会现实，损害了有关人士的独特地位和利益。这种意见主要来自法裔群体和土著居民。一些法裔公民认为，加拿大实行两种官方语言政策本身与多元文化主义政策相互矛盾。多元文化主义降低了法裔加拿大人作为加拿大两大语言主体的平等地位，伤害了法裔加拿大人对联邦政府保护他们的语言和文化能力的信心。土著民族则一直拒绝将英、法裔群体解释为加拿大社会的"建国民族"，认为多元文化主义政策并没有提及土著居民的权利，没有给予土著居民充分的承认。

也有些人的观点是，多元文化主义政策加剧了"差别政治"，鼓励个人仅仅认同于族裔而不是整个国家，容易助长国家分裂。任何一个社会的凝聚力都取决于人们在多大程度上享有共同的文化模式。有人指出，不少人数有限的少数民族群体通常用自己的语言沟通联系，要求满足自己的文化需要，这将导致加拿大社会的极度分裂。

有的则认为多元文化主义政策强调保持族裔认同，这容易使少数民族群体保留那些有害于自身社会和经济流动的价值观念。加拿大不同族裔群体呈现社会分层差异，一方面族裔群体成员需要寻求同化；一方面落后的政治和文化成分或背景使他们游离于多数群体之外。多元文化主义似乎更容易造成种族上的隔离。

也有人从激进的立场出发，批评多元文化主义政策实际上更多的是象征性的。它只不过允许少数民族群体在汇入主流文化的同化阶段保留自己的部分文化，而最终讲两种官方语言之一；其他少数民族的语言并不被官方所承认。有些学者指出，多元文化主义无非是维护盎格鲁·撒克逊统治的手段，它引导非英裔和非法裔群体只注意文化现象，而不注意政治、经济权利，削弱他们的政治权力和影响。一些族裔集团人士认为，多元文化主义政策只不过是政府的一种空头精神支票，并没有给予少数民族实际支持和资助。也有不少人认为政府利用多元文化主义招牌在其他族裔群体中拉选票。

也有一部分人认为，多元文化主义政策反映的某些认识是相互矛盾的。最为普遍的批评意见是多元文化主义政策使政府自相矛盾，既肯定个体主义价值，又同时肯定多元主义价值。多元文化主义政策错误地强化了一种观念，即认为加拿大各种非官方语言群体代表着人口中的一种同类因素。实际上，他们既有一些共同特征，也有许多差异，如他们对自己的文化在加拿大社会中的地位和影响有不同评估。有些族裔群体对保留自己的语言和文化遗产已失去兴趣，而有些却积极致力于按照加拿大的方式保存和强化自己的文化。多元文化主义政策承认一个社会内部的文化差异，却只强调和注重这些文化的外在表现形式（如饮食习惯等），往往看不到民族性对动机、道德准则和公共目标的复杂影响。

加拿大多元文化主义政策的理论出发点和目的性在于承认其他族裔文化的存在、承认其他族裔的贡献、反对种族歧视、倡导民族平等，帮助缓解、调和不同群体之间差异的内在紧张。联邦政府在实施多元文化主义政策时，强调各民族有权保留本民族的传统文化，并且各民族成员可以均等地参与政治、接受教育以及享受其他社会权利。这其实是鼓励各民族发扬自身传统文化，并且有权利要求本民族文化得以重视。所以，不同文化背景的人向加拿大政府正当的提出一切平等、一视同仁的要求，他们希望确认他们在加拿大这个多民族文化复合体当中的地位。与此同时，加拿大联邦政府也极力促进各族裔文化教育事业的发展，激发他们的包容性，以更好地营造一种和谐宽容的社会氛围，从而使各族裔人民都能抒发自己的心声。对于一个多民族国家来说，只有高瞻远瞩，不断地完善与加强自我，才能以更强者的姿态出现在世界舞台上。对于一个民族多元化国家来说，在关注外部的同时，更致力于倾听内部的、特别是族裔的声音，才能使多元文化的发展更加持久有序。

## 第六节　美国和加拿大多元文化主义比较

在加拿大和美国，民族多样性一直是客观存在的事实。尽管在美国和加拿大都推行了多元文化主义政策，但是两国在对待多元文化方面上有很多不同之处。

美国的民族多元还是较低程度的多元，美国各族裔集团在地域分布、社会制度、基本价值和语言方面具有很强的统一性、同一性。美国也被称作"沙拉"、"意大利馅饼"，这主要是指民族（族裔）集团并存的人口构成情况，而不是像加拿大那样部分族裔集团在行政区域上十分集中而导致民族、语言、宗教、文化界线十分明显的局面。美国社会经济的开放性和人口频繁流动，使得不同族裔成员的地域分布日趋混杂。一些小规模的种族和族裔聚居区依附于开放性社会整体，并不能从根本上改变民族群体分散混合的空间格局。美国的民族多样性没有像加拿大英语和法语集团那样呈现分化、自治或对立的局面，文化多元主义没有深化成美国的法律政策。在美国则不存在语言分界线和民族自治区域，没有保存和发展族裔文化和教育的全国性计划，族裔文化遗产主要是通过家庭、邻里、族裔朋友等群体传播而保留下来的，除了黑人权利运动和印第安人运动中出现激进主义倾向外，白人族裔集团中没有以自治、分离为目标的运动。

在美国，多元文化主义仅仅停留在人们的价值体系和社会态度层面；虽然新移民仍源源不断地涌进美国并为美国注入新的文化活动，但是先期被肯定的美国主导文化在与新文化和异文化的接触过程中不断与之发生冲突。国内主导文化与亚文化间也存在交际冲突问题。而在加拿大，文化多元主义则上升为国家政策和法律。加拿大政府从 1971 年实行多元文化主义政策，并通过 1982 年宪法保证了该政策的法律地位和贯彻执行。多元文化的法律和政策为反歧视行动和其他政府计划提供了坚实的基础，加拿大政府具有更大权利改善由于种族和族裔来源、肤色、宗教、性别、年龄和身心缺陷而形成的弱势群体的不利处境，并通过法律促使加拿大出现多元文化相安并存的现象和多元文化主义的价值观，不断寻求不同文化的接轨点。

美国是一个"大熔炉"（melting pot），一旦你踏上这片土地，你就只能选择从属者的角色，你的文化、语言、思想、生活等各个方面都要全部融入主流文化。加拿大政府推行的多元文化主义政策，允许族裔集团保留自己的文化遗产，它是民族"马赛克"（mosaic）的产物。"马赛克"观念承认和尊重各种文化的差异，保留各民族的文化传统，承认各种文化都是加拿大多彩的"马赛克"的组成部分，只有各民族文化共生共存，才有加拿大整体的"马赛克"图案。加拿大的多元文化主义政策主张所有族裔或文化群体相容共处，在加拿大公民框架中保留各自某些文化特征，完成与加拿大社会的经济、政治整合。

除了英语或法语，许多加拿大人还会说其他族裔的语言，这在国际交流中十分重要，更多的人可以担任翻译或从事贸易。加拿大人来自世界各地，这使他们能够多角度看待问题，在国内就接触到不同的信仰和宗教，也使他们更愿意尽量理解和适应其他民族的文化、传统和事物。

加拿大人在防止国内冲突方面做出了重要努力，因此他们很愿意支持其他国家维护和平的努力。加拿大的外交也得益于多元文化主义。人们不仅学会了更多不同的语言，而且更愿意、更习惯于听取其他人或其他群体的观点。

加拿大政府致力于实行多元文化政策，并尽量避免言行不一。最近的一次道歉是在 2006 年 6 月 22 日，加拿大总理史蒂芬·哈珀（Stephen Harper）为 19 世纪末到 20 世纪向华人移民征收人头税的行为道歉。对于缴纳过人头税的华人，政府计划向那些仍健在的移民、或已故华人移民的配偶给予象征性的赔偿。政府还准备出台一个计划，为调查移民限制和其他歧视性政府的项目提供资金。加拿大政府向公众致歉，并尽力纠正过去的种族主义政策。虽然无法改变历史，但这些举措表明政府现在正致力于多元文化主义。

加拿大的文化多元性给这个国家带来了许多优势。最直接的一点就是它使所有加拿大公民的日常生活变得丰富多彩。他们可以体验不同的文化，欣赏各种音乐，品尝不同民族的美食，也能接触到各种不相同的宗教习俗、核心价值和信仰。这种多样性使加拿大人越来越能包容各种不同的人。人们都意识到，每个不同的群体都是由个人组成的，他们其实就是和自己一样的普通人。肤色、宗教或饮食方面的差异并不会影响这个群体成员的性格。越来越多的人接触和了解到不同的文化，也就不容易变得排外。对不同群体价值观的认识，也帮助每个人理解他人的处事方式。对各个群体了解得越多，越能帮助人们摆脱现在仍然存在的种族主义思想。一个人对不同种族群体的人有所了解，就不再容易陷入种族思维定势。

综上所述可以看出，美国的"熔炉"与加拿大的"马赛克"是对待多元文化的两种不同态度，这两种态度也深深地体现着美加两国不同的社会价值取向。虽然加拿大实行多元文化主义政策存在着一些政治上的因素，但多元文化主义政策的推行和实施乃至到如今的蓬勃发展，与加拿大人更为平和、中庸的国民性格，更偏向于阴柔性的人生观念有着很大的关联。

## 第七节　加拿大多元文化主义政策下的华裔

加拿大多元文化主义政策有利于保护少数族裔。在多元文化主义政策下，各个族裔都能得到较好的发展，为加拿大的建设和发展做出贡献。本节介绍加拿大的华裔在加拿大多元文化主义政策下取得的成就以及对加拿大的建设和发展做出的贡献。

尽管有人声称早在13世纪就有中国人抵达北美，但据有记载的可靠资料显示，最早到加拿大的中国人是1788年随英国商人兼船长约翰·梅尔瑞斯抵达加拿大的50多名工匠。大批中国人到加拿大是1858年抵达弗雷泽河谷开发金矿的华工，以及1881~1884年间到不列颠哥伦比亚省修筑太平洋铁路的劳工。华人在加拿大曾长期遭受种族歧视和排挤打击，留下了一部屈辱的移民史。20世纪60年代以后，从中国香港去的新移民逐渐扭转了华人在加拿大受欺凌的局面。现在，在加华人的经济、社会、政治地位已大为改观。加拿大政府逐渐取消对华人移民的限制，并在国内推行多元文化主义政策，为华人创造了平等的生存和发展机遇，华人移民对加拿大的建设和发展所做的巨大贡献也得到承认。

从20世纪60年代起，就有大批来自中国香港的人移居加拿大；1960~1979年间移居加拿大的中国香港人有11.5万人。1987年，加拿大三大主要政党提出一项共同决议，正式承认对华人移民课以人头税和禁止华人移民的法案是对华人不公正的歧视。从此，每年去加拿大的中国香港人由几千上升到1万以上，从1992~1995年每年都有3万人以上，占同期移民的绝大多数。

迄今，已有相当一批华人加入加拿大主流社会，跨越了先前华人谋生和就业的传统领域，有的甚至在政府部门崭露头角。加拿大华人中的知名人士越来越多，除商界外，大学里还有华人教授。在经济和社会地位有了一定的保障之后，华人开始出现在加拿大的政坛上。例如，1974年，李侨栋成为加拿大国会议员，并担任不列颠哥伦比亚省自由党领袖；1993年，陈卓愉当选为联邦议会议员，并被克雷蒂安政府任命为负责亚洲和太平洋事务的国务部长；1988~1995年，林思齐被任命为不列颠哥伦比亚省的总督；1999年，华裔伍冰芝女士被任命为加拿大总督，这也是华人在加拿大历史上担任的最高职务。据统计，到2006年止，先后有3位华人担任过联邦议会议员，其中，梁陈明任女士是第一位进入联邦议会的华裔女性；有5位当过省议员、联邦政府的部长和省督；此外还有20多位华裔担任过市议员、市长和镇长。

加拿大政府在贯彻多元文化政策中，采取许多措施支持中国文化，如赞助华语教学、自主出版中文杂志等。越来越多的大学承认中文可以列为第二外语。1997年加拿大首次发行中国农历年生肖纪念邮票。1998年加拿大皇家造币厂首次发行中国农历虎生肖纪念币。

总的来说，加拿大的华人们已经度过了艰苦的时期，并开始得到了加拿大社会诸多方面的认可和肯定。目前，加拿大华裔是英法裔以外的第三大民族，但如果就此认为加拿大华人已在实际上获得同白种人一样的社会机遇还是不够准确的。华人平均受教育水平不低，但在加拿大的平均收入却不高。而且，就人数而言，华人的政治影响力还比较小，华人在加拿大社会文化中的全面发展仍然需要一个过程。

很多在加拿大留学的中国学生在结束学业后持有枫叶卡或者申请加入了加拿大国籍。但是，他们依然觉得真正融入加拿大文化是一件不太容易的事情。这些留加学生认为同加拿大人进行语言交流、协力工作以及和加拿大人相处都不成问题，但是，文化的认同感和个人在这个社会的归属感却困扰着他们，如他们对于当地加拿大白人讲的笑话、历史典故、名人轶事等常常不能感同身受。久而久之，下班后或假期间，许多中国人还是倾向于选择和中国同胞一起共度时间。这些在加拿大的白领华人大多受过良好的教育；在加拿大的每个角落，他们都艰苦奋斗、执著拼搏，且获得了硕士或博士学位。他们希望能够找到一种家的感觉和社会对其价值和成就的认同，而这在以西方白人为主流的加拿大社会里并不容易。

# 第二章　加拿大人的多元文化价值观

每一种特有的文化背景都会衍生出特有的世界观和人生观，进而形成各种不同的价值观。价值观是社会文化的核心部分。文化的差异在很大程度上影响了价值观。根据美国学者弥尔顿·罗克奇（Milton Rokeach）的定义：价值观是人们关于什么是最好的行为的一套持久的信念，或是依重要程度而排列的一种信念体系，即价值观决定了人们对正确行为的评判标准以及什么事情重要、什么事情次要的一套观念，或者说是一个人看待周围客观事物的整体出发点。这种看法或者评价决定了人的行为的心理基础，可以说，价值观是人们对社会存在的反映。它是有生命的，价值观的确立因自然人本身的认可和衡量程度不同而不同。

文化价值观是指人们对生活的理解和认识，对美好人生的向往和追求，对某种文化的判定。从狭义上讲，文化价值观是多数群体认为有益的、正确的或有价值的信条或特点。文化价值观的形成与一个民族的历史经历、社会发展和民族构成有着千丝万缕的联系。社会发展和民族构成的多样性、多元性以及多层性构筑了文化价值观的不同体系和不同表现方式。所以，即使两种文化之间存在着截然相反的差异，也并不代表一个文化可以把另一个文化评价为"没有价值的"；也不能说这个文化是正确的，另一个文化是错误的。来自两种文化的人所持有的价值观及其形成的原因可能是完全不同的，但是在他们各自所属的文化背景中，又都是各自正确的。中国是儒家文化，提倡谦虚谨慎，主张中庸之道，忌讳锋芒毕露。在此基础上形成的中国文化价值观是：强调整体的利益和权利，强调个人意识必须服从整体意识的行为模式。而西方文化价值观就与中国文化价值观形成了鲜明对比：西方文化强调个人主义、个人的权利、个人的自由。他们的文化价值观中一个重要观念是一切靠个人奋斗。因此，西方人表现出重视竞争，敢于冒险的行为模式。

众所周知，加拿大是一个典型的、承载多元文化特点的社会。加拿大人的文化价值观包罗万象，诸如独立自主和自立精神；平等观念和个人竞争；强调物质享受珍惜时间和讲求效率；玩命工作和尽情娱乐；自我表现和个人隐私；乐善好施和自愿服务；体育比赛和进取精神以及礼尚往来和传统节日的认同等。毋庸置疑的是，加拿大是一个民主和充满活力的国家，加拿大人在努力工作以改善他们的生活和社会。尽管也有一些人面临相对多的生活困难，但大部分人都十分积极地面对生活、享受生活，为创造更美好的生活努力。

探讨和了解加拿大的文化价值观对我们从整体上认识加拿大人的民族特性，以及这些民族特性在推动加拿大社会向前发展的作用方面，具有重要的意义和价值；从而可以促进我们对自己本民族文化价值观的思考和提升。我们知道，社会是文化的载体，任何文化价值观的形成都是对社会历史的积淀和筛选。因此，不同的社会文化，或者说不同的社会风貌，使社会成员在长期的交往过程中孕育了不同的文化价值观。而不同的文化价值观又反过来对人类的社会发展产生影响，由此产生的不同的社会现象，恰恰映射出不同的文化内涵和民族特性。比如，在中国文化背景下属于习惯性的行为，在其他国家的背景下可能成为一种不符合习惯的行为；在某种文化下属于很礼貌的行为，在另一种文化下可能被视为非礼；一种文化下的人怀着敬意说出的话，另一种文化下的人可能理解成是一句带侮辱性的话。这些都是在特定文化价值观体系下的细节问题，不能绝对地评判其对错。针对中西方不同的文化价值取向，我们要取其精华、去其糟粕；在面对分歧和差异时，能泰然处之，做到求同存异；保持清醒的头脑，明辨是非、善恶、美丑。从而，在全球一体化的进程中，积极认识和掌握中西方核心价值观的差异，提高自身跨文化的交际能力。

# 第一节　独立自主和自立精神

个体主义（individualism）是西方社会文化的核心。《简明不列颠百科全书》关于个体主义的解释是："个体主义，一种政治和社会哲学，高度重视个人自由，广泛强调自我支配、自我控制、不受外来约束的个人或自我……个体主义的价值体系可以表述为以下三种主张：一切价值均以人为中心，即一切价值都是由人体验的（但不一定是由人创造的）；个人本身就是目的，具有最高价值，社会只是达到个人目的的手段；一切个人在某种意义上是平等的。比如，任何人都不应当被当做另一个人获得幸福的工具。个体主义的人性理论认为，对于一个正常的成年人来说，最符合它的利益的，就是达到目标的手段，并且付诸行动……个体主义也指一种财产制度，即每个人（或家庭）都享有最大限度的机会去取得财产，并按自己的意志去管理和转让财产。"

美国学者萨姆瓦指出："……个体主义描写了这样一种学说，认为个人利益是，或者应该是至高无上的；……它强调个人的能动性、独立、行动和利益"。他还进一步阐述道：美国个体主义的价值观念包括自主动机、自主决策、自立精神、尊重他人和个性自由等内容。

加拿大人的文化内涵是崇尚自己掌握命运。他们深信人生道路由自己做出选择，生命才有意义。加拿大人认为，他们的决定也许对，也许错，也许好，也许坏，但却是自己决定的，是神圣的，是遵循了个人道德自治的观点。这与中国文化区别很大。从传统上看，中国的哲学体系强调了整体的和谐（甚于）超出个体的自由。

凡是涉及加拿大根源因素的问题，就不可避免地要提及到他的兄弟邻邦美国，有关独立自主和自立精神观念的历史根源也不例外。首先，自立精神是美国和加拿大个体主义观念中重要的一点。美国 Robert Bellah 教授在他的《美国人的心态》（Habits of Heart，1985 年）一书中讲到："美国文化最核心的东西是个体主义……我们相信个人的尊严是自我的实现。我们为自己而思考，为自己而判断，为自己而做决定，按自己认为适当的方式而生活。"法国思想家托克维尔（Alexis de Tocqueville，1805—1859 年）早在 19 世纪 30 年代就发现自立精神是北美人的一个基本信仰。在他的名著《论美国的民主》一书中提到："他们养成了一种独立思考和行为的习惯，他们强烈希望将自己的命运掌握在自己的手中。"北美人所说的个人主义同我们汉语里的个人主义是不完全相同的。《现代汉语字典》中定义的个人主义是：资产阶级世界观的核心观念，主张把个人独立、自由、平等等价值及权利放在第一位。北美人讲的个人主义是一种政治和社会哲学，高度重视个人自由，广泛强调自我支配，自我控制、不受约束。

根据《韦氏第三版新国际词典》（Webster's Third New International Dictionary）（1976 年版），individual 的定义是："主张个人自由与经济独立，强调个人主动性、行为与兴趣的理论，以及由这种理论指导的不受约束的个体实践活动。"

北美人所具有的这种个体主义精神和自立精神首先要追溯到 17 世纪初期。那时，第一批来自欧洲英格兰的移民，为了摆脱英国国王的政治、经济和宗教的统治来到北美这块充满机遇的土地。他们立誓远离旧世界，追求自我完善，向往"独立空间"。这批清教徒认为，一个人只要在世上勤奋工作，就会受到上帝的保佑，并被列入"上帝选民"的花名册中。他们相信，上帝帮助那些自助者（God helps those who help themselves），因为他们认为上帝创造人类时就赋予人类以理性和独立精神。就这样，人们在这片荒原上自力更生，勇于进取，艰苦奋斗，使北美崛起于荒原。而定居荒原的那段历史为北美人独立自主和自立精神性格的形成奠定了良好基础。加拿大人把 17 世纪初来自英国的移民看做是北美人信仰自由、自立的原始偶像。正因为如此，加拿大人把这种个人奋斗精神作为整个民族的文化精神传承下来，他们把个体主义视为积极的处世哲学。

在很长一段时期内，北美殖民地政府和人民在这片自由的土地上享受着较高程度的自主自立权，居住在那里的人们特别珍视个性自由。当英国政府限制殖民地政府的主权、干涉殖民地人民的自由权时，北美殖民地人民为了争取民族独立、平等和自由，由华盛顿率军血战 8 年，最终取得民族独立。1776 年《独立宣言》的发表，使美国人更加坚信"要自由就要独立自主"。加拿大人的独立自主和自立精神观念的形成直接受到美国历史文化的渗透和影响。早在清末民初，就已经有中国人对美国人的独立自主精神大加赞赏。陈天华称赞说："要学那，美利坚，离英自立，救国救民。"（猛回头，1903 年）。宣樊子曾疾呼："我中国以美为师，种吾革命之种子，养吾民族独立之精神，竖独立自主之旗帜。"（美利坚自立记，1901 年）。胡适先生对美国妇女的自立精神也曾作过评价。他评论美国女子均有"自立的观念，自立包括发展个人的才性，不依赖别人。这种自立精神的养成是和北美民族的历史经历分不开的"（胡适留学日记，1961 年）。

加拿大人和美国人所具有的这种独立自主和自立精神应该说是 18 世纪末形成的。当时美国人正勇敢地开拓西部荒野。拓荒者在开发西部的过程中磨炼并培养了吃苦耐劳和独立自主的精神。那个时期，独立自主精神的内涵主要是个人奋斗，掌握自己的命运，征服自然，敢于冒险。来自社会各个阶层的人们都怀着一个共同的目标，就是要在这片西部荒野上构筑自己的"梦"。能否实现自己的梦想，主要取决于个人的奋斗精神和个人的创造力，换句话说，就是一切靠自己。

加拿大人和美国人一样崇尚独立自主和自立精神。这一精神体现在诸多方面，无论是职业、婚姻、家庭，还是运动和爱好，他们的表现都倾向于自我选择、自我判断、自我决定及自我负责。因而，加拿大人骄傲地称他们的社会为"do-it-yourself-society"，也就是"自立社会"。可见在西方社会，被崇尚的是个人的幸福和自由。人们的行为完全取决于个人的爱好，而不用介意别人怎么评论。父母赚钱是为了自己的生活，而不是为了子女，更不用说为了其他人了。他们并没有义务一辈子为孩子着想，照顾孩子一辈子。所以，当一个人达到合适的年龄，他的父母就会放手让他自己决定自己的将来。这意味着子女要尽早地离开父母，走出家门，获得经济和精神上的独立，"靠自己的双脚走路"。子女不必为父母担心，而且父母也对子女非常信任，相信他们自己可以规划好自己的将来。

**孩子的独立自主和自立精神。**从孩提时代起，他们的家长和幼儿及青少年教育工作者就十分注重培养孩子的自主、自立能力。通常情况下，他们会让孩子从小独睡一张床，即使孩子哭闹，父母也不哄抱，他们认为孩子哭累了自然会停下来睡觉的。我院的一位留学生在加拿大和房东相处时就遇到了这样的情况，她彻底感受到了文化上的休克（cultural shock）。

她在写给我的一封电子邮件里提到，"……房东家的孩子哭了一个小时，嗓子都哑了，可是没人管她。我听着心疼，就进她的房间，想要抱抱她。这时房东进来了，他向我严肃地说道：'get out here!'我当时很想哭。我不知道自己做错了什么，我实在是想不通，心里很是委屈。可后来房东对我解释说：'孩子哭，不要去管他，他会自己睡着的'。"

加拿大家长有意识地培养孩子自己克服困难的能力。我们在加拿大访问时，看到过邻居家的两个小男孩在骑自行车的时候撞到了一起，站在一旁的家长却"袖手旁观"，大声对他们叫喊，"Good boy! Don't cry! Get up yourself（好孩子，不哭，自己爬起来）"。年轻的父母从孩子很小的时候就开始凡事都耐心地征求孩子的意见，尊重他们的想法。他们会问孩子喜欢吃哪一种冰激凌、哪一种饼干、哪一种味道的薯片，或是喝哪一种味道的果汁等，并尽量满足孩子的意愿。在饭桌上，家长也经常询问孩子是想挨着妈妈坐，还是挨着爸爸坐。加拿大的父母往往会主动给学龄前的儿童一定的零用钱，这是为了尽早培养孩子的独立生活能力。得到零用钱后，孩子可以自由支配。他们要学着计划花钱，节约归己。一个周末，我和加拿大的几家朋友一起到公园游玩，当他们五、六岁的孩子们想吃冰激凌时，这几对夫妇都给孩子钱让他们自己去买。大人们认为，如果父母不给孩子零花钱，他们反而会要求买这买那。给了零用钱让他们自己花，他们就学会了计划和节约。总之，一般情况下，父母不强制孩子去做什么，尽量尊重孩子的选择，但他们也会不失时机地发表自己的意见，帮助孩子作出正确的判断或决定。因而，父母和子女一起讨论或争论问题的场面司空见惯。但是，只要孩子们的工作干得出色，父母定会不吝称赞，奖励有加。孩子有时不听话，父母也会避免在生人面前批评孩子，尽量维护他们的自尊。

少儿送报的现象在北美极为普遍，这也是家长们有意识地培养孩子自立精神的又一体现。有时他们的父母甚至会专程帮助孩子送报纸。而且，少儿送报似乎已经被默认为一种传统。如果追溯这种极为普遍的现象的历史，我们首先想到的就是美国的富兰克林。街头卖报是富兰克林创业史中很有价值的经历。加拿大总理皮埃尔·特鲁多在他小时候也曾送过报纸，还在饭馆打过工。许多企业界的名人都有少儿送报的经历。1996年竞选美国总统的亿万富翁佩罗，也在少年时期送过报纸。北美人认为，这样做会使孩子从小接触社会，体会到金钱来自劳动，培养其独立生活的能力。而当今的一些父母更是为此不惜花费精力和时间。有时由于孩子幼小或天气不好等原因，父母们会特意早起，专程驾车帮助孩子送报纸，用实际行动对孩子进行鼓励和支持。父母总是鼓励子女最大限度地发挥他们的潜能，对他们灌输要在自己的领域中成名成家的思想。为此，他们尽可能多地为孩子提供实现梦想的平台。

加拿大法律规定，12岁以下的孩子始终要有成人的陪伴和监护。加拿大法律还规定，不许把孩子单独关在家里作"留守儿童"，否则警察就会干预。因此，如果父母遇到外出参加聚会的情况，或者有需要出门而又不便带着孩子，他们大多会把孩子带到教会让人帮忙照看，或者请来保姆做小时工进行照看。值得一提的是，加拿大孩子的快乐心情和特权是受到法律保护的。

**青年人的独立自主和自立精神**。这也是青少年对自己具备独立生活能力的一种证明。他们打工的所得除了当做零用钱以外，还用来买车。大多数高中生都把买汽车作为第一愿望，因为拥有汽车意味着自己已经长大成人，是自立的标志。同时，他们也就有了更多的行动自由，以至更多的社会交往活动。我在加拿大调查了几所中学，大山中学（Mountain Secondary School）、兰里中学（Langley Secondary School）和伍德中学（Brookswood Secondary

School），其中高中生拥有汽车的比例分别为30%、25%和40%。在子女成年之前，父母会随着其年龄的增长，尽最大的努力培养孩子的兴趣、爱好，帮助他们养成独立思考的习惯。这一切都是为了让孩子了解自我独立的重要性，以便他们在日后的社会中找到自己的位置。孩子长大后上什么大学、读什么专业、毕业后从事什么职业等，一般都由他们自己决定。加拿大青年人相信，为了获得自由，必须自立。如果过多地依赖父母、依赖政府或其他一些组织，他们就不能自由地做自己想做的事情。

父母关心的是孩子们能做什么，而不是他们不能做什么。这种教育的结果是，成千上万的加拿大孩子都在积极地朝着自己的目标努力。他们怀着当演员、运动员、外交家、教授、医生、律师，甚至当省长、总理的愿望长大成人。加拿大父母一贯支持孩子参与学校举办的丰富多彩的课外活动，诸如郊游、体育活动和音乐活动等。他们认为孩子们只有通过参与这类活动才能成熟起来。除了校内组织的活动，父母们还有意识地带孩子们参加校外的社交活动。父母们从不责备孩子们花了过多时间参加与学校功课无关的活动。他们意识到，在校外环境中，孩子们在与他人自然交往接触的过程中学到的社交能力更加接近"现实世界"所需要的能力。

独立自主和自立精神在大学生身上体现得尤为突出。他们在上学期间几乎都有兼职，即使家庭富裕的学生也会做兼职。他们通过半工半读来显示自己已经长大成人，并视其为一种自立的象征。有的大学生在工厂做工、在饭店或游泳馆服务；有的做家教或者推销员；有的在图书馆值班；也有的帮人清扫房舍、修剪草坪或整理花园等。加拿大总理皮埃尔·特鲁多的儿子也曾经在饭馆打工，帮客人送比萨饼。加拿大年轻人普遍认为，做兼职的重要性决不仅限于获取报酬和工作经历，或减轻家长的经济负担。最重要的是，它有助于青年人贴近社会，开阔眼界，学到书本上学不到的知识。这对他们个性的塑造和生活习惯的养成具有深远的影响。这也是加拿大的一种社会理念：一个人只有先独立，才能获得成功。这种理念又使他们视兼职为实现自己梦想的途径。这种理念培养了他们的自立能力和竞争意识，使他们更加自信，走向成熟。

虽然青年人崇尚独立自主，但他们的父母也并不一味地对其放任不管，对年龄大一点的孩子自然要提高要求和管束。譬如，父母有时会与孩子们把经济账算得一清二楚。因此，学生向家长借钱交付学费，待毕业后偿还的现象屡见不鲜。一次，我在一个加拿大好友家里住宿。这位朋友是一位大学教授，薪水固然不低。在他家中，我亲眼目睹了这样一个场面。当时他的儿子正在读大学，为了给自己交学费，他给父亲写了一张借据："Borrow $ 8 000, return it in May,

学生打工

1994"，意思是："借8 000加元，1994年5月偿还"。再有，一位加拿大青年来中国教学，因为他刚刚大学毕业，工资不高，日子也不算宽裕。后来，我在访加期间在兰里市偶然遇见了他的父亲。当时，他的父亲正在一个教堂里作报告，讲述其在非洲援助赞比亚农民的事情。这位父亲把带去的钱都捐给了非洲农民。我回国后遇见了那位外教，说起了他父亲捐款给赞比亚农民的事情。那位外教听罢显得十分平静，坦然答道："爸爸的钱是爸爸的，我已经长大成人了，我要自立。"

在加拿大，兄弟姐妹之间的经济账算得非常清楚。在给兄弟姐妹帮忙干完活儿后，也会互相清算报酬。我的一位加拿大好朋友给他妹妹修葺栅栏，结束后，他妹妹付给哥哥 30 加元作为劳动所得。他们在家庭成员的亲情上蒙上了一层金钱关系，在中国人看来，这是不近人情的。但是，这样的行为符合加拿大人以金钱为基础的价值观念，符合独立自主的加拿大家庭观念。有些成年的孩子可能因为经济原因或失败的婚姻而返回家中同父母一起生活，但这些都是暂时的。即使是父母坚持让孩子多住一些时日，他们自己也不会答应，因为加拿大人认为，依靠别人生存有时会丧失自己被尊重的权利。加拿大的慈善机构或政府有计划地向那些需要帮助的人提供经济支持和援助，但这种做法不被加拿大人所提倡。很多加拿大人认为那种依靠别人生存的人是不劳而获，是社会中的反面人物。他们不喜欢那些流落街头的乞丐和无家可归的人们，认为他们有损加拿大的社会形象。

**老年人的独立自主和自立精神。**在中国，从古至今都有尊老的传统和习惯，且这被认为是一种美德。中国的老年人安然地享受着各种优待，比如公共场合的让座，排队优先等，他们并不避讳年老的现实。在中国，老年人享有一些特殊待遇是理所当然的。因此，子女们被法律要求照顾老人，这也是一种义务和应尽的责任。而加拿大的老年人处处表现出不服老，他们最不喜欢被别人说成年事已高，因而事事表现出能够自理，不需要帮助。他们宁愿自己住进公寓或老人院，也不愿意到子女家里去生活，因为他们认为他们有能力，而且愿意独立地支撑到生命终点。随着社会的发展，我们对加拿大老年人独居的现象已经不再陌生，这种现象被称为"老年人空巢"（elderly empty nest）。这种现象从一个特殊的角度体现了加拿大所崇尚的独立自主和自立精神。具体来说，是体现了加拿大老年人的自立精神。

有一位 70 岁的加拿大老太太来中国旅游，在登长城的时候显得很吃力，我们主动上前搀扶，她却不大高兴地说："I can certainly manage myself."（我自己能行）。我的好友赛纳先生的父母曾和我一起参观芝加哥历史博物馆，他们二老当时已步入耄耋之年。一方面，我很担心他们这样的高龄很容易疲劳；另一方面，我也理解他们的心理。所以我并未表现出过分关心，而是调整了一下自己的思维，竖起大拇指称赞他们说："你们走了好几个小时了，还如此充满活力，我真为你们感到骄傲。"他们听后非常高兴，喜悦的心情溢于言表。由于文化差异的存在，如果我们给一位外国老人让座，他可能会因为误解为对他健康状况的轻视而生气。

加拿大老年人独立自主、自力更生的实例举不胜举。只要身边没有合适的亲人照顾，他们就搬进老人院。在加拿大，一种很常见的现象是，80 多岁高龄的老太太自己居住在一所大房子里，还要自己驱车去商场购物买菜，很少看到老年人与子女或孙子女一起出现在公共场合。我的好朋友迪恩·道尼博士的母亲已经 91 岁了，她有儿子、孙子，重孙女、重孙子。由于这些晚辈都有工作，不能全天候看护，所以她很高兴地住进老人院。老人院里的老人公寓条件十分便利，无可挑剔。公共服务区内设有餐厅、图书馆、体育活动室、棋室、练歌房、教堂等一应俱全。道尼博士的母亲所居住的是约 50 平方米的套间，有厨房、卧室、客厅、卫生间。每月的租金是 1 800 加元。虽然较普通的价格高一些，但是老人们都选择住在这里，因为他们觉得这是老人们自己的天地，而且，这里还可以提供 24 小时的紧急服务，一旦有紧急情况发生，可以立即有救助人员。我随道尼博士多次去过老人院看望他的母亲。通过和老人院里的老人们交流，我才发现，虽然不愁吃穿，但言谈说话能够透露出他们其实很孤独，他们很希望自己的子女能够常常过来探望。亲人一来，他们很兴奋。尽管加拿大有相当完善的福利制度保障老年人的日常生活，但是老年人在情感上却少有寄托，他们与自己的后代失去了一定程度上的联系，有时会感到无助、孤独。当我介绍中国传统的老年人含饴弄孙享受天伦之乐时，他们很羡慕我们中国传统中对老年人的尊敬和孝敬。

中国人喜欢子孙满堂，儿孙绕膝。这种生活方式与加拿大人相比，是有天壤之别的。中西家庭对待老年人的态度存在很大差异。中国人注重尊敬和谐，西方人推崇自由开放。有史以来中国人民世世代代沿着"母亲河"——黄河繁衍生息，因此渐渐形成了群居的生活方式。然而，发源于古埃及的西方文化因为吸纳了来自四面八方的移民文化，打破了当地的亲属关系，并唤醒了个人意识，因而使得个人成为社会的基本单位，于是就形成了我们上述所说的独立自主，而并不是依赖于家族来谋求发展。

中国传统文化概念下的家长依赖子女，而加拿大人则赞同独立。许多中国家长甘心为自己的孩子牺牲一切，因而也希望孩子长大后能够通过孝顺来报答自己。儒家文化提倡"唯父母是命"、"父母在，不远游"，尤其是中国农村或一些边远山区，父母更是把生儿育女当做自己将来养老的依靠和保障。而西方父母则并不求回报，他们认为培养孩子是一种社会责任，而不是自我牺牲。抚养自己的孩子成长不是为了防老，而是努力使其成才，实现自己的社会价值。

中国文化敬重长者、遵守传统，西方文化则提倡平等、自由。千百年来，孝敬父母已成为中国人普遍接受的最起码的道德要求。在中国，家庭团结是凝聚力的体现。但是，中国人几千年来建起的"孝道"大坝正在被西方概念冲击着，中国传统的"四世同堂"日渐依稀。随着老龄化社会的到来，如今常见的是一对年轻夫妇照料两双父母，而四个老人和一对年轻人住在一起在客观上是难以取得平衡点的。

在加拿大，就连两代同堂的华人家庭结构也不多见。西方文化每时每刻都在冲击着传统的中华文化。如今，曾经被中国家庭认为是决策者的父亲角色已不再拥有完全控制权和决定权，也不再干涉子女的个人生活。尽管在部分传统家庭和一些不发达地区仍然存在这种现象，但孩子们对于职业和婚姻的选择在很大程度上已经摆脱传统的束缚。几十年前移民到加拿大的华人们试图让自己的儿女保持他们认为的传统中国文化，但是是徒劳的；而年轻的一代人也发现，若要实现自己的理想和目标，就不能迎合家长的所有要求；于是家长的权威性受到威胁，便放手让子女们自己去选择生活，实现梦想。

随着年龄的增长，年轻人走向社会，成家立业，就不情愿再与父母同住。久而久之，这些老年华人也逐渐加入到独居的行列中，就连那些刚刚来到加拿大的华人父母们也很快意识到这种"不得不"的观念改变了，有些移民老人也很快住进了华人老人院。他们不愿做子女的累赘，而且在老人院里能找到有共同语言的朋友。用他们自己的话说，"在华人老人院里能讲自己的语言，生病了也能有华人医生帮忙治疗"。东西方文化的冲突不仅从社会群体的角度上影响了老年华人的思想观念，更主要是从家庭观念上直接改变了他们日常的、习惯的生活方式。许多亚裔华人子孙接受了西方文化教育，深信北美人自我选择发展道路的人生哲理，在选择视野、建立家庭方面坚持走自己选择的道路。

有些华人父母往往不能接受这样的改变，于是会与子女产生一些不可避免的异化与冲突。我曾几次想帮助在加拿大的华人父母解决他们与子女之间的问题。但是，这些华人子女则会感叹地说，父母的生活环境与他们的不一样。这些年轻人自出生就生活在北美国家，尽管外表还是中国象征，但是思想里却渗透的都是被西化了的观念。他们不会因为父母的不理解而放弃自己的追求和生活目标，很多华人父母无可奈何。不难看出，加拿大华人新一代与老一代之间表现出的东西方文化冲突——父母与子女之间很难找到协调点。如此一来，双方便各奔东西。这些华人父母也走进老人院，加入到自力更生、独立自主的行列。父母一辈也逐渐理解了这种代沟，开始接受让孩子自己选择想要的生活。毕竟，他们还是要生活在北美社会里。但是，每逢节假日，他们还是希望能与子女团聚在一起，享受天伦之乐美味佳肴、欢声笑语。

不管是加拿大主流文化的老年人，还是其他族裔的老年人，他们的独立自主和自力更生的精神意识都极大程度上受到了西方个体主义文化的影响。个体主义文化倾向于把焦点放在个体身上，强调个体的独特性、独立性、自主性和高自尊。不少社会学家认为，两代人分居并不表示他们的关系不融洽，关键时刻，他们会给予对方鼎力支持和无微不至的照顾。其实分开居住给了彼此很多自由灵活的空间和时间，并有机会使他们建立与自己文化背景、人生观念相近的社会群体。如此，两代人之间既有个性解放，又有尊重理解，中西文化传统在某种程度上找到了切合点，不同的家庭观念也在这样的文化差异中找到了平衡点。

# 第二节　"一切靠自己"

家庭是社会的基础元素，也是教育的初始阶段。因此，许多观念，特别是许多社会观念的形成及传承皆由家庭开始。在中国家庭中，父母对子女的影响是不容小觑的。著名的社会学家费孝通曾说过：一个人的父母把自己的孩子比作一块石头，他们在石头上根据自己的意愿画上想要的图画。这样，孩子做任何事情都是在父母的监督下完成的，到了成家立业的年龄，父母则倾其所有，用他们积累的钱买房买车。即使孩子没有能力自己独立，父母也心甘情愿为他遮风挡雨。不同于中国社会的孩子是"私有财产"的观念，在加拿大人眼里，孩子是公众的。加拿大人普遍认为儿童时代的孩子维护自己权力的能力有限，所以社会就有责任和义务通过政府或法律权威来保护孩子的安全和健康。如果孩子在家里受到虐待，政府有权利剥夺其家长的监护权，并有权将孩子送给另外一个家庭进行抚养。北美人"一切靠自己"的观念也是如此。

在这里，我们单从加拿大人的家庭谈起，从其家庭关系的角度来分析问题。在他们的家庭中，父母与子女之间的关系是相对独立的，而这常常会被我们一些人称为"资产阶级只重金钱不讲人情。"其实，这是一种过时的观点。在所谓"不讲人情，只认金钱"的背后，存在着一种对孩子健康，对社会进步都有利的东西。他们这种相对独立的关系实际上恰恰起到了培养子女自立能力的作用，使其在青少年时期即确定必要的自尊心和责任感。加拿大的孩子们是在"一切靠自己"的观念下成长起来的，这也是加拿大社会的基本观念之一。他们崇尚个人奋斗，鄙夷依附他人。孩子们从小就受到这样一种熏陶：路是自己走出来的，要想发展自己，就得靠自己的奋斗，而不是靠父母的帮助。"自助为荣"，"靠父母为耻"的观念已经得到多数加拿大青年人的认同。

这种观念也要归功于加拿大父母对子女采取的大胆放手的教育方式，这也是加拿大教育的一个基本特点。父母对孩子们的热情和创造性给予及时的、高度的评价和赞赏。加拿大父母认为，培养孩子的目标就是要使孩子们在 18 岁左右就能够成为独立自主、自食其力，并对自我行为负责的个人。青少年年满 18 岁就享有法律规定的成人权利，他们一般在这时会离开家庭，过独立的生活。有的父母也会主动要求子女租房出去居住，这样就可以使子女更广泛地接触社会，获得实际的社会经验，扩大知识领域，为以后的工作创造条件。许多年龄在 18~23 岁的年轻人离开父母后，就会独自生活。他们往往自己确定职业的发展方向，自己选择配偶。有时他们也会向父母求助，但通常不会一直生活在父母的保护伞下。如果到 20 岁左右还跟父母住在一起，那就有可能被人们瞧不起。因此，离开父母的呵护，实现自立，在加拿大已经是一种强大的文化压力，加拿大人为他们的自立精神而感到自豪。我们和加拿大汤姆逊大学（Thompson Rivers University）进行合作办学，每年都会有加拿大的学生作为交换学生来我校和中国学生一起上课学习。每次来去，这些加拿大学生都不要求我们去机场接送，他们都会自己安排来去车辆，或者事先查好路线，或者问自己的朋友。甚至有一次，我们的两位加拿大交换学生滑着轮滑来到学校报到。

"一切靠自己"的观念，也体现了北美社会文化的一种传承。而这种观念的传承又为我们解释加拿大人的文化价值观提供了有力的说明。在一个家庭中，父母承担着教育子女的义务，他们首先做到"一切靠自己"，为子女做出表率。就现象来说，多数成年人都喜欢做多面手。不论是受人尊敬的大学教授、有身份的律师、银行经理还是公司老板，他们都和普通人一样乐于做一些琐碎的家务事，如修剪草坪、打扫房间、上街买菜等。我在加拿大访问期间，曾有几次陪同兰里市的市长买菜，还和他一起浇水、种花。还有一位西蒙弗雷泽大学社会学系的主任教我修理汽车、做木工活。在那里，大学教授会自己动手做家具或装修自己的房屋；银行经理穿上工作服当上了管钳工；公司老板戴上小帽粉刷墙壁。几乎人人都会使用工具，家用电器的小毛病自己修理。他们买了家具、地板后，会自己用卡车运送到家，然后进行装修、安装等工作。

加拿大人总是不时地变换工作，所以总是经常遇到搬家问题。有的人会选择处理掉目前家中的所有家当，然后轻身前往新的目的地；也有相当部分加拿大人（抑或是北美人）选择自己搬家。不同于中国，他们不选择雇佣劳力，而是自己从运输公司（U-Haul 是流行于北美的运输公司）租一辆卡车将自己需要的物品（包括家具）从这个地方运输到新的地方，然后直接把卡车还给目的地的相关公司即可，非常便利、便捷。从事这些所谓的"下等活"决不会被看做是不体面的事；相反，如果没有掌握这些基本技能，反倒让人觉得滑稽可笑。有一种不容忽视的现实是，加拿大的劳动力成本相对于中国是比较贵的，所以人们养成了自己动手的习惯。但是，喜欢做多面手的这些现象进一步说明了"一切靠自己"的观念已经深入人心。

# 第三节　崇尚友善

加拿大人认为，人与人除了竞争的一面之外，还有乐善好施、关心和帮助人类同伴的一面。在他们看来，人生来本该是平等的，但由于一些人为的或者非人为的因素，有些人失去了平等竞争的条件，以至在社会上处于劣势。为了使这些人不失去最基本的人的尊严，社会中的人类同伴有义务从精神上和物质上帮助和支持他们，使他们重新获得人的尊严和价值。

　　加拿大人生性活泼、聪明、勤奋、善于接受新思想，自然、坦诚而且愿意结交新朋友。尤其是在加拿大居住过的人，一般都对加拿大人说话的风趣幽默怀有较好的印象。加拿大人崇尚友善，因为热心助人是良好教养的顶点表现。他们待人自然、坦诚、宽容，而且乐于结交新朋友。加拿大人性格谦和，大多数人宽容和谦让，因而在这样的国度里，无论你的文化背景如何，宗教信仰如何，来自世界哪个角落，都能互相尊重、和睦相处，找到属于自己的归宿。

　　在日常生活中，加拿大人总是表现得彬彬有礼，常常给人轻松愉快的相处环境。如果你不小心踩了某人一脚，加拿大人马上会说：sorry，或者双方同时道歉。加拿大人待人和善，乐于助人；走在大街上、社区里，迎面而来的陌生人只要与你目光相遇，马上就会向你微笑，并打招呼问好；在狭窄的地方行走，总会主动让行。也有时碰到迎面开来的汽车，双方都会微笑致意，彼此驶过。排队购物时，加拿大人会让老人、小孩排在自己的前面，不管队伍有多长，排队的时间有多久，很少有人插队。在进出商店或任何公共场所的大门时，加拿大人总是习惯地往后看，如果发现后面有人，就会很细心地为你把着厚重的大门，让你先进门或者先出门。他们宽宏包容，只要你不影响别人，穿什么奇装异服、玩什么个人爱好也无人干涉。这些现象，足以证明加拿大的民族包容性。从某种程度上讲，这也是多元文化形态形成和存在的根据。

　　加拿大人乐于帮助陌生人。如果你有困难，他们都非常愿意帮助你。假如你在学习中遇到英语语言方面的困难，加拿大的学生可能会为你免费辅导英语。20世纪70年代，作为国家选派的留学生，我和其他几位中国留学生在蒙特利尔的麦吉尔大学（McGill University）学习期间，加拿大学生梅兰·曼尼（Melanie Manion）发起并精心组织了家教队伍（tutoring team），为我们进行每周两次的英语辅导，而且从来不计报酬。当时我们和那些加拿大学生选修的是同样的课程——美国历史和加拿大历史。每次课上，他们都用自己的录音机把教授所讲的课程录下来，然后回到宿舍帮助我们再复习一遍。辅导队伍逐步扩大，到了第二年，我们每人至少都接受过两个加拿大学生家教的帮助。除此之外，他们还热情地给予我们生活上的帮助，就这样，他们跟我们这些留学生结下了深厚的友谊。到了20世纪80年代，他们之中还有人专程从加拿大来中国看望我们，和我们一起回忆那段难忘的、不平凡的岁月。

　　众所周知，雷锋是我国人民心目中的英雄和榜样。雷锋二字，已成为中国人民心目中乐于助人、无私奉献的代名词。雷锋精神的核心是为人民服务。他乐于助人、勤俭节约、尊老爱幼、善待弱者、诚实守信，对需要帮助的人总是毫不犹豫，慷慨解囊。总之，他以"助人"为乐，把自己有限的时间和生命无私地奉献给了祖国和人民。

　　在过去的30多年里，我多次赴加拿大进行参观访问、讲学、做学术研究、国际交流与合作等，在此期间我结识了许多热心的加拿大各界人士。在与这些朋友的广泛接触中，他们的淳朴友善让我无数次地感动。他们虽说并不熟悉雷锋，却让我在异国他乡看到了"雷锋精神"的发扬光大。通过下面的亲身经历能让我们感受到在加拿大人与人、人与社会、人与自然关系之间的和谐融洽，也能让我们对社会公德有一个很好的界定。

　　我的加拿大朋友迪恩·道尼教授（Dr. Dean Downey）是具有雷锋精神的典范。他之前担任加拿大某大学的教务长，后来又任该校的副校长。我和他相识于1990年，我们初次接触是经朋友介绍的，当时他只是请我在咖啡厅喝了一杯咖啡。我们两个可谓是"一杯咖啡

梅兰·曼尼（Malanie Manion）——中国留学生的辅导队队长

结友谊，友谊背后创奇迹"。时光荏苒，到现在，我们结交已有 18 个年头。这期间，他亲自接待的中国赴加访问团成员多达 80 多人。每当我们中国的访问团抵加，他都会热情接待，并亲自开车到温哥华国际机场接送。而每次接到我们的访加团，他都会带大家去中国餐馆就餐。如今他已经退休，但一听说有来自天津的访问团，他依然会驱车到温哥华国际机场迎接。每次他都风趣地对大家说："Your chauffeur is here"（你们的司机来了）。他不愧是中加人民的友好使者，是崇尚友善的典型。正如毛主席对白求恩的高度评价和赞扬一样，他也是"一个高尚的人，一个纯粹的人，一个有道德的人，一个脱离了低级趣味的人，一个有益于人民的人"。

　　迪恩·道尼教授热爱教育，热爱中国，心里总想着为中国的教育事业做些贡献。在他的大力倡导和建议下，自 20 世纪 90 年代初，他所在的大学就开始免费接收天津市的大学英语教师，进行语言及文化方面的培训。自 2002 年开始，该大学又同天津市教育委员会合作，为我们的中学英语教师搭建了赴加拿大接受英语教育的平台。其中，每半年我市教育委员会选派 6 名优秀的中学英语教师赴加，到该校进行为期 4 个月的免费培训。迄今为止，我市已有 80 名中学英语教师在此项目中受益，得到了英语语言及社会与文化方面的培训。这些英语教师进一步了解了英语国家——加拿大的历史文化概况，拓展了他们的国际视野。我们的一些地方报纸也对迪恩·道尼教授为天津市教育所做的贡献进行了专栏报道。迪恩·道尼教授也深得中国教师的爱戴，只要他来天津访问或讲

一杯咖啡结友谊——助人为乐的迪恩·道尼
（Deane Downey）

学，我们的老师就会排队邀请迪恩·道尼教授去做客，共叙友谊。

当迪恩·道尼教授来天津讲学的时候，她的夫人玛格丽特·道尼（Margaret Downey）也会随同前来。在此期间，她不计报酬地为天津市的中小学讲授一些英语课程，和天津的一些中小学结下了深厚的友谊，天津市的相关媒体也为她的无私奉献做过报道。

中国的学生、访问学者、政府官员、天津的一些企业家和大学校长，都曾在他们家留住过，有的长达 1 个月之久。大家的食宿都由他免费提供，接待过多少人，连他自己都已记不清楚了。这么多次接待中国的访问代表团，是学校提供补贴还是他自己负担费用，我从来没有问及过。直到前两年我们再次相聚，在一起喝咖啡时我才无意得知，之前接待中国客人的所有费用都是他自己负担的。他经常跟中国人说，他所做的一切，是因为他喜欢中国，喜欢中国人。人们都说，一个人做一件好事并不难，难的是一辈子做好事，他就是一辈子做好事的典范。

另外一位和我一直保持联系的加拿大热心朋友是弗雷德·洛恩（Fred Lowen）。他是兰里中学的一位化学老师，每当我们的访加团逗留在加拿大温哥华附近时，他都自愿免费为我们提供交通服务，亲自驾车随我们同行，无私为我们奉献他的宝贵时间。周末时间自不必说，如果在工作日，只要他没有课程，也会陪同我们前往。他开车带我们去过很多地方，如惠斯特勒（Whistler）、基洛纳（Kelowna），还有维多利亚岛等地方。此外，他还一直为中国的大学教师、访加学者及中国留学生免费提供食宿。

弗雷德·洛恩的妹妹凯特·洛恩（Kate Lowen）也是一位非常热心的志愿者，专门帮助来自非洲的学生，免费为他们提供食宿和其他帮助。为此，她还专门在外面张贴告示，告示上写道：只要是非洲人，如有需要就可以给我打电话。他们的热情友善给我留下了深刻的印象，让我感动不已。

中国的雷锋精神在弗雷德·洛恩家中发扬光大

1990 年，我有幸获得加拿大联邦政府科研与教学奖金，赴加拿大进行为期两个月的社会与文化方面的教学考察和实地研究。经朋友介绍，我住在了纳奥米·麦克弗森教授（Dr. Naomi McPherson）家里，她是西蒙弗雷泽大学的人类学博士。为了让我顺利完成此次科研项目，了解加拿大的历史、风土人情、自然资源、少数民族、多元文化等，她亲自驱车带我访问了几乎哥伦比亚省所有的大学。我在她家整整住了一个月，而当我要付她住宿费时，她坚持不收。临走前，我为他们做了一顿中国菜以表示感谢。十几年来，我们联系密切，后来我们一起合作出版了《敦煌壁画故事选集》系列丛书。

在加拿大，我还曾得到过许多陌生人的无私帮助。每当想起那些经历，我都感慨万千。1990 年，我在不列颠·哥伦比亚大学（University of British Columbia）进行教学和科研考察。有一天，我在校园里乘车的时候，不知道该乘坐哪一趟车，便向附近一位 70 多岁的老太太求助，她很详细地告诉了我乘车地点和班次。就在我已经走开 100 多米的时候，突然听到背后传来急促的脚步声，我回过头，看到刚才的那位老太太拖着蹒跚的脚步，气喘吁吁地跑来。她给了我一张车票，并解释道，"This is a transfer, take it with you and you can get on any bus in about 4 hours. You don't have to buy the ticket"（这是一张转乘车票，拿着这张票，你可以在 4 个小时内乘坐任何一辆公共汽车，你就不用再花钱买车票了）。我心底立刻感到一股暖流，多么朴实善良的好人。若干年后的今天，每当我想起那张车票时，老太太蹒跚的身影总会浮现在我脑海里，成为我一生难忘的记忆。还有一次，我在公共汽车站等车返回住所，半个小时过去了都没有来一辆车。这时，一位中年妇女开车来到我的面前，她说："这个时间公交车已经收车了，我送你回家吧。"就这样，一位萍水相逢的人把我送回了很远的住所。

1996 年，加拿大温哥华地区兰里市市长约翰·谢尔顿（John Shelton）带领 12 名加拿大企业家、律师、医生一行到天津市进行访问。来访目的是扩大两国经济、教育和医疗等方面的交流与合作。其中，代表团中有两位医生，他们想了解目前中国医院的医疗情况。因此，我作为翻译，带他们来到天津某医院烧伤科参观。当时，烧伤科有好多病人正在接受治疗，他们看到烧伤病人的痛苦表情，深表同情，大家纷纷慷慨解囊，当场给那些烧伤病人募捐了 8 000 多加元，以使病人们能够得到更全面的治疗。有一位加拿大医生觉得自己的贡献微薄，当即赶回自己的旅馆，取来更多的钱，来帮助这些病人早日康复。他们这种热心公益、扶贫济困、善待他人的精神着实让我感动。

加拿大人喜欢做善事，是因为他们能从中得到快乐。他们常说，快乐是他们精神上的所得。

也有人会说加拿大社会做什么事情，钱是决定性因素（Money means everything）。但是，体现社会责任感和互相帮助、志愿投身公益活动的 volunteer（志愿者）却反映了加拿大人可贵的美德，这是一种金钱所不能衡量的高贵品质。在加拿大，你能接触到许多热心肠的志愿者及义工。他们服务于加拿大社会生活的每一个角落：为国际友人提供必要信息；在乡村指挥交通；顶着烈日为人引路；在博物馆、艺术馆做义务讲解员；在学校里帮助新移民学习英语；在职业介绍中心给失业者提供咨询等。他们工作不计报酬，为社会、为他人倾情奉献。这些志愿者来自社会的各个阶层，不仅包括普通公民，甚至好多位高权重的人也热衷于参与其中。在日常生活中，如果他们见你有难处，就会上前问一句"Can I help you？（我能帮你什么吗？）"。如果你问路，不管是熟悉的人还是陌生人，都会热情而耐心地为你指路，甚至，他们都会带你走一段，直到你确定方向。

每逢周末或节假日，加拿大的教堂里总有很多义工的身影，老少皆有。他们尽自己所能，为需要的人提供帮助。有一次当我提及要去拜访这些人的时候，我的加拿大朋友非常开心，欣然带我前往。当时，20 多个志愿者正在为即将到来的圣诞节服务，他们将不同的食物分类分份整理，以发放给那些需要的人。我的朋友告诉我，他的妻子和大女儿都在这个志愿者队伍里。他们并不羞于自己所做的点滴，能给需要的人提供帮助是他们快乐的源泉。此外，在加拿大圣诞节到来的时候，总能在商店门口看到手摇铃铛、穿着红色带有 "Army Salvation"（救世军）字样衣服的人。他们是在为需要的人筹措可能的费用，以帮助他们庆祝隆重的圣诞节。义工们在商店门口或者购物商场里轮流值班，进行这样的资金筹措活动。目前在加拿大，义工活动已经成为一项公开性的活动，每年 4 月中旬还会有 "全国义工周"，以弘扬和鼓励公民参加义工活动。

我自 1976 年第一次在加拿大留学时就亲眼目睹了在温哥华国际机场服务的老人义工，到今天 2011 年，仍然可以看到老人义工的身影，并感受到他们热情的服务。在温哥华机场的大屏幕上有这样的字迹：如果您有问题，请咨询我们的蓝衣志愿者。在加拿大，志愿者意识已经深入人心，蔚然成风；志愿者成为加拿大一张很有代表性的名片。在他们看来，当义工不仅仅是为他人提供服务，同时也是和别人交朋友、向他人学习、充实自己、积累个人生活经历的好机会。渐渐地，加拿大社会也把这种志愿者意识当做衡量个人素质的重要指标，甚至有些大学在录取新生时，除了比较其成绩外，也会将其是否有志愿者服务的经历作为参考。

热心于公益事业的志愿者

# 第四节　平　等　观　念

加拿大人认为每一个人都拥有获取生命、自由与幸福的平等权利。他们认为，每一个人都是上帝的子民，因而在上帝面前，人人平等，谁也不能被谁剥夺某些权利。如果随意剥夺某人的某项权利，是违背上帝旨意的。平等，作为一种追求与信仰，是每一个加拿大人所崇尚的，是不能被侵犯的。平等意识作为现实平等的反映，也是生活、工作和学习得以顺利进行的前提。在加拿大历史上，违背平等观念的事例是很多的，比如，对印第安人的杀戮、对华人的残害，对法裔加拿大人的不平等待遇等，都曾使平等观念的实施蒙上了尘埃。人们对加拿大社会存在的不平等现象的批判也从未停止过。总之，平等作为一种追求与信仰一直为加拿大人所尊崇。

加拿大人倡导每个人都应该拥有平等的机会去获得成功。机会均等在加拿大可以被看做是一种伦理规则，它确保人们在追求成功的过程中人人平等。加拿大人经常说的 fairplay

（公平竞争）便是加拿大人机会均等价值观的有力诠释。在加拿大，生活在贵族家庭里，享受着父辈们几百年聚集的财富并不是值得羡慕的事情。好多人出身于下层社会，但出身并不妨碍他们的社会地位的提高。在加拿大，许多来自其他国家的移民在各行各业都取得了成功，他们也开始相信公平机遇的观念。移民们成功的案例促使加拿大人相信，竞争是公平的。所以，在加拿大，无论处于什么样的社会地位，有着什么样的身份和背景，法律面前都一视同仁。

2000 年，加拿大总理克雷蒂安在已故总理特鲁多的葬礼上强调说："皮埃尔·特鲁多一直憧憬着一个公正社会，在这样一个社会里，任何公民在其一生中获得成功的机会都是均等的，不管他们的宗教信仰如何，也不论其富有还是贫穷。"在加拿大，机会均等的观念使得富人和穷人物质财富的水平不是永恒的。任何时候，竞争意识不强，富人都可能失去他们的财富，而穷人发扬和继承西部边疆拓荒精神就会增加他们的财富。在加拿大机会均等和自由竞争并存，并被看做是加拿大人文化价值观形成的象征。由于是这样的一种人生价值观念，加拿大人把生活的重心放在了自力更生、积极进取地完成自己的事业，而不是放在自己祖先的业绩上。

在很多国家，贵族社会的不平等延伸到家庭当中。父亲被认为是家庭的统治者和主人，与孩子们的关系也十分严肃、正式。但是在加拿大，民主平等的观念打破了父亲在家庭中的主人地位，并且拉近了父亲与孩子之间的感情距离。在一个家庭里，子女和父母不是服从的关系，他们是亲密的朋友，经常促膝而谈。父母给子女指出缺点，子女也时常主动和父母谈心提意见。

平等观念在现代加拿大社会中的具体表现。在学校里，师生关系将平等观念体现得淋漓尽致。学生们可以随时向老师提出一些具有挑战性的问题，师生之间没有绝对的关系与形态的界定。学生们的不同见解非但不受压制，反而是被鼓励的。老师和学生之间也多为朋友式的关系，对学生来说，老师并不是至高无上、不容冒犯的。学校所做的一切都是以学生为中心，从学生的角度和立场出发，根据学生的需要来进行课程设置和教学安排。

在公司里，管理者与职员之间并没有不可逾越的障碍，他们可以很平等地沟通。一般公司的老板也不采用绝对权威的口吻和下属讲话，而是让职员们在平等中营造合作的氛围，从而顺利圆满地完成任务。特别是在政府部门，政府官员没有居高临下的职务等级观念，如果有事想要和他们交谈协商，同等的地位身份不是必要条件。我作为一名中国普通高校的教师，在和加拿大人接触的 30 多年里，曾有幸得到过 9 位加拿大市长，1 位省长和 3 位加拿大总理的亲切接见。他们的平等待人令我惊讶和敬佩。

在家庭关系中，随着世界物质文明和精神文明的提高，加拿大已经基本实现了男女平等。女性的生活、工作、娱乐和财产拥有等方面都受到越来越多的尊重。女性不再局限于担当母亲或者厨房帮手的角色，而是寻找机会在外工作；而已婚男性则拿出更多的时间来陪伴孩子。越来越多的丈夫分担着家务，自愿承担家务中艰巨的部分。在择业方面，女性也可以进入绝大多数男性的工作领域。丈夫和妻子成为平等的伴侣。这也是加拿大平等观念的又一很好体现。在加拿大，丈夫殴打妻子是犯法的，警察可以逮捕这个男人。他可能会被告去法院并接受问话，法官可以禁止这个男人接近他的妻子，或对他进行罚款，或判他入狱。加拿大政府曾经出台一部名为"容忍度为零"的政策。该政策规定，只要是家庭暴力，一经发现，不分轻重，必须立案。而一旦丈夫对妻子有施以暴力的前科，那么在夫妻离婚时，用于

加拿大总理史蒂芬·哈珀亲切会见作者和加方高校领导，
并给予双方大学教育合作高度评价

作者受到加拿大总理保罗·马丁（Paul Martin）的亲切接见

家庭生活的房屋将全部归妻子所有。这个政策的出台给家庭平等观念以切实有力的保障。

在就业方面，加拿大议会于1986年正式通过了《就业平等法》，该法案的目标是实现所有加拿大人都拥有平等的就业机会，任何人都不应该因为能力以外的其他原因而被拒绝在工作岗位之外。该法案特别指出，在目前的加拿大，妇女、土著人、残疾人和少数民族这四类人还不能够平等地享有就业机会，他们在进入工作岗位时还会或多或少地遇到一些有意或无意设置的障碍。该法案鼓励雇主采取积极的措施，不仅要消除对这四类人就业的障碍，还要努力创造适合他们特点的工作环境，为他们创造平等竞争的条件。只有这样，才能使他们的就业领域变得宽广，他们才有可能获得真正的社会平等，并在各个领域中取得成功。如果有犯罪前科的人想求职，却被老板以不良前科为由拒之门外，他便有权起诉该老板。按照法律，一个刑满释放分子，已经为罪行付出了服刑的代价，出狱后在找工作方面便应享受与他人相同的权利。

在人际交往中，中国人的称呼语系统与西方的文化有着显著的差异。这些差异并非偶然，它们是不同社会形态下的两种不同类型文化的产物，并都打上了各自民族文化的历史烙印。加拿大人在称呼方面也可以体现出平等意识。把头衔和职务用作称呼语时，这种称呼形式在英汉两种语言环境下均可使用，尤其在汉语中更为常见。当称呼某位带有某种职务的人时，汉语会在他（她）的职务前冠以姓氏，因为这样做被中国人视为对受话人的礼貌。在英语中也有此类的称呼，但不如汉语那么普遍。

在加拿大，除对总理、省长、参议员、大使等特殊身份的人称呼其头衔外，对一般熟悉的人都是直呼其名。亲密的朋友之间习惯于直呼其名，比如：Tom、John、Annie 等，全然不考虑交际双方在年龄、辈分以及社会地位等方面的差异。这与中国人的称呼倾向截然不同。我们和加拿大合作的几所大学校长来访时，都倾向于直接称呼他们的名字。他们认为这样的称呼使得双方的交流没有障碍，更显得关系密切，比如我们直接称呼他们 Roger、Allan、Cyndi、Lori 等。与我们合作办学的加拿大汤姆逊大学的校长便是一位平等观念意识的践行者。每一年，前去加拿大进修的中方教师和到汤姆逊大学学习的交换学生，都会受到校方领导热情谦恭的接待。这些校长、副校长或者院长，都没有因为自己的领导级别身份而拒人于千里之外。甚至，这些大学校长会亲自驾车带着中国学生去郊外旅游。

大温哥华地区兰里市伍德中学（Brookswood Secondary School）的校长基恩·麦克唐纳（Gene MacDonald）也是其中一例。有一次，正值我在此中学校园参观学习，有几位喜欢踢球的孩子因为贪玩耍耽误了上课的时间。当他路过这里时，他用很谦和的语气问了一句"Do you have time?（你们知道现在几点了吗?）"，而不是立刻大声呵斥责怪孩子，孩子们马上道歉，迅速地赶回课堂。我们也从中可以感受到校长与普通学生之间彼此的尊重。严格说来，身份并不是一个人的名片，彼此的尊重信任或者谦恭有礼也许是一个人最好的形象代言。

在加拿大，任何室内场所都禁止吸烟。人们可以随时看到办公楼外面三三两两的人站在那里吸烟。这里不乏有一些大老板、高级执行官、大学校长，他们并没有因为职位高而违反规定，享有特权。这种平等意识也是值得我们学习的。

1999 年，华裔女性伍冰枝当选为加拿大历史上第一位女总督，这是对华人的鼓舞。伍冰枝三岁以难民的身份进入加拿大，经过几十年不懈的努力，终于成为加拿大政界领袖。这除了她本人的素质外，同时也折射出在加拿大这个国度里人人平等的观念。

加拿大人解释平等观念时，常常用赛跑作比喻。假如，每一个社会成员都是运动员的话，那么国家法规和社会的行为准则便是比赛的规则，这些规则对所有的运动员都一视同

基恩·麦克唐纳

仁。枪声一响，运动员在同一起跑线上同时出发，最先到达终点的运动员，靠的是自己的能力和体力。为了发财致富，人们可以"各显神通"。加拿大一些移民成功人士有的出身贫寒，有的财力有限，但是经过他们长期坚持不懈的努力，到达了成功的彼岸，脱颖而出。当然，人的能力不是等同的，因此获取的财富和所处的社会地位各有差异。但是，机会和权利对于每个人来说都是平等的。平等观念是与个体主义和自我实现等价值观念相吻合的。加拿大人相信，在这个社会里，每个人都有创造财富和获取财富、实现成功的权利。总之，加拿大融汇了来自世界的多个民族、多种文化的复杂因素，但因为平等意识在加拿大被普遍认同，使得社会安定和谐，这也是值得我们推崇和借鉴的。

# 第五节　隐私文化

在北美，人们初次见面时都会谈论大家普遍感兴趣的事情。他们谈论天气、电影、娱乐活动、学校、工作或当地的一些事情。在你还不太了解他人时，这些都是可以自由谈论的话题。他们在初次见面时不会谈论私人话题，因为这是很不礼貌的。比如，他们不去谈论为什么谁没有结婚或为什么谁没有小孩。他们经常谈论工作，但他们不谈自己的薪水。他们还避免提及有关政治、性和宗教信仰方面的话题。

"privacy"一词翻译成汉语为"隐私"。隐私观是跨文化交际的重要课题，对个人隐私权利的尊重是交际顺利进行的前提。在现代社会，物质财富极大丰富的同时，人们更加关注自我的精神生活，注重自我个性的空间。当每个人的自由成为社会其他人的自由的充分条件时，社会就会达到了高度和谐。加拿大人对"隐私"一词的理解是：凡是属于他们自己的、与他人无关的事，别人就无权过问。他们眼中的隐私是凌驾于道德之上的，是神圣不可侵犯的，绝对不允许对它干涉或侵扰。如果谁蓄意打听并传播，便是侵犯了他们的隐私权。实际上他们的个人隐私是受到法律保护的。

相比之下，中国人的隐私观念比较薄弱，认为个人要归属于集体，强调个人服从集体，互相关心，因此中国人往往很愿意了解别人的酸甜苦辣，对方也愿意坦诚相告。而西方人的文化背景是基于"我"之上的，"我"是个个体概念，进而西方人非常注重个人隐私，讲究个人空间，不愿意向别人过多暴露自己的事情，更不愿意让人干预。

加拿大人，无论男女老少都非常注重"私人空间"。他们把许多事看成是旁人不宜过问的个人隐私。只要你和加拿大人来往，你肯定会遇到与加拿大人隐私相关的一些问题：照片的隐私、信件的隐私、笔记的隐私、价格的隐私、婚姻的隐私、工资的隐私、身体的隐私等等。加拿大人认为隐私对于个人有如下几方面的功能：第一，个人自主（personal autonomy），个人免受他人的控制与支配。第二，情感放松（emotional release），个人有机会调节自我情感结构，能有选择地表达内心情感而不受外界约束。第三，自我评估（self-evaluation），个人有机会对自我行为和经验做充分的评估与认识，从而对自我行为做出选择。第四，有限保护交际（limited and protected communication），个人有机会在亲情团体与正式场合之间进行界限界定，从而在不同的场合做不同的交际选择维护个人与社会的协调平衡。

加拿大人普遍认为的"隐私"具体体现在以下一些方面，例如在朋友家里做客，你拿起摊放在咖啡桌上的报纸或杂志是可以的，前提是那些东西放置在一些"公用的"家具上。若放在私人家具上，如书桌或床上的物品，便绝对属于隐私，是不能乱动的。

在学校，有时即使两个人听同样的课，也不能分享彼此的笔记。一个人记录的笔记是基于老师的讲授和他自己的理解，是他听课和看书的所得，代表了他自己的所感所思。从根本上讲，这些笔记是私人的东西，未经本人同意，任何人都无权翻阅。

相册也是私人物品，外人是不能随意翻看的。如想翻看，必须首先征得主人的同意。有些时候，加拿大人对于他们的隐私过于敏感，别人不经意的好奇在某种程度上便侵犯了他们的隐私，会让他们反感。加拿大人还认为，有教养的人是不问别人物品的价钱的。因为一般来说，个人钱财是很隐私的事。同样，别人挣多少钱，或者拥有多少银行存款以及股票投资，都是不该问及的。

在加拿大，肥胖、秃顶、白头发等关于身体的问题也属于隐私，他们对此非常敏感。事实上，身体上的缺陷已经成为很多加拿大妇女的严重的心理问题。对女人来说，白头发，尤其是少白头，很容易使她们觉得自己老了，或者失去年轻的魅力了，这对她们有很多消极影响。记住，在与加拿大人接触中，"见男士不问收入，见女士不问年龄"。如果你参加一个社交聚会，比如聚餐会、茶话会或者家庭招待会，出于礼貌，你们可以讨论你的工作、你的国家、你的加拿大或者其他国家之旅以及你对加拿大的所感，但是别太详细。

中国人见面，都要主动关心一下对方的家庭、年龄、工作、收入，甚至婚姻状况，觉得这是拉近彼此距离、密切相互关系的友好表示。可是在加拿大人眼里，这种观念需要转换，因为这些问题往往会引起误会，让加拿大人反感。有一位加拿大女教师，30年前曾教过我英语，她至今未婚。我几次陪同教育代表团访加时都会去看望她，代表团的成员们都好奇她的个人问题，好多人都会问她成家的问题。一次，她红着脸对我说："请你告诉中国的朋友们，我找不找对象，结不结婚是我个人的事。昨天晚上和我们一起吃饭的加拿大人是不是我的男朋友也与代表团无关。请告诉他们也不要在中国给我介绍男朋友，谢谢他们的好心。我自己过得很舒服，我喜欢自己生活。"（Please tell your Chinese friends, whether I'm going to look for a boyfriend or not, whether I'm going to get married or not has nothing to do with them. It's my own business. Give a thousand thanks for their kindness. ) 我向她道歉，跟她讲述中国文化的内涵，说这是中国人的习惯、热心肠，请她谅解。

我特别要好的一位加拿大朋友每次来中国几乎都要生病，不是感冒就是拉肚子，我的同事们都特别关心他，见面就问"你还拉肚子吗？""煮鸡蛋治拉肚子"，"中午饭一定要喝小米粥"，"蒸鸡蛋羹治拉肚子"，"藿香正气一吃就好。"同事们的热情关心激怒了这位加拿大朋友，"你们还会问其他问题吗？""你们有什么英语问题吗？""我没病，什么病也没有。"有一次他还气哼哼地找到我说："You are not privileged to tell your colleagues that I'm sick. They're too nosy. I don't like that." "你没有理由告诉别人我生病了。他们太好事儿了，我可不喜欢。"同事们的真心关怀被他看成了侵犯个人隐私。加拿大人认为，生病是自己的事，不需要别人过问，更不允许透漏给别人。

夫妻之间同样也存在隐私。我的一位中国好朋友嫁给了一位才华出众的加拿大绅士，但是，最近她的丈夫因为极其生气而想要离婚，原因是这位中国妻子拆开了她丈夫的一封信并翻看了他的钱夹，而这位中国妻子不知道这样的行为对于加拿大人来说是不能容忍的。妻子觉得，夫妻俩就像一个人似的，为什么她就不能看看他的信或者看看钱夹里装的是什么呢？的确，即使是朝夕相处的夫妻，彼此之间也需要一个自己的空间。

几十年来我住过许多加拿大朋友的家，他们从来不冒犯我的隐私。我在他们家里打电话时，他们都会回避。虽然我们已经是很亲密的朋友，可他们特别注意给我独处的机会。只要我打电话，他们就不在一旁逗留，更不会刻意去听。虽然他们不懂汉语，在场也无妨。排队购买物品或乘坐公交车、电梯时，他们尽量避免与陌生人挨得太近，因为他们需要一段空间来保护自己周围那块无形无影的领地。打公用电话也是一样，排队等着打电话的人也是站在离电话亭两米以外的地方。去银行柜台或自动取款机前，人们要输入密码进行操作，后面的人更是自觉地站在距离很远的地方。加拿大人从不过问与自己无关的事情，这已经成为他们信奉的准则。值得注意的是，在加拿大，医生给病人诊断病情时，不允许其他病人在旁观看，在他们看来，病也是个人隐私的一部分。

加拿大人认为很多隐私都纯属个人隐私，尤其年龄、婚姻状况、体重和收入是绝对不能随便提及的，即使你们是特别要好的朋友。在这个崇尚年轻的文化中，加拿大人尤其对变老问题敏感，他们觉得变老是非常痛苦的一件事情，所以许多加拿大人竭力保持并隐藏自己的年龄。和我们一起合作办学的加拿大大学女校长 50 岁生日时，我们买了巧克力和贺卡作为生日礼物，祝她生日快乐，并说道，"You should be taken good care of yourself"。当时，这位加拿大女校长有些愕然，推辞说道，"你记错了。"当时的气氛有些尴尬，因为中方老师触及了外方校长的年龄隐私。一般情况下，加拿大女性 40 岁以后就不庆祝自己生日了。20 世纪 90 年代我陪同代表团访问加拿大，几乎每次都有人让我问加方代表们的工资状况，我都是打岔回避诸如此类的问题。但是随着改革开放步伐的加快以及对外交流的频繁，中国人对文化差异的理解越来越深刻了，也就不再谈及那些被西方人认为是隐私内容的话题了。

加拿大人对自己的私人时间看得非常严肃。鉴于某种工作需要，我们中国人加班是司空见惯的事情，从而不得不牺牲自己的私人时间。有许多中国人除了每周 40 个小时的正常上班时间外，还会非常敬业地加班，甚至在节假日也是如此。总之，中国人的私人时间观念没有那么明显。在我们合作办学过程中，无论加拿大合作大学的领导还是师生什么时候到来，我们都会盛情接待，哪怕是在另一个城市，也会赶回来见上一面。但我们却很少看到加拿大人如此。他们认为，下班之后，或者放假之后的时间绝对属于自己所有，或者跟家人相处，或者外出游玩。总之，下班后的这些时间和工作没有任何关系。因此，往往我们给加拿大朋友打电话时，总能听到语音信箱留言的"哔哔"声，或者收到来自他们邮箱的自动回复。我的一位加拿大朋友亲口告诉我，节假日时间他们即使收到了关于工作的电话留言或者邮件，也不会给予回复，因为他们认为正常的休息时间是神圣不可侵犯的。所以，正值他们周末假期的时候，即使我们从中国远道而去，他们也不会特意见面。

此外，加拿大人普遍认为，成年人也理应对幼儿的隐私给予尊重和保护。从本质上讲，这也是尊重和保护他们的自尊心的表现。比如在日常生活中，父母不在孩子的"领地"里检查他们的物品；父母不将孩子保存的"私房钱"据为己有；大人在孩子面前的言行需要经过"过滤"，而不是有意无意地提及他们曾经的过失之类的话题，从而伤害了他们的自尊心，对他们的心理造成严重的负面影响。

# 第六节　自 我 表 现

加拿大人和美国人一样勇于自我表现，爱"出风头"，爱冒险，爱新奇。只要有机会就展示自己的才能，这也许是北美人"外露"的天性。他们坦率，直来直去，不会故作谦虚。当你夸赞他们的某种技能出色的，他们会坦然接受。加拿大人自信，不服输，从不轻言放弃。在他们看来，退让是怯懦的表现，这与他们作为一个移民民族处处注重自尊的文化心态有关。

有一次，3 个加拿大学生邀我去打乒乓球。他们的水平与我相当，但却未能赢我。后来他们表现得有些急躁，一个去换鞋，一个换拍子，声称回来后定能打赢我。本着友谊第一的原则，我故意输他们两局，但最终我还是 4 个人中的冠军。他们不服，决定明天要开车去接我，给我买午饭，求我第二天一定与他们再比高低。

1991 年，我随中国教育代表团访问加拿大时，团中有一位力气很大的运动员。一位加拿大掰腕子高手听说在场的加拿大人都不是这位中国运动员的对手，便专程开车一个小时来到我们访问的学校，坚持要和我们代表团的运动员较量一番。决斗结果，加拿大小伙子胜利了，他挥了挥拳头说："No competitors，so far.（目前我还没有遇到对手）"。

加拿大人性格外向，善于宣传自己，推销自己，想尽一切办法为自己造势。我有幸在加拿大旁听了一所大学的教师招聘会。求职者那种自信坚定和落落大方的演讲，令人可叹、可敬。为了证明自己有实力讲好古典戏剧课程，有位女士穿着莎士比亚时代的服装，边表演话剧边讲课，我们在座的人俨然是在戏院里观看现场表演。

依我看来，加拿大的课堂，不论是小学、中学，还是大学，秩序都有点"乱"。老师一旦停下来提问题，就不能控制课堂局面了——加拿大孩子们的表现欲望太强烈了。1990 年我有幸被邀请到多伦多一所小学的课堂上，老师提问道："为什么大海有潮汐？""为什么所有的鸟儿都叫呢？"全班 30 多人都举手，争相发言。老师一再试图停止，可没有成功。最后一个没发言的孩子哭着跑到前面说道："今天必须让我回答这个问题，明天可以不让我发言了！"老师无奈，课堂延迟了 10 分钟。

我在加拿大上学时，开始总喜欢坐在后面的座位上，可是我的加拿大同学都争先恐后地

课后和加拿大学生在一起

加拿大小学生课堂

坐在前排，并且在课堂上勇于提出问题、回答问题。如今，我在中国大学里教课，中国的学生仍然都选择后面的座位，而且课堂提问时也很少有自告奋勇的学生，不愿意"抛头露面"，这些也许是中国传统文化中的"木秀于林、风必摧之"的训诫吧。

　　在加拿大讲学期间，我还做了件趣事，就是曾经替人当了一天的保姆。一位中国的女教师因为有事在身，拜托我替她照看一位加拿大医生家的3个孩子（2个儿子、1个女儿）。从早晨7点半至10点半，我连1分钟的休息机会都没有。孩子们勇于自我表现，谁也不甘示弱。一会儿让我听他们讲故事，而且要认真听讲，听后还要点评；一会儿让我去看拼图；一会儿又让我看她们布置的房间。他们一刻也不停，忙于向我展示自己。当时，我已经累得筋疲力尽，如何摆平这种局面呢？我突然想起曾经学过一点武术，就试图用教武术的方式来

**勇于自我表现的孩子们——认真学习中国功夫**

安顿这 3 个孩子。这招果然灵验，他们都喜欢中国的武术表演（martial arts）。他们很兴奋，拼命地把每一个动作都做到位。我要求他们做武术的基本动作，如骑马蹲裆式，大鹏展翅式等，每一个动作要求孩子们坚持 15 分钟不能动。就这样，几个动作做下来，我才好不容易熬到了中午 12 点。

# 第七节　冰球文化与竞争意识

　　冰球，顾名思义，就是冰场上的球类活动。冰球最早是由英国传入北美的。1870 年，加拿大麦吉尔大学开始组织冰球比赛，并制定了相应的规则。冰球运动在加拿大迅速普及，接着很快传播到欧洲各国。从某种意义上讲，加拿大人创造了现代冰球运动，人们把冰球誉为加拿大的"国球"，加拿大也因此被世人公认为现代冰球的鼻祖。1908 年国际冰球联合会（the International Ice Hockey Federation）在法国巴黎创立。自 1920 年冰球运动在第七届奥运会上被列为比赛项目以来，一直到 1958 年，加拿大冰球在世界上经常处于领先地位，曾多次赢得世界冠军。

　　冰球比赛每场 60 分钟，分 3 局进行；每局实际比赛时间 20 分钟，中间休息 15 分钟。比赛时每队 6 人，包括前锋 3 人，后卫 2 人，守门 1 人。运动员穿着冰鞋在冰上滑行，用球杆把球击入对方球门为胜，比赛进行中可以随时替换队员和守门员。本人曾经亲临很多场冰球比赛，有职业球队之间的比赛，也有业余球队之间的比赛，但不论性质如何，结果如何，他们都十分认真地对待冰球场上每一分钟的精彩表演。每一场比赛开始的时候，场内的气氛异常热烈，也会伴随有震耳欲聋的欢呼声。有些观看者则是非常忠实的 fans，尤其是当他们支持的球队射门时，他们会欢呼雀跃，大声喝彩。

　　但让人感到无所适从的是，在有些业余的比赛中，会有一些"打架"的现象出现。有时比赛暂停的时候，双方对手卸下全副武装，拉开决斗的架势，似乎要在比赛之外分个高低。不管在什么情况下，他们都怀揣着满腔的竞争的意念，决不示弱。哨声一响，冰球开始在球场上滑动，双方球队的队员便开始竞相追逐，力图使得这个神秘的球在他们的球棍之下，受控于他们的成员。而且，总能很频繁地听到冰球场周围的纤维玻璃被猛烈撞击的声音，只要是为了争夺对球的主动权，这些队员们不惜用自己的身体去抵抗，虽然有些时候他们的努力于事无补。整个球场上充斥着运动员的奋争和勇猛。当有的比赛节奏比较快时，你的感受会更加深刻。作为整个球场的主宰者，他们把竞争意识发挥得淋漓尽致，你追我赶，谁都不甘示弱。

冰球是一项在高速移动中常发生身体接触和激烈碰撞、对抗性极强的体育运动项目，可以说是一项勇敢者的运动。大家知道，足球和篮球也是有身体接触、对抗性比较强的体育运动项目，但这两种运动由于只是运动员用双腿在场上奔跑，竞争对手身体之间的相互冲撞远比不上冰球运动员在冰上快速滑动中所产生的冲撞力，这就是冰球比赛的魅力之一。当然，冰球运动员之间默契的配合、快速而又令人眼花缭乱的传递、大力射门（slap shot）、比赛结果的偶然性和悬念性也是冰球运动引人入胜的地方。受加拿大众多的冰球 fans 所感染，来自世界各国的移民也都很喜欢这项加拿大特有的体育运动，并为之疯狂。

就像足球在夏季奥运会占有很大的分量一样，冰球运动是冬季奥运会含金量最高的体育项目之一。2002 年在美国盐湖城举行的冬奥会上，加拿大男女冰球队在决赛中双双击败美国队而取得冠军，着实让加拿大举国上下激动了许久。

据加拿大人口普查统计，10 岁以下儿童在各种俱乐部打冰球的人数常年维持在 5 万人以上。各种青少年、青年和成年人（包括妇女）的冰球俱乐部和各个级别的球队在加拿大全国各地更是不计其数。到了冰球赛季，当地的报纸天天都有冰球比赛的消息。电台、电视台是只要有比赛，就会有直播，其间更是穿插有不少专家（包括教练和运动员）和体育评论员对比赛的分析和评论。以安大略省为例，最受欢迎的冰球晚间直播节目是每逢周末的"加拿大冰球之夜"（Hockey Night in Canada）。该体育节目可以说是加拿大人在冰球季节里必看的一档节目，收视率也很高。由于加拿大东西部的时差是 3 个小时，而一场冰球打下来一般也正好需要两个半到三个小时，所以该节目一般连续直播两场（东西部各一场）加拿大国家冰球协会（National Hockey League，NHL）的比赛实况。其中在运动员比赛第一节（20 分钟）结束后的 15 分钟休息时间里，穿插播放的加拿大家喻户晓的 Don Cherry 和 Ron MacLean 主持的教练角（Coach's Corner）的评论节目更是冰球 fans 们的最爱。

根据国际冰球联合会不久前公布的统计数字，无论冰球运动员数量，还是冰球馆的数量，加拿大都远远超过其他国家。目前，全世界注册的冰球运动员共有 130 万人，其中约120 万集中在加拿大、美国、瑞典、俄罗斯、芬兰和捷克这 6 个当今世界冰球强国。而在这6 个国家中，加拿大所拥有的冰球运动员人数高达 50.1 万人，占总数的近一半。即使按全国 3 400 多万人口的比例来计算，加拿大的冰球运动员数量也绝对是世界第一。此外，在国家冰球协会里打冰球的职业球员有 60% 是加拿大人。

加拿大有 6 支职业国家冰球队，其中包括 2 支最受人们欢迎的球队：蒙特利尔加拿大队（Montreal Canadians）和多伦多枫叶队（Toronto Maple Leafs）。每逢冰球赛季（每年的 10 月份到次年的 6 月份），大家（包括公司老板）每天早上到办公室后除互道早安外，首先要谈论的就是头天晚上的冰球赛事。如果你有幸在冰球赛季期间访问多伦多，你就会发现，周围好多人都是多伦多的枫叶冰球队的粉丝（fans）。大家平时谈论最多的也是有关多伦多枫叶冰球队的话题，从比赛到球员，再到其教练等。所以只要有多伦多枫叶冰球队的比赛，你就会时不时地听到有关的话题和评论，处处都能听到"Go Leafs Go!"的号子声（意即：枫叶队加油！）。更有意思的是，如果多伦多枫叶冰球队打进了复赛（playoffs），你就一定能看到有 Fans 穿着他（她）所喜爱的印有某球员名字和号码的球衣"招摇过市"，其场景着实令人有些忍俊不禁。

在加拿大当今体育社会中，冰球运动逐渐地衍生出一种"冰球意识"，而冰球意识的构成因素中除了包括反应能力、思维能力、应变能力和自我控制能力外，还包括竞争意识。如今的体育运动已经不仅仅是一种属于体育竞争意识的精神，而是一种社会文化的外在表现形式。从某种意义上讲，冰球场是加拿大社会的一个小小的缩影。每个社会成员都是这个球场上的球员，他们为了争取自己的荣耀，奋力拼搏，试图分个高低。一方一个进球的胜利，并不能阻碍另一方在接下来比赛中实力的发挥，他们从不轻言放弃，时刻保持着竞争的心态。

冰球运动淋漓尽致地体现了加拿大人的竞争意识。竞争意识是西方人与生俱来的传统。这与中国人一贯奉行的"和为贵"、礼让谦卑的中庸之道有些格格不入。在西方，人们普遍认为竞争是社会发展的原动力和催化剂。对于物质利益的追求使得人人都在努力拼搏以提升自己的竞争能力，开拓自我完善的空间，把握一切机会，以便获取最大利益。

竞争意识，是加拿大价值观的核心之一。学会如何在运动中获胜，是在以后的生活中取得成功所必须培养的习惯。青年人必须学习和体会体育运动中的竞争道德规范，以便在未来的事业中取得成功。加拿大认为，"拼搏"或者"决不放弃"是成功的关键。没有拼搏竞争，就不能在现实社会中生存。半途而废的人绝对不会是胜利所青睐的对象，同样，取得胜利的人绝对不会半途而废。

在加拿大，父母们为培养孩子们的竞争意识，让他们从小就在家里或公园的草地上和小伙伴们一起打冰球，加拿大人称之为"街道冰球"（street hockey）或"路面冰球"（road hockey）。在加拿大有这样一种说法：如果不懂冰球，你就不是真正的加拿大人！就像我们国人对乒乓球的钟爱一样，加拿大人对冰球崇尚备至。在体育比赛中，输掉哪一个项目，加拿大人都可以不在乎，但加拿大的冰球队必须要赢！他们认为：Canada is hockey, hockey is Canada. Hockey brings Canadians together.（加拿大是冰球，冰球是加拿大，冰球把加拿大人连在了一起）。人们把冰球称为加拿大球，冰球在加拿大被奉为国球。冰球运动的胜利在他们心中无异于整个加拿大的胜利。加拿大人认为：他们和冰球是一体的。

在西方世界，竞争无处不在。自由企业之间、个人之间都充满着竞争，国家机器就是在这样的情势下运转的。他们遵循的信条是：竞争可以激发某些动机；竞争是天生的；生活就是充满竞争；竞争是必要的。也许人们会觉得诧异并对此提出质疑，加拿大本是一个爱好和平的国度，何来如此广泛的竞争意识，何以被竞争的意识所笼罩。其实不然，不论是在生产销售领域，还是在产业教育方面，都可以处处感受到竞争压力的存在。而冰球场上激烈的你追我逐便是这一种竞争文化最形象的诠释。

物竞天择，适者生存——这一自然界和社会发展亘古不变的原则，与北美人非常注重个性培养，强调个人独立并崇尚自我价值观念的结合，在加拿大社会得到了很好的体现。竞争意识便是对这一社会概念的概括和体现。父母从小就教育孩子要通过勤劳获得物质财富，从而实现个人价值。因此，个人必须努力奋斗，以积极地适应并投身到竞争的行列中去。人们相信，竞争不仅能推动个人价值观的实现，也有助于推动社会的进步和发展。

北美人接受的是无限发展的世界观。他们相信世界会源源不断地为人类提供各种资源和财富。社会成员之间的竞争不是穷尽财富，而是不断地创造社会财富。因此，他们的父辈总是鼓励家庭成员去积极地参与竞争。

## 第八节　礼 尚 往 来

送礼是许多国家共有的习俗，但是，送什么样的礼物，什么场合送，以及如何送礼却与本国的文化传统有着密不可分的关系。对中国人来说，送礼是一件大事。逢年过节，结婚喜事，亲友之间除了互赠礼品外，多半是直接送礼金来表达心意。某种程度上讲，中国人在送礼方面有些市侩习气。有些中国人认为，如果礼物价格便宜，对自己、对收礼的人都是一件不体面的事情。加拿大人经常赠送一支笔、一个水杯、一个钥匙链、一个小钟表、一支小蜡烛等当做礼物，而这些在中国人看来，都不能称之为礼物。还有的中国人认为，收到这样不值钱的小礼物是对他们的一种不尊重，有些公司老板以自己的高贵身份和显赫地位作为比较的基点，他们觉得接受这样不起眼的小礼物在某种程度上是对他们的侮辱。在中国，礼物的价格通常被看做送礼者和受礼者关系密切程度的象征，尤其是当送礼者的目的是请求受礼者帮忙的时候，礼物的价格就显得格外重要。

加拿大人对赠送礼物的观念与中国人截然不同，他们之间互相赠送礼物常常是为了联络感情。一个小礼物、一张贺卡，都是一种感情的表露、心意的传达。相比礼物本身及其价格，他们更看重礼物的情感价值。换言之，他们更重视送礼者的心意和情意。这也许是因为他们生活在一个物质丰富的社会里。加拿大人更重视带有情感意义的、价格较低的礼物，而不看重昂贵的但不带个人感情色彩的礼物。中国人的"礼物越贵重，情意就越浓"的观念在加拿大并不适合。如果你听说你的加拿大朋友要结婚，你只是给他们寄去一张贺卡，同样十分得体，他们也会很欣然接受并表示感谢，因为，他们认为你的心意已经尽到，真正体现出"礼轻情意重"。

**加拿大文化大使——大山和我们欣赏中国和谐文化**

在加拿大，赠送礼物通常还要避免赠送价值昂贵的物品，否则会使收礼人感到不安，因为他们会困惑你送贵重礼物背后的企图。加拿大人独立能力很强，不愿与他人有"两肋插刀"那样密切的私人关系，更不愿意由此而承担什么义务，当然也就不愿意由于接受了贵重礼物而被牵扯其中，或不得不去帮别人完成某种任务。总之，加拿大人不愿意因为接受礼物而给自己找麻烦。如果一位加拿大客人被邀请去参加某项活动，或者因此被赠送了一个小礼物，他会自然接受下来，并向对方表示感谢，仅此而已，他们一般不会花费心思回请或回赠礼品。加拿大人从事社交活动喜欢在尽可能不牵扯社会义务的条件下进行。

和加拿大人打交道 30 多年来，我带领访加代表团或者作为政府代表团的翻译多次访问过加拿大。由于我国的改革开放，现如今与加拿大人互赠礼品的问题不像 20 世纪 80 年代或 90 年代那样令人烦恼了。记得在 1991 年，作为翻译，我随市政府代表团访问加拿大几座城市。那时政府官员领导的观念是，备足礼品，感动加方。当时我们带去了由中国传统工艺做成的瓷釉瓶，古香古色，别致有加，可谓是"薄如纸，轻如毛，声如磬"。还有专程从苏州买回的真丝围巾和美术学院教授的花鸟类国画等，这些礼品都是很贵重的。可是我们收到的加方的回赠礼物却是加拿大两个城市的简介宣传册、带有城市标志设计的圆珠笔、带有爱斯基摩印记的骨质胸针、几瓶枫糖浆、有印第安文化特色的小型图腾木雕，以及带有加拿大枫叶标志的胸章等。代表团的成员们当时都惊呆了，说道，我们买了那么贵重的礼物，而这些加拿大人竟然这样回赠我们，这显然是对我们的不尊重！

30 多年来，与加拿大人接触的经验让我深深地感受到不同国度之间文化价值观的迥异，尤其是在中加礼品赠送方面。所以我向代表团解释加拿大人这方面的文化内涵，尽管当时我尽力地说服他们，最后他们还是摇摇头，异口同声地说："令人费解！"

天津理工大学与加拿大的大学有着密切合作的教育项目。加方教师经常来中国讲课、访问，或者进行科研工作等。记得在 1995 年，有一次加拿大校方领导带领 26 名学生到我校进行教学实地考察与实践活动。我们的欢迎仪式非常隆重，场面气氛相当壮观。中方校长、教师代表、外事人员，还有学生代表等欢聚一堂，准备宴请我们尊贵的加拿大客人，中方准备了多种精致的礼品：中国传统的杨柳青年画、特意准备的民族特色风筝、全套的天津特色泥人张，还有天津剪纸等。正当欢迎仪式要开始的时候，我突然发现加方领导准备回赠的礼物居然是一个个玲珑别致的小钟表，我不禁怔住了。如果真的把这些小钟表赠送给中方校领导的话，必将会引起很大的不悦。要知道"送钟"是中国民间的一种禁忌。因为在多种中国方言中这也是"送终"的谐音，被视为不吉利的象征。当意识到加方客人要给中方校领导"送钟"的时候，我马上阻止这一活动的继续。接下来便是慌慌张张的搜集工作：我以百米冲刺的速度，把几年来加拿大朋友送与我的礼物拿到欢迎仪式上，作为加方礼物赠与中国校方领导。这场"送钟劫难"过去后，我坐下来开始跟加拿大人讲"送钟"的"伟大意义"。当他们听懂了我对"送钟"的精彩解释之后，我们双方都捧腹大笑。在加拿大，"送钟"却是很自然的事情，好多退休的人经常接受别人送的钟。最后他们问我，既然在中国不能给领导"送钟"，那我们这些钟该给谁呢？最后，我们学院的一位年轻老师收藏了这些加拿大朋友没有送出去的钟。

在改革开放多年后的今天，文化习俗在双方接触传递中呼唤出了新的变化。或者说，一方的文化价值观、习俗已经潜移默化地对另一方产生了影响。双方在赠送礼品的时候，都试着去尊重对方的文化，从而达到精神上和物质上的共赢。

# 第九节　人 际 关 系

人际关系是指人与人之间的联系、相互影响和相互作用的状态，一般也称为人缘关系。现代社会的人际关系异常复杂、扑朔迷离，很难认识、对待、处理和解决好，人际关系的好坏直接影响着个人的生存和发展。人际关系不好可能会阻碍一个人的发展，而人际关系良好能获得巨大益惠，是人生的一种巨大财富。社会当中人际关系十分复杂，而且范畴甚广，比如有工作关系、师生关系、亲属关系、同学关系等。在不同的文化中，人际关系相差甚大。无论是家庭成员、亲戚，还是朋友等，各种人际关系都会受到文化差异的巨大影响。

加拿大人在各方面不依附于亲朋好友的观念其实与加拿大人独立自主、自我实现、自力更生的个体主义文化价值观有着一定的渊源。有些长期在加拿大定居的加拿大华人，由于身处这样一个社会结构之中也自然而然接受了这种所谓亲情冷淡的观念。因此，在加拿大籍华人与那些在加拿大留学的中国学生和在华亲属间产生了许多摩擦和误会，电视剧《北京人在纽约》就是典型的一例。在许多中国人眼里，这种矛盾的产生是由于像加拿大这样的西方资本主义国家"人情冷漠"而造成的，其实这种看法是片面的。和其他西方国家人一样，加拿大人并不把亲属关系看得那么重，个人也不对亲属负有那么多的、直接的义务。在他们看来，亲戚之间的紧密联络会使其失去个人自由，这使得年轻一代与老一辈的家庭成员之间丢失了很多亲密关系。因此，在天津留学的加拿大学生，半年以来，只见过他在北京教书的叔叔一面，不是像中国人离家外出时，常会拜访当地的自己亲戚，并寻求帮助。从促进文化之间交流的立场出发，我们更应该把它当做社会结构和观念上的文化差异理解，而不是当做道德品质的优劣来进行评判。

中国人对亲属所负的责任和义务要比加拿大人多很多。个人与家庭、亲属的关系从古至今有这样一句话："一辱俱辱，一荣俱荣"。如果一个大山里的农村人进了大城市，有了稳定的收入或做了官，那么他对于整个家族的富裕、后代的教育等负有不可推卸的责任和义务。而这一观念对于那些在加拿大留学的中国学生也适用。他们往往以为在加拿大的叔叔、姑姑、舅舅、姨、表姐、表哥，甚至更远的亲戚会主动提供经济、手续关系网等方面的援助，而一旦他们自己在加拿大站住了脚，会千方百计地将自己的亲戚办到加拿大。

加拿大人结交朋友和中国人不大一样。中国友情观念下的友情将持续很久乃至一生。中国的朋友关系强调时间的持久性，强调对彼此的责任感，朋友间交流内容的开放度越大，彼此间的情意越深刻。朋友间互相依靠，互相帮忙，彼此对对方有一定的义务，别说互相借钱，甚至需要的时候会达到为朋友两肋插刀的地步。"在家靠父母，出门靠朋友"、肝胆相照、赴汤蹈火等都表达了中国人的交友观念。中国朋友间是一个紧密的社会网络，而且，中国传统强调"义气"，所以朋友间的关系相对稳定。加拿大人结交的朋友不像中国人那么铁，由于文化背景不同，他们对"朋友"这一词含义的理解与中国人是不同的。加拿大人认为，朋友是两个人通过某种场合相识，谈话投机，这就是朋友了。朋友之间从不询问或干涉对方的隐私。亲朋好友间互相尊重，以诚相待，互相帮助，但绝不能互相借钱。加拿大人喜欢参加朋友之间各种各样的社交活动，但前提是这种聚会不牵扯责任和义务，换言之，他们不愿意觉得自己是在被朋友所利用。

"君子之交淡如水"是加拿大朋友之间相处的真实写照。朋友们一起到外面吃饭，一般是各自付账。这对他们来说是理所当然的事情，并不会觉得这有任何冒犯"朋友"的意思。在加拿大，很容易结交一个朋友，然后可能因为工作或学习的需要彼此分开。此后，偶尔的电话问候或者信件来往仍可以维系这种友谊，或者朋友双方在分别后的前一两年互相邮寄明信片或者贺年卡，但之后就杳无音信了。如 2010 年，我无意中与一位加拿大老朋友又取得了联系。20 世纪 70 年代，我们曾一起在麦吉尔大学（McGill University）学习了两年，并结下了深厚的"阶级感情"（因为当时她说她家也很贫穷）。我千辛万苦找到了在美国一所大学任教授的她，于是通过邮件洋洋洒洒写了1000多字表示重新获得联系的喜悦和激动，而对方给我的回复只有50多字，远不如我心中的激动，留给我的只是一种形同陌路的失落。可见这样方式的交往对中国人来讲，不太被接受。还有一次，当得知我的一位加拿大好朋友来上海出差时，我非常高兴，便连夜坐火车赶去上海和他会面。这也是我的中国人的朋友观：珍视友情，甚至为了知己朋友牺牲自己的某些利益也在所不惜。当然我也有这样的"中国式"加拿大朋友，但是不多。同加拿大人结交朋友，总会让人感觉到"人走茶凉"的落寞。这也可能是由于加拿大人社交广，频繁接受新鲜事物，不断结识新朋友，机遇多的原因。

友情是人与人之间的一种友好感情，它体现在相互信任、关心、体谅、理解、宽容、支持和帮助等各个方面，给人以温暖和关怀。古人曰：人之相知，贵在知心。只有知心，才能相互打开心灵的窗口，做到真心、会心、交心，以心换心，使人际关系更加和谐亲密。中国朋友观认为，对挚友无话不谈，彼此之间倾诉的内容相当广泛，甚至有时希望彼此之间可以达到完全透明的关系，没有任何隐瞒和保密。而这在加拿大是断然不会发生的。加拿大人往往把自己分成不同的部分，与不同的朋友交流不同的内容。比如，和这位朋友之间只谈工作，而对家庭情况一概不知；而和另外一位朋友之间只谈家庭，毫不涉及工作和事业。这在加拿大是司空见惯的事情。中国式交友观是加拿大人永远不能理解的，同样，持中国式交友观的人更不能理解加拿大人的交友观。不同的文化赋予了不同人群完全不一样的人际关系意识。

互相致谢和称赞也是加拿大人用以维护和促进各种人际关系的重要手段。无论哪个国家的人都有爱听赞扬话的心理倾向。恰当的赞扬话会博得对方的好感，会使人际关系和谐融洽，会帮助你建立最佳人际关系。加拿大人也不例外，爱听恭维话，同时也喜欢称赞别人。致谢在加拿大文化中所体现的是礼貌和教养，感谢的本意越来越少了。这是对他人帮助的承认，是促进人际关系的文明举动。在我与加拿大人接触的30多年里，我发现他们很会说话，嘴很甜，感谢之词不绝于口。加拿大人的致谢行为也反映了他们自己的价值观，维系良好的人际关系，包括亲密朋友在内，要靠言辞不断地认可和赞扬。

总体来说，加拿大人思想较为开放，热情好客，不拘礼节，和他们结交朋友非常简单。他们喜欢在轻松、友好、舒适的心理空间里结交朋友，但由于其生活变动性强导致了亲朋好友之间关系的相对不稳定和相对松散。因此，加拿大亲朋好友对这种关系的标准不作过高的界定，也不会因为这种亲朋好友的关系而对对方产生依恋、产生责任感，更谈不上为其承担一定的义务。

由此可见，中西两种不同文化的人们看待人际关系的视角就存在差异。由于文化背景的差异，中西两种不同文化的人有不同的人际关系意识。中国式的人际关系观念与加拿大的是截然不同的。基于文明和法制的人与人之间的尊重，加拿大人的人际关系没有附加值，不需要通过权利、金钱或互相送礼等来维系。不同的行为方式和观念意识植根于不同的文化土壤之中。由于不同文化对个体的行为方式以及观念意识有着不同的规定和影响，在某一文化中得体而有效的行为方式，在另一文化中则可能是不得体和无效的。

# 第十节　时间观念

文化无处不在，包罗万象。作为非语言交际的一个重要方面，时间虽是一种无形的东西，却是文化的一个重要部分。文化之间的差异必然导致时间观念的差异，而时间观念影响着人们的行为方式，所以，不同文化时间观念影响着不同文化背景的人们的正常交往。人类学家爱德华·霍尔（Edward Hall）曾经指出："时间是所有文化的基础，所有的活动都离不开时间观念。时间观是一个人的世界观的组成部分。"心理学家罗伯特·列文（Robert Levine）也说过："每一种文化都有它自己独特的时间指纹。认识一个民族，其实就是去认识它如何使用时间。"

根据不同的划分标准，与文化有关的时间被分为不同的类别。霍尔根据自己的观察，将时间分为圆式时间观和线式时间观。伯特·列文还在他的《时间地图》（The Geography of Time）一书中说过："时间是大自然用来避免事情同时发生的方式"，这就说明，事情本身是有时间上的先后顺序，而不是同时发生的。中西方人对待时间的观念在这一层面上也是不同的。西方交际文化更多地受到个人主义传统的深远影响，个人主义传统是西方文化价值观的核心部分。个人主义强调通过个人努力获取成功，强调个人自由和独立。个人主义的核心地位使西方人处理一切事物，包括个人与家庭、个人与社会其他成员、个人与团体的关系都从个人本位主义出发。

在加拿大，如果要去拜访某人，最好事先预约见面；赴宴邀请要提前一至二周告知。如果不预约就去拜访，西方人会认为你没有礼貌，甚至可能不理睬你，因为客人的突然来访会打扰他们的时间表。他们十分重视对时间的充分利用，预约、准时和守时成为西方人重要的交际习惯。最后一刻的通知（short notice）往往会引起加拿大人的反感，因为这种最后一刻通知总是使人措手不及，打乱他们原本的计划，也会让人萌生不被尊重的歧义。如果需要预约医生，不可不期而至。加拿大人的日程本上总是写满了约会安排，他们每一时间段的安排总是一个接着一个，每一个安排像时钟一样提醒着他们时间的流逝和不可再来。20世纪90年代，笔者随教育代表团访问加拿大，想拜访一位温哥华附近的老朋友。于是，在电话里，笔者听到这样的回答，"周二不行，全天已预约。周三上午接待BC省教育厅的领导。周三下午四点可以……不行，四点我要接孩子去打高尔夫。那就周四吧，但是周四只能是下午3：30。"听完这样的时间安排，我心里感到有些不舒服，但又忍俊不禁。

中国人奉行的是多元时间观。中国人习惯于同时处理几件事情，时间掌握比较灵活，重在强调人们的参与和任务的完成。该干什么的时候可能没有按时去干，该结束的时候可能又不结束，不允许时间的限制妨碍事情的完成。例如，会议到时不开，开始以后又迟迟不散会；要找人可以唐突而进；约定了时间以后，来访者可能到时不来，接待者也可能到时不在等。中国人开会通常没有发言限时和守时的习惯。当然中国人也讲准时，但准时概念比较模糊，迟到几分钟往往被认为是小事一桩。所以，中国人往往只有粗略的时间表，而且通常不如西方人的精细，时间限制不那么死。西方人的预约对中国人而言，简直无法理解，因为中国人只有松散的预约观念，人们完全可以突然造访自己的朋友，说不定朋友还会很高兴。对加拿大人来说，迟到5分钟还可以表示理解；如果迟到15分钟则需要道歉；迟到1小时则被认为是一种侮辱性的行为。由此可见，准时、守时的时间观念对于加拿大人来说是多么重要。

　　加拿大奉行单项计时制。对加拿大人来说，时间好比是一条看得见的通道而且可以被分割，人们在这条通道上有序向前。这一理念迎合了西方人的直线型时间观念。他们把时间看做一条河流，河水只能从一头流向另一头，不会倒流，也不会在某个地方停顿，因此，他们将时间分割成小块，并按照先后顺序分别来处理不同的事情。正如霍尔所说："在西方世界，任何人都难逃脱单项时间的铁腕的控制。"加拿大人对待时间特别"吝啬"，他们把时间看做是一件非常珍贵的商品。他们精于安排学习、工作、娱乐以及旅游和社交的时间，力争在有效的时间内取得最理想的效果。一位加拿大律师跟我讲，一个人的一生如同沙漏计时器中的沙子，一旦流走了就永远不会再回来。因此，他们竭力让时间产生效益。在温哥华时，我想和我的一位律师朋友预约一些时间请教一些法律问题，他的秘书很严肃地告诉我说："15~30分钟收费100加元。记住，在加拿大不要随意跟律师预约。"

　　时间观念是在一定的客观条件下长期慢慢形成的，也是变化发展的。如今，随着社会、政治、经济间的交往日益密切，中国人的时间观念也发生了变化。在经济高速发展的时代，一种全新的时间观念已经成形，"时间就是金钱"、"一寸光阴一寸金"的时间价值观也已然被很多中国人所接受。总之，时间观念栖存于文化的深层结构之中，蕴含着丰富的文化内涵。在跨文化交际过程中，我们应该将时间观念所带来的生活方式、思维方式和交际行为考虑在内，只有这样，才能更加稳妥地处理不同文化背景中的交际行为，从而避免由于时间观念的文化差异所引起的冲突与障碍。

# 第三章　加拿大历史文化

加拿大历史可追溯至大约 33 000 年前。当地的原住民由印第安人、因纽特人（也称爱斯基摩人）和梅蒂斯人（北美印第安人与早期法国开拓者的混血后裔）组成。之后，北欧的斯堪的纳维亚人（Viking）——第一批踏足北美的欧洲人，大约公元 986 年在现在叫纽芬兰暂居。但是直径 16 世纪和 17 世纪，才有欧洲人来到加拿大作永久性定居，这些欧洲人主要来自英国和法国。欧洲人真正开始对这片土地进行探险则是之后很久才发生的。而且，这些欧洲探险家们来这里的最初目的并不是想开发和征服这块土地，他们只是殚精竭虑地想探寻一条经过这片土地能够通往繁荣的亚洲的通道。

著名的英法百年战争，历史上称百年战争，实际上是从 1337 年到 1453 年，持续了 116 年，并且始终是在法国境内进行的，法国人民因此饱受战争之苦。英国尽管远离战场，但也无法摆脱陷入大战泥潭的厄运。所以，这场战争非但没有使英国捞到丝毫好处，反而迫使英国放弃了谋求大陆霸权的企图，转而把全部精力放在向自己岛屿周围的海洋发展，从而走上了向海洋扩张的道路。

对于英法百年战争，历史学家多有评论，其中有一位历史学家曾这样说过："百年战争，就是一场百年的屠杀游戏，当高高在上的王公贵族为自己争得的利益开庆功宴的时候，一些失去家园和亲人的无辜的人们却在无声地哭泣。战争持续了一百年，哭声也持续了一百年"。英法百年战争的结果是两败俱伤。但在当时，英、法两国都抱有向海外扩张的企图和幻想。于是，英法两国在如今加拿大的争夺徐徐拉开了帷幕。

法国在 1759 年的魁北克战役败阵后，英国占据了统治地位。根据 1763 年签订的《巴黎和约》，新法兰西殖民地转属英国，自此，加拿大成为英国的殖民地。但是，许多讲法语的加拿大居民继续保持着他们的传统、语言和文化。1774 年，在英国统治下，通过了魁北克法案，并正式提出保障讲法语的加拿大人的宗教和语言自由。自此，法兰西语言和文化一直保存并得以发展至今，两种文化并存成为加拿大的一个基本特点。这些也为日后加拿大的双语框架政策、多元文化政策等埋下了伏笔，加拿大多元文化的很多方面都可以在这里溯源。

19 世纪 50 ~ 60 年代，加拿大随着各省政治、经济的发展，殖民地进入了谋求联合和建立联邦国家的时期。1867 年春，英国上、下两院正式通过《英属北美法》，即加拿大宪法。1867 年 7 月 1 日，魁北克省、安大略省、新斯科舍省、新不伦瑞克省根据英属北美法实行联合，组成统一的联邦国家，定名加拿大自治领。自此，加拿大人开始将每年的 7 月 1 日定为国庆日。但是，这一时期的统一是在英国允许的范围内实现的，因此加拿大在政治、经济、司法和外交等领域都未能获得真正的独立。1870 年，约翰·亚历山大·麦克唐纳（John Alexander Mac Donald，1815—1891 年）政府与英国哈德逊湾公司进行谈判并达成协议，以支付 30 万英镑和划出部分土地为代价取得了西部和西北部的土地所有权，并在那里先后建立了马尼托巴省、萨斯喀彻温省、艾伯达省和西北地区、育空地区。之后不久，不列颠哥伦比亚和爱德华岛相继加入联邦。至此，除纽芬兰外，从大西洋到太平洋半个北美大陆都已统一在加拿大自治领中。第一次世界大战以后，加拿大加强争取自主权，特别是外交自主权的斗争，并第一次作为一个独立国家参加了战后《巴黎和约》的签字。1949 年，纽芬兰正式加入联邦，成为加拿大第 10 个省。

# 第一节　加拿大历史的序幕

　　早在大约 3 万多年前，现在加拿大所处的地方是来自亚洲中部的人所居住的。地理学家、人类学家和历史学家认为，在更新世纪的冰河时期，亚洲和美洲大陆之间，也就是西伯利亚和阿拉斯加之间被白令海峡隔开，而且白令海峡在冰期内曾一度 4 次露出海底，成为一道暂时的陆桥，这些早期居民越过原先连接亚洲中部和美洲西部的陆桥，到达美洲大陆，在育空地区旧克罗附近定居，他们被认为是加拿大土著居民的祖先。这些土著居民包括印第安人、因纽特人（也称爱斯基摩人）和梅蒂斯人，他们人口稀少，散居于格陵兰、加拿大的北部地区、阿拉斯加北部。

　　他们的历史分期、社会治理方式及变化情况留给当代可研究的资料几乎是空白。南部的印第安人聚居为村，这从法国探险家雅克·卡蒂埃（Jacques Cartier，1491—1557 年）听到易洛魁语（Iroquois）词 Kanata 或 Kanatas 可以看出来，这个词词义为"村"，原来的意思是"许多小屋的聚集"。东部的易洛魁人的若干村落结合成部落或联盟，各联盟各自为政，常有一种议事会统理全村大事。易洛魁人崇武，曾与法国殖民者有过长达 90 年之久的战争。同住在东部的还有休伦人，他们之中商人居多，家族制观念很强。他们常以独木舟做交通工具，并且造独木舟的技术精良。据有些资料记载，卡蒂埃探险队中有许多人得了坏血症，印第安人便用白柏树树皮熬汤，让病人喝，挽救了许多病人的生命。用草药治病是印第安人的传统。

雅克卡迪埃

　　这些土著居民都有各自的语言，这些语言在帮助他们维持自己生存的同时，也帮助他们充分地完成了自己的交际任务。美国语言专家，诸如鲍阿斯（Boas）、萨皮尔（Sapir）、沃尔夫（Whorf）的研究都涉及这些问题。各种印第安语各有自己的特点，反映出许多语言学理论问题，诸如语言与思维的关系问题，地理环境与词汇的关系问题等，这些都为我们提供了一份珍贵的研究资料。

　　但从历史角度看，目前关于古北美地区原住民历史的叙述少之又少，这实属一大憾事。回看历史的车辙，上古至中古时期没有文字的民族，哪一个又能摆脱这样的命运。

**1. 早期的准备：探险活动**

　　1271 年，意大利人马可·波罗（Marco Polo，1254—1324 年）随其父亲、叔叔经伊拉克、伊朗，越过帕米尔来到东方，游遍中国和远东其他地区。当时的中国，因为邮驿制度先进，交通网发达，马可·波罗才得以完成这一空前的业绩。他们一行人于1295年末返抵威尼斯，中国的火药、玻璃、镜子、印刷术也由此传入欧洲。1298年，马可·波罗在威尼斯与热那亚战争中被俘，在狱中口述东方见闻，由狱友鲁斯梯谦（Rusticiano）笔录成书，名为《马可·波罗行纪》。《马可·波罗行纪》出版后人们争相传诵，对英、法、西、葡等国向西开辟新航线的活动产生了很大的影响。

1496年，英国国王亨利七世授予意大利航海家、探险家奥凡尼·卡博托（Gionanni Caboto）一项特殊任务，派遣其进行航海探险，为了不列颠王室的利益，以不列颠王室的名义，征服和占领没有被基督教国家占领的所有土地。并特许卡博托父子从所发现的地方进口商品可以免税。布里斯托尔（Bristol）的商人也为他们募款。

卡博托通常情况下走的航线是为了在布里斯托尔和冰岛之间进行海产品贸易。而他这次带着儿子，连同18名船员，乘载重45吨的"马休号"（Matthew）帆船于1497年5月2日起航，并未取道原来的航线，为的是到中国进行贸易，可是没想到在布雷顿角（Cape Breton）登陆了。他是在洗礼日上岸的，故把这一地区命名为圣约翰岛，并把此事报告给英国国王亨利七世，随后于8月返抵布里斯托尔。亨利七世大喜，认为他"新发现了土地"（也就是纽芬兰Newfoundland），授予他10英镑的奖励，继而又相信他能到达日本，能带回种类繁多的香料，使伦敦成为最大的展览中心，因而对卡博托大加赞赏，授予其中将衔位，并赠予他5艘船，300名船员，命他于1498年进行第二次海上航行。但是，卡博托这次仍未能到达远东，只到现今属于加拿大的水域，他把这一区域称为新英格兰水域。卡博托船队返航时只有一艘船回到布里斯托尔，其余船只，包括卡博托本人，全部在海上失踪。

在此，我们需要提及的是，1543年，波兰天文学家哥白尼发表日心说（也就是"地动说"）理论，从根本上改变了人类的宇宙观，对西方人探险加拿大有直接影响。

1500年，葡萄牙国王曼努埃尔一世（King Manuel Ⅰ）派遣格斯帕·科特—蒂亚尔（Gaspar Corte-Teal，1405—1501年）寻找新大陆并探索通往亚洲的西北航道，但是他却抵达了格陵兰岛。1501年，蒂亚尔又一次代表葡萄牙王室出征，同样到达了格陵兰岛。由于遇到海洋冰冻，这次航海不得不改变航向向南，并到达了如今的纽芬兰岛和拉布拉多（他们以为是东亚大陆），并在此建立了至今犹存的葡萄牙渔业基地。

1504年，英国人在纽芬兰的圣约翰斯建立渔业基地，一些人利用冬歇时期留下来修造小船，这是欧洲人在北美最早的定居者。葡萄牙语中的"Lavrador"一词，意思是"农民"。现在的"拉布拉多"一词据说来源于葡萄牙语。

1524年，奥凡尼·达·维拉查诺（Gionenni de Verrazano，1485—1528年）应法国国王弗朗西斯一世（Francis Ⅰ）的邀请，代表法国探险，并到达了新斯科舍和纽芬兰。他把这一地区叫做阿卡迪亚（Arcadia），源自古希腊一地区名。那里以生活简朴、安宁著称。法语称为 L'Acadie，英语称为 Acadia。直到现在，在某些语言环境中，这一地区还被称为阿卡迪亚。

1527年6月，约翰·拉特船长（Captain John Rut，1512—1628年）从普利茅斯（Plymouth）出发，被派遣远征，寻找一条通往北美大陆的西北航道。他们抵达圣约翰斯以后，他致函英国国王亨利八世，报告纽芬兰的情况。而这封信函也是来自北美洲的、新世界和旧世界文书来往的第一次文字记载。

法国探险家、航海家雅克·卡蒂埃出生于圣马洛，早年就参加到葡萄牙的贸易航行中，声誉很好。有证据表明他也参与了维拉查诺 1524 年加拿大东海岸之行。1528 年转到巴西，但是巴西贸易萧条，于是卡蒂埃被委以重任，即探寻一条通往富足的亚洲的西北航线。他于1534 年 4 月 20 日启程，并于同年 5 月 10 日到达纽芬兰，即现今的加拿大大西洋沿岸和圣劳伦斯湾地区，并首次与当地的土著居民接触。虽然在此期间他与当地的米克马克人（Mik-maq）有过冲突，但最终与之和解，维护了原来的货物贸易并带走了酋长的两个儿子，开始与当地人建立外交关系。卡蒂埃于 1534 年 9 月返回法国，但他以为这次航行他抵达的是亚洲。一年以后，卡蒂埃又将玉米带回欧洲。

1535～1536 年间，卡蒂埃在第二次海上探险过程中发现了圣劳伦斯河。他溯河而上，在两个印第安青年的带领下，来到了印第安人易洛魁族（Iroquoian）居住的村庄斯塔达科纳（Stadacona）（今魁北克市所在地）。圣劳伦斯河的壮丽景色使他感叹不已，他爬上附近的山顶，称此山为"利尔山"（Mont Real）。该山位于好舍拉加地区（Hochelaga），即今天的蒙特利尔（Montreal）。他回到印第安村庄斯塔达科纳，听到印第安人指着那片土地说"Kan-nata"，误以为这块土地整个就叫"加拿大"，从此"加拿大"一词被人沿用至今。由于错过了返航的时间，卡蒂埃一行不得不在那里过冬。他与手下的 110 人，在魁北克市附近修建堡垒保护自己。在漫长的冬季里，探险家们吃完了新鲜食物，由于严重缺乏维生素 C，他们很快患上了坏血病。最后经过艰苦的行程，他们于 1536 年 7 月结束了为期 14 个月的第二次航行。

1551～1552 年间，在法国国王的支持下，卡蒂埃带着 5 艘船开始第三次出征探险，并在圣劳伦斯河畔建立了永久性的殖民地。但这次易洛魁人不再那么友好，他们开始反抗这些探险家踏入他们的家园，这使卡蒂埃及其同行非常恐惧，并狼狈返回法国。

1577 年，英国人马丁·弗洛比舍尔（Martin Frobisher，1535—1594 年）取道北部航线，到达哈德逊湾。他曾三次探索到北美新大陆的西北航线。其中，在第二次航行中，他用 3 艘船运回英国 300 吨他以为是金矿的东西，并且初步鉴定每吨可盈利 5 英镑。在第三次航行中，他把 350 吨当地的矿产品运回英国。弗洛比舍尔三次航行所涉足的土地和水域的总面积，比卡蒂埃涉足的土地和水域的总面积要大得多，加之他在 1588 年击败西班牙无敌舰队的战役中做出过贡献，所以 1588 年弗洛比舍尔被封为爵士。其实他早年是英国的海盗，曾在英吉利海峡作案，从法国船只上劫获过许多财富。

这一时期的重大历史事件是伊丽莎白女王登基。像其父亲亨利八世一样，她急于向外扩张，渴望在新世界建立殖民地，于是召见汉普莱·吉尔伯特（Humphery Glbert，1539—1583年），令其完成这一使命。吉尔伯特率领由 5 艘船只组成的船队，于 1583 年 6 月 25 日从普利茅斯出发，经过漫长的航行，最终到达圣约翰斯港。那时，这一带还是公海，英国、法国、西班牙、葡萄牙的渔船都在这一海域来往。

吉尔伯特竟然正式宣称英国对该地区拥有主权，并对各渔船发放捕鱼许可证。还警告说，任何人若发表对女王不敬的言论，则没收其货物并割掉其耳朵。西方史料称，此举可以看做英国在新大陆殖民历史统治的开始，也是不列颠帝国的发端。现在看起来，英国在此建立第一个殖民地不费吹灰之力，这可从经济国力层面进行解释：一方面英国在伊丽莎白时代，经济发达程度位于欧洲国家前列；另一方面，圣约翰斯海面上的渔民，大多数信奉罗马天主教，思想上比较容易接受吉尔伯特的法令。其实，主权问题对渔民来说并不重要，也没有人对吉尔伯特的法令提出质疑，他们关注的是只要周围还有捕鱼的地方。当发生争执冲突的时候，因为殖民地没有武装人员，所以英国商人就雇佣海盗攻击西班牙、葡萄牙的渔船船队。这一时期的法国则正专注于在圣劳伦斯湾的势力，他们占领了两岸的土地，随心所欲地与印第安土著居民做生意，以金属制品、锅、斧、针、箭头等物换取印第安人的皮毛。

根据现有的资料，上述探险简史表明：从一开始，英法两国就开始了争夺。最早发现加拿大东海岸的是意大利人卡博托，但他并未代表意大利去探险，而是为英国王室效命，带着英国的资助，从布里斯托尔出发，开始了英国对新大陆北美的首次探险，最终发现了加拿大东海岸。

1534 年，法国探险家卡蒂埃取道偏南的路线，登陆加斯佩（Gaspe）半岛，并在那里插上了法国十字国旗，声称加斯佩一带是法国的土地。对法国来说，这是意义重大的事件，预示着其确立了与英国相抗衡的地位。相对而言，卡蒂埃所到达的地区比卡博托所发现的地区更富饶，气候条件也更好。但英国却占有面积更为广大的地区。空间广大往往占有更大的优势，加之英国对土地主权意识尤其强烈。因此，这场争夺战从一开始就不是平衡的，胜利的天平已偏向英国一方。

**2. 中期的部署：领土扩张**

17 ~ 18 世纪，英国继续其向海外扩张的势头。从 1607 年起，英国陆续在美国建立起 13 个殖民地。1620 年，载重 160 吨的 "五月花" 号（May Flower）从英国的普利茅斯驶出，抵达马萨诸塞州，为英国统治建立了一个新的殖民点。大约 41 名代表签订了《五月花公约》（The Mayflower Compact），是为北美殖民地的成文宪章，并以此结成了一个世俗的公民政治体，成为美国政体发展的第一块坚实的基石。

五月花公约

这些殖民地建立的年代顺序分别是：弗吉尼亚（Virginia，1607 年），纽约（New York，1614 年），马萨诸塞（Massachusetts，1620 年），马里兰（Maryland，1620 年），新汉普郡（New Hampshire，1623 年），缅因（Maine，1624 年），康涅狄格（Connecticut，1635 年），罗德岛（Rhode Island，1636 年），特拉华（Delaware，1638 年），北卡罗来纳（North Carolina，1650 年），新泽西（New Jersey，1664 年），南卡罗来纳（South Carolina，1670 年），宾夕法尼亚（Pennsylvania，1682 年）。这些殖民地根据自身经济水平、宗教状况、各种资源等方面的不同情况，集中人力、财力，创立殖民地政府，从英国国王那里获得特许权：土地权、殖民权、贸易权、治理权，并发誓只效忠于英王室。种种条件都是有利于英国王室发展的，但同时也埋下了导致各殖民地独立的种子。

法国这时仍在加拿大东海岸、新斯科舍、圣劳伦斯河及其两岸活动，企图垄断皮毛贸易。在这些活动中涌现出一个值得注意的人物，那就是塞缪尔·德·尚普兰（Samuel de Champlain，1575—1635 年）。他生于比斯开湾的布罗阿热（Brouage），是一名船长的儿子，热衷于航海事业，曾在法军中服役 5 年，后被委任为船长，曾经航海到西印度群岛、墨西哥和巴拿马。1603 年，他写了一本关于航海的书《Des Sauvages：ou voyage de Samuel Champlain，de Brouages，faite en la France nouvelle l' an》，引起了亨利四世的注意。亨利四世即委派他寻找到北美大陆的西北通道。于是，尚普兰于 1603 年航行至加拿大，到达圣劳伦斯河，并溯流而上，来到他称为 "中国湍滩"（La Chine Rapids）的地方，为魁北克城选址、奠基、命名。"Quebec" 一词在印第安语中意为 "狭窄的水域"。

1608 年，尚普兰和法国探险家德蒙（Sieur de Monts）完成了对加拿大内陆地区的探险，尚普兰给一条河流起名为黎塞留（Richelieu）（黎塞留是法国红衣主教、政治家），还用自己的名字为一个湖命名。他们在圣劳伦斯河沿岸建立了定居点作为皮毛贸易的中心，并控制了整条圣劳伦斯河。他们于同年 7 月在魁北克建立起第一个永久性白人定居点，这就是法国在北美的第一个殖民地。1609 年 7 月，尚普兰试图改善与当地土著人的关系，却与一伙易洛魁人发生了冲突，并用毛瑟枪打死了两个印第安易洛魁人，引起法国和易洛魁之间的矛盾，这也为随后 100 年内法国和易洛魁之间的关系定下了冲突的基调。1612 年，尚普兰被任命为新法兰西殖民地第一任总督。因对法国在北美开发殖民地有 "重大贡献"，后来他被誉为 "新法兰西之父"，后又被任命为法属加拿大的最高长官。此后，法国殖民者开始从大西洋沿岸向内地逐步深入，包括今天的魁北克地区、安大略湖地区、马尼托巴湖地区以及现在的美国中西部和密西西比峡谷一带。

英法对魁北克的争夺从未间断。英国探险家约翰·戴维（John David）一度夺去了魁北克城，尚普兰成了俘虏，被带往英国。恰在此时，法国国王路易十三世的妹妹嫁给英国国王查理一世为后，英国国王查理一世应给予彩礼，英、法王室商定，英国若将魁北克和新斯科舍归还法国，便可折抵彩礼的一半，尚普兰于是得以回到法国。1610 年，尚普兰第 12 次返回法国时，娶海伦·布尔（Helene Bulle）为妻，当时海伦只有 12 岁。1620 年，海伦前往魁北克与尚普兰团聚，但 4 年之后，尚普兰就死于魁北克，时年 68 岁，之后海伦做了修女。

1610～1611 年，英国人亨利·哈德逊（Henry Hudson，1565—1611 年）在第四次寻找西北通道的航行中，发现了哈德逊湾。因为哈德逊湾很大，所以他误以为这就是前往太平洋的通道。哈德逊一行在詹姆斯湾过冬后，船员闹事，把哈德逊及其儿子约翰还有其他几个人放进小船漂浮，后不知所终。经过多次探险，英国人最终发现了西至彻奇尔河口（Churchill）的整个哈德逊湾。这是重大的发现，许多当事人从此飞黄腾达，彼得·伊斯顿（Peter Easton，1570—1620 年）就是其中之一。彼得·伊斯顿原为皇家海军的一名军官，后变成一名非常有名的海盗，以纽芬兰的格雷港（Harbor Grace）为大本营，拥有了一支由 45 条船组成的船队。他拥有如此强大的海上控制权，以至于没有一个主权国家能惹得起他。他大肆抢劫纽芬兰的港口，最后在地中海海岸购置一座宫殿，获侯爵封号，过着奢侈的生活。当然，这只是个人方面，他的探险成果尤其重要：哈德逊湾的发现及其周边地区的殖民过程为1670 年殖民者注册成立哈德逊湾公司（Hudson's Bay Company, HBC；Compagnie de la Baie d'Hudson）奠定了基础。哈德逊湾公司是北美最早成立的商业股份公司，也是全世界最早成立的公司之一，直到 19 世纪后期，哈德逊公司都是加拿大自治领地最大的私人土地拥有者。

哈德逊湾公司

　　1670 年 5 月 2 日，英王室授予哈德逊湾公司特许权，宣布该公司对哈德逊湾及其周围地区拥有主权和贸易垄断权，这一方面促进了该地区的殖民与开发，同时也确立了英国在该地区的主权地位。这是对以前英国行政措施的改进，意义重大。到 17 世纪末，随着英法争夺欧洲霸权和海上霸权日益激烈，双方在北美殖民地的斗争也日趋激化。

　　哈德逊湾公司的成立颇具戏剧性。1668 年，两艘英国船只"无所匹敌号"（Nonsuch）和"小鹰号"（Eaglet）同时离开英格兰驶往哈德逊湾，与当地的印第安克里族（Cree）人一起过冬，进行贸易。这艘"无所匹敌号"号只带去 650 英镑的货物，一经易手，却得到价值 19 000 英镑的生毛皮，利润惊人！英王室的鲁帕特王子得知这一情况后，几乎没费什么力气，就招集到 18 名投资人，每人出资 300 英镑，以共计 5 400 英镑的资金成立哈德逊湾公司。该公司后来发展成为加拿大历史上最大的毛皮贸易公司，也是存在时间最长的公司。以此为据点，鲁帕特王子又从英国国王查理二世那里获得永久封地，称为"鲁帕特兰"（Rupert's Land，意为"鲁帕特的土地"），即现在的西北地区。作为交换，鲁帕特王子送给英王的礼物是两张麋鹿皮和两张黑熊皮！他还规定：凡是在位的英国君主，只要访问"鲁帕特兰"，都会得到这样的礼物！

　　当时的"鲁帕特兰"包括今天的马尼托巴省的全部、萨斯喀彻温省的大部分、南阿尔伯塔省、南努纳武特省、安大略省和魁北克省的北部、明尼苏达州和北达科他州的部分以及蒙大拿州和南达科他州的小部分，面积之广，可以想象。如果说欧洲哪一个大国对它拥有主权的话，那就是法国。但法国人并未意识到主权对他们意味着什么，他们只是知道毛皮而已，所以在这块土地上只实行哈德逊公司的规定和条款。这种情况持续了 200 年，直到 1869 年 11 月，根据《鲁帕特土地法案》（Rupert's Land Act, 1868 年），新成立的加拿大自治领从哈德逊湾公司手中，以 30 万英镑购买了"鲁帕特兰"地区。

　　美国独立战争后，许多效忠于英王室的人以及来自英国的移民，在安大略省及其西部地区定居。这种情况持续发展，使英国在人力和所占土地方面，相比于法国更具优势。

1791 年，英国首相威廉·皮特（William Pitt, 1759—1806）认为议会应颁布一项法令，把魁北克及其邻近地区分为上加拿大和下加拿大。上加拿大几乎全是英国人，下加拿大地区法国人则占绝对多数。英国和法国互相猜疑，选举的地区代表与伦敦派来的王室总督之间经常发生冲突，到 1937 年由对抗演变为公开反叛。英国为了缓和局势，派法拉姆勋爵前往加拿大调查。他回英国后发表的《法拉姆报告》的内容主要有两点：一是殖民地已有的代表机构必须被承认是"责任政府"，也就是说，这些机构可以处理地方事务，但要对自己的立法委员会负责；二是强调在同一地理范围内的相同殖民地必须联合成一个较大的联邦。法拉姆根据该原则，请求英国和法国的殖民地联合成一个自治领。

1874 年，法拉姆勋爵的女婿埃尔舍勋爵成为加拿大自治领第一任总督。自治领实行占议会多数的党派组成内阁的原则，只要得到多数党派的支持，内阁就有权保持他的权力。此外，埃舍尔不顾与英国的利益相冲突签署了由内阁提出的法案。通过这些措施，埃尔舍实际上为加拿大建立了与英国类似的责任政府。

1600 ~ 1700 年，路易十四（King Louis XIV）的重商主义财政大臣让·巴蒂斯特·科尔贝尔（Jean - Baptiste Colbert, 1619—1683）当权期间，法国控制了北美大陆的内地。法国人在那里进行毛皮交易，并在东北的阿卡迪亚（即纽芬兰和魁北克一带）地区、圣劳伦斯河西部的路易斯安那的广大地区宣传基督教，把毛皮、鱼和烟草输入法国本土市场。

17 世纪，法国的红衣主教黎塞留因提出"民族利益至上"的主张而备受法国国王的赏识。他的权力迅速膨胀，完成一些海外扩张的事业，甚至能够与国王路易十三、王后安妮分权。但他却忽视了商业利益，听任贿赂和奢侈泛滥，结果使海外扩张屡遭挫折。

17 世纪后期，法国政府授予贸易公司在"新法兰西"殖民和开发的专有权，并建立了一些要塞和贸易站，吸引几千名法国人到那里永久拓殖。耶稣会传教士也前往该地参与开发。到 18 世纪中叶，在加拿大的法国人大约有 7 万。

### 3. 后期的争夺：亚伯拉罕平原战役

1759 年，亚伯拉罕平原战役（Battle of the Plains of Abraham）是英法在加拿大的争夺史上最重要的战役，是英国占绝对优势地位的前奏。

英方将领詹姆斯·沃尔夫（James Wolfe, 1727—1759 年）在路易斯堡之战获胜后，集结大批舰船，包括 250 只船、8 000 名士兵向魁北克进发。查理·索恩德斯（Charles Saunders, 1713—1775 年）率领 49 艘船舰作为沃尔夫的支援队，也从路易斯堡出发。

法方守将为法·蒙特卡姆侯爵（Marquis de Montcalm, 1712—1759 年）。此前他打过几次胜仗，弗朗瓦·德·列维斯兵辅佐他。蒙特卡姆知道决战将在魁北克打响，遂命令放弃俄亥俄以及大湖区各据点，收缩兵力，坚守该城。蒙特卡姆这一认识应该说是明智的；因为魁北克地处圣劳伦斯河北岸，扼住了从大西洋赴蒙特利尔乃至渥太华及内陆地区的咽喉。为了打通这条黄金水道，英军势在必争，一场大战势不可免。于是，蒙特卡姆集结大军 5 000 名，在魁北克城加强工事，力图固守该城。

6 月 26 日，英军登陆圣劳伦斯河中的奥尔良岛后，又企图在魁北克城东上岸，却以失败告终。这次登陆英军损失了 440 人，而蒙特卡姆率领的法军只损失了 60 人。

虽然初战失败，但英军并未退缩。在以后的两个多月内，索恩德斯的舰队一直不停地勘探圣劳伦斯河，寻找理想的登陆地点。而法方海军当时只有 1 460 人，除派遣轻火器船对抗英军以外，再也没有其他大的行动。值得一提的是，在以后到太平洋探险的詹姆斯·库克船长此时是英军中的一名勘测员。

英军烧掉圣劳伦斯河北岸很多要塞和仓库，还毁了不少农田，但仍没有能够控制整条河。法军的补给资金还算保持得住，可是能从法国本土输入的物资却不多，因为英国海军成功地封锁了法国沿岸的各大港口，并且控制了圣劳伦斯河河口。几个月已经过去，法方见英方没有什么动静，加上他们在魁北克城东边取得的胜利，法军的警戒就有所懈怠。

这时，沃尔夫军的勘查任务已经完成，就决定在地形险要的福隆小海湾岸登陆。所谓湾岸，就是一处高53米的悬崖，魁北克城就建立在悬崖上。蒙特卡姆在这里置放大炮，严防从圣劳伦斯河口来的英军船舰。他的如意算盘是：只要英军舰船来，大炮居高临下，无需多派步兵守卫就可击沉敌船。

9月10日，沃尔夫派讲法语的士兵担任突袭任务，而悬崖上的法国兵误以为登陆艇是从上游派来的补给船只。结果385名英军官兵爬上了崖顶，战胜了100多名法国兵。此时的蒙特卡姆还蒙在鼓里，虽然他在魁北克城以及数里外的博波特（Beauport）一共部署了13 390名民兵、200名骑兵、200名炮兵、300名原住民、140名来自阿卡迪亚的义勇军，人数众多，但因为其中多数是民兵，缺乏战斗经验。

9月13日晨，沃尔夫见奇袭队已占领福隆小海湾悬崖，遂把4 800名士兵集结于魁北克城外的亚伯拉罕平原，准备向该城发起强攻，同时命令索恩德斯的海军速向博波特港集合，形成夹攻之势。蒙特卡姆的兵力原本占有优势，即使除去没有战斗经验的民兵，人数也比英军多。另外，此时还有1 500名法国精兵从圣劳伦斯河上游赶来支援，准备攻击英军的后部。如果固守，英军不仅未必能攻克，而且还有战败的可能。但这时的法军首领却犯了一个致命的错误：分兵拒敌，而且分兵又不形成局部优势，他只带约4 000人出城，剩下的全部部署在博波特港，交给新法兰西的总督指挥，以为这样可防英军声东击西。

蒙特卡姆在大方针上已犯错，继而又在战术方面酿成失误。当沃尔夫的士兵还在400米远的地方时，法军就开始发射子弹，火力没有发挥充分的作用，因此没有造成英军的重大伤亡。虽然有数弹击中英军主帅沃尔夫，其中一弹击中其腹部，使他在战事快结束时身亡，但法军却遭到英军近距离射击而受到严重打击，伤亡惨重，蒙特卡姆不得不下令撤退回城，自己也受了致命伤，在第二天清晨不治而亡。双方在这次战役中的伤亡人数大致相同，英军损失了658名士兵，法军则损失了644名。在战胜蒙特卡姆后，另一支由詹姆斯·默里（James Murray，1721—1794年）率领的英军，先扫荡赶来魁北克城的法国援军，然后联合索恩德斯的海军进攻魁北克城。城内剩余的守军最终在9月18日向英军投降。英军攻取魁北克城后，圣劳伦斯河上再无任何障碍能阻挡英国海军。1760年，蒙特利尔落入英军手中。至此，整个新法兰西被英军占领。

亚伯拉罕平原战役从人数、装备和规模上说都不算大，但它却是英法争夺史上的重大转折点。1763年英法两国签署《巴黎和约》（Peace of Paris），英国正式获得法属北美殖民地。这是亚伯拉罕平原战役的直接结果。

# 第二节　加拿大历史形成过程

在加拿大历史形成过程中，除去当地土著民族外，英吉利民族和法兰西民族几乎同时出现在这片土地上。从人种上说，他们都属于白种人，语言分属于日耳曼语言、拉丁语系；生活的地理条件大致相同；从宗教上说，英国人多信奉清教（基督教的一支），法国人大多信仰天主教。由于种种原因，法兰西民族演变成加拿大最大的少数民族，即今天的法裔加拿大人。他们是 1750 年前到达北美的法国人的后裔，多活动于圣劳伦斯河两岸和魁北克一带，现在主要集中在魁北克省。魁北克省加入联邦以后，保留了自己的风俗习惯，在许多方面不同于说英语的加拿大人。法庭审判从根本上说是依据《拿破仑法典》（Code Napoleon），而不是英国人的普通法。天主教不仅是法裔加拿大人的信仰，而且也行使政府权力，包括对教育的监督。

法裔加拿大人自认为魁北克省是一个独特的社会。由于害怕被讲英语的多数人统治以及不能在中央政府施加更大的影响，他们通过增加人口来捍卫自己的独立精神——"幼儿式的复仇"。直到 20 世纪，法裔加拿大人仍是世界上出生率最高的民族之一，人口曾占加拿大总人口 2 500 万中的四分之一。但目前这个比例随着法裔人口减少而下降，而且现在魁北克省是加拿大人口增长率最低的地区。

随着西部的开发，成千上万的罗马尼亚人、俄罗斯人、波兰人、斯堪地那维亚人、中欧各国和法国人、乌克兰人涌入加拿大草原各省。1903～1914 年间，约有 270 万移民迁入加拿大。到 1941 年，草原各省的总人口中的中欧人或东欧人所占比例已超过 40%。他们带去自己的文化传统和风俗习惯，对加拿大的多元文化制度产生了重大的影响。

英国国王派驻的代表是加拿大自治领的总督，即为首脑。1926 年，英帝国会议采纳了阿瑟·詹姆斯·贝尔福（Arthur James Balfour，1848—1930 年）起草的报告。报告中写道："英国的自治领（或地区）是英帝国内部地位平等的自治共同体，各个自治领或地区在内外事务上互不隶属，只共同效忠于英国国王"。1931 年，贝尔福报告的内容被英国议会通过，成为重要的法律，称为《威斯敏斯特法》。从该法颁布时起，加拿大自治领实际上已经成为独立的共和国。

加拿大自治领政府于 1867 年开始运作。此后，分散的殖民地新不伦瑞克、新斯科舍与魁北克、安大略以自治领的名义组成联邦。同年，由英国议会批准的《英属北美法案》为加拿大提供了政府框架。该法案实为宪法，规定建立联邦体制，权力在中央政府与省政府之间分配。所有未被授予各省政府的权力都保留在中央政府手中，首都设在安大略省的渥太华。该法案还进一步确立了责任政府的原则，英国国王是名义上的元首，但处理当地事物的真正权力则掌握在自治领内阁手中。内阁名义上由总督任命，实际上只由立法的下议院决定，其正式法案和任职期限由下议院负责。

自 1867 年以来，加拿大的面积有所扩大，人口有所增加。1869 年，加拿大自治领从哈德逊公司购买到马尼托巴。1871～1873 年，不列颠哥伦比亚和爱德华王子岛也加入自治领。1905 年，太平洋铁路开通，两个新草原省成立：阿尔伯塔和萨斯喀彻温。到 1949 年，纽芬兰加入，成为加拿大第 10 个省。在《英属北美法案》颁布时，加拿大总人口约为 350 万人，到 1985 年，已增加到 2 500 万人，2008 年人口统计为 3 400 万。

## 第三节　加拿大历史遗留问题及前景

如上所述，加拿大的大部分历史是英法争夺新领土与印第安人反抗殖民统治的历史。关于印第安人反抗的资料不多，人们难以见其全貌，但英法的争夺明显可见。这场争夺虽然以英国取得标志性的胜利而告终，但魁北克主张独立的呼声难以掩盖。

更糟的是其他人口也因地域和种族利益而出现严重分离倾向。安大略省以工业和金融业为主，该省在经济事务中显示出保守的倾向，同时决心摆脱英国和美国的影响而取得经济独立。草原各省有很多来自英国和欧洲大陆的移民，他们实行的是农业集体主义，要求实行抑制通货膨胀和低息贷款等激进的改革措施。

由于历史上各种不同的民族不断移居加拿大，加拿大很难做到严格意义上的统一，这尤其体现在对待加拿大 1982 年新宪法的态度上。这部由英国女王伊丽莎白二世在渥太华签署的宪法，在各省并未得到真正意义上的执行。20 世纪 30 年代经济危机时期，加拿大受到严重影响，中央和各省政府力求避免承担缓和危机的责任，各省甚至都不相信渥太华会采取有效的措施，因而在加拿大见不到类似富兰克林、罗斯福实行的那种新政。

历史总是在曲折中发展的。1066 年 1 月 6 日，英格兰封建专制制度建立伊始，爱德华的王后的兄弟哈罗德在威斯敏斯特教堂加冕称王，引起诺曼底公爵威廉的不满，以致兴兵问罪（诺曼底现属法国）。双方在英格兰的亥斯廷斯决战，战役以哈罗德大败、战死而告终，威廉彻底征服了英国而登上国王的宝座，并在英国建立诺曼底王朝。诺曼底人征服英国以后，不仅把西欧大陆的封建制度移植到英国，而且在经济、社会、文化、军事等方面改变了英国原有的面貌，同时也把基督教式的生活方式带入了英国，为英国孕育出一个清新的、富有活力的新个性。

600 多年后，英国人却在加拿大的东海岸逐步排挤了法国的势力，打败法国的军队，把法国势力局限在魁北克地区。

加拿大是世界上自然资源最丰富的国家之一，人口不到美国的十分之一，对外贸易却相当于美国的三分之一。加拿大的石棉、镍、铂、锌和木材产量均居世界首位，铅、钴、铀的产量居世界第二位，黄金和钛的产量居世界第三位，小麦产量居世界第四位，拉布拉多也有丰富的铁矿藏。魁北克省詹姆斯湾的巨大的水力电能从 1971 年就输往佛蒙特和纽约，1990 年提供魁北克省一半的电力。北极地区也拥有丰富的海洋资源、石油、天然气等。拥有如此丰富的自然资源，虽然也有历史遗留下来的不易解决的问题，但在这个自然资源日益稀缺的时代，加拿大的前景明朗，是一个前途光明的国家。

# 第四节　关于加拿大历史的几点思考

历史，英语作"history"，词源来自拉丁语、希腊语的"historia"，意思是"经过研究、询问而得知"。根据《韦氏新世界美国英语词典》的注解，"历史"一词有两个基本含义：指对过去已经发生或可能发生的事情的叙述；或指对一个民族、国家、社会制度的形成过程中已经发生的一切及其系统的叙述。从广义来讲，文化包括一切人类的创造活动及其成果，人类的历史也同时是文化的发展史。历史不断向前发展，文化也在不断发展变化，在文化的发展变化过程中折射出了历史发展的片段，并反映一个社会整体的特征，而且这种反映是最具代表性的。因此，要了解社会的本质，必须了解其文化表征。任何文化都是有根的，因此要了解一种文化，就要从了解它的历史开始，文化不能脱离历史和传统。文化是历史所孕育的，历史和传统就是各种文化得以延续下来的根和种子。人类在漫长的历史进程中，为了求得生存，创造了物质和精神两方面的文化。因为文化是由不同历史时期的人创造的，所以经过代代相传、积累、继承并发展，便出现了人类文化的多元性。

我国的学者说："根据我国学术界的研究成果，我们认为'历史'一词应该有三重含义。一是指自然界和社会的发展过程，即自然界和社会已经发生而客观存在的事实；二是指已经进入历史认识视野，并通过各种文字、材料和口头传说保留、整理下来的历史事件和过程，这既是一种客观的存在，又不能脱离历史认识的主体；三是指对于历史和历史事实的研究以及通过这种研究而形成的知识体系，这是历史认识研究的结晶。"

以上对加拿大历史的概述，主要是第一重含义上的历史，同时也涉及第二重含义，而很少有第三重含义。

### 1. 关于早期加拿大历史

有些介绍旅游方面的书籍，例如新加坡陈潘和罗伯特·巴拉斯合著的《加拿大》一书中说道："加拿大历史是一部移民史。加拿大比南部的邻居美国要大得多。曾经，各个集团为争夺领导权而使这片土地上充满纷争。"书中提到了英军和法军对加拿大领土的争夺，最后以法军失败而告终。外国人编写的、较为详细的旅游方面的著作，例如，《目击者旅游指南——加拿大》中，对"加拿大原住民"有简单的介绍："加拿大看起来虽然是一个历史较为短暂的国家，但其史前史却可以追溯到 2 万年前大约第一冰川时代末期。那时，一座大陆桥将西伯利亚与阿拉斯加连接在一起；西伯利亚游牧部落的猎手们在穿越这座桥之后成为北美洲最早的一批人类居民。"他们在此成功定居后的几个世纪里，后代也开始陆续向南方迁移。在对育空地区的老乌鸦河盆地进行发掘时，人们发现了一些可以追溯到原始移民时期所使用的工具。之所以原文引录这段文字，是因为它透露了两个重要信息：一是谈及了加拿大史前史，令人毋庸置疑的加拿大是有史前史的，后来的史书谈及时大都语焉不详，或者干脆不提，这是有原因的，我们后续讨论。二是提到老乌鸦河盆地的考古发掘了一些当时的工具。这些考古发现可以为我们提供一些关于史前居民的生活状况，比如劳动工具、群居痕迹等，也许能够发现生产者（或猎手）操作过程的组织情况，而社会组织，应该是史前史的一个重要内容。

至于有些学术性的著作，例如蓝仁哲的《加拿大文化论》一书，第一章描述加拿大的历史，开张伊始简短叙述了加拿大的史前史（虽然该书并未使用这个字眼），其内容与《目击者旅游指南——加拿大》基本一致，但该书有两点重要补充：一是说在法国人到达北美之前，这片土地早已经住着土著居民北美印第安人，在现今的加拿大地域，人口已有 22 万之多（该书根据 I. M. S. Charles. Canada, A History of Challenge. Cambridge Press, 1953, P18）；另一补充是当代加拿大发掘出来的石制器具和武器，可惜并未说明这些是来自何时何地的考古发现。该书接着叙述法国与英国在加拿大的争夺。一般书籍大都是从这里开始叙述加拿大历史的，本书也是如此，不过我们认为"单从历史角度，关于古代北美地区原住民历史的叙述少之又少，这实属一大憾事。"

任何一部历史的演变过程中都存在很多影响因素，其中包括政治、经济、社会状况、重大历史事件等。加拿大历史也是如此。而且，历史有真实的历史和人写的历史之分，两者并不是绝对的吻合。那么，这一现象又该作何解释呢？撰写历史目前还十分有限，这就是真实的历史和人写的历史有时出现不吻合现象的原因。这种阙如的产生至少有两方面的因素，外部因素和内部因素。

从外部因素讲，是英法殖民者对加拿大原住民历史的忽视的结果，加拿大历史学家关于原住民历史的叙述十分少见。加拿大国家档案馆藏有的地图，是了解加拿大历史的珍贵资料。但是，从地图中，还是无法了解到原住民的历史。举例来说，加拿大历史学家塞维尔（J. Say–Well）在所著 Canada：Pathways to the Present 中有三幅地图，我们就其地图解说一一说明。

第一幅地图的解说："（法国人）雅克卡蒂埃于 1534~1542 年间，多次探险航行到圣劳伦斯河岸地带，这是欧洲人首次探险到此地；他们所了解到的加拿大，其状况就如此图所示。"——从图中可以看到：被称作加拿大的地区，非常狭小，地图画得也非常粗糙。这幅地图的解说对原住民的历史、现状只字未提，一定程度上显示出英法殖民者的立场态度。

第二幅地图中解说道："1657 年新法兰西制图。此图出自一位法国牧师之手，呈现了安大略及以易洛魁（农村）的状况。图中有一个叫做休伦尼亚的地方，以作为基督传教中心而著称；休伦族人的圣玛丽教堂，就是当时的传教士建立的；期间易洛魁人撕毁了与休伦人的盟约，于 1650 年摧毁圣玛丽教堂，后人在安大略安德兰附件的原址上重建。"——这段解说透露出较多的历史信息。首先，当时的法国殖民者在这里与当地印第安人打交道时，一手持枪，一手拿着《圣经》，完全是为了自己的利益，不顾原住民自己的历史。更重要的是可以获悉，易洛魁人于先前与休伦人结盟。结盟，英文原文作 confederacy，其第一个义项是"部落、全体、民族或国家为了某个目的而联合起来"，可以由此推断，为了结盟，部族必须有首领，必须有"外交使节"（至少要有"送信人"），订盟（结盟）要有仪式等。简言之，当时的居民有一套特定的组织、程序，而关于这些现在却阙如无闻。

第三幅地图的解说是："〔这段解说文字较长，且其内容我们在上面章节中已提及，但解说词表达了作者的倾向，因此现仍将原文译出——笔者注。〕地图左上角的文字是：围城战役中的魁北克及其周围地区图，奉海军上将索恩德斯之命调查绘制。"

"1759 年，詹姆斯沃尔夫将军率领英军，试图从蒙特莫伦西方向攻取魁北克，却付出了沉重的代价，惨遭失败。沃尔夫斟酌再三，达数周之久，最后听从属下意见，试图从背后突袭此地区。英军士兵夜间乘小船溯河而上，法国哨兵（发现后）喊道：'口令！'来自英国高地的一名英兵，思路敏捷，就用地道的法语低声说：'法兰西'。法国哨兵毫无警戒，全被英国士兵缴械；到拂晓时分，英军已兵临亚拉罕平原。此时法军统率蒙特卡姆决定弃城而出，在（平原的）开阔地带与英军决战。双方主将均已阵亡，但沃尔夫弥留之际已知胜券在握。"——这段历史细节非常生动，亚伯拉罕平原战役的确是英法双方势力的重大转折，从此整个加拿大逐渐纳入英国统治之下。同时这也是历史的重大转折，整个加拿大正史从此开始，而当地原住民的历史已被彻底淡化、无形化。

加拿大原住民的语言没有文字，后人无从得到关于原住民历史的书面记载。而文字记录是古老历史得以传世的决定性因素。当然，考古发掘的实物，也是历史推断的根据，但若有文字记录，且与实物结合起来，就足以说明（重大的）历史状况、历史问题。

在如今加拿大这个地区，有石刻画传世。这其实也可以看作是一种文字，但这些石刻画能说明的历史现实并不多。

中国历史以古老、悠久盛传于世，这在很大程度上得益于文字的出现和发展。河南安阳小屯殷墟出土的甲骨上面刻有文字，世称甲骨文，是世界上最早的文字之一。加上刻在鼎器上的铭文,战国时期的楚帛书、汉代碑文、汉代木简,这些都传递出丰富的关于中国历史的信息。所以,说中国历史古老、悠久,是有根据的。反观加拿大原住民,至今仍未发现其语言传世的文字,加上口头历史的传统本来就薄弱,又遭到外来殖民时期的破坏,原住民历史的阙如就在所难免了。

但无论如何,关于美洲原住民的起源有一些口头说法。至于实际历史,却几乎是空白,而这些空白却难以填补。

**2. 关于影响西方人对加拿大地区进行探险的重大因素:16 世纪开始的西方探险**

特定时期的特定历史活动总是有动因的,或为一些人、一些群体的利益,或处于地理位置的优势;或出于一些社会思潮、社会共识、科学思想的影响,或处于偶然的因素。

历史上,法国人、英国人对现今加拿大地区的探险是众所周知的。这其中,历史活动发挥了重要作用。

有史书记载的西方人大规模的航海活动,较早的当推哥伦布、麦哲伦的探险。哥伦布(约 1451—1506 年)是一位意大利航海家,出生于热那亚,后于 1476 年移居葡萄牙。热那亚坐落在意大利北部,临地中海,由海路到马赛、西班牙的距离十分近,加之西班牙、葡萄牙均为海洋国家,而后者更面临浩瀚无际的大西洋,因此航海条件十分便利。

哥伦布本意是从葡萄牙出发,向西航行,预计到达印度和中国。第一次航行任务中,他率领 3 艘船只,从巴罗斯港出发,往西向大西洋深海一带航行。这次航行一直向西,到达了巴哈巴群岛和古巴。作为首次航行,因为不熟悉目的地的情况,航行人员的生命堪忧,因此哥伦布付出了很大的勇气,但这次航行是成功的。在第一次航行成功,积攒了经验的基础上,哥伦布又率领船队,进行了三次(1493 年、1498 年、1502 年)航行,分别到达牙买加、波多黎各岛及中美、南美洲大陆沿岸地带。需要说明的是,哥伦布远航探险,是受西班牙王室的委托,代表的是西班牙王室的利益。

比哥伦布稍后出生约 30 年的葡萄牙人麦哲伦(约 1480—1521 年),于 1517 年移居西班牙,进行了一次规模更大、航程更远的探险活动。

麦哲伦于 1519 年奉西班牙王室之命率船 5 艘,水手 265 人,由里斯本附近的海角起航,穿越大西洋,取偏西南方向,又沿巴西海岸南下,经南美洲大陆南端和火地岛之间的海峡(后来称麦哲伦海峡)进入太平洋。如果麦哲伦船队一直向正西方向航行,那么发现的将是如今的澳大利亚。然而船队驶入太平洋后,又取偏北方向,继续西行,于 1521 年 3 月到达菲律宾。麦哲伦因干涉岛上的内政,被当地居民所杀,其余队员逃至现在的马鲁古群岛。因为菲律宾全境特殊的地理环境,各岛屿星罗棋布,若要离开菲律宾岛是颇费周折的,但麦哲伦航海队中的"维多利亚号"最终能够返回西班牙,完成了人类史上第一次载入史册的环球航行,从而证明了地球是圆的。

在以上提及的航海探险历史活动中,我们发现,就在哥伦布最后一次(1502 年)航行之前两年,葡萄牙人卡布拉尔在 1500 年也发现了巴西。而卡布拉尔的这次探险纯属偶然。卡布拉尔原本想绕非洲南端的航线,到印度的马拉巴尔沿海一带,但是当他的船队越过佛得角群岛以后,就向西航行。他以为越向西航行,就可以更快地到达印度,不料想却来到巴西。

上述这些探险活动是西方人向西航行,企图到达东方(中国,印度)的代表。其实,西方人对如今加拿大地区的探险,早在 1450 年(也说 1497 年)就有人尝试过。那是意大利人卡博托代表英国王室进行的探险活动，而且这次探险活动的新发现就是加拿大境内如今被称作"纽芬兰（New Foundland）"的地方。不过，这次历史活动因为某些历史原因（英国势力不足够强大、卡博托的死等）并未产生很大的历史影响。

从地理位置角度看，对英法两国来说，纽芬兰岛是一个非常重要的关口，而该岛如上所说，已被代表英国王室探险的卡博托发现。法国人若想有所发现，就必须绕过纽芬兰岛。路径只有两条：一是越过圣查尔斯角向西航行；二是穿过卡伯特海峡、圣劳伦斯湾，溯圣劳伦斯河而上。法国人取道第二条偏南的路线。这条海路气候较为温暖，纽芬兰岛南部地区较为富庶，纽芬兰的最大城市圣约翰斯就坐落在该岛的南部，新斯科舍半岛的布雷顿角岛就与纽芬兰岛隔海相望，因此该航线可以有充足的补给保障。附近海域中的圣皮埃尔和密克隆至今仍为法国领土就是当时法国人取道此条航线的有力证明。这次航行在历史上的结果就是发现了魁北克，从而形成了所谓的"新法兰西"。

1610～1611年，英国人发现哈德逊湾，历史意义更加明显。哈德逊湾面积很大，俨然是加拿大的内海区域。加拿大的几条大河（拉布拉多半岛上的河流除外）都注入哈德逊湾，比如，奥尔巴尼河、特文河、纳尔逊河、丘吉尔河、卡赞河、塞隆河等。发达的水利、便利的海上交通自不必说，而且哈德逊湾西南沿岸是平原地带，这更为农业发展提供了得天独厚的条件。更重要的是，从哈德逊湾出发，可以向西南、西北发展，有很广阔的发展空间。而法国人当时只在魁北克、蒙特利尔地区经营，发展空间不免狭小有限。历史的发展固然受到很多因素的影响，但就加拿大而言，占据了空间便意味着优势性的胜利。

但是，追踪溯源，我们不得不承认英法探险家对加拿大地区的探险活动不过是16世纪开始的西方探险活动的一部分。

另一个重大因素则是西方知识界关于东方（中国、印度）的观点。

13世纪，意大利旅行家马可波罗从陆路经由伊拉克、伊朗，越过帕米尔高原来到中国，对中国文明、物质繁荣称赞有加，而此时的欧洲各国内部纷争不断。就在马可波罗逝世后10多年，也就是1337年，英法之间发生战争，并且一直持续到1453年，长达116年之久，史称百年战争。这无疑给两国人民带来了深重的灾难。这场旷日持久的战争也在相当程度上阻碍了两国乃至欧洲各国的经济发展。而当时的中国正稳步向前发展，因此这便成为西方知识分子好奇中国的原因，包括此后的很多传教士来到中国，向世界报道中国，也正是这个原因。

以上我们提到，西方人的探险活动波及东方始于16世纪，其中一个要素就是，当时的知识分子对东方（主要是中国和印度）的好奇。作为另一个证据，我们引用伏尔泰的《风俗论》中的材料作为印证。伏尔泰虽然是17世纪至18世纪的思想家，但《风俗论》却是从1740年就开始写作的，至1756年完成、出版。虽然英国是在1759年亚伯拉罕平原战役之后才奠定在加拿大的统治地位的，但是伏尔泰利用了以前传教士的写作材料，其写作总结的真实性是不用怀疑的。

《风俗论》中关于中国的观点，所根据的学术著作有：法国人宋君荣（汉名）（1689—1759年）的《中国纪年方法》；霍尔德的《旅华实录》；帕尔南的《奇鸿盖匪录》；路易勒孔特的（汉名：李明，字复明（1655—1728年）。当然，《风俗论》中所提及的著作，并非全部。但是，我们可以从中得出关于当时中国社会的一些情况。比如，中国当时的物质丰富、科技发达的事实：四大发明（造纸术、印刷术、火药和指南针）已是众所周知；文字的创立在伏尔泰的书中也有有力的描述。其中说道，"伏羲氏自称看到他的法律写在有翼的蛇的背上。"这显然是神话，但伏尔泰却从中推断出，"在伏羲氏之前，人们便学会了书写。"

除了四大发明和创立文字外，《风俗论》还提及中国当时已取得的成就。天文学方面，伏尔泰指出："宋君荣神甫，核对了孔子的书中记载的 36 次日蚀现象。他只发现其中有两次有误，两次存疑。这有怀疑的两次日蚀确曾发生过，但是从人们所假设的该观察者所在地，不可能观测到。但即使这样，也足以证明当时中国的天文学家已能测算日蚀，因为他们只有两次计算有误。"

"中国最古老、最有权威的典籍《五经》中说，在伏羲氏以后第 4 个帝王颛顼时代，已观测到土星、木星、火星、水星和金星的一次会合。""另外，中国人发明了周朝历法，比我们的历法早 2602 年。"

伏尔泰还说："中国人知道有春分、秋分、夏至、冬至这样的区分。我们还要补充说明的是，中国人有更详细的节气区分，很早就提出一年有 24 个节气。并且，节气的名称形象生动，对各节气主要的天气特征的描述也非常翔实。"

此外，还应提及的是，古代印度人的天文知识也颇为丰富，"在远古时代，印度人就把太阳一年的行程分为 12 个部分，他们的一星期总是 7 天，7 天以 7 颗行星之名命名。日曜日被称为 Mithradinan。Mithra 这个词波斯人也是指太阳，就不知道这原先是波斯祆僧的语言，还是印度智者们的语言。"无论如何，太阳可以看做是一个星球，不过是一颗颇为特殊的星球，参照英语的 Sunday（星期日）。

也许最能吸引西方人注意的是中国物产丰富，"中国得天独厚，有着几乎所有已经移植于我们欧洲的以及许多我们还没有的果木。小麦、稻子、葡萄、蔬菜、各种树木满布大地。""能吐丝的蚕原产于中国。很晚以后，蚕才跟织造丝绸的技术一道传到波斯。这种丝绸在查士丁尼时代（按拉丁文名，译作优士丁尼准确，但已久译作查士丁尼，改动不易，今从之。他为东罗马帝国皇帝，527 至 565 年在位。主持编著的《法学阶梯》为传世之作——引者）还是非常稀有，所以从前欧洲丝绸的价格等同于黄金。"如此物产丰富的中国，欧洲人是非常希望拜访的。

印度也是如此。"大自然给他们以茂盛如林的柠檬树、橘子树、无花果树、棕榈树、椰子树和长满稻子的田野。最粗壮的人每天的伙食也只花一两个苏。我们工人一天所需的花费比一个马拉巴尔人一个月的还要多。"（见伏尔泰《风俗论》）如此物资富裕的国度，生活费用又如此低廉，也构成了欧洲人向往的因素！

更令人充满好感的是中国巨大的财富。国家的财富在很大程度上体现在国家财政上。伏尔泰说："至于财政方面，根据最接近的估计，皇帝的通常收入是 2 亿两纹银。"这个数字是什么概念呢？按法国人的计算，"2 亿两纹银相当于 2.46 亿盎司白银，按一马克纹银合 54 利弗 19 苏计算，约合我们 1768 年的硬币 16.8 亿枚。"

此外，在市场上流通的商品方面，伏尔泰写道："在波斯铸造大流克金币（公元 6 世纪末大流士一世时铸造的帝国金币——引者注）之前很久，中国人便已有铸造的金币和银币，"并且"在中国，金子已不再是一种通用的支付手段，黄金在中国就像在荷兰一样是商品；银子也不再是货币，而按重量或成色作价。"（见《风俗论》）简言之，金银作为商品流通，说明当时社会的富裕程度。

伏尔泰的《风俗论》是商务印书馆汉译世界学术名著丛书之一。据"译者前言"中说，它"于1740年开始撰写（的），直至1756年才完成"。这是英法探险家对加拿大地区探险业已完成之后许多年的事了，但是伏尔泰是根据前人的许多资料写成这本书的。我们可以从中得知，从马可波罗开始，就已有许多关于东方财富充裕、气候温和、物产丰富、人们文明的故事在欧洲广泛流传。这无疑是激发西方探险家向西航行、企图到达东方的一个重要因素。

# 第四章　加拿大地理文化

加拿大的国土面积为 9 970 610 平方千米，是世界上国土面积第二大国，其面积要比英国大 40 多倍，相当于 18 个法国。加拿大由 10 个省和 3 个地区构成。2008 年人口总数超过 3400 万。它跨越 6 个时区：有些资料指出，跨越这 6 个时区。乘坐火车需要 5 天 5 夜，乘坐飞机需要 7 个小时。

加拿大幅员广阔。这是其优势，但也带来一些问题。首先，交通运输不便。即使社会环境已经发生巨大变化，城市化规模扩大，交通运输工具大为改进，地理因素还是影响到加拿大人，影响到他们对美好生活的追求，以及他们的社会生活习惯和政治观等方面。

加拿大南部邻国是美国。它与美国相毗邻的各州，从东至西依次是缅因州（Maine）、新罕布什尔州（New Hampshire）、佛蒙特州（Vermont）、纽约州（New York）、宾夕法尼亚州（Pennsylvania）、俄亥俄州（Ohio）、密歇根州（Michigan）、明尼苏达州（Minesota）、北达科他州（North Dakota）、蒙大拿州（Montana）、爱达荷州（Idaho）、华盛顿州（Washington）。其中，育空地区（Yukon Territory）与美国的阿拉斯加（Alaska）接壤。加拿大北部隔北冰洋与俄罗斯相望；东部的纽芬兰与法国的圣皮尔（St. Pieere）和密克隆（Miquelon）渔场相接。

圣劳伦斯河——五大湖水道系统流域几乎占加拿大陆地总面积的一半，是加拿大地理一大特点。这一水道系统经圣劳伦斯湾，往北通过贝尔岛海峡（Strait of Bell Isle）与大西洋连接，往南通过卡伯特海峡（Cabot Strait）与大西洋连接。这一水道系统起初是探险的要道，随后成为人们移居的必要通道，最后成为国内、国际贸易的枢纽通道。随着圣劳伦斯海路的开通，这条水道也延伸到北大西洋，并对内陆航海业发挥着重要作用。

就加拿大的全部国土来说，只有三分之一被及时开发，但农田面积还不足全国国土的 8%，并且都为私人占有。目前，大量的土地没有主人，但都是适合耕种的土地。总土地的 24% 左右是林地，而且可以有产出，其中的三分之二可供采伐。淡水区域面积广大，处于世界的前列，为其交通运输以及水力发电提供了很好的条件。

加拿大水资源极其丰富，这是国家发展的重要保证，也为水的研究提供了宝贵的资料。人类与土地利用有关的活动，诸如森林采伐、开荒耕种、放牧围垦、沼泽疏浚、兴建堤坝水库、拦河引水、农田灌溉、工矿交通、工程建筑等，都会改变陆地水文循环过程。如何协调这两者之间的关系，和谐发展，取得较好的效果，是目前摆在加拿大联邦政府面前的重要问题。

北冰洋面积广阔，几乎终年被海冰所覆盖，全球海冰的 30% 都集中在这里。长期以来，科学家对北极海冰和格陵兰冰盖做了大量的研究。据最新的预测，到 2030 年，北极海冰的夏季冰面将会消失。这一变化的正面和负面影响都将是相当深远的。

1993 年开始，加拿大麦克马斯特大学（University of McMaster）与中国科学院合作，开展了加拿大北极地区冻土水文与环境变化方面的研究，内容包括现代冰雪的分布与变化、冻土区域水文过程、能量收支与地表过程、全球变暖给苔原带带来的环境影响等。

近年来，地质学家对地理、地质、海洋、大气的研究已形成一个整体，而且特别注重对环境污染和可持续发展的研究，并形成了地学哲学。而这一切，是以地理和地质的概述为基础的。以下的概述，凝聚着加拿大研究学者多年来的研究成果。

从研究地理和地质出发，进而研究地理科学，有助于解决人口、资源、环境和发展等一系列重大问题，如对自然资源的开发利用，农业生产潜力的提高，环境质量评价、预测与保护，产业布局与区域规划，乡村发展与城镇化，自然灾害及其减缓对策，退化土地整治与区域发展等。

综上所述，"作为地理学研究对象的地理环境，是由自然环境、经济环境和社会文化环境相互重叠、相互联系所构成的整体"。以下概述都涉及这三方面的内容，所以称之为人文地理学（即研究社会文化环境的社会文化地理学）。

# 第一节　地理概述

加拿大处于地球西半部的北部，北纬 41 度至 83 度，西经 52 度至 141 度。位于其北部的北极区的岛屿离北极的最短距离不到 800 千米。

加拿大位于北美洲的北部，南邻美国，界线横贯整个东西海岸，沿线重要的城市从东到西有魁北克（Quebec）、蒙特利尔（Montreal）、渥太华（Ottawa）、多伦多（Toronto）、苏圣玛丽（Sault Sainte Marie）、温尼伯（Winnipeg）、里贾纳（Regina）、卡尔加里（Calgary）、基洛纳（Kelowna）、温哥华（Vancouver）、维多利亚（Victoria）。由于这些地区处于气候温和的南部，而且与经济发达的美国相毗邻，所以这一带的工农业生产发达，经济繁荣，国家和地区的重要中心城市也都聚集于此。沿线还有著名的五大湖，从东到西依次是安大略湖（Lake Ontario）、伊利湖（Lake Eric）、休伦湖（Lake Huron）、密歇根湖（Lake Michigan）、苏必利尔湖（Lake Superior）——这是世界上罕见的淡水湖群，是宝贵的淡水供应源。

加拿大东北部濒临大西洋，巴芬岛（Baffin Island）与格陵兰岛（Greenland）隔海相望。往南分别是拉布拉多半岛（Labrador Peninsular）、纽芬兰岛。折向西南，便是新斯科舍（Nova Scotia）。

加拿大北部是北极圈，圈内有许多岛屿，较大的有埃尔斯米尔岛（Ellesmere Island）、维多利亚岛（Victoria Island）、班克斯岛（Banks Island）、德文岛（Devon Island）。其中，德文岛靠近北磁极。北磁极即地磁的北极，其确切位置在巴瑟斯特岛（Bathurst Island）附近，即在西经 100 度，北纬 76 度。

北极圈内海域即北冰洋，介于亚洲、欧洲和北美洲的北岸之间。北冰洋为地球上四大洋中最小的海洋，但大陆架却很宽广。大洋表面温度大都在 −1.7℃ 左右，大部分海面常年冻结。加拿大的北极岛屿气候严寒，人口稀少，但其大陆架蕴藏着丰富的石油和天然气。

西北部的育空地区（Yukon Territory）与美国阿拉斯加（Alaska）接壤，自此往南即太平洋沿岸，沿线最大的城市是温哥华。由于受到太平洋暖流的影响，这里气候宜人，风光旖旎，其地理位置优越，成为南北美洲太平洋沿岸最大的港口，且与亚洲有着非常频繁的贸易往来。

加拿大除了在南部与美国陆地相邻，其海岸线在西北地区与阿拉斯加连接外，其余都是海岸线。如果将岛屿海岸线也包括在内的话，则加拿大海岸线长达 243 800 千米，长度位居世界国家前列。

　　加拿大的大西洋海岸线长达 45 290 千米。纽芬兰和新斯科舍的部分地区海岸为陡峭的石岩山；其余大多数地区的坡度从大西洋向内陆逐渐升高，依次形成长长的沙滩、海湾和入海口。特别值得一提的是纽芬兰和新斯科舍之间的圣劳伦斯湾。这里海产十分丰富，并且有加拿大重要的渔场，也是进入加拿大内地的必经之地。

　　加拿大的北极海岸线长达 111 000 千米，几乎是加拿大海岸线总长的一半。400 年来，总有野心很大的探险家涉足北极圈中的海峡、河道、海湾以及诸岛盆地，企图寻找一条进入亚洲的通道。1906 年，挪威的一位探险家第一次完成了从大西洋海岸沿着加拿大北极岛屿线，经过北冰洋西岸，最终到达白令海的航行冒险活动，从此开创了加拿大北极地区的冒险史，这对于缩短通往亚洲航道的时间有着非同寻常的意义。

　　加拿大的太平洋海岸线长 25 700 千米，其中包括 18 700 千米的岛屿海岸线。海岸多岩石，高低起伏的山岭沿岸排开，狭长的入海口同时又是波涛汹涌的峡湾，湾中到处都是岩礁和鱼群，不利于航行。重要的海域有贺卡特海峡（Hecate Strait）、夏洛特皇后海湾（Queen Charlotte Bay）和胡安德雷卡海峡（Juan de Fuca Strait）。其中，胡安德雷卡海峡位于温哥华岛和美国西雅图之间，位置尤其重要。

　　哈德逊湾（Hudson Bay）、詹姆斯湾（James Bay）以及哈德逊海峡（Hudson Strait）三者的海岸线长度共计 38 900 千米。哈德逊湾可视为加拿大第一大内海，面积约 120 万平方千米。哈德逊海峡与大西洋相通，每年 10 月末开始结冰到次年的 6 月下旬解冻。哈德逊湾是连接加拿大中部地区和大西洋的纽带，每年从 6 月到 10 月，中部地区的粮食和谷物从马尼托巴（Manitoba）的彻奇尔（Churchill，也译作丘吉尔）经此被装船运往外国。

　　加拿大海岸线长，水域广阔，航运业发达。加拿大只有两个内陆省，即阿尔伯塔（Alberta）和萨斯喀彻温（Saskatchewan）。这两个省的牧场数量众多而且面积广大，同马尼托巴省一起号称草原省。

　　从整体看，加拿大东部气温稍低，但降雨量颇多，每年达 1 000 ~ 1 400 毫米；南部气候适中，经济发达，人口多聚居在与美国接壤的边境地带，良好的气候条件是这一现象的主要原因；西部因为有山脉，气候温暖潮湿，其中夏洛特皇后群岛、太平洋沿岸地区、温哥华岛西北部的雨量尤其多，每年可达 2 400 ~ 2 700 毫米；北部酷寒，为寒带苔原地区，最低气温可低于 -60℃。中西部每年 7 月平均气温在 20℃ 以上，极端高温可达 40℃。

　　加拿大首都渥太华是世界上温度最低的首都之一，冬季温度可降至 -20℃，最低可达 -50℃，积雪可厚达 1 ~ 1.5 米。

## 第二节　自然区气候

　　从地理、地质上来说，加拿大的陆表可分为六个自然区，自东至西是阿巴拉契亚区、五大湖 - 圣劳伦斯低地、加拿大地盾、内地平原、西部科迪勒拉山脉区、北极岛屿。

　　较小的地区是哈德逊湾低地。从詹姆斯湾底端北部开始，沿着哈德逊湾东南岸延伸的狭带，长达 1 600 千米。这个地区的绝大部分都是沼泽地，只有苔藓和地衣可以在此地生长。当地人把这块地方叫做"缪斯克格"（奇皮沃，印第安词语）。

　　阿巴拉契亚区包括纽芬兰、爱德华王子岛、新斯科舍、新不伦瑞克、魁北克省的加斯佩半岛和东部多个区乡。此区系阿巴拉契亚山系若干山脉所在地，大约在三亿五千万年以前形成，多盆地、高地。冰雪水流切割，常年侵蚀，使得加斯佩（Gaspe）地区诸山的最高峰还不足1 280米。

总的来说，这一地区林木茂盛，有丰富的林产品。爱德华王子岛地势平坦，经济上以农业为主。东部区乡以及新斯科舍与新不伦瑞克的峡谷地带和低地则实行农业、奶业和果树种植的混合经济。史前时期的地壳变动，造成浅海暗礁及诸多水湾，形成世界上最著名的渔场，盛产价值不菲的鳕鱼、龙虾和鲱鱼。

**加拿大龙虾**

除了爱德华王子岛以外，这一地区的矿业对整个地区的生存和发展也相当重要。东部区乡的圣母山脉所产出的石棉，约占加拿大总产量的四分之三。其他重要矿物还有铁、煤、铜、锌、铅。在东部区乡，居次要地位的制造业包括纺织、机器制造和家具业。其他地区基本上是初级加工——鱼产品、锯木厂、纸浆和造纸业。

五大湖－圣劳伦斯低地区是六个自然区中面积最小的，只与纽芬兰地区面积相当，人口密度较大，其人口约占全国总人口的60％。此区从魁北克市起，到休伦湖止，长达1 000千米，仅在蒙特利尔处就长达200千米，为圣劳伦斯河两岸的狭长地带，包括安大略湖、伊利湖和休伦湖所形成的三角地带。

西段是肥沃的沉积土平原，间或有悬岸。本区人口集中，气候条件良好，土壤肥沃，铁路、水路和公路交通运输便利发达给此区的工农业生产提供了得天独厚的条件，使其处于全国领先地位。

加拿大地盾（或称前寒武纪地盾）代表着最古老的地质年代，此地盾是加拿大最重要的地理特点。这种地盾覆盖面积几乎是加拿大的一半，哈德逊湾像个倒置的马蹄，是地盾的中心。拉布拉多的全部，以及部分魁北克、安大略、马尼托巴、萨斯喀彻温和西北地区都处于此种地盾上。该地盾的表面是森林以及水力资源丰富的水库，其岩层是各种矿物的仓库，而且蕴藏还远未开发。

加拿大地盾大部分高出海平面200～400米。此区的东部是圣劳伦斯河以北耸出的高地。在加拿大地盾的岩层表面，山岭点缀其间，湖泊星罗棋布，多急流小瀑布，水力资源极其丰富。这里的矿藏有铀、金、铜、铁、镍、钴、铅、锌和钛。

19世纪后半叶，居住在这一地盾的人口还很少。连接东西方的铁路打通后，该地盾的矿藏和水力资源的开发在全国经济发展过程中发挥了重大作用。

内陆平原包括马尼托巴西南部分、萨斯喀彻温南半部、阿尔伯塔的大部分以及不列颠哥伦比亚的东北部。再往北，从马更些河谷地带一直延伸到北冰洋，都属于内陆平原。各平原省就在此区，其主要城市有温尼伯、布兰顿、里贾纳、萨斯卡通、卡尔加里和埃德蒙顿。

从马尼托巴省西部到阿尔伯塔的这一片内陆平原分为三阶。现马尼托巴的大部分以及相邻省份的部分地区，都是沉积土层的干冰湖，它们随着这一地区的冰层向西北移动，形成了巨大的浅地盆。

草原各省河流、湖泊很多，适宜经营奶业、畜牧业以及种植小麦。马更些（Mackenzie）河低地多沼泽、永冻土，不适宜农业生产。内陆平原矿藏丰富，盐、石膏、煤、石油和天然气尤其丰富。但是，整个地区还是以农业为主，大规模机械化的小麦生产占据了支配地位。

西部科迪勒拉山脉区长 2 250 千米，宽 800 千米，山系沿太平洋绵延南伸，包括整个育空地区，几乎整个不列颠哥伦比亚、阿尔伯塔和西北地区的西部。

东段是三个高山脉，其中最著名的是落基山脉，它以美景秀丽、顶峰雄伟、峡谷壮丽闻名于世。落基山脉诸山峰高出海平面约 2 000～3 900 米。最高峰罗布森山（Robson Mountain）海拔 3 954 米，耸立在不列颠哥伦比亚东部。

中段是高原、平原、山地，是弗雷泽河（Fraser River）、皮斯河（Peace River）等河流的发源地。在这部分有矿业、果树种植业、奶业和畜牧业。

西段是海岸山脉，往外是弧形海岛链，主要海岛为温哥华岛、夏洛特皇后群岛，两者之间是所谓的内部通道，可由此从温哥华抵达阿拉斯加的斯卡威。太平洋沿岸生长着高大的林木，有的冷杉树甚至高达 90 米，直径达 5 米，树龄长达千年，是优良的建筑用材。林业是不列颠哥伦比亚的主要行业，育空地区则以矿业为主。

西部科迪勒拉山脉区主要的矿产品有金、铅、银、铁、锌和石棉。渔业产量也很丰富；许多注入太平洋的河流是鲑鱼繁殖的好场所。此区鲑鱼的产量占加拿大太平洋渔业总产量的四分之三。

北极圈内的大岛有巴芬岛、班克斯岛、埃尔斯米尔岛、维多利亚岛。还有许多群岛，地表低，不生草木。但东北部一些群岛上有些山岭和冰盖海拔可达 1 800～3 000 米不等。这里气候寒冷，地表下有永冻土。只有一些因纽特人群散居其间，以捕鱼、打猎为生。群岛沿岸还生活着一些来此做生意的皮毛商以及一些气象工作者。随着探测工作的开展，石油、天然气、矿藏的发现也越来越多。

阿巴拉契亚山脉从魁北克省的南部往北延伸，同西部山脉一起构成了加拿大的一道自然屏障。一方面，重要的大河都取东西走向，成为最初的交通运输通道，有利于加拿大居民的东西移民，否则，将有更多的人向南部——与美国接壤的地带移居，甚至越过边境进入美国；另一方面，可以借助这样一道屏障修筑东西走向的铁路，以加强东西部地区的联系。

加拿大辽阔的国土上有着丰富的自然资源，但是人口相对稀少，所以使得地区之间的差距很大，经济发展程度与需求也不尽一致。

至于历史地理，1867 年加拿大还是个自治领，只包括新斯科舍、新不伦瑞克、魁北克和安大略，人口只有 350 万。而后，自治领逐步扩大，1870 年马尼托巴加入自治领，1871年不列颠哥伦比亚、萨斯喀彻温和阿尔伯塔也跟着加入，其领土面积逐渐增加，直至形成今天的加拿大。

# 第三节　省区气候

纽芬兰省（New Foundland）东临大西洋，西北部接拉布拉多半岛，西南部接魁北克省，西部是雅克·卡蒂埃海峡（Jacque Cartier Strait）和贝尔岛海峡（Bell of Isle Bay）。大西洋对该省气候的影响还算温和，但拉布拉多半岛的河流入海时，寒冷的急流带走热量，使纽芬兰的北部变得较冷。圣约翰斯城（St. John's）每年1月份的平均气温是 -4℃，7月份是16℃，6月2日到10月10日是无霜期（frost - free days）。一年有207天是雨天或雪天。整体来说，纽芬兰属亚寒带大陆性气候，东部沿海多雾。较湿润，年降水量 1 000 ~ 1 500 毫米，四季均匀。约三分之一地区水源充足，发育灰化土，覆盖着以杉、松为主的针叶林；高原土壤贫瘠，植被稀疏。野生动物多为麋、驯鹿、黑熊等。东南沿岸长 800 千米、宽 320 千米，有着平均深度为 100 米的纽芬兰浅滩，处于拉布拉多寒流与北大西洋暖流交汇处，为世界最优良的大渔场之一，盛产鳕、鲽、鲱、鲑等鱼类。

爱德华王子岛（Prince Edward Island）是加拿大面积最小的省，仅 5 660 平方千米，全岛长度约 220 千米，最宽处约 50 千米，堪称迷你省。全省分为三个部分：西部的太子（Prince）、中部的皇后（Queens）和东部的皇帝（Kings）。爱德华王子岛 1873 年正式加入加拿大联邦。由于省内缺乏天然资源，工商业都不发达，就业机会少，年轻的居民纷纷迁往他省工作，王子岛小市镇的人口越来越少，加拿大人称这类市镇为"荒废中的市镇"（dying towns）。王子岛的主要经济收入来自旅游业，由于风景优美，每年夏季数以千计的游客从世界各地前来，岛上的旅店、餐厅、商店和娱乐场所等一片兴旺，有些家庭会提供"住宿与早餐服务"（bed and breakfast），把屋内的客房租给游客，并奉送早餐，不仅价格便宜，而且有时比住酒店还要舒适。虽然该岛冬季的气温偶尔也会极低，但由于地处圣劳伦斯湾，大西洋对这一地带气候的影响不太明显。首府夏洛特敦每年1月的平均气温为 -7℃，7月为19℃，无霜期从5月17日到10月15日。一年有282天为雨雪天气。

新斯科舍省（Nova Scotia）是加拿大大西洋四省之一，面积 55 491 平方千米，人口约 93 万人，是早期欧洲移民移民加拿大的登陆点，也是历史上英法殖民者利益争夺的焦点地之一。由于临近海洋，新斯科舍的气候暖湿多雨，每年有 140 天无霜期（Frost-Free Days），在加拿大算是气候暖和的省份。首府哈利法克斯（Halifax）是大西洋沿岸最大的城市及世界第二大深水港，是大西洋省区（Atlantic Canada）的政治、经济和文化中心。加上处于欧美两洲之间，所以一直以来都是加拿大的海军基地，同时也是加拿大大西洋舰队司令部的所在地和重要的军事基地。由于海港优良，哈利法克斯的商业和航运业很发达。从东北直到西南，都面对着浩瀚的大西洋，西北是芬迪湾（Fundy Bay），北部是米纳斯湾（Minas Basin），有一小段与新不伦瑞克省相接。虽然该省几乎都四面环海，但却是大陆性气候，比同纬度的内陆地区温和，季节来得稍晚。大西洋沿岸地区冬季多暴风雪。首府哈利法克斯，每年1月平均气温为 -3.3℃，7月为18.5℃，无霜期从5月13日到10月12日。一年的雨雪天数为156天。

新不伦瑞克省（New Brunswick）是加拿大绿色的沿海省，森林覆盖率达 85%，乡村田园风光与海岸线并行，青草、碧海和蓝天构成一幅优美的自然风景画。面积 73 440 平方千米，人口约 75 万人，首府是弗雷瑞克登（Fredericton）。该省纸浆与造纸业十分发达，新不伦瑞克的天然资源丰富，树林底下蕴藏着大量铅、铜、铁等矿物，采矿是其主要产业。南部的芬迪湾捕鱼业发达，盛产龙虾，每年夏季，龙虾又便宜又新鲜，除供应加拿大各省外，还外销欧洲各大城市。该省东临大西洋，南濒芬迪湾，西部与美国接壤，西北、北部是魁北克省。由于该省近乎一半的边境线与陆地相接，所以是大陆性气候而非海洋性气候，受海洋影响不大，季节推迟到来。该省内地的气温，比沿海地区更极端。圣约翰每年1月的平均气温为 -7℃，7月为17.2℃。无霜期从5月21日到9月29日。沿海地区一年有156天的雨雪天。

魁北克省（Quebec）是加拿大面积最大的省，总面积为1 540 680平方千米，人口约733万，80%的人口为法国后裔，是北美地区的法国文化中心。按地形划分，魁北克分为三部分：圣劳伦斯河（St. Lawrence River）以北的山区和高地，约占全省土地的五分之四；东面的加斯佩半岛；西面的圣罗伦斯低地（St. Lawrence Lowlands），组成一片肥沃的三角洲，著名的"满地可（Montreal）"，即蒙特利尔就在这里。省内的昂加瓦半岛（Ungava Peninsular）和拉布拉多半岛连在一起，占去该省的一半面积还多。偏北部分属于北极气候，比较寒冷；在南部的圣劳伦斯河河谷地带，夏季温暖湿润，冬季很冷。魁北克市每年1月的平均气温为 -11℃，7月为19℃，无霜期从5月22日到9月26日。一年有158天的雨雪天。蒙特利尔每年1月的平均气温为 -9℃，7月为22℃，无霜期从4月28日到10月17日。一年有雨雪日167天；舍布鲁克每年1月的平均气温为 -9℃，7月为20℃，无霜期从5月18日到8月23日。一年有雨雪日174天。

安大略省（Ontario）位于加拿大东部，有"加拿大心脏"之称，尤其是两大城市多伦多（Toronto）和渥太华（Ottawa），操控着全国的经济和政治命脉。安大略省是加拿大最富有、最重要的工业省，在全国经济中居支配地位，面积为1 068 580平方千米，人口约为1 141万，首府为全国第一大城市多伦多（Toronto）。该省城市云集，城市化水平位居全国之最，有加拿大首都渥太华（Ottawa）、汽车城温莎（Windsor）、钢铁城哈密尔顿（Hamilton）。该省东部与魁北克省接壤，西部与马尼托巴省接壤，南与苏必利尔湖、休伦湖、伊利湖、安大略湖相连。从哈德逊湾南下的寒冷空气和来自草原省的寒流共同作用，使得这里的夏季短促；南部在几个大湖的共同影响下，安大略半岛的气候较为温和。但总体来说，安大略处于大陆大风雪的通道上，所以每月天气变化多端，冬季更是如此。多伦多每年1月的平均气温为 -6℃，7月为22℃，无霜期从5月3日到10月15日。一年有137个雨雪天。渥太华每年1月的平均气温是 -10℃，7月是20℃，无霜期从5月11日到9月29日。每年雨雪日为152天。

马尼托巴省（Manitoba）北部与努纳武特地区接壤，北纬50度以上，地区气候寒冷；东北部临哈德逊湾，气候寒冷严酷。这一地区从彻奇尔港直至森丹斯之间的铁路沿线城镇颇多，其他地区城镇稀疏，人烟稀少。温尼伯湖为马尼托巴省境内最大的湖泊，对调节气温有一定的作用。该省东部与安大略省接壤，南部与美国接壤，西部与萨斯喀彻温省接壤。这一地区河流纵横，湖泊星罗棋布，夏季温暖，有利于农业发展。首府温尼伯离美国不远，每年1月的平均气温为 -17℃，7月为20℃。总体来说，该省冬季漫长而酷寒。西南部的农业区无霜期只有100天，而远北地区只有60～90天。降雪相对较少，温尼伯每年雨雪日只有125天，但马尼托巴省在草原省份中，作物生长期雨量是最多的。温尼伯无霜期从5月29日到9月18日。

　　萨斯喀彻温省（Saskatchewan）酷似南北长的梯形，为加拿大草原省之一。北纬55度以上地区气候寒冷，人口稀少，城镇都分布在湖边或河湖附近。东部与马尼托巴省接壤，南邻美国，西部与阿尔伯塔省接壤，北部与西北地区接壤。

　　该省夏季温暖但短促，冬季寒冷。东北地区每年1月平均气温为 -31℃，西南地区为 -12℃；但从南部吹来的暖风几小时内即可引起气温上升，高达25℃左右，所以东北地区每年7月的平均气温可达14℃，西南地区达19℃。1893年2月1日，阿尔伯特王子城的气温为 -57℃，这是该省有记录以来的最低气温。1937年7月5日，米戴尔-雅尔草原气温45℃，为该草原的最高值。萨斯喀彻温年降雨量（雨、融雪、其他形式的水分）为30~43厘米，年降雪量北部为130厘米，南部为76厘米。

　　阿尔伯塔省（Alberta）位于不列颠哥伦比亚省和马尼托巴省之间，面积为661 190平方千米，人口约291万，首府埃德蒙顿。加拿大最壮观的自然景观——落基山脉贯穿本省。阿尔伯塔以野牛和石油产品闻名。

　　该省按地形划分可分为四区，即西南部的落基山脉（Rocky Mountains），东南部的大草原，中部的森林和平原以及北部一大片渺无人迹的荒地。该省北部与西北地区接壤，东部与萨斯喀彻温省为邻，西部接不列颠哥伦比亚省，南部与美国接壤。这里夏季温暖，阳光充沛，但降雨不多，原因是来自太平洋的湿气越过落基山脉时已经削弱。这股暖湿风也被称为奇努克（Chinook）风，因为这股风总是从哥伦比亚河谷地带吹来，奇努克印第安人曾一度在那一带生活，故得此名。

　　埃德蒙顿每年1月的平均气温为 -14℃，7月为17℃，无霜期从5月24日到9月16日，一年的雨雪日只有121天。

　　不列颠哥伦比亚省（British Columbia）位于加拿大西岸，面临太平洋，海岸线长达8 850千米，沿岸风景优美，海产丰富。全省面积为947 800平方千米，人口为4 141 300，仅次于魁北克和安大略省，是全国第三大省。该省南与美国华盛顿州、爱达荷州及蒙大拿州接壤，是加拿大通往亚太地区的门户。这里气候温和，风景秀丽，依山傍水，环境保护良好。该省境内大部分面积是森林地带，是世界著名的旅游胜地。北部与育空地区、西北地区接壤，东部与阿尔伯塔省接界，南接美国，西临太平洋，西部北纬55度以北的沿海地带和亚历山大群岛为美国领土。北部地区冬季漫长而寒冷，夏季凉爽、短暂，降水量适中。

　　维多利亚市每年1月的平均气温为4℃，7月为16℃，无霜期从2月28日到12月7日。温哥华每年1月平均气温为3℃，7月为18℃，无霜期从4月4日到10月27日。降水期为159天。而全省的降水期为143天。

　　育空地区（Yukon Territory）总面积为483 450平方千米，位于加拿大大陆的西北角，南部与大不列颠哥伦比亚接壤，东部与西北地区接壤，西部与美国的阿拉斯加接壤。北部是波弗特海（Beaufort Sea）。这里还是加拿大山区的分布地带，多山带一直延伸到北美大陆的太平洋沿岸。山脉和山谷呈直线沿西北边界排列。它们都以区域内的河流命名，虽然育空地区仍留有冰川，但育空高原的大部分地区由于未受到最后一次冰川的影响，所以呈现出在北美其他地区没有的独特景观。该区位于北纬60度以上地区，干燥寒冷，但比西北地区暖和。夏季日照时间长，有利于植物迅速生长。首府怀特霍斯每年1月平均气温为 -15℃，7月为14℃。每年有雨雪日116天，无霜期从6月10日到8月27日。1947年2月，斯纳格所记录的最低气温为 -63℃。

西北地区（Northwest Territories）北临波弗特海，包括北冰洋中的一些岛屿。该区东北部与努纳武特地区接壤，南部与萨斯喀彻温省、阿尔伯塔省、不列颠哥伦比亚省相接，西部与育空地区为邻。除马更些（Mackenzie）南部地区以外，该区都是永冻土，夏季只有3个月左右。西北地区每年平均无霜期只有16天，即从7月9日到25日。首府耶洛奈夫（Yellowknife）每年1月平均气温为－23℃，7月为16℃，全区无霜期从6月11日到9月7日。该区降水量少，群岛地区为世界上最干旱的地区之一。该区大部分地方年雨雪日不足100天。

努纳武特地区（Nunavut）成立于1999年，是从西北地区中划分出来的。该地区东临哈德逊湾，南接马尼托巴省，包括北冰洋附近诸岛，如布罗德岛屿（Brodeur Island）、巴芬岛，福克斯湾（Foxe Basin）。该地区地处北纬60度以上广大地带，一年中有3个月被冰雪覆盖，冬季平均气温－40℃，每年10月到次年3月夜空被北极光照亮，而夏季5月至7月，几乎全天24小时都呈白昼现象。

## 第四节　关于加拿大地理的几点思考

加拿大的地理，从宏观方面来讲，与一般的国家并没有很大的不同，都有山脉、水系、高原、平原、岛屿，但加拿大又是一个特殊的国家。特殊点之一是加拿大位于两个大洋——大西洋和太平洋之间。具有这种地理特点的国家还有美国和南非等。美国处于大西洋和太平洋之间；南非处于印度洋和大西洋之间。这样的区分本来意义不大，但自从英国学者麦金德提出"历史的地理枢纽"的说法以来，这种区分就变得有意义了，而且在一定程度上具有重要意义。

麦金德全名哈尔福德·约翰·麦金德（1861—1947年），据《辞海》说，他是英国地理学家，曾任教于牛津大学与伦敦经济学院，并担任英国皇家地理学会副会长。1904年他在《历史的地理基础》一文中提出"大陆心脏说"（见《辞海》第4446页）。而商务印书馆2009年出版的汉译世界学术名著丛书之一则译作《历史的地理枢纽》，因为笔者目前没有英文原文本，无法确定实际为何。但可以确定的是，二者是同一篇论文。且按论文的题目为《历史的地理枢纽》，"枢纽"一词，汉语辞书解释作"事物的重要关键"；英语作pivot（不知英文原文是不是用这个词），译文为：某事物所依赖的点；中心点。所谓"基础"，所谓"枢纽"，在麦金德这里，意思没有太悬殊的差异，即为历史赖以发展的关键地区。

麦金德举例说："早年的俄国和波兰完全是在林中空地立国的。另一方面，在从5世纪到16世纪的全部时期中，图兰语系的游牧民族——匈奴人、阿瓦尔人、保加利亚人、马扎尔人、哈扎尔人、帕济纳克人（Patzinak）、库曼人、蒙古人、卡尔梅克人从人们所不了解的亚洲内地，穿越草原，通过乌拉尔山与里海之间的隘口，令人惊异地接踵而至"（《历史的地理枢纽》第55～56页）。因此，可以补充说，正是这一系列剽悍民族的横冲直撞，在欧亚大陆成就了一些强权、强国，而俄国大草原以及欧洲的心脏地带，就是当时历史发展的舞台，也就是麦金德所说的"历史的地理枢纽"。麦金德所说的陆上强国则指的是，"俄国组织起哥萨克人从北部森林地带出现了，部署它自己的游牧民族来对抗鞑靼游牧民族，从而管辖了草原区。"都铎（15世纪至17世纪初的英国王朝——笔者注）世纪时，哥萨克骑兵向东猛扑，席卷亚洲北部，俄国的势力从莫斯科穿过大草原，扩展至整个西伯利亚（详见

《历史的地理枢纽》第65页）

与其平行发展的"另一支可以匹敌的机动力量是驾着船只的维金人，他们从斯堪的纳维亚来到欧洲的南部和北部海岸，沿着水道深入内陆"（《历史的地理枢纽》第58页）。另一方面，欧亚大陆心脏地带的东面、南面和西面是呈巨大新月形的边缘地区，由海路可以到达。""因为它的各个海湾和通海的河流对海上强国是敞开的，并且允许从这里施加威力。其结果，在整个历史上，这里周期地出现以巴比伦和埃及的巨大绿洲农业人口为基础、本质上属于边缘系列的帝国，并以畅通的水上交通与印度和地中海地区的文明世界相联系。"（《历史的地理枢纽》第62～63页）按照麦金德的观点，正是因为海洋及沿岸地区的地理优势，萨拉森人和维金人才得以靠近岸航行来掌握统治权的；"正是在入海河流航运的基础上，建立起河流阶段的文明，如扬子江畔的中国文明、恒河畔的印度文明、幼发拉底河畔的巴比伦文明、尼罗河畔的埃及文明。正是在地中海航运的基础上，建立起称作海洋阶段的文明，如希腊和罗马的文明。"（《历史的地理枢纽》第64页）

应该说，麦金德强调地理位置的重要性，是有一定的道理的，但这样的解释容易把事情简单化。例如，大草原虽说是许多历史事件发生的舞台，却没有大草原文明流传下来；加拿大处于大西洋和太平洋两大洋之间，却不知说加拿大是海洋强国，还是陆地强国合适？过分强调地理位置的重要，并非处处都是说得通的。加拿大的例子只能说明它既有陆地国家的有利条件，又有海洋国家的一些优势。

在我们看来，加拿大的地理优势（麦金德意义上的"历史发展的地理枢纽"），主要表现在它资源丰富上。

首先是水资源。加拿大境内河流众多，湖泊星罗棋布，淡水资源极其丰富。举例来说，东南部与美国交界处有苏必利尔湖、密歇根湖、休伦湖、安大略湖、伊利湖，即所谓的五大湖。西北地区的大熊湖、大奴湖也储藏有丰富的水资源。

加拿大降雪期比较长，降水量也比较大。以省区气候来说，岛屿地区（如纽芬兰省、爱德华王子岛）一年中的雨雪比较多，前者一年有207天，后者有282天，降水量非常丰富。降水量从东南往西北、北部呈逐渐减少的趋势。魁北克省一年有174天雨雪天，新斯科舍省、新布伦瑞克省有156天，安大略省有152天，但到马尼托巴省就只有125天（作为草原省，其降水量则算短的了），到育空地区就只有100天雨雪天了。但这也比世界上许多干旱区年降水期还要长很多。但因为加拿大地处北纬42°以北地区，水的蒸发量很少，水资源得以保持良好。

其次是北极地区的丰富资源。加拿大的北极地区包括北纬60°以北的陆地和海域，即育空地区的北部、西北地区的北部、努纳武特地区的科罗内申湾、毛德皇后湾沿岸向南直到北极圈附近，以及巴芬岛的大部分。

北极地区初看起来是河川冰冻、冰雪盖地，动植物很少，但也有丰富的资源。首先从育空地区说起。"育空"（Yukon）一词，来自印第安语言，是"大河"的意思。此区的河流很多，从南往北看，育空河最长，堪称大河。此地区大概因此而得名。育空河通过其支流特斯林河，可以上溯到不列颠哥伦比亚省，向北伸展入美国的阿拉斯加。往北有皮尔河，支流不少，主要有布莱克斯通河、哈特河、温德河、邦尼特普卢姆河、斯内克河，再往北有波丘派恩河（此河为美国和加拿大共有）。可见，育空地区的水资源非常丰富。道森附近有藏量丰富的金矿并曾引发淘金热，形成一个中小村镇群，随之而设立的道森市，盛极一时，高峰时期人口曾达 6 万多人，比现在整个育空地区的 3 万人口还要多一倍。此外，育空地区北部海岸大陆架可能蕴藏油气资源。

其次则是西北地区。西北地区位于育空地区和努纳武特地区之间，矿藏丰富，锌、金、铅、银等蕴藏量都很大。重要的是南部的诺曼韦尔斯有油田，北部海湾、港湾很多，其大陆架有望发现天然油气。更重要的是，本区交通条件便利，特别是公路、铁路与水上运输都很方便。令人惊奇的是，全区有大小 200 个机场。便利的交通使这一地区的资源能够得到最大限度的利用。

便利的交通是有历史原因的。历史上，西北地区是鲁帕特地区的一部分。鲁帕特是英王查尔斯二世的表兄。1670 年，英王把哈德逊湾周围的大片土地赐给鲁帕特，作为他建立哈德逊湾公司的资本。最初意义上的鲁帕特地区很大，包括现在的马尼托巴省、萨斯喀彻温省和艾伯塔省。经过多年的经营，这一地区公路、铁路与水上运输的基础设施都比较完善。

努纳武特地区于 1999 年 4 月 1 日建立行政区。这里有丰富的石油、矿产和其他自然资源；巴芬岛上的彭尼冰帽累积冰雪达 5 700 平方千米，是一笔巨大的水资源！区内岛屿星罗棋布，鱼类资源极其丰富。

不难看出，加拿大是一个地理资源非常丰富的国家，在当今世界资源日益匮乏的情况下，加拿大的资源优势显得格外突出。

# 第五章　加拿大英语语言文化

加拿大英语既不同于英国英语又不同于美国英语，在很大程度上是这两种语言的融合体，而且在融合中又具有许多自身的特点。

## 第一节　加拿大英语的根

因为加拿大曾经是英国的殖民地，而且现在是英联邦的一个成员国，许多人认为，加拿大英语只是属于英国英语的一种方言或是它的一个分支。这是一种过于简单的、不全面的看法。实际上，第一批来加拿大定居的讲英语的移民并非来自英国，而是来自美国。从加拿大的历史中可知，当代加拿大英语的许多特点都可以追溯到 1776 年的美国独立战争期间的那些事件中。当那些亲英分子被华盛顿部队打败后，他们感到不能继续留在美国了。因此，在威廉·豪的带领下，几千名新英格兰难民于 1776 年 3 月逃到加拿大的哈利法克斯地区。据加拿大历史记载，这些人被称为"英帝国保皇派"，因为美国独立战争结束后，他们仍然效忠于英国王室。

第一批"英帝国保皇派"抵达后不久，其他人一批接一批地从美国东部海岸地区移民到加拿大。到 1862 年左右，加拿大东部人口已经达到 10 万多人。这些定居者们讲的是带有美国宾夕法尼亚口音的 18 世纪新英格兰方言。当时这种方言和所谓的标准英国英语几乎没有相同之处。

继"英帝国保皇派"之后，大量来自英国本土的移民也争先恐后地涌入加拿大。1825～1846 年期间，有 50 多万英国人移民到加拿大。因为英国直到 1880 年才实行义务教育，所以，大多数 19 世纪初到加拿大的英国移民没有受过多少教育，他们也没有机会接受所谓标准英国英语的教育。因此，就连直接来自英国的移民使用的也并不是标准的书面英语，而几乎都是口语化的英语。

由于新定居的移民的确需要新的词汇来描述不熟悉的事物，许多新的英语单词和词组便孕育而生。"skidroad"一词源于 1852 年不列颠哥伦比亚省的伐木场。该词的意思是（伐木场的）"横木滑道"，由一组牛或马把横木拖走。建造滑道的那些伐木工人被称为"集材工人"。

由这个伐木业的俚语派生出几组独一无二的加拿大英语动词短语：

to hit the skids（身无分文）；

to be on the skids（失业或彻底失败）；

to grease the skids（使事情进展顺利）；

to put the skids under（使倒塌或失败）。

"crummy"是伐木业的另一个俚语，它产生于 20 世纪 30 年代末不列颠哥伦比亚省的伐木地区。"crummy"是指旧时的卡车或面包车，可以运载那些从城镇到伐木场上下班的伐木工人。现在"crummy"在不列颠哥伦比亚省也指接送孩子上下学的班车。有趣的是，

"crummy" 还被当形容词来用，意思是（质量）"劣等的"或是"糟糕的"。

　　当你作为一个外国人刚刚来到加拿大时，你可能很难猜出"hydrobill"的意思。前缀"hydro"是"水"的意思，但是在加拿大"hydrobill"却是"电费账单"的意思。因为在过去很长的时间里，加拿大所用的电是水力发电站提供的，尤其是利用尼亚加拉大瀑布廉价的水力发电。最终，加拿大人创造了"hydro-electric"这个形容词。这个形容词在1910年安大略省水力发电站委员会成立时第一次被官方正式使用。后来"electric"被省略了。因此，"hydro-electric bill"就变成了"hydro bill"。"电业服务"，"电业服务人员"，"电缆"等也都变成了"hydro service"，"hydro serviceman"，"hydro wires"。如果一位加拿大人问一位英国人或美国人："Has your hydro ever been turned off?"（意思是说"你是否因没付电费（electricity bill）而被停电"）他们一定会迷惑不解，因为这是一个纯粹的加拿大英语用法。

　　"mounties"一词也是源于加拿大的单词。这个单词代表的是"加拿大皇家骑警"（Royal Canadian Mounted Police）。这是一支保安部队，它的任务是保卫国家的安全。当这个组织刚刚在加拿大建立时，队伍的成员们骑着马履行他们的职责。

　　如今，只有在加拿大的英语词典中才能找到"Anglophone"和"Francophone"这两个单词，因为这两个单词是专门为区分那些在加拿大居住的"以英语为母语的人"和"以法语为母语的人"而创造的。

　　有很多英语单词都源于加拿大。这些单词常常是从当地印第安人、因纽特人以及其他少数民族语言中借用的词。《盖奇加拿大词典》（Gage Canadian Dictionary）列出了一万多条源于加拿大的英语词条。

　　如果对加拿大英语不太熟悉，在看加拿大报纸时，要想明白其中文章里的一些句子的含义就比较困难。例如：

　　当心，否则你可能掉进冰窟窿（rot hole）里。

　　严寒造成公路翻浆（frost boil），而春天来了，海面冰块（slob ice）则会从北部一路漂流下来。

　　我喜欢美丽的冰挂（silver thaw）景色。

　　我让暗冰（black ice）给滑倒了。

　　rot hole 指结冻河面上的冰窟窿；frost boil 指冬天道路由于严寒发生的翻浆情况；slob ice 指流入海洋的半融化的大冰块；silver thaw 指冰雨落在树上和路面上形成的冰包雪裹的冰挂；black ice（或 glare ice）指的是在高速公路或马路边上被掩盖着的冰面，或道路上突然出现一段或一块人们肉眼很难发现的冰面。通常，暗冰是雪融化后重新结冰时在路面上形成的冰层，即使是在阳光明媚的晴朗天气，它也可能存在。对于许多驾驶员来说，提起暗冰便会毛骨悚然，因为正常行驶时一般不会发现前方有暗冰，只有行驶在暗冰上面时才能看到或者感觉到它的存在，而这个时候才采取紧急措施，就会经常导致交通事故的发生。

　　许多国家的人们已注意到，加拿大人一直在努力保持着加拿大英语的独特风格。加拿大人对自己独特的加拿大英语表达深感自豪。在加拿大（除魁北克省外），许多地方的人们不情愿学美国英语。

　　虽然加拿大人在过去的200年里创造出了许多具有加拿大特色的词汇及用法，而且在英语使用上试图和美国英语保持距离，但是总体上讲，加拿大人还是基本上遵循美国英语的习惯用法，而不跟随英国英语。

随着日渐繁盛的旅游和日渐浓郁的纽带关系，北美地区两种英语间的差异正在逐渐消失，不同的英语发音在两国边界穿梭。如今，加拿大的一些词语逐渐在流失，同样，研究表明，越来越多的美国人在 cot 和 caught 发音上也效仿加拿大长久以来的发音特点，即两个词中的元音都发成 [ɔ]。

# 第二节　加拿大英语特点概述

作为国家交换留学生，笔者于 1976 年赴加拿大留学，随后作为访问学者又多次出访加拿大。多年来，我的同事和学生们不断询问我有关加拿大英语特点的问题。"加拿大人的英语发音和他们的邻居美国人是不是一样？""加拿大英语使用的是英国人的词汇还是美国人的词汇？""加拿大英语的拼写是遵循英国英语习惯还是美国英语习惯？""加拿大英语有什么独特之处吗？"

每次出访加拿大，我都会带着这些问题去咨询相关的学者、学生和同事，而且每次我都确实从加拿大朋友们那里、加拿大的书籍和字典中受益匪浅。根据我和加拿大朋友的接触以及 30 多年来英语教学的亲身体验和有关加拿大英语发展的最新资料，我们可以准确地说，加拿大英语是有着自身鲜明个性的英国英语和美国英语的集合体。加拿大英语的这种融合性和自创性实际上来源于两百多年以来美国和英国对它持续不断的影响。

美国语言学家尤里埃尔·瓦恩里希（Uriel Weinreich）在《语言接触》（Languages in Contact）一书中提出了"接触"与"干扰"两个概念："如果同一些人，交替地使用两种或两种以上的语言，那么就说这些语言处于接触中"；"干扰一词意味着模式的重新安排，是指结构化更高的语言范畴（如语音系统的主体，形态和句法的大部分，以及一些词汇领域，如亲属、颜色、气候等）引进外语成分"。

语言接触研究探讨两种语言接触后所引起的变化与结果。就加拿大而言，当殖民化完成且英语成为支配性语言后，语言接触及其结果分三种情况：第一是英语和原住民语言的接触，后者对前者产生了影响；第二是移民语言对于支配性语言英语的影响；第三是英国英语和美国英语接触后所产生的变化和结果。所有这些接触就使加拿大产生了一种语言变体，即加拿大英语。

1857 年，教士阿基保尔·康斯太布尔·格基（Archibald Constable Geikie）在他致加拿大学院的一次演讲中首先用了"加拿大英语"一词。格基是苏格兰裔加拿大人，他认为只有那些英国来的移民讲的英语才是纯正的，加拿大英语是一个"污染了的方言"。格基这一观点反映了当时在加拿大盛行，并在此后延续 100 多年的盎格鲁中心观。

早在英美人和其他移民进入加拿大之前，印第安、爱斯基摩等极地民族早已在这块土地上生养栖息。加拿大原住民的语言对来自欧洲的语言产生了影响。下加拿大（Lower Canada）的法语也给上加拿大（Upper Canada）的英语提供了一定的词汇。

然而，对加拿大英语真正的影响来自四股移民潮，历经差不多两个世纪。据史书记载，1776 年在美国独立战争中战败的数千名亲英分子逃到了加拿大的哈利法克斯地区（Halifax），随后"英国保皇派"大批从美国涌入加拿大。此外，大量英国本土居民也争先恐后移民到加拿大。第二批移民是 1812 年战争后来到加拿大的爱尔兰人。当时的加拿大总督担心民间的反英情绪，鼓励英国、爱尔兰人移民加拿大。在 1825～1846 年，有超过 50 万英国人到加拿大定居，这些人，加上那些"英国保皇派"，对加拿大英语的影响最大，他们构成了维系加拿大英语保守性的主体。此后在1910年和1960年分别有两次移民高峰，它们对加拿大英语的影响要小一些。这四次移民潮使加拿大成了一个文化多元的国家，为在今天全球化的浪潮中吸纳外来语言奠定了基础。

　　移民无疑是引发语言接触的一个重要因素。另一个对加拿大英语造成重大影响的因素是与美国毗邻。由于地理、气候等原因，加拿大的经济发达地区集中于从太平洋到大西洋与美国接壤的狭窄地带，不少美国人也定居在这一带，而且两国人可以自由往来，无需签证。再加上美国强大的平面和立体媒体的力量，美国在意识形态、社会、文化、经济、教育等各个方面都深刻地影响着加拿大和加拿大英语。加拿大英语的词汇构成在相当大的程度上要归因于这类语言接触。语言接触导致语言在各个结构层面上发生变化。

# 第三节　加拿大英语的拼写特点

　　加拿大英语的拼写不像想象中的那样单纯和统一。地区（如各个省）之间有差异，作为语言"执法"者的编辑们意见也不一致。政府提议编辑们遵循《盖奇加拿大词典》（Gage Canadian Dictionary）中首选的拼法，但该词典的质量并不尽如人意。1984年"加拿大自由编辑协会"（现称"加拿大编辑协会"）对出版业人员、学者、编辑及作家等做了一次调查，结果如下（百分数指的是占被调查人总数的比例）：

　　colour 或 color，约75%喜欢-our。有关使用-our 还是-or 有过一场旷日持久的争论，目前是趋向于使用-our。

　　centre 或 center，89%的人中意传统的-re，如 centre 和 theatre。

　　cigarette 或 cigaret，85%以上的人喜欢较长的拼法，如 cauldron 而不是 caldron，他们更喜欢 axe、catalogue、cigarette、moustache 和 omelette。但是，人们喜欢短的 program 而不是 programme。

　　deffence 或 deffense，约80%的人中意-ce，而不是-se，如名词 defence、practice、pretence，但是同意把-se 留给动词，如 practise the piano lesson。

　　aesthetic 或 esthetic，约75%的人使用双元音（ae 或 oe），如 aesthetic、archaeology 和 manoeuvre，但人们对 medieval 还是 mediaeval 意见分歧。

　　organize 或 organise，加拿大编辑反对英国英语拼法-ise，而喜欢美国英语拼法-ize。

　　cheque 或 check，许多这样的同音词的拼写视其意义而定，不能一概而论，包括 mould/mold、cheque/check、racquet/racket。如 One uses a cheque to pay for a dipstick with which to check the level of oil in the tank。

　　enroll 或 enrol，约90%喜欢双 l，如 enroll、fulfill、install、marvelled、marvellous、signalled、skillful、traveller 和 woollen。在加后缀时，加拿大人有自己的偏好，如果一个单词以一个元音和一个辅音结尾，则加后缀时辅音一定要成双。而美国英语规定，只有在单音节或最后一个音节重读的情况下，辅音才要成双出现。

　　该协会没有调查到的还包括：

　　adviser 或 advisor，首选 advisor。

　　co-ordinate 或 coordinate，加拿大人喜欢加连字符。

gray 或 grey，加拿大人的拼写是 grey。

sulfur 或 sulphur，加拿大人喜欢 sulphur，尽管标准术语是 sulfur。

从上面大部分例子可以看出，在加拿大英语中仍保留了部分英国英语的拼法。然而，从整体上看，加拿大英语的拼写和美国英语基本一致，如 tire 和 curb，而英国英语是 tyre 和 kerb。

加拿大英语拼写的特点与加拿大的贸易史有关。cheque 的用法可能与加拿大与英国一度在金融机构方面的重要联系有关。而加拿大的汽车工业从一开始就受到美国公司的影响，这就是为什么包括 tire 在内的汽车部件名称都用美国英语的拼法。

奥尔特·斯宾塞·阿维斯（Walter Spencer Avis）主持编写出版的《加拿大用语历史体系词典》（A Bibliography of History on Canadian English）阐述了加拿大的教科书自 20 世纪 90 年代以来，开始逐渐使用美国英语的拼写形式，而政府文件仍然遵循英国英语的拼写模式。从下面的表格中你就会发现加拿大英语拼写中的不统一性。

| 美国英语 | 英国英语 | 加拿大英语（偏重） |
| --- | --- | --- |
| analyze | analyse | analyse（英） |
| connection | connextion | connection（美） |
| plow | plough | plough（英） |
| judgment | judgement | judgment（美） |
| skillful | skilful | skilful（英） |
| wagon | waggon | wagon（美） |
| catalog | catalogue | catalogue（英） |
| bettor | better | bettor（美） |
| advisor | adviser | 两种都用 |
| appall | appal | 两种都用 |

虽然加拿大人有自己偏重英国英语或美国英语的拼写方式，但他们也接受和认可任何一种拼写形式。这种多样化拼写形式已经形成了加拿大英语与众不同的特点。

# 第四节　加拿大英语的词汇特点

加拿大英语使用的词汇，情况比较复杂，既有美国英语词汇又有英国英语词汇，还有自身独创的词汇。一般说来，社会、经济、科技、日常生活方面多使用美国英语词汇。但政治机构、政治体制方面，加拿大英语使用英国英语词汇，如政府首脑用 prime minister，不用 president；众议员用 members of parliament，不用 congressmen；参议院用 house of commons，不使用 congress。

下表列出了加拿大英语、美国英语和英国英语相对应的一些例词。

| 加拿大英语 | 美国英语 | 英国英语 | 汉语 |
| --- | --- | --- | --- |
| ABM | ATM | cashpoint, cash dispenser | 提款机 |
| bachelor | efficiency | bedsit | 单间公寓 |
| beater | clunker, junker | banger | 破车 |

（续）

| 加拿大英语 | 美国英语 | 英国英语 | 汉语 |
| --- | --- | --- | --- |
| beauty parlor | beauty parlor | ladies hairdresser | 美容院 |
| berry sugar | superfine sugar | caster sugar, castor sugar | 精白砂糖 |
| billion—a thousand million (1,000,000,000) | billion—a thousand million (1,000,000,000) | billion—a million million (1,000,000,000,000) | [加、美]十亿,[英]万亿 |
| bus depot | bus station | coach station | 公交车站 |
| chesterfield | sofa | couch, settee | 沙发 |
| child benefit, baby bonus | child tax benefit | family allowance | 育婴补贴 |
| chips potato | chips potato | crisps | 薯条 |
| cling wrap | plastic wrap, Saran wrap | cling film | 保鲜膜 |
| coin laundry | laundromat | launderette | 自助洗衣房 |
| cutlery | silverware | cultery | 餐用刀叉 |
| depanneur | convenience store | corner shop | 便利店 |
| driver's permit | driver's license | driving licence | 驾驶执照 |
| elevator | elevator | lift | 箱式电梯 |
| EMT, ambulance technician | paramedic | ambulance man | 医疗技师,救护人员 |
| fire hall | firehouse | fire station | 消防站 |
| flat tire | flat | flat tyre, puncture | 爆胎 |
| first floor | first floor | ground floor | 一楼 |
| funeral chapel | funeral home | funeral parlour | 殡仪馆 |
| gas | gas | petrol | 汽油 |
| housing development | tract housing | housing estate | 居民点 |
| main floor | first floor | ground floor | 一楼 |
| offence | offense | attack | 攻击 |
| sweat pants | sweat pants | tracksuit bottoms | 运动装(灯笼裤) |
| parkade | parking garage, parking ramp | multi-storey car park | 停车库 |
| phone, call (v) | call | phone | (打)电话 |
| pogey | unemployment, welfare | dole, income support | 福利补贴,失业救济 |
| postal code | zip code | post code | 邮政编码 |
| puckster | hockey player | ice hockey player | 冰球手 |
| Revenue Canada, RevCan | International Revenue Service, IRS | Inland Revenue | (加拿大)国家税务局 |
| riding | district | constituency | 选区 |
| runners | sneakers | trainers | 运动鞋 |
| serviette | table napkin | serviette | 餐巾纸 |

（续）

| 加拿大英语 | 美国英语 | 英国英语 | 汉语 |
|---|---|---|---|
| social housing | public housing | council housing | 政府为低收入者所建的住房 |
| stagette | female bachelorette party | hen party | 女士聚会 |
| statutory holiday | legal holiday | bank holiday | 银行假日 |
| street busker | street entertainer | busker | 街头艺人 |
| tap | faucet | tap | 水龙头 |
| university | college | university | 大学 |
| vacation | vacation | holiday | 假日 |
| Video-lottery machine, VLT | one-armed bandit | fruit machine | 吃角子老虎机,赌博机 |
| washroom | ladies' room, men's room, rest room | Ladies, Gents, lavatory, loo | 厕所 |
| welfare cheque | welfare check | Giro (cheque) | 失业津贴支票 |

　　加拿大英语特有的语汇（Canadianisms）很多。首先是加拿大独有的词语和谚语。加拿大词源学家比尔·卡斯尔曼（Bill Casselman）的近著 Casselmania：More Wacky Canadian Words & Sayings 收录了 500 条有典故和来源的加拿大词语和谚语。此外，在 The Canadian Oxford Dictionary（2nd Ed.）一书收入的 30 000 个词条中，真正属于加拿大特有语汇的有 2 200 多条。然而，现已收入一般英语词典的词汇，有的词源可追溯到加拿大。还有的词在加拿大英语中词义已有所变化。如上述书中的 wacky 在美国英语中本是"怪僻的"或"怪异的"（wacky person、wacky outfit）的意思，而在该书中显然是"有趣的"（interesting）的意思。

　　现举一些加拿大英语特有语汇的例子。

　　与加拿大环境、职业等有关的词语和表达：slap shot（［冰球］猛击）、hockey stick（冰球球棍）、rink rat（冰球义工）、rot hole（冰窟窿）、frost boil（路面冻得崎岖不平）。

　　这些词或词组一般英语词典中都找不到，如后两个词组是奇怪的组合。这些词与加拿大大部分地区冬天冰天雪地、冰冻期长、冰球运动发达有关。

　　社会语言学的理论说，某民族所居住的环境的地理条件，对该民族语言的词汇影响很大。换言之，反映地理特征的词，例如某地经常下雨，那么该地区的语言区分雨的词就相对的多。在冰天雪地的地理环境中，爱斯基摩语中区分雪的词就较多。不少种类的社会语言学导论性著作，都有这方面的内容。联系到加拿大英语，它的大部分地区处于冰天雪地，与冰雪有关的词也相对较多。

　　笔者收集到的两个词组，rot hole 和 black ice 就十分有趣。rot hole 是一个奇怪的词组，rot 在词典中都做"腐烂"解，hole 是"洞"的意思，合起来叫做"腐烂的洞"。什么意思？如果不置身于加拿大冰天雪地的环境，有谁能想到是"冰窟窿"？请看以下句子："Be careful，or you could disappear down a rot hole."当心，否则你可能掉进冰窟窿里。black ice 按字面解释是黑冰的意思。但很少有黑色的冰，black ice 亦作 glare ice，实际上指雨水落在路面冻成的冰，形成人们肉眼不容易发现的冰面。

我国英汉词典多不收录表示冰雪的词，现罗列出来，并加以简注。

silver thaw，字面解为银色的融化，实为"冰挂"，例如，说 I like the beauty of silver thaw. 我喜欢美丽的冰挂景色。表示冰的词，除了这个以外，还有 balicatter，读作 bala katter，多用于纽芬兰地区，意思是"岸冰"。bay ice：港湾冰，多用于纽芬兰地区。blue ice 冰是指大量的水迅速冻结成的冰。candle：小冰柱（因像蜡烛，故如是称），亦作 candle ice 或 ice candle。clumper/clumpet：大浮冰块，多用于加拿大大西洋地区。frazil：小结晶冰。glib ice：滑溜溜的冰。glitter：闪晶晶的冰，也指冻雨。ice par：盘冰，指浮冰块。rotten：融化中的冰。rough ice：大冰凌。running ice：移动着的浮冰。slob（ice）：海冰块。这么多的词语表示"冰"，这是多种多样的冰现象在语言上的反映，也是人对各种各样冰现象的认知。

与冰雪天气频繁出现有关的，是冰球运动。加拿大英语有若干词，我国英汉词典未收录，如 sin bin，按字面解释，作"过失箱"，不好理解，实为"冰球受罚席，被罚下场的队员席"；hockey stick，hockey 本义为"曲棍球"，加拿大人认为 hockey 就是冰球，而 hockey stick 就是"冰球球棍"了。还有 rink rat，rink 是"冰球场"的意思，rat 则是"耗子"，比喻人时也是贬义，但 rat 这里竟有褒义，rink rat 意味"冰球场义工。"

来自原住民语言的词汇比如：加拿大英语中有一些印第安语、爱斯基摩语的词语，这是它的词汇的一个显著特点。例如 muskey（沼泽地）、caribou（驯鹿）、moose（加拿大驼鹿）、parka（派克大衣）、mukluk（爱斯基摩海豹皮靴）、tepee（印第安人圆锥形帐篷）、kayak（兽皮独木舟）、umiak（兽皮舟）、igloo/iglu（用冰块造成的冰屋）。这些词除了 muskey 和 kayak 以外，《新英汉词典》都收录了，但其中一半词未注出加拿大印第安语的词源，而且 igloo 被解释为：因纽特人的圆顶茅屋，联系因纽特人冰天雪地的环境，该解释似有误。

来自原住民语言的加拿大地方英语打招呼语有：aksunai/auksuai（来自因纽特语言）、bo-jo bo-jo（来自印第安语言）、chimo（来自因纽特语言，亦作祝酒呼号）、klahowyah（钦努克印第安语言）、nitchie/niche/nee-chee/neejee/nidge（来自阿尔冈基亚语言）、wachee/wacheya（来自印第安克里语言）。打招呼词语，以及土著语言的山川、湖泊和地名，将留在占支配地位的语言中，成为语言接触的见证。

加拿大英语特有语汇举例：

下面是 The Canadian Oxford Dictionary（2nd Edition）收录的一些加拿大英语的特有语汇。

| | |
|---|---|
| Allophone | 讲英语和法语以外的魁北克人 |
| Anglophone | 以英语为母语的人 |
| biffy | 室外蹲式厕所 |
| Canuck | 加拿大人的自称，无贬义 |
| chesterfield | 沙发，双人沙发 |
| click | kilometre 的俗称 |
| concession road | 南安大略和南魁北克殖民时期修建的老路，这些路把地分隔成固定面积的方块。在安大略省，许多道路至今叫做 lines |
| First Nations | 美洲印第安人 |
| fishway | 水坝上让鱼回游的设置：鱼道 |
| Francophone | 以法语为母语的人 |

（续）

| garburator | 洗涤槽下的杂物切割器 |
|---|---|
| hoser | 粗鄙的酒鬼 |
| humidex | 湿热指数 |
| Inuit | 因纽特人 |
| joe job | 收入低的工作 |
| keener | 用功的学生（隐含贬义） |
| loonie or loony | 加拿大一元硬币，复数形式 loonies（口语） |
| Métis | 原住民和法国人结合的后裔 |
| muskeg | 厚苔沼 |
| Newf or Newfie | 纽芬兰人，略带贬义 |
| outport | 海边孤屋 |
| parkade | 停车库 |
| pogey | 福利或失业保险（略带贬义） |
| poutine | 加拿大名吃：加奶酪和肉汁的法式炸土豆条 |
| pure laine | 法裔加拿大人（源自法语单词"纯毛"，略带侮辱性） |
| runners | 跑鞋：sneakers |
| ski-doo | 雪地车，可做动词，原先是商标名 |
| sniggler | 抢占停车位的人 |
| sook or suck | 发牢骚者，形容词 sookie 或 suckie；sook 与 hook 押韵，可用于一般场合，但 suck 不可 |
| stag and doe，buck and doe | 婚前单身聚会，相当于 bachelor party 和 bachelorette party 的结合 |
| toboggan | 一种雪橇，平底，一头翘起，两侧有扶手 |
| toonie | 两元硬币，根据 loonie 造词 |
| tuque | 冬天戴的帽子，与 kook 押韵 |
| wedding social | 婚礼前亲友为准新郎和新娘举行的筹款聚会，款项通过入场费、卖饮料和抽奖收入筹集。安大略省西北部等地流行 |

# 第五节　加拿大英语的语音特点

　　加拿大有些语言学家认为，加拿大中部英语指安大略省以西广大地区使用的通用英语，也称加拿大普通英语，是加拿大大部分地区受过教育的人使用的英语，很受保护。原来，安大略省以东地区为魁北克，为法语区或法语、英语混用区，剩下来的只有面积较小的新斯科舍省和纽芬兰。按上面说过的美国保皇分子大量涌入的哈利法克斯地区就在新斯科舍半岛上，这些人受美国口音（具体来说是宾夕法尼亚口音）影响很大，因而不能算作加拿大普通英语的语音。至于纽芬兰地区，由于跟广大的魁北克省接壤，英语口音已经不纯。

有些语言专家已经归纳出加拿大英语与英语标准发音（英国英语）的异同。

两者的辅音系统相同，但/r/、/č/和/š/，和/k/，/hw/中的/h/，/t/，等发音要注意，即有变化。/r/在所有的环境中（即词首、辅音后、元音之间、辅音前、词末位置）都要发音，这跟美国英语相似，而跟英国英语不同。

/t/的表现比较复杂。在大多数位置上，加拿大中部英语/t/的表现跟英国公认的发音很相似，然而，/t/在元音之间弱浊辅音化，甚至变成齿龈嗒音，乃至完全浊化/-d-/。也有些学者报道说，加拿大儿童把 petal 写作 peddle，把首都渥太华（Ottawa），写作 Oddawa。

加拿大有些受过教育的人也把 Ottawa 写作 Oddawa，而这也被语言学术界所证实。加拿大著名语言学家阿维斯在《加拿大中部英语（按：即加拿大英语）及英语标准发言比较》一文中就提过这种现象，说/-t-/在元音之间弱浊音化，甚至变成齿龈嗒音，乃至完全浊化/-d-/。

下面一些实例也说明阿维斯所言非虚：句子 I got a package yesterday 变成 I godd a package yesterday。命令式 Get a job! 变成 Gedd a job! 短语 a lot of people 变成 a lodda people。甚至单词中也有这种现象，butter 变成 buddter，later 变成 ladder。

最近，加拿大出版的一些书籍，又有这样的例子："Whadda deke!" 等于 "What a deke!" 读者常用的《新英汉词典》未收入 "deke"。deke 是加拿大英语新词语，可作名词用也可作动词用，意思是"欺骗，愚弄（别人）"。由此可知，在加拿大英语中，这两种形式可以并存，虽然词典形式是前者。

为什么会出现这种情况？

最基本的是生理—语音解释：音流中发音部位接触的难易导致某些音变。speak 虽然标音为 [spi:k]，但实际发音时，[p] 已经在很大程度上浊化；street 也是这样。进一步说，在 sp-，st-的条件下，发音部位较容易、较省力的接触，导致浊音化，或者说听起来是浊化。

Ottawa 之类的辅音浊化，也可以做这样的解释，虽然拼写 Oddawa 不能成为惯例，仍保留 Ottawa 的形式，犹如 speak 不能拼写成 sbeak，street 不能拼写成 sdreet，但读起来都有浊化的音响效果。

最新的解释是音系学的解释。就语法现象而论，当代语言学出现过不止一派的解释语言学。影响最大的是：诺姆·乔姆斯基（Noam Chomsky）的生成语法和罗纳德·兰艾克（Ronald Langacker）的认知语法。这表明当代语言学的主流已从描写转向解释，但笔者认为这并不排斥描写，甚至新语言现象的描写是弥足珍贵的。

音系学理论现在的重大进展是优选论（OT）的出现，优选论的主要主张是认为自己属于语言能力（competence），其新近代表人物保罗·德·拉希更力主标记性（markedness）是语言能力的一部分。跟过去的标记理论（认为只有有标记和无标记之分，即非此即彼的观点）不同，德·拉希认为标记性有程度之别：（粗略的区分）无标记、标记性弱、有标记、标记性强。按德·拉希的定义，标记性强的语音成分，最易发声音变。舌背音标记性最强，喉音标记性最弱；唇音的标记性次强，舌冠音标记性次弱，等等。他的近著《音系学中标记性的归并与保留》就是探讨音系学中标记性变化的种种情况。根据这种理论，舌尖音、唇音都是标记性强（相对而言）的语音，喉音的标记性最弱，因此有/t/→/d/，/p/→/b/的变化，而没有/g/→/k/的变化。t 既然有易变的潜质，又根据省力原则，所以/t/→/d/就是顺理成章的了。

元音系统的不同点是：英国公认标准音的/iə/、/ɛə/、/uə/、/aiə/、/auə/中的/-ə/，加拿大普通英语都变成/-r/，如/iə/变成/ir/，余者类推。

元音中的合并现象也很突出。例如，英国英语中/e/和/ei/合并成加拿大普通英语的/e/，/o/和/əu/合并成/o/。英式发音为/ɑ：/的场合，美式发音为/æ/，加拿大英语的发音介于/ɑ：/和/æ/之间。

可以说，合并是加拿大英语音变的重要途径，威廉·拉波夫（William Labov）说，创新的加拿大英语音变，都是由合并引起的。

# 第六节　加拿大英语的语法和语篇特点

语法与组合有关，语篇是较高层次组合的结果，因此放在一起来讨论。一般认为，与词汇相比，语法的变化较慢、较少。然而值得注意的，语法变化一旦形成，就成为语言变体引人注目的标志。综合前人的研究成果和笔者个人的观察，加拿大英语的语法和语篇方面的主要特点如下：

情态动词 will 和 shall 的用法。要表达"我不会告诉别人"这样的意思时，加拿大英语的表达法与美国英语相同："I won't tell anyone"，而不用英国英语表达式："I shan't tell anyone"。

定冠词的有无。加拿大英语与美国英语一样，倾向于在有些介词词组的名词前用定冠词，虽然该名词不一定是特指的，如 in the hospital 和 to the university，而英国英语则不用定冠词，如 in hospital 和 to university。

数词和集体名词的单复数形式。加拿大和美国英语用单数形式，如 six million，而英国英语用复数形式，如 six millions。类似的例子还有 staff、family、crew、press、audience 等。

as well 用于句首。加拿大人把 as well 当做连接词用于句首，相当于 in addition 的意思。

虽然加拿大人创造出许多具有加拿大特色的词汇及用法，而且在英语使用上试图和美国英语保持距离，但是在大多数情况下，加拿大人还是基本上遵循美国英语的习惯用法，而不跟随英国英语。

加拿大英语/美国英语与英国英语比较：

| 加拿大英语/美国英语 | 英国英语 |
| --- | --- |
| I won't tell anyone. | I shan't tell anyone. |
| He is in the hospital. | He is in hospital. |
| I'll see you over (on) the weekend. | I'll see you at the weekend. |
| Did you look out the window? | Did you look out of the window? |
| There were six million. | There were six millions. |
| Let's give it another try. | Let's have at it again. |
| She is now making some good money. | She is now making a good penny. |
| Watch your head. | Mind your head. |
| I didn't get he grades. | I didn't receive marks. |
| We seldom take our kids to a candy store. | We seldom take our children to a sweetshop. |

加拿大英语最具特点的是 eh?，它已成为当代加拿大英语的标志。eh? 的用法多义化、

多功能化。卡斯尔曼认为："eh? 之于加拿大人，犹如干草之于骏马，不可分离。"也就是说，加拿大人说英语，口不离 eh?。eh? 甚至被新移民认为是体现加拿大人身份的象征。

eh? 可用来说明意见（Nice day, eh?），表示感叹（What a beautiful night, eh?），陈述事实（It goes over here, eh?），表达批评（You took the last piece, eh?），表达请求或发出命令（Think about it, eh?），等等。eh? 还用于固定的搭配中，如"I know, eh?""Thanks, eh?"。

伊莱恩·戈尔德（Elaine Gold）调查了 eh? 在加拿大英语中的 10 类用法。笔者根据他的研究，将这 10 类用法按常用程度降序排列如下表。

**eh? 按常用程度降序排列的 10 类用法**

| | |
|---|---|
| 意见 | Nice day, eh? |
| 感叹 | What a game, eh? |
| 熟语 | I know, eh? |
| 批评 | You took the last piece, eh? |
| 祈求 | Think about it, eh? |
| 陈述 | It goes over here, eh? |
| 致歉 | Eh? What did you say? |
| 斥责 | You're a real snob, eh? |
| 疑问 | What are they trying to do, eh? |
| 叙述 | This guy is up on the 27th floor, eh? then he gets out on the ledge, eh? ... |

上述表格表明，eh? 所起的作用有时相当于反意疑问句的后半截，有的用法与汉语中的"吧"等句末小品词相似：

Nice day, eh?［isn't it?］

It goes over here, eh?［doesn't it?］

Oh, you're still here, eh?［aren't you?］

从上表中也可看出，eh? 常表达说话人对所述事物否定的态度。除了"You took the last piece, eh?""You're a real snob, eh?"表达不快和斥责以外，wh-疑问句 What are they trying to do, eh? 事实上也表露了说话人的不满，甚至是谴责的意思。

其实，eh 在中古英语中已被广泛应用。乔叟在《坎特伯雷故事集》中已用过这个形式，不过那时拼写成 ey。《韦氏新世界美国英语词典》中注解为：eh 为感叹词，表示惊奇、怀疑或询问。《加拿大牛津词典》认为，eh 在其他英语变体（英国英语、美国英语）中也使用，唯一属于加拿大英语的用法是"探察听话人是否理解或同意说话人所说，是否对所说仍有兴趣。"例如"Nice day, eh?""This guy is up on the 7th floor, eh? .... then...""It's four kilometres away, eh?, so I have to go by bike."在最后这个句子中，eh? 用来确认听话者仍在听，并期望对方做出 mm 或 oh 或 okay 的回答。

英语作为老牌殖民主义者的语言，在历史上影响了一个又一个国家的语言。英语影响了世界，世界也改造了英语。语言接触使这一在国际上占支配地位的语言已经或正在被本地化，从而形成了各种变体。人们已经把这些变体称为不同的英语，因此有了"世界各种英语"（World Englishes）的说法。布莱威尔出版社出版了期刊 World Englishes，还出版发行了 The Handbook of World Englishes。加拿大英语是否能称之为一种英语，或者还仅仅是一种变体，人们还有不同看法。然而，正如瓦恩里希所说："从最广的意义上去研究语言接触和双语现象，而不受限于两种语言的差异程度。对研究者来说，这两个系统是'语言'、'同一种语言的方言'，还是'同一种方言的变体'，并不重要"。详细描述加拿大英语各个层次或结构系统的特点，是研究的第一步。

# 第六章 加拿大多元化文学

众所周知，加拿大是一个移民国家，人口虽然不多，但种族成分却相当复杂。来自不同国家的移民和拓荒者往往聚居在同一个地区，沿袭着各自的语言、文化传统、价值观念和生活习惯。因此，加拿大在经济、社会和文化等方面都呈现出鲜明的区域性和强烈的地区主义。这种特点也同样反映在加拿大文学里。加拿大经济的快速发展，也促进了加拿大文学的繁荣。一百多年以来，加拿大文学在一代代作家的辛勤耕耘下，经历了不同的发展阶段，并在此过程中不断成长，尤其到了20世纪40年代，加拿大文学已经趋于成熟，它独具一格，自成一体，不再是英国文学的分支或美国文学的翻版，成为世界文学百花园里一朵奇葩。

20世纪以前，加拿大英语文学特指加拿大中上阶层的英格兰、爱尔兰、苏格兰后裔使用英语创作的文学，它同加拿大法语文学（即魁北克文学及加拿大其他地区用法语创作的作品）共同奠定了加拿大的双语文学格局。即使用英语写作的加拿大作家，由于所处地域的差别，受不同的价值观念、审美倾向、文学流派等影响，其作品的写作手法及所要表达的主题思想也风格迥异，各具特色。比如，以多伦多为中心的英语文学体现了英语作家们的主流思想；大西洋沿岸诸省的英语文学则更具有英国传统观念；此外，以温哥华为中心的西部文学具有其独特魅力和象征。法语文学以魁北克地区蒙特利尔为中心，体现了法国传统的文化价值观，作品中的天主教信仰色彩和魁北克文化意识浓厚。但这种文学的主体不是英美文学或法国文学的简单翻版，加拿大文学有它与众不同的内容，反映着它独特的历史、地理和地缘政治。

20世纪及以后，加拿大英语文学则泛指所有加拿大人用英语创作的文学作品，除了英裔和法裔作家外，还包括来自于德国、乌克兰、日本、捷克和中国等国家的加拿大移民作家。他们的作品也在加拿大文学史上写下了浓厚的一笔。自1936年设立"加拿大总督文学奖"至今，加拿大文坛几乎每年都要从众多英语作品中评选出长篇小说、短篇小说、诗歌、戏剧、散文各一部作为获奖作品。从1959年起法语作品也纳入了评选范围。

## 第一节 加拿大英语文学

加拿大文学包括加拿大英语文学、加拿大法语文学及加拿大移民文学。根据加拿大文学界权威人士研究，加拿大英语文学的发展大致可以划分为四个时期，即不列颠北美殖民地时期、联邦政府初建时期、两次世界大战时期、第二次世界大战以后的时期。虽然各个时期的加拿大英语文学风格不尽相同，但不同时期的作家们都通过其文学作品反映了一个相似的主旨，那就是：赞美加拿大人民勤劳勇敢、艰苦创业的拼搏精神，歌颂了加拿大人民对广阔原野的热爱，对美好生活的向往，以及对他们所生活的这片土地深深地眷恋。

### 1. 北美殖民地时期的加拿大英语文学（1750~1867年）

因为加拿大是英国的殖民地，所以这一时期英国移民纷至沓来。1775年，美国宣告独立之后，更有大批效忠于英国皇室的保皇派从美国涌入加拿大，他们集中分布在大西洋沿岸的新斯科舍省（Nova Scotia）和新不伦瑞克省（New Brunswick）以及圣劳伦斯河岸的安大略省（Ontario）和魁北克省（Quebec）。无论是来自英国的移民，还是从美国逃到加拿大的英国保皇派，他们中的许多人都有较高的文学素养，这些人及其后裔便成了加拿大英语文学的"播种者"。

这一时期的小说家约翰·理查森（John Richardson）和罗莎娜·勒普罗翁（Rosanna Leprohon）为代表人物。他们的文学作品反映了加拿大人民对广阔原野的热爱，生动地描写了加拿大美丽富饶的大森林、一望无际的大草原、浩瀚广阔的海洋及多变的自然环境，歌颂了加拿大移民和土著居民们开拓大自然的无畏精神，同时也表达了一些亲英保皇派对故土的思念。例如奥利弗·戈德史密斯（Oliver Goldsmith，1794—1861 年）的代表作《兴旺的村庄》（The Rising Village，1825 年），描绘的就是早期移民的快乐生活以及美丽的大自然风光，赞扬了拓荒殖民者的开拓精神和事业进取心。这是一部叙事作品，情节生动感人，人物形象刻画得栩栩如生，人们从中可以感受到来自欧洲的移民披荆斩棘、跋山涉水，战胜了种种恶劣的自然环境，度过了原始森林中孤寂的生活，最终使一个又一个的山村兴旺发达起来的艰辛历程。

撰写这类纪实作品的代表人物还有凯瑟琳·帕尔·特雷尔（Catherine Parr Trail，1802—1899 年），其代表作是《加拿大的森林》（The Backwoods of Canada，1836 年），《加拿大移民指南》（The Settler's Guide，1854 年）；苏珊娜·穆迪（Susanna Moodie，1803—1885 年），其代表作有《在灌木丛林中的艰苦岁月》（Roughing It in the Brush，1852 年）和《森林空地的生活》（Life in the Clearing，1853 年）；布鲁克夫人（Mrs. Frances Brooke，1724—1784 年），代表作是小说《埃米莉·蒙塔古往事录》（The History of Emily Montague，1769 年）；亚历山大·麦克拉克伦（Alexander Mclachlan，1818—1896 年），代表作有《移民诗集》（The Emigrant and Other Poems，1861 年）。其中，亚历山大·麦克拉克伦的诗集大都是颂扬移民拓荒、创业、白手起家的奋斗精神；因为他效仿苏格兰诗人彭斯（Robert Burns）的风格，所以被称为"加拿大的彭斯"。

加拿大的森林

这一时期还有一些作品吟咏加拿大自然的美丽宁静，例如查尔斯·乔治·道格拉斯·罗伯茨（Charles George Douglas Roberts，1860—1943）的作品就以浪漫主义的基调表现了加拿大农村冬日的安定、宁静与和谐。这些诗歌和散文虽然描写的是大自然的景色，但实际上是在讴歌加拿大人的性格、气魄和品质，歌颂了他们在开拓大自然的过程中，不畏艰难，与大自然融为一体，并在与大自然的搏斗过程中找到了真正的"自我"，实现了人生的价值。这一时期的文学作品还包括众多的旅行诗以及由探险家和移民撰写的日记。它们真实地反映了加拿大移民的生活状况和风土人情。从加拿大文学发展第一个时期的作品中，我们可以看出，这一时期的文学家们突出表现的是人与自然的关系。

**2. 联邦政府初建时期的加拿大英语文学**（1867～1914 年）

这一时期在文学史上也被称为创始时期。1867 年，加拿大获得了部分独立，成为联邦的一个自治领（Dominion）。当时，人们热情地欢呼国家所取得的成就，年轻的国家处于一种激动兴奋的状态之中。诗人们呼吁全加拿大人要认识自己伟大的命运，号召人们为实现共同的目标奋发向上，作出自己应有的贡献。加拿大文学作家们弘扬并发展自己民族文化的热情很高，他们坚信自己的国家会腾飞，自己的民族前途无量。许多有远见卓识的知识分子提出了"加拿大第一"（Canada First），来激励和警醒自己并唤起民众对国家的前途要充满信心。不久，"加拿大第一"便被定为他们的文学团体的名称。在这种条件下，出现了第一次文艺运动，殖民地时期的文学告终，加拿大文学创作进入一个崭新的阶段。这一阶段是加拿大诗歌创造的黄金期，涌现出大量优秀的诗人和风格新颖的诗篇。具有丰厚诗歌成果的诗人有查尔斯·罗伯茨（Charles Robetrs，1860—1943 年），布里斯·卡曼（Bliss Carman，1861—1927 年），阿奇博尔德·兰普曼（Archibald Lanpman，1861—1899 年）和邓肯·坎贝尔·斯科特（Duncan Campbell Scott，1862—1947 年）。

查尔斯·罗伯茨在他的诗歌《加拿大联邦颂》（An Ode for the Canadian Confederacy）和《加拿大》（Canada）中唤起加拿大人对自己肩负的伟大使命的认识，尽情地抒发爱国主义激情，充分体现了诗人对自己祖国前途命运的关心。他的爱国主义情怀在他描述新不伦瑞克人简朴生活的诗歌中得到了充分的体现。他还擅长描写自然景色和田园风光，其主观意识和客观自然融为一体，产生出无穷的魅力。他的诗篇的语言淡雅自然，结构精致玲珑，被视为诗中之精品，例如著名诗篇《孤独的伐木者》（The Solitary Woodsman，1898 年），《重访唐特拉玛》（Tantramar Revisited，1896 年），《滑冰者》（The Skate，1896 年）和十四行诗《土豆丰收》（The Potato Harvest）等。

布利斯·卡曼以丛林、小溪和春潮等为创作灵感，其杰作有《春天的歌》（Spring Song，1894 年），《世界之声》（The World Voice，1916 年）等。

阿奇博尔德·兰普曼的杰出诗作《致百万富翁》（To a Millionaire，1900 年），描写了财主的可耻，表现出他对平民心酸生活的深深同情。他的抒情诗《酷热》（Heat，1888 年）则是描写安大略农村夏日景色的诗篇。

邓肯·坎贝尔·斯科特以豪放的笔触在其诗集中描述了狂野的大自然。他的诗作大都以荒凉的加拿大北部原野为创作背景，描写了印第安人和因纽特人奇特的生活方式和传奇故事。他的作品风格简练、明快。其最著名的诗集为《新大陆抒情诗歌和民谣》（New World Lyrics and Ballads，1905 年）。他的叙事诗《被遗弃的人》（The Forsaken，1905 年）和《安诺达加妇女》（The Onondaga Madonna，1898 年）也被认为是其佳作。

加拿大英语文学在这一时期逐步走向成熟。文学家们用思索的眼光来审视整个社会，审视人生，开始由理想走向现实；作品的主题也从人与自然的关系发展到人与社会的关系。

**3. 两次世界大战时期的加拿大英语文学**（1914~1941 年）

这一时期也被称作加拿大英语文学的雏形时期。两次世界大战并未给加拿大造成消耗损失，反而这一时期加拿大的经济呈现出蓬勃发展的景象。经济的繁荣，加之大量移民的涌入，使加拿大的民族结构发生了较大的变化，社会生活开始出现现代化的趋势。简陋的森林和田野作业模式已被复杂的工业化模式所取代；典型的加拿大人不再是在荒芜的田野上寻找栖身之处的移民和拓荒者，取而代之的是农场主、企业家和在高度发达的工业社会中寻求生活保障的雇佣劳动者；许多加拿大人生活富裕；到处是城镇、工厂、汽车和平坦的公路。英美等国竞相投资，物资充足，文化教育日益普及。加拿大社会明显地取得了物质上的成功——这一切都成为推动加拿大文学发展的动力，加拿大文学开始繁荣兴旺。

这一时期加拿大文学的特点是作家观摩生活的视角扩大了，他们不再把自己局限在描写大自然、抒发个人思想情感的狭隘范围之内，而是在创作风格和方法上开始探索、创新。受英美诗歌的影响，加拿大的诗歌创作再次出现繁荣局面，涌现出一批青年诗人。他们的诗歌立意新颖，更有深度，并引起了国内外读者和评论界的重视；这些诗人也被看做是 20 世纪加拿大现代诗歌的先驱。这一时期的著名诗人主要有阿瑟·詹姆斯·马歇尔·史密斯（Arthur James Marshall Smith，1902—1980 年），弗朗西斯·雷吉诺德·司各特（Francis. Reginald. Scott，1899—1985 年），亚伯拉罕·摩西·克莱恩（Abraham Moses Klein，1909—1972 年）和多罗西·利夫塞（Dorothy Livesay，1909—1996 年）。其中，史密斯的诗集《长生鸟的讯息》（News of the Phoenix，1943 年）和克莱恩的《摇椅及其他》（Rocking Chair and Other Poems，1949 年）获得了"加拿大总督文学奖"。

与此同时，加拿大的小说也开始兴旺繁荣起来，其中较著名的小说作家有罗伯特·詹姆斯·坎贝尔·斯特德（Robert James Campell Stead，1880—1959 年），奥尔登·诺兰（Alden Nowlan，1933—1983 年），蒂莫西·芬德利（Timothy Findley，1930 年—），弗里德克·菲利普·格罗夫（Frederick Philip Grove，1879—1948 年），莫利·卡拉汉（Morley Callaghan，1903 年—）等。莫利·卡拉汉的作品以朴实无华的语言描绘了加拿大的大都市多伦多及蒙特利尔的各个侧面，开创了加拿大文学的独特风格。在加拿大西部的温哥华地区，画家兼作家艾米利·卡尔（Emily Carr，1871—1945 年）写下了反映加拿大印第安人文化及风俗习惯的小说，开辟了加拿大文学的一个新篇章。

著名的幽默大师史蒂芬·李柯克（Stephen Leacock，1869—1944 年）是这一时期的一位重要代表人物，也是加拿大第一位获得世界级荣誉的小说家。他在安大略省的一个农场长大，并在当时的阿普加拿大学院接受教育，然后又在那里当了 9 年的教师。他的专业是经济学和政治科学，1903 年取得博士学位后，于 1908 年在麦吉尔大学经济与政治学院任职，并在那里很快成为学院领导，直到 1936 年退休。他的杰作有《文学上的失误》（Literary Lapses，1910 年），《滑稽小说集》（Nonsense Novels，1911 年），《小镇艳阳录》（Sunshine Sketches of a little Town，1912 年）和《阔佬冒险记》（Arcadian Adventures with the Idle Rich，1914 年）。

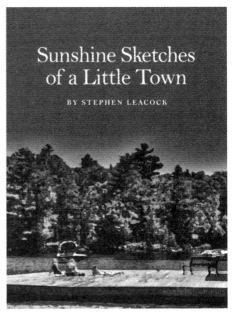

史蒂芬李柯克：小镇艳阳录

### 4. 文学发展和繁荣时期的加拿大英语文学
（1941 年至今）

这是加拿大英语文学发展的第四个阶段。第二次世界大战促使加拿大英语文学进入一个更为觉醒的阶段，表现在文学作家们开始关注世界上所发生的事情，并进一步要求获得主权、彻底摆脱殖民主义。著名小说家休·麦克伦南（Hugh MacLennan，1907—1990 年）的

《气压表上升》（Barometer Rising，1941 年）和《守夜至天明》（The Watch that Ends the Night，1959 年）则是这一时期具有代表性的文学作品。二战后的加拿大英语文学已经趋于成熟，它独具一格，自成一体，不再是英国文学的分支，或美国文学的翻版。这一时期，反映加拿大特色的文学作品越来越多，一批又一批优秀文学作品被陆续介绍到国外，并引起了其他各国的重视。于是，加拿大各高校纷纷开设加拿大文学课程。

玛格丽特·劳伦斯（Margaret Laurence，1926—1987 年）是加拿大当代著名作家之一，而且是个多产的作家，享誉世界。她的作品广受读者喜爱、青睐，被翻译成多国语言流传于世界各地。她出生于加拿大的马尼托巴省，在她很小的时候父母就过世了，后来，被一个阿姨也就是其继母抚养成人，7 岁时就开始了自己的写作生涯。在马尼托巴大学读书毕业后，与一个工程师结婚，并随其丈夫在非洲生活了多年。劳伦斯在非洲所创作作品的中心思想均与生存、自由和个人尊严有关。1960 年，玛格丽特·劳伦斯出版了以加纳为创作背景的小说《约旦河此岸》（This Side of Jordan）。另一部力作《石头天使》（The Stone Angel，1964 年）被称作是加拿大文学史上的里程碑，它代表了劳伦斯创作事业的顶峰。

戴夫·戈弗雷（Dave Godfrey，1938 年—）也是这个时期加拿大英语文学界的精英。戴夫·戈弗雷是在加拿大马尼托巴省温尼伯市出生长大的。他大部分时间是在安大略农村度过的。在美国获得学士学位后，他相继于 1961 年获得斯坦福大学硕士学位，1967 年获得衣阿华大学英语博士学位。从美国回到加拿大后，他在多伦多大学三一学院教授英语。1978 年被任命为维多利亚大学写作系主任。

他的文学代表作有《有了可口可乐，死也安宁》（Death Goes Better with Coca-Cola，1967），获得“加拿大总督文学奖”的《新祖先》（The New Ancestors，1970 年）和《黑暗总有尽头》（Dark Must Yield，1978 年）等。其中，《新祖先》以极其鲜明的主题对同样的事件从四个不同角度并列叙述，阐述了爱因斯坦的相对价值观。

除了在文学写作方面的颇多建树外，戴夫·戈弗雷还在推进加拿大文学出版方面作出了很大贡献。他与同事丹尼斯·李共同创建了专门的文学出版社——阿南西出版社（Publishing House of ANANSI）。他于 1967 年，又与其他人合作创办了另一出版社——全新出版社（New Press）。后来，他还和他的妻子一起建立了一个文学出版社——豪猪出版社（Press Porcépic）。

另外一个值得提及的著名加拿大作家是道格拉斯·戈登·琼斯（Douglas Gordon Jones，1929 年—）。他的代表作有一直被认为是学术界杰作的《岩石上的蝴蝶》（Butterfly on the Rock，1972 年），曾在 1977 年获得“加拿大总督文学奖”的《雷声中的花儿使大地一片明亮》（Under the Thunder the Flowers Light Up the Earth，1977 年）。

玛格丽特·阿特伍德（Margaret Atwood，1939 年—）是加拿大最有影响力的作家之一，也是当今世界上独具女性视野的主要作家之一。她出生在渥太华，毕业于多伦多大学维多利亚学院，在那里获得了学士学位和硕士研究生学位。她具有极强的政治敏感，强调“对于一个加拿大人来说，不参与政治几乎是不可能的，因为这个地方就浸泡在政治当中”，她被誉为加拿大文学女王。

这一时期，玛格丽特·阿特伍德的诗集在世界文学界是最引人瞩目的。她的诗集包括：《圈圈游戏》（The Circle Game，1966 年）、《国家里的动物》（The Animals in That Country，1968 年）、《强权政治》（Power Politics，1973 年）、《你是幸福的》（You Are Happy，1974

年）、《诗歌选集》（Selected Poems, 1976 年）、《双头诗歌》（Two-headed Poems, 1978 年）、《肉体的伤害》（Bodily Harm, 1981 年）、系列叙事诗有《苏姗娜·穆迪旅游记》（The Journals of Susanna Moodie, 1970 年）。小说包括《可食用的女人》（The Edible Woman, 1969 年）、《女预言家》（Lady Oracle, 1976 年）、《跳舞的姑娘们》（Dancing Girls, 1977 年）、《黑暗中的谋杀》（Murder in the Dark, 1983 年）、《树上》（Up in the Tree, 1978 年）和《安娜的宠物》（Anna's Pet, 1980 年）等。

**玛格丽特 阿特伍德**

阿特伍德 1976 年发表的小说《女预言家》，描写了当代妇女在生活中遭遇到的困惑、迷惘和觉醒。作者在该作品中表达了自己的观点，她认为：那些所谓的大众新闻、报刊、杂志、广播、电视等，不过是一些镜子。镜子中所宣传的不是真正的现实而是虚假的东西，这些宣传机器只是给人们一种虚假的安全感，让人逃避现实，把人引向邪路。所以她号召妇女们不要总是照镜子，而是应该面对现实，做些实事。她还认为，贤妻良母的时代已成为过去，妇女要争取自尊、自立、与男人同工同酬、从事有趣而又具有挑战性的事业。

《跳舞的姑娘们》（Dancing Girls, 1977 年）收集了她的多篇优秀短篇小说。阿特伍德以多层次的心理活动描写展示人物性格，给读者以高雅的艺术享受；在写作风格方面，采用了独特的手法，具有后现代主义倾向。

1983 年出版的另一部短篇小说集《蓝胡子的蛋》（Blue Beard's Egg, 1983 年）收录了不同时期的故事，并以童年的回忆、家庭关系、两性关系等为主题，语言幽默诙谐、生动形象。其中，短篇小说《蓝胡子的蛋》采用了嵌入式的写作手法，把男女主人公作为共同的"他者"，逼真地刻画出了现代社会中与秩序和制度相对立的病态男女的形象。该小说关注的不是婚姻中对立的两性关系，不是男权社会中的性观念，也不是现代社会中被边缘化了的女人的困境。她把看似"女权主义者"的批判升华为"男性女性当同病相怜"的更为人性化的诉求，从而赋予这个短篇故事极其浓烈的人文主义色彩。

阿特伍德 1989 年发表的长篇小说《猫眼》（The Cat's Eye, 1989 年）又一次引起文学界的关注和轰动，先后五次获奖。该作品描写的是，一位步入中年的女画家在对故居生活回忆和思考后，决定宽以待人、谅解他人、化解以前纠结的矛盾，以平静的心态接受现实生活。作者打破了依照事件发生的先后顺序进行叙述的传统写作惯例，将现在和过去有机地结合起来，强调了过去对现在的影响，突出了时间的延续性。这种后现代主义写作手法的运用，给该篇作品增色许多，充分显示了作者文学创作的新成就。

从语言风格上讲，阿特伍德的作品用词精练、比喻新颖、寓意深刻、别具一格、有极其丰富的想象力。她的作品中所刻画的人物思想活动复杂——这充分体现出她在驾驭语言方面的杰出才能。

从主题上讲，阿特伍德非常关心女权运动，其作品往往以现代社会妇女为主人公。这类作品探索了现代社会中妇女在争取独立及平等的斗争中所遇到的问题。她在文学创作中善于捕捉女性的心理，真实深刻地反映了她们的现实生活、成长过程及不同的命运。有的作品透露出她对美国在北美洲占据支配地位的不满，主张维护加拿大的文化传统；也有的作品显示出她对男子在社会中占支配地位的不满，主张女权；有的探索了人的可知性，谴责实利主义，歌颂加拿大的民族主义和女性意识；也有很多集中描写妇女寻找自身的本性问题。总之，她的作品为我们了解现代加拿大的社会意识形态、文学倾向、审美观及女性意识提供了丰富且宝贵的资料。

阿特伍德思想敏锐，富有洞察力。她认为，现代文化的背后有一种神话般的基础结构。从 20 世纪 60 年代中期开始，阿特伍德就受到了加拿大文学评论界的关注和好评，她的优秀作品也为她赢得很多殊荣。她曾获得过"加拿大总督文学奖"、联邦诗歌奖、贝丝·霍普金斯奖、莫尔森奖、古根海姆文学奖等。她的作品已被译成多种文字，在美国、欧洲、澳大利亚、亚洲等地广为流传，这使得她成为一位闻名世界的作家。她也是加拿大文学史上最多产的作家之一，她多方面的成就使她成为当代加拿大文坛当之无愧的主要代言人之一。

跨越几个时期的加拿大英语文学界的另一位著名小说作家莫利·卡拉汉（Morley Callaghan）也尤为突出。他曾经是多伦多《星报》（The Daily Stars）的新闻记者，并在那里结识了同在报社任职的美国作家海明威，所以在写作和发表小说的过程中得到了海明威的指点和帮助。卡拉汉 1926 年开始发表短篇小说。因为一些作品在美国杂志上刊载后，引起美国著名作家菲茨杰拉德的关注，所以卡拉汉也得到了他的帮助。

卡拉汉的短篇小说位于当代最佳作品之列。他的作品简洁明快，主题突出。1959 年他出版了《莫利·卡拉汉短篇小说集》（Morley Callaghan's Stories）。1985 年他出版了《莫利·卡拉汉失而复得短篇小说集》（The Lost and Found Stories of Morley Callaghan）。这两部短篇小说集都被称为加拿大文学的瑰宝。

卡拉汉是个虔诚的天主教徒，所以他的有些作品探索了天主教在对罪恶的看法方面所做的努力和成就，其成绩堪与亨利·格林（Henry Green）和格雷厄姆·格林（Graham Greene）等人相媲美。1928 年，卡拉汉发表了他的第一部长篇小说《奇怪的逃亡者》（Strange Fugitive）。该小说主要描写一个失业青年因为违禁私自贩酒而最终走上了犯罪堕落的道路，最后在与同行的竞争中被打死的故事，反映了当时商界尔虞我诈、互相残杀，为了金钱不择手段的罪恶现实。

两年之后，他发表的另一部作品《事情永远没有完》（It's Never Over，1930 年），讲的是一个人因为杀害了一名警察而被处绞刑，以及他的亲属和朋友们也遭受痛苦的故事。1934 年他出版了另一部重要作品，叫做《我爱的人就是这样的》（Such Is My Beloved）。该作品讲述的是一位罗马天主教的神父为救赎两个妓女所做的努力，而这种努力却导致他自身命运的毁灭。卡拉汉甘冒风险，在该书中探讨天主教、基督教的爱和情欲之间的相似之处，他1951 年出版的《被钟爱者和迷惘者》（The Loved and the Lost）获得了"加拿大总督文学奖"。该作品以蒙特利尔市黑人和白人之间的关系为题材，它的问世使其他天主教徒吃了一惊。1961 年发表的《罗马恋》（A Passion in Rome）讲的是两个加拿大人在罗马的风流韵事。在该书中，作者提出了早年曾经提出过的问题，即爱情在多大程度上是性的冲动。后来，因为海明威曾把卡拉汉介绍给侨居巴黎的美国人，所以卡拉汉又以他们为题材，创作出版了《巴黎的那个夏天》（That Summer in Paris，1963 年）。

从内容上来说，卡拉汉的小说作品中有许多是宗教性的道德说教。因此有的评论家指出，卡拉汉的作品往往先在国外获得声誉，然后才在国内获得认可。晚年的卡拉汉仍在孜孜不倦地进行文学创作，1975 年他发表了自我剖析性小说《幽僻独处之地》（A Fine and Private Place），1977 年发表了《再论接近太阳》（Close to the Sun Again）。20 世纪 80 年代，年过古稀的卡拉汉发表了小说《犹大昌盛时代》（A Time for Judas，1983 年）。这是一部杰出的作品，作者以优美的语言、丰富的想象和严谨的结构再现了闻名于世的《圣经》中的叛徒犹大的形象。该小说再次证明卡拉汉是一位公认的加拿大一流作家。由于他对加拿大英语文学的长期贡献，他被授予一系列的荣誉和奖励。

# 第二节　加拿大法语文学

加拿大是个以英法双语为官方语言的国家，法裔居民约占全国人口的四分之一，他们集中居住在魁北克省——加拿大最大的省份。该省在全国的政治经济和文化领域都具有特殊的地位。在总人数达 700 多万的魁北克省人口中，有超过 500 万人是法国血统，82.2% 的魁北克人以法语为母语。加拿大法语文学，也被称作魁北克文学，是加拿大文学的重要组成部分。许多优秀的法语文学作品被翻译成各种文字，在世界上，尤其在法国备受青睐。这些作品也有很多被搬上舞台或被改编成电影或电视剧。

纵观加拿大法语文学的发展史，无论是诗歌、小说，还是戏剧、电影作品，都从不同的角度并在不同程度上生动地讲述了加拿大法裔文化的发展历程。尤其是早期的法语文学作品，不仅生动地反映了法裔社会各阶层人民在开发加拿大时期的种种艰辛，而且还可以帮助读者了解法裔民族当时的生活习惯和风俗习惯等。

加拿大法语文学的发展历程大致可以分为以下六个历史时期：英法殖民统治时期、加拿大法语文学创始时期、宗教文学时期、加拿大法语文学初兴时期、加拿大法语文学反省时期、加拿大法语文学繁荣时期。

**1. 英法殖民统治时期的加拿大法语文学**（1534 ~ 1836 年）

这一阶段为加拿大法语文学的开端。北美洲东北部的大片土地在 16 ~ 17 世纪时，也曾是法国航海家、探险家和商人经常涉足之地。加拿大法语文学的产生和发展是和加拿大法裔居民的命运密切相关的。

雅克·卡蒂埃是第一位发现加拿大的欧洲航海家。1534 年，在魁北克城登陆后，法国王室随即派出大批文学作家、传教士和毛皮商人来到魁北克，这便是加拿大第一批法裔移民。这些从法国漂洋过海定居在加拿大地区的开拓者们则把他们居住的这块土地称为新法兰西，因为他们认为加拿大这个地方是法兰西的一部分。

卡蒂埃的游记作品，极为典型，标志着加拿大法语文学的开始。因为当时的法国政府不允许在其殖民地领土上创办刊物或建立出版社，所以卡蒂埃及其他人的作品只能在法国本土或欧洲其他国家传播。但他关于当地土著印第安人的生活习惯、风土人情以及人文、地理、动植物等描述的作品，是今日加拿大法语文学的最早起源。

1806 年，法裔加拿大人创办了第一本名为《加拿大人》（Le Canadien）的法语杂志。从此，法语作家有了他们自己的发表作品的园地。为了创办法语报刊、杂志，他们坚持不懈，顽强地与英裔加拿大人进行艰苦的斗争。作为团结使用法语的知识分子和护卫法语文化传统的核心，《加拿大人》等法语报刊在保护法裔加拿大人权益方面发挥了重要的作用。它在加拿大法语文学史上的贡献是不可磨灭的。同时，在法裔居民为了生存而斗争的过程中，也涌现出了一些著名的作家，其中有埃蒂娜·帕朗（Edina Parent，1802—1874 年），米歇尔·比博（Michel Biband，1787—1857 年）等。帕朗不仅是作家，而且也是《加拿大人》的编辑之一。他终生致力于政治和社会问题的研究，尤其是在社会学研究方面具有很深的造诣，被誉为"魁北克第一社会学家"。比博的作品主要效仿法国诗人布瓦洛（Boileau），他于 1830 年发表了加拿大法语文学史上的第一部诗集。

**2. 加拿大法语文学创始时期的加拿大法语文学**（1837～1865 年）

在美国独立战争的影响下，英国移民大量涌入加拿大，英、法之间的斗争日益加剧。在上层人士与文学人士的共同努力下，几经周折，终于在魁北克城和蒙特利尔成立了以讲授法语文化为中心的文学团体，并培养出一批又一批文学爱好者。当时法裔人民空前团结，他们相信，文学是捍卫法语文化的一条有效途径，所以这一时期的作家们借助于论坛、报刊、小说创作、戏剧等文学表现形式，用朴实无华的语言表达了对祖国的一片深情。以安东尼·热兰·拉茹瓦（Antoine Gerin Lajoie）和拉孔布（P. Lacombe）为代表的乡土文学曾一度非常流行，并且拥有大量读者。

魁北克第一位民族诗人奥克塔夫·克雷玛齐（Octave Crémazie，1827—1879 年）便是在这一时期诞生的。克雷玛齐的作品大多取材于加拿大历史。他的诗歌被称为法语诗歌史上的不朽之作。他的爱国诗篇有《加拿大老兵之歌》（Le Chant du Vieux Soldat Canadien，1855 年）和《卡里翁堡的旗帜》（Le Drapeau de Carillon，1858 年）。这些诗篇表达了加拿大法裔人民对祖国的忠诚以及他们在英国殖民统治下的痛苦心情。

以克雷玛齐的书店为中心成立的"魁北克爱国学社"的成员，多数为激进的自由派法裔知识分子和作家。学社中除了克雷玛齐外，还有诗人、史学家法朗卜瓦·格扎维埃·加尔诺（Francois Xavier Garneau，1809—1866 年）等。该学社成员倡导"传播知识，鼓励民族文学的发展"，他们共同的奋斗目标是使那段在英国人统治下被忘却了的历史重生，并将其传统发扬光大。

加尔诺为了让一些英裔加拿大人承认魁北克人的历史，着手编写了第一部有关加拿大法语地区历史的《加拿大历史》（Historie du Canada，1845 年）。这部著作对于促进法裔居民民族意识的觉醒有着特殊的意义。

**3. 宗教文学时期的加拿大法语文学**（1866～1895 年）

这一阶段的法语文学作品都带有神化和宗教色彩。宗教的影响是加拿大法语文学发展史中的一个重要因素。17 世纪初从法国来到北美洲大陆的第一批移民中，除了那些冒险家、商人以外，人数最多的是天主教和各传教团体。他们来到这片待开垦的土地上，一方面是为了开化教育，将基督的福音传给当地的土著印第安人；另一方面也是为了稳定那些从法国沿海各省被虏获来开垦这片土地的劳动者。所以从基督的福音上岸的那一刻开始，天主教便成为控制加拿大法裔居民精神世界的一股强大力量。加拿大法语地区最早的文字记载中比较具有文学参考价值的资料则是耶稣会教士每年呈写给他们上一级法国教会的报告——《耶稣会教士叙述》（Relations des Jésuites，1632～1693 年），和修女们以"圣母化身"为名写给法国教会的 7 000 多封书信和自传体笔记。加拿大魁北克省的历史资料表明，虽然这一报告只是关于耶稣教徒传教活动的报告，但是这些写给法国教会的报告、书信以及自传，提供了当时的耶稣教徒们所遇到的第一民族印第安人的日常生活、社会习俗以及文化背景方面的丰富资料，被称为独特的文学作品。

这一时期的法语文学处于低谷时期——宗教意识在阻碍着文学的发展。作家们对宗教也比较小心翼翼，他们作品中所塑造的人物形象、描写的故事、表达的思想都尽力避开这些敏感话题，以防触犯宗教信仰，这便无形中束缚了作家们的创作思维，造成写作的桎梏，使他们难以按照自己的意志随心所欲地进行创作。当时较有影响力的教士作家有约瑟夫·马尔梅特（Joseph Marmette）、洛尔·科南（Laure Conan）等。但这一时期也不乏一些没有遵从教会意图进行创作的作家、诗人，其中主要包括博谢曼（Néréé Beauchemin，1850—1931 年）和路易·奥诺雷·弗雷歇特（Louis-Honoré Fréchette，1839—1908 年）。

弗雷歇特出生于莱维市（Lévis），就学于拉瓦尔大学，曾从事记者和律师类工作。他是位多产作家。他不仅写诗，也创作散文，一生发表的诗作有 400 多篇。他非常崇拜法国作家雨果，他的作品在不同程度上都受到雨果的影响，因而有"小雨果"之称。其诗文主要描述了使用法语的加拿大人的历史和加拿大法语地区的自然景色，代表了 19 世纪下半叶的魁北克文学，故被誉为该地区浪漫主义文学的开创者。

他的诗集有《北国之花》（Fleurs boréales，1879 年）和《雪鸟》（Les Oiseaus de neige，1880 年）等。其中，长篇史诗《人民的传说》（La Légenade dún people，1887 年）影响最大。

除诗歌外，弗雷歇特还发表了多部剧作和故事集。比如《村里的公证人》（Les Notaires du village，1862 年）、《费利克斯·普特雷》（Félix Poutré，1871 年）、《流亡者归来》（Le Retour de l'exilé，1880 年）、《柏比诺》（Papineau，1880 年）、《奇特的人和不正常的人》（Originaux el，Détraqués，1892 年）、《私人回忆录》（Mémoires，intime，1900 年）、《过去的故事》（Contes d'autrefois，1900 年）等。

**4. 初兴时期的加拿大法语文学**（1896～1938 年）

自加拿大自由党人于 1896 年开始执政后的 40 多年间，加拿大政治稳定，经济繁荣。教育在这一时期也得到了长足的发展。加拿大的中小学教育体制得到了进一步完善，法语教育也被提上了日程，并成立了两所法语大学：拉瓦尔大学（Université Laval）和蒙特利尔大学（Université de Montréal）。教育的发展也为加拿大法语文学的兴旺带来了前所未有的机遇。

诗歌是这一时期发展最迅速的文学种类，但诗歌的文路和形式较以往却发生了很大的变化。最具代表性的诗人是埃米尔·内利根（Emile Nelligan，1879—1941 年）。他的作品突出表现他的美好理想与丑恶现实之间不可调和的矛盾以及由此带来的痛苦和悲伤，感情深沉真挚，富有感染力，因此他被文学界人士誉为最年轻、最有才华的诗人之一。他于 1897 年加入了"蒙特利尔文学社"（L'écde littéraire de Montréal）后，先后在《祖国》（La Patrie）、《世界画报》（Le Monde Illustré）、《每星期六》（Le Samedi）等报刊杂志上发表了著名诗歌作品多达 170 篇，在加拿大法语文学史上书写了辉煌的篇章。著名诗篇还有《金船》（Vaiseau d'or）、《幻觉》（Vision）、《梦的深渊》（L'abîmedu rêve）、《梦幻》（Rêve fantastique）、《晚祷》（Les Rythmes du soir）、《冬夜》（Le Soir d'hiver）、《断线的提琴》（Le Vio-

lon brisé) 等。1904 年内利根的诗稿由其朋友路易·当坦 (Louis Dantin) 整理出版，1952
年又出版了《内利根诗歌全集》 (Poésies complètes)。

这一时期，以加拿大农家生活为题材的乡土文学也迅速发展起来，并开始拥有众多读
者。比较著名的小说作家有路易·埃蒙 (Louis Hémon，1880—1913 年)。他在来到加拿大
之前就已经出版了多部长篇小说并获奖。1911 年 10 月他来到魁北克城，随后又去了蒙特利
尔。他的杰作《玛丽亚·夏普德莱》 (Maria Chapdelaine，1913) 以简练的笔触介绍了加拿
大法语地区的移民生活，为她赢得了巨大的成功。该小说被翻译成 20 多种文字，前后再版
200 多次，成为当时西方最畅销的一本书。

另外一位著名作家是克洛德-安里·格里翁 (Claude-Henri Grignon，1894—1976 年)。从
1920 年起他就是"蒙特利尔文学社"的成员。其最有影响力的文学作品是长篇小说《一个
男人和他的罪过》 (Un home et Son Pēchē，1933 年)，曾先后两次被改编成广播小说和电视
连续剧。该小说于 1935 年荣获魁北克省文学大奖——大卫文学奖。

这一时期的诗歌和小说呈现出初步的繁荣和兴旺的景象。同时，文学评论也得到了进一
步发展。当时比较有影响力的文学评论家有马塞尔·迪加 (Marcel Dugas，1883—1947 年)
和加布里埃勒·鲁瓦 (Gabrielle Roy，1909—1983 年) 等。

**5. 加拿大法语文学反省时期** (1939~1957 年)

20 世纪 30 年代的世界性经济大萧条对加拿大法语文学有着深刻的影响。之后，文学作
家们开始重新审视传统的价值观念。这一时期，加拿大的法语作家和世界上其他作家一样陷
入了深思。他们作品即反映了一种彷徨的心情和寻求解脱的欲望。当时的诗人们不再只注
重本民族的狭隘利益，而是综合考虑外界因素。他们摒弃了传统的写作手法和乡土主题，转
而采用全新的手法和多样化的主题。

圣-丹尼斯·加尔诺 (Saint-Denys Garneau，1912—1943 年) 是重要的加拿大法语文学杂
志《生力军》的创办人之一。他写的诗篇反映出他对抑郁寡欢的生活的绝望。其代表作是
诗集《游乐于太空》 (Regards et jeux dans l，espace，1937 年)。另一位是安妮·埃贝尔
(Anne Hébert，1916 年—)。她的代表作《木屋》 (les Chambers de bois，1958 年) 描写的是
一个年轻的乡村姑娘被富有的丈夫折磨得萎靡不振，最后毅然挣脱出来，同粗犷的农民结
婚，然后过着简朴生活的感人故事。

这个时期的著名诗人还有阿兰·格朗布瓦 (A. lain Grandbois，1900—1975 年)、里那·
拉斯尼耶 (Rina Lasnier，1915 年—) 等。其中，格朗布瓦不落俗套的诗歌形式、关于旅途
和死亡的抽象隐喻以及丰富多彩的形象化描述，影响了后来的许多年轻诗人。他广泛旅行，
视野开阔，才华横溢。许多诗歌发表在他早期的诗集中，如《诗集》 (Poèmes) 和《夜的岛
屿》 (ile de la nuit，1944 年)；他的《诞生在魁北克》 (Né à Québec，1972 年) 和《马克·
波罗旅行记》 (Les voyages de Marco Polo，1941 年) 被广为流传。以上所列诗人的作品更多
地表达诗人们自己的内心世界和对国际形势及社会发展的摸索心情和迷惘心态，同时也在阐
述他们反思的结果。

同诗歌一样，这一时期的小说家们从原本一味反映加拿大乡土情调的创作模式中脱离出
来，越来越注重人物的心理描写。其中比较成功的作家有罗伯特·埃利 (Robert Elie，
1915—1973 年)、罗伯特·夏尔博诺 (Robert Charbonneau，1911—1967 年)、安德鲁·吉鲁
(André Giroux，1916—1977 年)、丁·西马尔 (Jean Simard，1916 年—)、安德鲁·郎日万

（André Langevin，1927 年—）。他们的小说中的人物形象生动，内心世界丰富，主人公试图寻求个人主义和自身的价值。

郎日万所创作的作品受法国存在主义的影响，以悲观主义著称。他的第一部小说《逃出黑夜》（évadé de la nuit，1951 年），叙述了一个弃儿寻找义父的艰辛历程。《城市的尘埃》（poussière cur la ville，1953 年）描写一个青年医生在矿区城镇受到社会排挤的故事。《人们的时代》（Le temps des homes，1956 年）则叙述人们探索生活的意义。

### 6. 加拿大法语文学繁荣时期（1958 年至今）

从 20 世纪 60 年代初起，加拿大法语文学被称为"魁北克文学"。20 世纪 60～80 年代是加拿大法语文学空前兴旺时期。随着加拿大各地新一代作家如雨后春笋般地涌现，法语文学作家队伍逐步壮大。这一时期，魁北克的政治气候和社会形势开始发生变化，法裔加拿大人的民族独立运动渐渐抬头。魁北克省的教育越来越民主化，思想领域也出现了多元化的趋势。在这种大气候条件下，魁北克人们不再把加拿大视为自己的祖国，而是把魁北克称为祖国。民族主义思想比较强烈的超现实主义诗人和抒情诗人有吉勒斯·埃诺（Gilles Hénault，1920 年）、罗兰·吉盖尔（Roland Giguère，1929 年）、保罗·梅尔·拉波安特（Paul Marie Lapointe，1929 年—），虽然他们在这一时期的文学史上有极其重要的位置，但并没有形成一统天下的局面。

从 20 世纪 60 年代开始，法语小说发展迅猛。这个时期的作家们大都吸收了法国名流名派的精华，在创作过程中注重形式和结构，着重于文学表现手法的运用。许多作家的写作手法和法国作家非常相似，但他们仍保留着自己的写作特点，使读者能够在其作品中感受到本民族文学所特有的韵味。如小说家贝尔·阿坎（Hubert Aquin，1929—1977 年），雅克·戈德布（Jacques Godbout，1933 年—），他们的作品摆脱了以往按照情节发展为主线的写作手法和传统小说的结构和美学形式的束缚，使故事情节退居到次要位置。

贝尔·阿坎被称为新小说派作家，他的小说多采用诗体散文形式，语言优美流畅，用词精确。作品《下一个插曲》（Prochaine Episode，1965 年）是一部反小说文体的自我剖析，整篇文章看似支离破碎，实际上却具有精心独特的内在结构。作者用这种表面上毫无逻辑的结构形式反映了主人公心灵上的迷惘和混乱，并影射了魁北克人民与外部世界各种力量之间错综复杂的关系。在该作品中阿坎对人类潜意识的描写极为成功，使其一举成名，它被公认为阿坎小说中最优秀的作品。在这部成名作品中，阿坎以第一人称的口吻叙述了一个精神病患者在被捕前参加魁北克独立运动的故事。作者通过法语现在时和过去时的交替使用，形象地表明了客观世界的混乱和主人公因独立运动给他带来的失望而产生的迷惘心理。另一部小说《记忆的窟窿》（Trou de mémoire，1968 年）获得了"加拿大总督文学奖"。然而他却拒绝受奖，以此来表示他对联邦政府决不妥协的立场。作品《黑雪》（Neige noire，1974 年）中，作者借助音乐等独特的手段，再现了哈姆雷特的故事，引导人们对宗教、爱情、死亡等问题作出更深远的思考。

戈德布的《你好·加拉诺》（Salut Galarneau，1967 年）采用日记式的自由叙述文体，摆脱了时间、地点、文学类别的限制。该作品不是按照故事发生的先后顺序把故事内容连接起来，而是把古往今来、事实与梦幻、叙述与评论自由地融合在一起。通篇作品采用讽刺、自嘲的口吻倾诉了当代青年人的苦恼，同时也反映了社会生活的枯燥乏味和趋于浓厚的商业化气氛。其他著名小说有《水族馆》（L'aquarium，1962 年）、诗集《干燥的路面》（Les paves secs，1958 年）、政治讽刺小说《谈爱，魁北克党》（Abécédaire Québécois，1988 年）以及剧本《武器库》（I'isle au dragon，1976 年）等。

除了以上列举的小说家外，加拿大法语文学繁荣时期的重要小说家还有雷让·迪夏姆（Rejean Ducharme，1942 年—）、杰拉德·贝赛特（Gérard Bessette，1920 年—）等。他们的作品也同样备受读者喜爱，在国内外有很大影响。

在魁北克文学中，女作家异军突起，其中最享有盛名的有克莱尔·马丁（Clarie Martin，1914 年—）和玛丽·克莱尔·布莱（Marie Claire Blais，1939 年—）等。她们的作品以诗体小说为主，从而形成了魁北克文学史中一个新的文学种类。

马丁的文学成果丰厚，被文学评论界视为最有成就的女作家之一。她曾担任过魁北克作家协会主席，获得过加拿大"加拿大总督文学奖"，1977 年被授予英国女王勋章，1984 年被授予加拿大功勋章。

布莱也称得上是法语文学界著名女作家。她的处女作《美丽的野兽》（La Belle Bête，1959 年）不得不在法国发表，因为该小说被认为"不符合加拿大的传统道德"。小说发表后一鸣惊人，引起了文学界的强烈反响。此后，在短短的几年时间内，她连续发表了小说《白首》（Tête blance，1960 年）和《白昼是黑暗的》（Le Jour est noir，1962 年）以及两本诗集《朦胧的国土》（Pays voilés，1963 年）和《存在》（Existence，1964 年）。这些使她一举成为加拿大法语文学界的一颗新星。

在她发表的三十几部著作中，有多部著作分别获得"法国-魁北克文学奖"、"梅迪西斯文学奖"、"加拿大总督文学奖"、"大卫奖"和"法兰西学院奖"。她的《艾玛纽艾尔生命中的一季》（Une Saison dans La vie d'Emmanuel，1965 年）被文学界评价为"伟大的，而且永远不会过时的小说"。整部小说反映了魁北克人民的疾苦，表达了青年一代反对旧传统的道德标准，展现了他们对自由的追求和向往。布莱被称为"黑色现实主义作家"。她在法国拥有许多读者。评论家们给予布莱很高的评价，认为其是魁北克当代文学中最优秀的作家之一。

以米歇尔·特朗布雷（Michel Tremblay，1942 年—）为代表的戏剧作家和以费尔南德·迪蒙（Fernand Dumont，1927 年—）、皮尔·瓦德邦格（Pierre Vadeboncoeur，1920 年—）等为代表的散文作家在这一时期对加拿大法语文学的贡献很大。他们吸收了现代各种流派的写作特点，改革了传统的文学表现形式，使加拿大法语文学形式迎合了现代人们的需求，特别是现代青年人的需求。几乎这个时期所有的作品都受到了当代法国文化的深刻影响，同时也洋溢着浓厚的北美社会生活气息，构成了魁北克文学的一大特点。

## 第三节　加拿大移民文学

加拿大地域辽阔，地理、气候、语言、生活方式以及种族背景各不相同。她是由几乎全世界各个民族组织起来的移民国家，称民来自法兰西、英格兰、苏格兰、以色列、意大利、奥克兰、法国、印度、日本、中国等。这些不同国家和地区的移民都带有自己国家和地区强烈的民族文化特色，这就使得加拿大成为一个多民族、多语言、多宗教、多元文化的移民国家。在这片土地上，他们一方面继承并发扬本民族优秀的文化传统，同时又相互间影响和渗透，创造出了绚丽多姿、色彩斑斓的多元文化，恰如一个多彩的万花筒。这是社会学上一种罕见的社会现象。

加拿大的文学是多元化的，这是由于作者们来自不同的民族，他们的世界观、宗教信仰、伦理道德、文化素养、文学流派各不相同。在作家群体方面，包括土著民族在内的，越来越多的少数民族作家涌现出来，改变了作家群体的民族构成。在创作内容上，那些使用其他语言的作家们的透视角度、认识深度、表现技巧、主题选择和思维模式各有千秋。来自不同国家和地区的作家们创作出情调各异的杰作，不仅是指他们表面上所描绘的自然风光、社会习俗、地方环境，还指深层意义上的文化内涵、社会形象、艺术意象和生活象征、人物性格和气质等，多种文学流派并存，既有幽默文学、超现实主义文学、后现代主义文学，又有传统的现实主义文学。这充分体现出加拿大马赛克（Mosaic）的民族性特色，独树一帜。

在当代的加拿大文学作品中，除英、法裔作家外，还有许多其他族裔的作家，如犹太裔作家诗人、波兰裔作家、乌克兰裔作家、捷克裔作家、匈牙利裔作家、意大利裔作家、日本裔作家、华裔作家等，他们都在加拿大和世界上享有盛誉。

犹太裔文学作家有默迪盖·里奇勒（Mordecai Richler，1913 年—）、列昂纳多·科恩（Leonard Cohen，1934 年—）、亚伯拉罕·莫西·克莱因（Abraham Moses Klein，1909—1972 年）、米里亚姆·沃丁顿（Miriam Waddington，1917—2004 年）、欧文·莱顿（Irving Layton，1912—2006 年）、雪莉·费斯勒（Shirley Faessler，1931 年—）等。这些作家在加拿大文坛上都有颇多建树，卓有成就。

里奇勒是一个非常关注犹太人问题的作家，其作品的内容多以犹太人的生活经历、传统习惯、老一代和青年一代的隔阂与矛盾为主题，尤其着重描写犹太民族认识自我的过程。他虽是犹太作家，却能摒弃自身的一些偏见，从一个全面的角度反映加拿大人的民族意识。由于他在作品中对犹太人的反面描写，有些人指责他破坏了犹太人的形象，尽管如此，文学界还是非常推崇他，并冠以他"加拿大当代民族主义的优秀作家"的美誉。他的读者不仅限于加拿大国内，而且遍布美国和英国。

里奇勒早年在欧洲时所完成的第一部长篇小说《杂技演员》（The Acrobats）于 1954 年在英国发表后，一举成名。该小说相继被译成丹麦文、挪威文和德文。1955 年《小英雄的儿子》（Son of a Smaller Hero）问世。这是描写犹太人为摆脱贫民窟和家庭束缚而斗争的小说。主人公诺亚艾德勒虽然在加拿大拥有一个自己的家庭：令人崇敬的祖父、专制的母亲和心爱的恋人，但他忍受不了加拿大犹太人的贫困和压抑，不顾母亲以死威胁，毅然出走，前往英国寻求独立自由和美好的生活。作品中涉及了战争、犹太人的社会地位和个人的责任等重大社会问题，赋予作品以鲜明的社会现实主义特色。

评论界认为，里奇勒的这部作品虽然受到了海明威式愤世嫉俗的厌世情愫的影响，但仍反映了在这个现实世界里寻求对世界和生活的价值观：要遵守行为的准则和规范。里奇勒的成名之作《杜德·克拉维茨的学徒生涯》（The Apprenticeship of Daddy Kravitz，1959 年）是对蒙特利尔的一个年轻的犹太人创业史的生动描述。小说表露出作者对主人公的矛盾心理，形成了既滑稽可笑又可怜同情的强烈反差。作品结构严谨、语言流畅、充满寓意，表现了里奇勒高超的写作技巧，确立了他在加拿大文坛的地位。该小说改编成电影在各地放映之后大获成功，更增加了里奇勒的知名度。

1971 年，他的长篇小说《圣厄班街的骑士》（St. Urban's Horseman）问世。该作品既保持了滑稽和讽刺的语言风格，又充满了人情味。作者通过幽默讽刺手法生动形象地描绘了犹太贫民的生活和他们的道德准则。主人公在受审之后认识到自己就是骑士，应当担负起保护犹太民族的责任，从而实现了自我升华，找到了自身的价值。小说具有比较深刻的社会意义和较高的艺术水平，人物形象丰满，故事情节复杂，写作技巧娴熟，堪称里奇勒的最佳作品，曾获"加拿大总督文学奖"。

里奇勒的其他长篇小说还有：《敌人之选择》（A Choice of Enemies，1957 年）、《无双的阿图克》（The Incomparable Atuk，1963 年）、《过于自信》（Cocksure）及《乔石娃的过去和现在》（Joshwa Then and Now，1980 年）、《所罗门·格斯基曾在这里》（Solomon Gursky Was Here，1989 年）。

上述提及的另一位犹太裔作家列昂纳多·科恩出生在一个富有的犹太人家庭。他是个多才多艺的诗人、小说家，而且还是个歌词作者，他谱写了很多深受青年人喜爱的大众歌曲。他自编、自演、自唱，甚至，作为一个歌手的声誉已经超出其文学声望。他发表的诗集《让我们比较神话》（Let's Compare Mythologies，1957 年）获得了麦吉尔文学奖。20 世纪 60 年代期间，他所发表的诗集都得到了文学界的一致好评，使他成为一位公认的浪漫主义爱情诗的诗人。他的著名诗集有《大地香料盒》（The Spice-Box of Earth，1961 年），《给希特勒的花》（Flowers for Hitler，1964 年）和《天堂里的寄生虫》（Parasites of Heaven，1966 年）等。

《给希特勒的花》重点探讨了犹太教和基督教的神秘和矛盾，描写了当时的世界到处笼罩着黑暗和恐怖。纳粹的独断残暴、人们的恐慌和心里的空虚，与他向往的和平美好世界构成了鲜明的对比。

他的小说代表作有《漂亮的失败者》（Beautiful Losers，1966 年）、《奴隶的能量》（The Energy of Slaves，1972 年）、《贵妇人的男人之死》（The Death of a lady's Man，1978 年）、《慈善书》（Book of Mercy，1984 年）等。总的讲，科恩的诗歌及小说，语言生动，内容丰富，深受读者的欢迎，并被译成多种文字，畅销于法国和德国。由于他受到自己民族出身的影响，这些作品中都带有悲观主义的色彩及犹太人受歧视的情感。科恩那富有音乐感的诗和他自写、自唱的充满魅力的男低音，乃是加拿大当代艺术作品中的一绝。他的诗歌想象丰富奇特，语汇简明而意蕴深厚，诗像歌，歌像诗。在加拿大诗歌的繁荣时期，他的作品占有非同寻常的特殊地位。

犹太裔著名作家还有亚伯拉罕·摩西·克莱因（Abraham Moses Klein，1909—1972 年），他出生于乌克兰，后随其父来到加拿大蒙特利尔，并在那里的犹太移民区长大，从小就接受过希伯来语、《圣经》和犹太教法典的教育。克莱因是加拿大著名的诗人和作家，也是加拿大文化及犹太文化的双重代表人物。在麦吉尔大学读书期间，他就已经发表了多篇诗歌和散文。

在他发表的诗作《希特勒信传》（The Hitleriad，1944 年）中，作者尽情地发泄着自己对纳粹的满腔仇恨，而在《摇椅和其他诗歌》（The Rocking Chair and Other Poems，1948 年）中，他则采集了加拿大法语地区的生活片段和风土人情作为诗歌的创作源泉，描写工业革命给魁北克人民带来的变化，这篇作品还荣获了"加拿大总督文学奖"。另外，克莱因在《难道犹太人就没有……》（Hath Not a Jew…）中注入了许多犹太民族的特有观念和新颖意境。克莱因发表的长篇小说《第二个卷轴》（The Second Scroll，1951 年）带有犹太复国主义情绪。

总的来讲，克莱因的小说忠实地描述了 20 世纪 20 年代和 30 年代世界经济萧条给加拿大西部带来的灾难和影响。

厄文·莱顿（Irving Layton，1912—2006 年）出生在罗马尼亚一个犹太人家庭里，1913 随家庭移居到加拿大蒙特利尔。在那里，他经常参加辩论和演讲比赛，由于他杰出的口才，他赢得了观众的尊重和好评。自 1969 年起，他开始在大学里担任文学教授。莱顿是蒙特利尔市青年人中最活跃的一员，他雄心勃勃，总想闯荡一番事业。作为一位极其多产的诗人，他出版的诗集多达 50 多部，但他真正在诗坛上享有声誉还是在 50 年代以后。创作成就的突出表现在其诗歌题材广泛、风格多样、写作手法新颖奇特。他反对那种认为诗必须有美学观念的说法。莱顿认为，诗的本质在于传达真理，揭示事物的本来面貌，所以他发表的诗歌往往使读者感到惊奇。

他的诗集有《此时此地》（Here and Now，1945 年）、《就在这个地方》（Now Is the Place，1948 年）、《黑色的猎人》（The Black Huntsman，1951 年）。他的诗作严厉谴责他所痛恨的资产阶级及其他一切反对感情自然流露的人，这一阶段的诗收入《在我的狂热中》（In the Mist of My Fever，1954 年）、《冰冷的绿色环境》（The Cold Green Element，1955 年）等诗集中。此后，他由社会讽刺转向对人类状况的关心，这时的作品有《献给太阳的红地毯》（A Red Carpet for the Sun，1959 年）、《独臂杂耍者的球》（Balls for a One-Armed Juggler，1963 年）、《献给我的兄弟耶稣》（For My Brother Jesus，1976 年）、《献给我地狱里的邻居》（For My Neighbours in Hell，1980 年）等。其中《献给太阳的红地毯》获"加拿大总督文学奖"。

莱顿有不少诗描写的是动物受害的情景，以印证人性的残忍，《小公牛》（The Bull Calf and Other Poems，1956 年）就是其中最有代表性的一首。作者在诗中描述奶牛场宰杀一头没有饲养价值的小公牛的残忍场面，作者赞美了小公牛的生命和力量，认为凡是生命就是奇迹，然而宰杀小公牛的场景让诗人感到震惊，对生命的摧残不仅是小公牛的悲惨遭遇，也是人的悲剧。该诗给读者的启迪是由于杀戮，人与象征自然的动物处于紧张的关系中。当你欣赏完这部作品后，你会越发觉得人的形象的渺小。

雪莉·费斯勒（Shirley Faessler）的小说作品主要描写 30 年代居住在多伦多的第一代和第二代犹太移民的城市生活，虽然也涉及社会问题和文化碰撞问题，但不像犹太传统文学那么沉重，她笔下刻画出的是诙谐幽默、轻松乐观、家庭和睦的氛围。她的作品中的犹太人物身强力壮，性格粗犷，感情充沛。

她著有两部短篇小说集，其中《一篮子苹果》（A Basket of Apples，1970 年）使她一举成名，成为加拿大文学中的经典作品。作者通过一个犹太女儿的自述，展现出父母与子女的关系。小说语言简练朴素，人物刻画形象逼真，对继母的描写尤为成功，使读者受益匪浅。"一篮苹果"在文中作为快乐和幸福的象征，使文章的主题得到升华，也赋予这篇小说极强的艺术感染力和社会意义。

费斯勒的长篇小说《窗户里的一切》（Everything in the Window，1979 年）描写的是一位罗马尼亚犹太移民的女儿与一位英国移民后裔游泳教练员互生情愫，但婚后却由于文化背景的差异，产生出种种矛盾和误解。最后两人互相猜疑，以分手告终。作者通过描写家庭的破裂，告诉我们不同的文化传统对移民生活有着不同的影响，而这是加拿大这个移民国度里普遍的社会现象。

马里亚姆·沃丁顿（Miriam Waddington，1917—2004 年）也是一位犹太裔加拿大诗人，是一位多产诗人，出版诗集甚多。他的诗集风格简洁明快。20 世纪 70 年代的作品主题大多关注女性及女权和对老年人的劝导和说教等。

有几位犹太女作家在加拿大文学史上不容忽视，其中包括在两位二次大战中移居加拿大的犹太女作家。她们是描写"二战"中犹太人受尽苦难经历的代表。玛利亚·雅科布斯（Maria Jacobs，1930 年—），其回忆录《防止死去》（Precaution Against Death，1983 年），回忆了作者在荷兰度过的童年，还写到掩护犹太人，同纳粹进行不屈不挠的斗争的故事。爱丽丝·帕里佐（Alice Parizeau，1930—1990 年）来自波兰，既当律师又写小说，其代表作《丁香盛开华沙城》（The Lilacs Are Blooming in Warsaw，1985 年）根据自己的波兰经历讲述在集中营中犹太人抵抗纳粹运动的故事。

乌克兰文化对加拿大社会有一定的贡献。早在 1915 年，乌克兰人的旅行剧团就出现在加拿大西部。1926 年，创办了乌克兰民族舞蹈学校。1955 年，在多伦多建立了乌克兰艺术协会。全北美乌克兰文化工作者协会也设在了加拿大。1976 年，在阿尔伯塔大学（University of Alberta）建立了乌克兰文学研究所，这一切都说明了乌克兰文化在加拿大的重要作用。乌克兰移民定居加拿大人数最多。据 1991 年人口统计，加拿大有 53 万多名乌克兰移民。乌克兰人一直是加拿大最大的少数民族之一。从第二次世界大战到 20 世纪 70 年代，共有 50 多位有成就的乌克兰诗人、作家和学者定居加拿大。在那里，他们用英语或用德、法、乌克兰语出版各种作品。德语的数量比较突出。乌克兰裔女作家丁·库利克（Jean Kulyk）因荣获 1984 年棱镜国际小说竞赛第一名而闻名。西奥多·菲狄克（Theodore Fedyk）1908 年出版了《新老土地的移民之歌》（Immigrant Songs of the Old Land and the New）并多次再版。它讴歌了乌克兰人在新世界的艰苦奋斗和思乡之情。

捷克诞生的作家丁·斯克沃雷克基（Jean Skvovecky）的著名小说《人类灵魂的工程师》（The Study of an Engineer of Human Souls）获得了 1984 年"加拿大总督文学奖"。他在文学界中享有荣誉，1980 年获得诺伊施塔特文学国际奖。

匈牙利裔作家乔治·乔纳斯（George Jonas，1935 年—）从 1967 年开始发表文学作品，出版过几部诗集，其中《快乐的饥饿者》（The Happy Hungry Man，1970 年），《城市》（Cities，1974 年）和《复仇》（Vengeance，1984 年）在文学界引起了轰动。特别是《城市》更有特色，它是由多组诗篇构成的，展示了从多伦多到纽约、伦敦、维也纳最终回到诗人诞生地布达佩斯的旅程。该作品带有自传性质，既向读者展示了城市的风貌，同时也向读者展示了诗人本人的情感和兴趣爱好。乔纳斯的诗带有朴实的散文风格。

波兰人移居加拿大要比乌克兰人早，他们在 1858 年就开始进入加拿大。据加拿大权威人口调查，截止到 1991 年，加拿大有 28 万波兰人。波兰人在加拿大成立了许多自己的俱乐部和民间组织——波兰人互助会、波兰人联合会、波兰人妇女联合会以及波兰人文化团体等。所有这些组织都带有维护波兰人语言和文化的共同目标，他们通过出版物、剧院、舞蹈队、合唱团、体育俱乐部、展览会等来宣传和保护他们自己的语言和文化。这些组织出版的波兰文刊物有《加拿大波兰人通讯》、《时代》、《每周纪实》等，均为周刊。波兰裔作家海伦·韦因兹韦格（Helen Weinzweig，1915 年—）、艾莉加·波斯南斯卡—巴利佐（Alicja Poznanska Parizeau，1930—1990 年）和路易斯·杜迪克（Louis Dudek，1918—2001 年）等也都是加拿大波兰诗人和作家。巴利佐用法语写的游记和小说很有知名度。她把自己对波兰传统的记忆和在魁北克的根的强烈感受结合起来，题材独特。杜迪克写了几卷诗集和几部文艺批评的书籍。除了用英语和法语写作的作品，1963 年他还出版了波兰语的《波兰新区简史》（Sub Signo Sancti Hyacinthi），该书还被译成英语和法语。这些作品起到了对加拿大少数民族文化的弘扬和推动作用，激励了各民族之间的交流和对少数民族群体研究的兴趣。

印度裔加拿大作家的代表人物是洛辛顿·米斯特里（Rohinton Mistry，1952 年—）。他生在印度孟买，大中小学教育均在印度。米斯特里有独特的创作天才，他创作出版了多篇反映印度裔移民生活的短篇小说。他的《如此漫长的旅程》（Such a Long Journey，1991 年）获得了"加拿大总督文学奖"。

意大利裔的加拿大作家弗兰克·帕西（Frank Paci，1948 年—）曾经写了几部关于父辈的移民生活的小说。通过写作的历程，他体会到，要把小说写好，就要以两国文化为体裁，只通晓一国的历史文化远远不够，必须研究两国丰富的文化遗产。所以后来他又回到了意大利，对意大利悠久的历史文化进行了全面的考察，了解并研究了两国文化背景后，他写出了大众喜欢的文学作品。

布赖恩·穆尔（Brian Moore，1921 年—）是加拿大籍爱尔兰人，出生于贝尔法斯特，并在那里接受教育。第二次世界大战结束后，于 1948 年移民加拿大，他的最出名的小说是《金哲·科菲的运气》（The Luck of Ginger Coffey，1960 年）。该小说是他写的最有加拿大特色的书。书中描写了金哲·科菲因为加拿大籍的中年爱尔兰移民，怀着发家致富的热望来到加拿大蒙特利尔，到后来两手空空，陷入经济贫困的境地。最后竟沦落到失去了妻子，失去了工作，失去了做一个男子汉的气概。对此，他能够做出的反应只有幻想和自欺欺人。在作品中，作者对科菲发现自己的困境的真实情况的过程，深刻地做了心理上和感情上的描述。该小说获得了"加拿大总督文学奖"。他移民到加拿大后出版的第一本小说是《朱迪恩·赫恩的寂寞与激情》（The Lonely Passion of Judith Hearne，1955 年），这也是一部杰出的作品。该部小说描写了一个酗酒的单身女子，在寂寞和与世隔绝的感受中如何用那虚幻的浪漫传奇缓解平静下来的。

他还著有《来自监狱的回答》（An Answer from Limbo，1962 年）和《冰淇淋皇帝》（The Emperor of Ice-Cream，1965 年）。

挪威裔女作家玛莎·奥斯坦索（Martha Ostenso，1900—1963 年）也是一位颇有声望的移民小说家。她两岁随父母移民美国，后移民到加拿大温民伯，大学毕业后在一家报社当记者。

日本裔加拿大女诗人、小说家乔伊·小川（Joy Nozomi Kogawa，1935 年—）以诗歌著称。她的第一本诗集《破碎的月亮》（The Splintered Moon，1968 年）是她对人生的瞬间体验与感悟。这部诗集更多的直接凭借间断紧凑的诗句及其节奏来传递情感。她的其他诗集还有《梦的选择》（A Choice of Dreams，1914 年）、《林中女》（Woman in the Woods，1985 年）等。小川的诗歌风格是：诗行简短，结构紧凑，直抒胸臆，多有警句。小川的长篇小说《祖母》（Obasan，1981 年）用充满深情的笔调阐述了加拿大日本移民的命运，描绘了他们为争取民族认同与经济稳定而作出的努力，以及他们对美好生活的向往在战争中所遭到的破灭。实际上，小川在第二次世界大战期间和父母一起，随着其他 1 200 名日本人被安顿在不列颠哥伦比亚内地工作。她的小说《祖母》则生动地描述了这段不平凡的、遭受不公正待遇的工作经历。

根据 1991 年人口普查资料，现有日本裔加拿大人约 5 万人。他们大部分居住在安大略和不列颠哥伦比亚省。目前，加拿大日本人的主要全国性组织是"加拿大日本公民协会"。这个组织积极为取得日本人的平等权利以及促进日本人的社会福利而斗争。日本人的报刊主要在多伦多出版。比较重要的报刊有《大陆时代》和《新加拿大人》。这两种刊物在日本人群体中有很大影响。

华裔加拿大文学。20 世纪 70 年代，随着北美民权运动的兴盛以及中国香港和中国台湾的移民、留学、投资和贸易的往来，先后在温哥华、蒙特利尔成立了全国性的"加拿大华裔作家协会"。20 世纪 80 年代中期，加拿大华裔作家成立了"加华作家协会"，华裔文学意识不断觉醒，各种体裁的文学作品百花齐放。20 世纪 90 年代，许多华裔作家开始获得重要文学奖项。1995 年成立了"加拿大中国笔会"。随后，全国各地华人文学团体纷纷召开华裔文学研讨会。这些文学团体在团结华裔作家，繁荣华文文学创作，促进华文文学翻译，传播中华文化学方面，起到了推波助澜的作用。同时，涌现出了一大批杰出的华裔作家，如余兆昌、洪云国、叶嘉莹、孙博、陈洁泉、刘思琴、李彦、李斯嘉、崔维新、张翎等。从那时起，华裔英语文学作为多元文化的重要组成部分进入了加拿大主流社会。加拿大华裔作家以不同的文学体裁描述和记录了华人团体所经历的辛酸历史和华商商人经商的经验，同时也批判了加拿大社会中的种族歧视和白人文化中的霸权思想，并通过审视华人社会的文化传统重塑华人社区的人物形象，构建了当代加裔华人的身份模式。30 年来，加裔华人作家创作了一大批优秀作品。

自 20 世纪 90 年代以来，随着中国移民的不断增加和中国国力的不断增强，华文媒体在加拿大的影响力也日趋扩大。目前加拿大政府官方认可的、有较大影响的华文报刊有 40 多家。每天发行量在 10 万份以上的报刊有《明报》、《中华导报》、《星岛日报》、《世界日报》、《环球华报》。其中《明报》、《中华导报》都有专栏刊登丰富多彩的华人文学作品。12 家加拿大华文报纸、杂志都开设了文学专栏，刊登华人作者的小说、诗歌、散文和其他文学体裁的作品。在加拿大影响最大的属《星岛日报》和《世界日报》。

华裔加拿大作家影响较大的是李斯嘉（Sky Lee，1952 年—）。这位华裔女作家的第一部长篇小说（Disappearing Moon Café，1990 年）《正在消失的月亮咖啡馆》，也译作《残月楼》，出版当年便获得"温哥华市图书奖"和"加拿大总督文学奖"。这部小说记录了华人王贵昌于 1892 年到加拿大西部寻找华人遗骨为小说的引子，一直写到 1987 年，前后将近一个世纪。作者以回忆的形式，通过叙述王氏家族的历史，通过描写这个家族在这段悲壮的历史过程中的经历，真实地认寻了华人社区的发展和华人在加拿大奋斗的艰辛历程。后来，"寻找尸骨"成了许多华裔作家创作中的共同主题。他们把"寻找尸骨"与探寻华人社区的历史结合起来，谱写了华人社区中的悲壮历史故事。

加拿大另一位著名华裔作家余兆昌（Paul Yee，1956 年—）是在温哥华唐人街长大的。他对自己在唐人街度过的童年和少年时代记忆犹新，他的许多作品便植根于这样的历史氛围中。他的著名作品有《挣扎与希望：华裔加拿大人》（Struggle and Hope：the Chinese in Canada）、《金山传说故事》（Tales from Golden Mountain，1989 年）、《唐人街》（China Town，2005 年）、《鬼魂列车》（Ghost Train，1996 年）等。《鬼魂列车》在出版当年就获得了加拿大最高文学奖——加拿大总督文学奖。该作品再现了 19 世纪华工移民在加拿大的悲惨遭遇，控诉了种族歧视的罪恶，同时歌颂并赞扬了华工在北美社会中所作出的贡献。书中写出了华工的心声，审视了华人文化传统，构建了华人文化身份认同，为加拿大文学发展奠定世界地位做出了贡献。

崔维新（Wayson Choy, 1939 年）是另一位影响较大的华裔加拿大作家。他也出生于温哥华，并在温哥华的唐人街度过了童年时期。大器晚成的崔维新如今是加拿大知名的华裔作家之一，也曾从事多年文学教学工作，他的作品曾多次获重要文学奖。他 1995 年出版的首部小说《玉牡丹》（Jade Peony, 1995 年）曾获加拿大安大略省政府颁发的文学奖以及温哥华市图书奖。这本小说以回顾孩子们在唐人街的成长故事为出发点，再现了华裔家庭在加拿大的生存状态、中西文化冲突等。它反映了无数中国家庭如何在一块陌生的土地上挣扎求存，既要适应新的社会文化，又念念不忘保存华夏千年的传统。崔维新的回忆录作品《纸影：中国城的童年》（1999 年）曾获纪实类作品加拿大年度文学奖并被提名角逐总督奖。崔维新还在 2005 年获加拿大总督颁发的公民荣誉勋章。

加拿大的华人女作家方曼俏（Judy Fong Bates）出生于 20 世纪 50 年代的中国，自幼随父母移民到加拿大。她的小说主要是用英文写就的，但是她的小说题材都与在加拿大生活的中国移民相关。这也是一个时期内华裔作家的共性。她的短篇小说集《陶瓷狗》（China Dog）和长篇小说《龙餐馆的午夜》（Midnight at the Dragon Cafe），又译《午夜龙记》以写实的笔法，描述了 20 世纪中叶从中国移民到加拿大的华人的生活。

叶嘉莹、张翎、赵廉等都是在加拿大影响较大的华裔作家。他们的文学创作为中国文化在西方传播起到了不可估量的作用。当代加拿大华裔英语文学的诞生和成长是加拿大发展多元文化的必然产物，为加拿大其他少数族裔文学体系的发展提供了一个可行性模式。为此，代表加拿大主流文化的文学评论界对一些重要的华裔英语作家给予了一致的好评。近 20 年来，由于加拿大华人人口的不断增加和华人社区范围的持续扩展，华人在加拿大主流社会中的影响越来越大，尤其是近年间，中国的技术移民和投资移民成批地来到加拿大，为华人社区的文化发展增添了新鲜血液。中华文化在加拿大多元文化中的位置越来越高。

土著民族在加拿大文学方面也做出了贡献。其中比较有影响的土著民族作家有：玛利亚·坎贝尔（Maria Campbell, 1940 年—）、丽塔·乔（Rita Joe, 1932—2007 年）、珍妮特·阿姆斯特朗（Jeannette Armstrong, 1948 年—）、路易斯·哈尔福（Louise Halfe, 1953 年—）、阿尔芒·鲁福（Armand Ruffo, 1955 年—）及理查德·凡·坎普（Richard Van Camp, 1971 年—）等，他们都活跃在加拿大的文学舞台上，为加拿大的文学又增添了几份异域情调。

玛利亚·坎贝尔是出生于萨斯喀彻温省的加拿大梅蒂斯作家。她也是剧作家和电影制片人。她的作品有《人物故事之道路津贴》（Stories of the Road Allowance People, 1995 年），《小小袋獾与火精》（Little Badger and the Fire Spirit, 1977 年）等。其中，她的第一部文学作品是她的回忆录《混血儿》（Halfbreed, 1973 年）。这部作品至今仍是横穿加拿大学校的教材，并一直激励着一代又一代加拿大的土著男女。除了文学方面的贡献之外，坎贝尔还大力倡导原住民权利和妇女权利，

丽塔·乔是当代土著女诗人。她是一位密克马克族（Mi'kmaq）印第安人，命运多舛，一生坎坷。但她十分热爱土著儿童的教育工作，并热心指导对土著文化感兴趣的非土著青少年。因为来自密克马克族，且面临着种族语言濒临消失的困境，她的诗歌多以咏叹密克马克文化和语言为主，也诚挚地表达了她为拯救本族文化遗产的决心以及不懈的努力。

丽塔·乔1969年开始写诗，多次获得殊荣。她出版的诗集有《丽塔·乔诗集》（Poems of Rita, Joe, 1978年）、《艾斯卡索尼之歌》（Song of Eskasoni, 1988年）、《我们叫做印第安人》（Lnu And Indians We're Called, 1991年）、《我们是梦想家》（We are the dreamers, 1999年）、《密克马克短篇小说选集》（The Mi'kmaq Anthology, 1997年）。此外，她还著有自传一部，名为《丽塔·乔之歌：一位密克马克诗人的自传》（Song of Rita Joe：Autobiography of a Mi'kmaq Poet, 1996年）。

她的字里行间让读者感觉到思想的跳跃以及那颗为拯救本民族文化的赤胆忠心。通过一种更安全的方式为密克马克族文化在加拿大主流社会文化中争得一席之位。丽塔·乔的特色写作为加拿大土著文学的发展和英语文学的多元化特色做出了不可磨灭的贡献。

珍妮特·阿姆斯特朗（Jeannette Armstrong, 1948年）也是一位加拿大土著女诗人，是加拿大土著文学中的后起之秀。她从小在印第安保留地长大，她的作品为繁荣土著文学、推进加拿大文学的多元化发展做出了新的贡献。她的作品多以奥卡纳根为创作背景，是最先反映的本民族文学，代表了加拿大土著文学新时代的到来。她1985年出版了长篇小说《斯拉什》（Slash）。1991年出版诗集《呼吸的痕迹》（Breath Tracks）。2000年，她完成了第二部长篇小说《夜幕下的窃窃私语》（Whispering in Shadows），描述了一个奥卡纳根女激进主义分子的生活历程，并于当年出版。

加拿大有成就的文学作家多达几百名，《牛津加拿大文学词典手册》（The Oxford Companion to Candian Literature, 1983年）收录了360多名加拿大作家，我们以上提到的只是其中的主要作家，其他作家在这里就不一一列举了。

虽然加拿大的历史较短，还是一个相对年轻的国家，但是经过200多年文学界专家、学者们的辛勤耕耘和不懈努力，她已然屹立于世界文学之林，成为世界文学中不可或缺的一部分。加拿大文学作家队伍不断壮大，优秀作家脱颖而出；而且文学作品题材日趋多样化；文学评论家的队伍也在渐渐走向成熟。可以说，从20世纪60年代起，加拿大文学越来越兴旺。"海纳百川，有容乃大"，文化的多元化一直是加拿大的骄傲，而今加拿大文学以其多元的显著特点已经为世界文坛镶嵌了一幅多彩斑斓的马赛克图案。

# 第七章　加拿大多元文化教育

教育本身是应强调"差异性"的价值和"相互尊重"的必要性，并以差异为核心进而呈现文化的多样性。多元文化教育便迎合了这样一种内涵的需求。多元文化教育，是指在多民族国家中，为保障持有多种多样民族文化背景者，特别是少数民族和移民的子女，能享有平等的教育机会，并使他们独有的民族文化及其特点受到应有的尊重而实施的教育。其基本宗旨是尊重文化多样性以及生活方式的选择性，尊重团体间的差异与权利平等。多元文化教育强调教育机会均等，这意味着教室课堂里应当包容更广泛的个别差异，让不同文化背景的学生有自我实现的机会。作为多元文化的代表者，美国的詹姆斯·班克斯（James Banks）认为在学校中无论什么性别、种族、民族的学生都应该享有平等的受教育权利。他认为多元文化教育是为了"使属于不同文化、人种、宗教、社会阶层的集团，学会保持和平与协调互相之间的关系从而达到共生。"因此，多元文化教育的本质从某种程度上讲，是要缓和各种对立结构，包括二元结构所导致的分离倾向。

1992 年联合国教科文组织在教育对文化发展的贡献报告中提出：多元文化教育包括为全体学习者所设计的计划、活动或课程，而这些计划、活动或课程，在教育环境中能促进尊重文化的多样性，增强理解可以确认的不同团体的文化。这种教育能够促进学业成功，增进国际理解，并同各种排斥不同文化的现象作斗争，其目的应是从理解本国人民的文化发展到鉴赏他国人民的文化，并最终鉴赏世界性文化。

多元文化教育是一种跨越文化边界的教育，反映了人们对社会文化变迁与教育发展轨迹的深刻认识与把握，反映了人们对教育所寄予的促进人类朝着和平、自由和社会正义迈进的美好愿望，是国际教育变革的一项重要动态。多元文化教育主张学习过程与自身文化、经验相联结，提倡尊重他人文化，主张平等、差异、补偿，以设置多元文化课程、提升少数民族学生学业成就及培养教师的多元文化素质三方面为切入点，实施教育公平。

## 第一节　加拿大多元文化教育的背景和意义

加拿大的多元文化结构是在历史前进中形成的。新移民的到来给加拿大社会带来了多族裔和文化多样性的特征。"二元文化"的催化也在加拿大多元文化教育的形成过程中扮演着重要角色。对于加拿大政府来说，多元文化政策更符合加拿大的历史发展现状，呼应了加拿大社会多族裔共存的特点。如今的加拿大被称作是一个"马赛克"国家，最初加拿大联邦建立时，主要是一种"英、法型马赛克"或"欧式马赛克"，英、法裔居民占了总人口的91.6%，这也是最初的、最表象的二元化。由于加拿大作为移民国家的普遍性，加拿大人没有单一的种族和文化背景，加之部分族裔群体的地区分布相对集中，从而强化了"马赛克"效应。这种社会现象最终促成了多元文化主义在加拿大的形成。由此可见，加拿大多元文化是基于二元文化上的多元文化，其多元文化政策强调公民至少掌握一种官方语言，并鼓励公民掌握本民族的语言。

　　二元文化的表象和文化背景以及多元文化的缘起成为加拿大多元文化政策出台的直接原因，而多元文化政策同时也是双语与多元文化的延伸和必要补充。这项政策，也对加拿大学校教育产生了重大影响，包括对高等教育和基础教育以及土著文化教育的影响。它不只是片面地强调以欧洲文化为主流的文化；它认为来自不同文化背景的孩子有不同的学习方式，教师应该在教学活动中同时考虑来自主体民族和少数民族孩子的不同学习方式，并在课程的学习中结合这些孩子的文化背景。总之，多元文化政策在加拿大的诞生促进了加拿大多元文化教育的兴起。

　　加拿大政府一直主张尊重不同种族的本土文化，任何加拿大人都应该接受广泛的人类差异，克服种族主义歧视，促进各民族间的相互尊重，以达到相互了解的目的。1971年加拿大总理特鲁多宣布实行"双语结构下的多元文化主义政策"，这在西方国家中开了先河。首先"多元文化主义"是针对"二元文化"而提出的。政府的初衷是，加拿大有两种官方语言，但不是两种官方文化。没有任何一种文化比其他文化更具官方色彩。1988年出台的《加拿大多元文化法案》标志着多元文化主义成为加拿大民族关系中的主流意识形态，通过法律形式把多元文化正式确定为加拿大国家政策。多元文化政策推动了加拿大人对民族多样性的现实态度，它所体现的自由、平等原则受到了广泛一致的肯定。多元文化为加拿大的未来发展构建了一个美好的蓝图，也从理论和实践上为世界其他国家认识和处理民族关系提供了范例。加拿大政府在多元文化教育方面积累了丰富的经验并取得了巨大成就。加拿大的多元文化政策和多元文化教育理念及本质被世界上许多国家和学者认可和接受，对我国的教育教学产生了积极影响。

　　加拿大作为多元文化国家的代表之一，有其历史必然性。从历史上看，早在3万年前就居住在这片土地上的土著人是唯一拥有土生土长文化的加拿大人，而其社会就是多元文化和多种语言的社会；他们具有不同的服饰、饮食特点和风俗习惯，呈现出多元文化的特点；它是如今加拿大这个多元文化社会的前期缩影。之后，从17世纪开始，大批移民相继涌入加拿大，形成了现在独特的加拿大多元文化模式。持续的多元文化现象使加拿大联邦政府于1971年正式宣布实行多元文化政策，落实到教育中便是多元文化教育。

　　根据加拿大多元文化社会的特点，从20世纪70年代以来，在联邦教育部的指导下，许多省都致力于通过多种语言教育来保存和延续当地文化的多样性和独立性，并因地制宜地建立了许多双语制学校，实施了各种双语教育计划。在双语制学校中，除了官方的教学语言外，还可使用民族语言作为教学语言。民族语言既可以在课中，也可以在课间或课后使用。加拿大现有46种语言课程采用上述方式进行教学。在双语制学校中使用民族语言作为教学语言的学时已经接近正规学时的一半。此外，双语制学校还有专门开设提高本民族语言技能的语言单科教学。

　　在推行多元文化政策以后，特别是从1971年政策的提出到1988年《加拿大多元文化法案》的颁布后，文化多元通过法律形式确定下来并成为加拿大社会文化发展中不可逆转的特征。因而，多元文化教育成为加拿大处理社会内部关系的指导原则和推动社会发展、进步的基本国策，从而促进了把多元文化理想和政策转化为加拿大公民的自觉行为。

　　加拿大多元文化教育在国家发展中扮演着重要角色。

　　第一，多元文化教育缓和了民族矛盾，避免了种族冲突。在加拿大多元文化主义政策实施以前，社会冲突和文化纷争总是与种族矛盾相伴而来，有土著居民和移民者之间展开的对抗，还有英裔和法裔加拿大人之间的激烈纷争，还有英法文化与非英法文化之间展开的"主流文化"之争。与社会政治地位相适应，在历史上英法文化理所当然地被看做是加拿大的"主流文化"，以至联邦政府将英语和法语确定为官方通用语言，而尽管非英法族裔人口众多，文化丰富多样，却被排斥在主流社会和主流文化之外。甚至有时还会在政治经济权利上给予部分非英法居民不合理的限制。

随着非英法血统的加拿大人在数量上的增加以及素质上的提高和经济实力上的增强，他们强烈呼吁打破主流文化与非主流文化界限的隔阂，要求更加充分地参加到主流社会和主流文化生活中去。针对加拿大民族矛盾的复杂化和尖锐化，多元文化教育强调对所有民族都应公平对待，不主张实行以一种或两种文化为主体的官方文化，不主张一部分民族优于其他民族。应该说，多元文化政策无论作为理想、理论、政策还是法律，对国家的稳定和发展都是具有建设性意义的，它能在诸多矛盾中，求大同存小异，克服离散心，增强凝聚力，从实质上真正促进个性、民族性和国家统一性等方面协调发展。这样，就调整了加拿大各民族之间的利益，从根本上缓解了民族矛盾和冲突。

第二，多元文化教育为加拿大树立了良好的国际形象、建立了良好的国际交流渠道。作为一种基本国策，加拿大的多元文化教育不但在处理国内民族关系和政治、社会诸多关系中扮演着重要角色，而且在处理国际关系中发挥着极其积极的作用。由于加拿大是一个移民大国，它几乎是与世界各个角落相通的，是世界文化的缩影。加拿大的多元文化政策对广大的多民族国家具有可借鉴性。多元文化政策的实践为其他多民族地区的文化建设和教育发展提供了很好的范例。为了扩大联邦国家在世界上的影响，加强与世界各国的联系，加拿大把多元文化主义渗透在各种国际交往中，充分利用多元文化政策和宽松的移民政策，广泛吸收世界各国、各民族先进技术精华及其精英人才，为加拿大经济发展和社会进步做出了贡献。另外，通过把多元文化教育作为高等教育中的重要组成内容，使加拿大在与世界各国的文化交流中产生了吸力，引来了大量外国留学生的青睐，奠定了加拿大在涉外教育产业中的优势地位。

在这里，我们还要特别指出的是，加拿大多元文化教育对印第安人教育事业的促进。后面的"加拿大土著文化"一章中，将作详细阐述。

文化的多元发展是加拿大历史发展的必然选择，虽然文化多元发展中也有不尽如人意的地方。比如，加拿大印第安人的教育始终是多元文化教育中的弱项，教育者在多元文化传播中对种族问题所持的看法和态度的差异，都是冲击和影响多元文化政策实施的因素。但是，经过30多年的实践，加拿大多元文化教育培养了社会对不同民族、族裔和性别等群体权益的敏感性，强化了加拿大认同感，因而得到了社会普遍的理解和支持。人们不能不承认多元文化教育对于消除种族歧视，实现公民平等，繁荣社会生活等方面起到了积极作用。在加拿大高等教育日益国际化的过程中，多元文化教育势必成为具有前瞻性和时代性的教育模式。

## 第二节　加拿大多元文化教育系统

加拿大多元文化教育系统是为了容纳各国民族和文化的多样性，适应其居民的多种文化背景而设置的，并且是以历史、地理位置和种族不同为出发点的。为此，多元文化教育计划成为许多学校的标准课程表的一部分，学校以游戏、电影、讨论和实地考察等多种形式来帮助学生了解本族文化与欣赏其他文化，培养多元文化心态，健全公民意识。政府还制定了各种计划来促进多元文化的开发研究工作，挖掘各民族的历史与文献资料，编写各种多元文化课程教材，并在大学设立从事多元文化研究的教授职位。在实施多元文化教育过程中，加拿大的教育管理体制也体现出多元性。前面说了，加拿大实行地方分权制，没有统一的中央教育管理机构，教育行政由各省负责。各省的教育系统虽有与其他省相似之处，但都有体现本省地区性和自身历史文化传统的特色。

多元文化教育需要考虑到课程与教学中的方方面面，强调学生学会分享各个民族的历史文化。这种历史文化包括所有人的历史，而不只是把注意力集中到某一个民族或是某一个具体事件中。比如，所学课程必须兼顾不同团体的文化与学生的经验，且其教学内容以及教材内容必须没有偏见与刻板印象，并保留教学内容的全面性。在多元文化教育过程中，还需要注意对多元文化教育本身的认识。比如，有人认为这种教育过度强调差异容易造成社会分化；也有人认为，多元文化教育取向太强调对不同团体差异的认知，反而忽略了人际间的情感与社会议题。双语教学是多元文化教育的最佳途径之一，我们将在后面阐述加拿大双语教育的缘起及其实践过程进行详细介绍。

在加拿大，教学计划和管理都充分展现了多元文化教育政策下的多样性和优越性。作为半自治机构的学院由于在就业市场和职业发展政策中扮演重要角色，政府更直接地参与其入学政策、专业课程设置、发展规划和工作条件等方面的决策。社区和职业技术学院的主要特点是突出为地方经济服务的办学方针，密切与当地产业相结合，随时根据需要调整专业设置，更新教学内容。在实施这样一系列的教学安排中，各省和地区的高等院校都力图具有特色，在竞争中谋发展，多元文化教育所带来的丰富内涵自然被各高校采纳和汲取。高等院校为了提高教育管理效益，实现教育资源共享，纷纷采取了一些横向联合和内部挖潜的措施。

此外，课程设置和教学形式也重视多元文化教育理念。加拿大重视采用双语教育，双语教育在加拿大的小学、中学阶段就开始要求，进入高等教育后，双语教育显然是一个加深和强化的过程。在具体实施双语教学中，加拿大高校根据不同的情况采用了多种教学法，包括针对母语不是官方语言的学生，还包括帮助第二语言学习者学习目的语及文化。而对加拿大社会上主流语言的使用者来说，他们在高校的第二语言学习方法多为传统的"双语教育模式"。这种模式是为了帮助学生在掌握了第一语言后又需学习第二语言而设计的。通常的作法是把第二语言作为大学一门独立的科目来设立，学生在课堂上以及在校期间不间断地接触第二语言。双语教学成为高等院校必不可少的课程，而内含的双语文化成为加拿大多元文化的核心。总之，以双语教育为主的多元文化因素在加拿大的高校中充分体现出来。

作为多元文化教育的主要途径，加拿大基础教育中多元文化课程的开发和实施适应了多元文化社会发展的趋势，为促进社会的持续、和谐、健康发展做出了巨大贡献。多元文化课程开发不仅仅局限于课程形式的改换，最根本的是课程观念的更新。多元文化课程作为文化的反映应在发挥文化传播功能的同时，反映文化的深层价值观念，探知文化深层价值。教材不仅呈现文化的多样性，而且地方色彩浓厚，体现了加拿大特有的文化马赛克和民族分布。各省都编出了适合本地区实际的、与课程相配套的教材，比较全面地反映了加拿大社会的民族现状、种族及文化和地区差异，把地方文化艺术、舞蹈、民族习俗写入了省定教材和地方教材。一些学校也编写自己的校本教材，使教学内容更贴近社区和学生实际，更容易获得教师和学生的认同和喜爱。开设这些课程有利于本民族的学生了解本民族独特的历史文化、风土人情、风俗习惯，有利于继承民族优秀的文化传统，也有利于民族之间的沟通和交流，实现民族的互相了解和尊重，最终实现民族的平等。

在加拿大中小学课程中，存在着三种层次的语言课程。第一层次是官方语言课程，即英语和法语。官方语言课程教学在不同地区有不同侧重，如在使用英语人数多的地区，学校的官方语言课程以英语为主，但有专设学校为选择法语的学生服务。加拿大多元文化是基于二元文化（英法文化）上的多元文化，其多元文化政策强调公民至少要掌握一种官方语言，并鼓励公民掌握本民族的语言。第二层次是民族语言课程，即根据一些社区和学生的需要，运用某种民族语言来进行非语言课程的教学和语言课程教学。非语言课程的教学是将某种民族语言作为教学语言来实施。加拿大联邦政府负责土著居民的文化教育，对印第安人和因纽特人举办的中小学和一般中小学的土著学生班实施特殊资助。这些学校和班级不仅可以完全使用本民族语言作为教学语言和开设单独的民族语文课程，而且其文化特色与传统的内容在教学中占有相当大的比重。第三层次是第三种语言课程，即作为外语的教学。如在安大略省的多伦多和不列颠省的温哥华，汉语正逐步成为许多中小学的正式外语课程之一。

在高等教育中多元文化教育计划成为许多学校的课程表的一部分，借助强大的资源平台，高等院校经常开展各种学术会议、展览、文化节和论坛以加深加拿大人对多元文化的了解和认同，从而树立起消除种族歧视和民族偏见的信念。同时，高校还成为对多元文化政策和多元文化教育进行研究和推广的阵地，加拿大政府在高校中投入大量人力、物力来促进多元文化的发掘、研究工作，并在大学设立从事多元文化研究的教授职位，研究各民族的历史缘起和特色文化，收集各民族的文献资料，编写各种多元文化课程教材，讨论多元文化教育的利弊。这些举措取得了显著成效，产生了大量的研究成果。这些成果势必加速和深化多元文化政策在加拿大的发展，这既是符合加拿大种族多样化、文化多元化的客观现实的做法，又是加拿大为了增强国际竞争力，赢得国际社会地位的良策。许多高校，如皇后大学（Queene's University）、西安大略大学（West Ontario University）和不列颠哥伦比亚大学（British Columbia University）等不仅在国内建立了教学基地，而且在国外也设立教学点，实现了以现代化手段出口加拿大教育的目的。政府也将招收外国留学生，把输出教育产品和服务视为国家教育产业的一项要务。而推广教育的现代化、国际化，必然要推广具有特色的多元文化教育模式和理念。也就是说，多元文化政策带动下的多元文化教育在各个高校中占据着重要的位置。

目前，由于加拿大宽松的移民政策，移民数量有增无减，而在加拿大的就业机会中，一半以上的职位需要具有大学学历，并受较高层次的技术培训的就业者，这就要求政府和学校为成年就业者和外来移民提供更多的技术培训和再就业培训的机会。因此，所有的院校和大学几乎都提供全日制和半日制的成人教育以适应多元文化背景的需要。总之，加拿大人认为，他们已经建立了一套综合的、多样化的教育系统，其宗旨是使人人都受教育，并适合加拿大人的双语社会和多元文化特点的需要。因此，高等院校已成为多元文化教育的重要阵地。在高等教育中如何开展多元文化教育显得相当关键。

## 第三节　加拿大多元文化背景下双语教育的成因及背景

加拿大是一个双语国家，英、法语都被规定为官方通用的语言。加拿大宪法规定，这两种语言在政府、议会和各种官方机构中具有同等重要的地位。官方文书也都一律使用双语写就，联邦政府各级官员必须懂得双语。公共场所、传播媒介、大众新闻及衣食住行各个方面的文字和语言也都是英、法语兼用。加拿大的双语交际是一个非常值得研究的题目，它与语用学、社会语言学，甚至心理语言学都有密切的关系。我国的双语现象也十分普遍。我们研究加拿大的双语教育与双语交际，将有助于我们更深入地研究汉语或者普通话在作为主导语言的情况下，与少数民族语言的关系，研究普通话与其他方言的关系。

加拿大目前的双语教育、双语教学以及双语交际状况有着深厚的历史渊源，是由历史上移民所造成的。自19世纪末以来，加拿大学校的教学该使用何种语言成为让各省教育部和联邦政府之间争论不休的话题。加拿大的双语教育问题在该国被赋予了更强的政治色彩。从加拿大历史角度来看，双语教育一直是个相当敏感的政治话题。

在加拿大，无论是学校教育、社会教育，还是家庭教育，多元文化主义教育均是加拿大联邦国家教育的主旨。而双语教育又是处理国家问题的基本出发点，自加拿大成立联邦政府以来，政府一直强调所有种族和文化群体在保留原有特色的前提下，相互尊重、平等共处、共同合作、民族融合。政府不主张为部分特殊民族制定特殊文化政策，不主张一部分民族优于其他民族。加拿大的多元文化作为一种体系，即"主义"则成熟于1971～1991年多元文化政策的日益完善。这些多元文化主义法律的确定和政策的推行，为缓解英、法两种文化、两种语言地位的纷争和冲突奠定了基础。加拿大多元文化主义政策，经过几十年的实践，可以说它顺应了国家发展和民族融合的历史趋势，成为世界各国处理民族问题和双语教育与教学的楷模和范例。

**1. 英法两种官方语言及其同等地位的确立**

加拿大确立英、法两种官方语言的过程要从成立联邦政府前的一段时间说起。1760年，英国人打败了法国人。自那时起，英国人占据了北加拿大地区。他们企图同化法国人，并改变法国人信仰天主教的传统，但是并未成功，因而只好在北加拿大的居民生活中允许天主教的存在，并且允许在法庭、立法机构和行政活动中使用法语。英国当局迫于无奈才同意法语的存在和使用，面对着一个拒绝同化的法语群体，务实的英国人不得不逐渐作出退让。

1867年成立联邦政府后，议会通过了"大不列颠北美法案"，其中第133款规定："在加拿大国会的上、下议院和魁北克的立法机构中，辩论时可以使用英语或法语。而且上下两院的文件汇编和会议记录也必须使用英、法两种语言。根据本法令在加拿大进行的法庭诉讼和魁北克的法庭诉讼中，诉讼过程产生的辩护词以及各类文件都可以使用两种语言中的任何一种。"这一时期是加拿大双语制的萌芽期。虽然已立法，但是在社会生活实践中不断地暴露出许多问题。例如，联邦政府一级的所有文件，全都是用英语写好然后再译成法语的。但是，由于翻译人员不了解文件产生的过程，而且这种翻译又要在短期内完成，往往致使译文缺乏推敲，漏洞百出，甚至意思不准确。

1870年，马尼托巴省（Province of Manitoba）加入加拿大联邦时，由于讲法语的天主教居民占据人口多数，所以法语和英语有着同等的地位，都被确定为省内的官方语言，而且各教派学校也能得到省政府和联邦政府的资助。但随着人口的增加，天主教居民不再占据马尼托巴省人口的多数时，之前同样受到重视的两种官方语言（英语、法语）如今面临着语言政策改革的危机。1890年，在省总理托马斯·格林弗（Thoms Greenway）的倡导下，马尼托巴省宣布废除法语的官方语言地位，并制定了《1890年学校法》，而且取消了对各教派学校的资助。联邦政府和省教育部、保守党和自由党之间经过长期的辩论、磋商，并最终于1896 年谈判出一个妥协性的解决方案，即"马尼托巴省维持现有的学校教学体制，但为了照顾天主教徒和非英语居民的权利，每天学习结束前的半小时可使天主教学生接受法语宗教教育。如果一所学校有 10 名或 10 名以上学生的母语是法语，则必须为其开设英语课程。"这也可以被当做是加拿大双语制的雏形。

20 世纪初，由于越来越多的法裔居民涌入安大略省，所以其省政府颁布了《安大略教育部第 17 号令》，明确规定"限制在学校教学中使用法语。"这一规定引起了当地法裔居民的强烈不满。加拿大联邦政府要求安大略议会不要干涉法裔青少年选择母语教育的权利。但"盎格鲁顺从论"打出"加拿大化"的旗帜。温尼伯《自由新闻》（Free Press）公开发表文章，写道："在一个多种民族定居的移民国家里，必须要对这些不同民族的后代实行与他们土生土长不一样的加拿大教育，让他们掌握同一种语言，同一个志向，同一个公民的理想。"这一观点反映了英裔加拿大人的文化心态，他们执意要对外来移民推行"加拿大化"。也就是说，法裔加拿大人来到所谓英裔省份都要学习英语，接受英国文化。在这种政治文化氛围中和在强烈舆论压力下，双语教育受到了致命的打击，马尼托巴省的双语教育就在1916 年被废止。

加拿大长期以来存在着语言多样化的问题，各省公共教育中的语言状况相当复杂。在不列颠哥伦比亚省和马尼托巴省，英语是唯一的教学语言。安大略、艾伯塔和萨斯喀彻温等省也是以英语为教学语言，但同时允许在小学开设法语过渡班，在大西洋沿岸各省，英语为绝对多数人的语言，但允许在法语聚居区保留和使用法语，在魁北克的学校中则是英语和法语并用。在加拿大，在法语没有被确立为官方语言地位的情况下社会各界经常产生一些矛盾。如 1927 年发生了要求在邮票上使用双语的事件。1936 年同样的问题又在货币流通方面出现。1962 年有关使用双语的问题又发生在联邦政府发行的支票上。这些矛盾的出现迫使联邦政府出台更进一步的语言政策。

直到 20 世纪 60 年代，加拿大政府正式确立了法语的官方语言地位。这也是法裔加拿大人长期斗争的结果。法裔加拿大人认为，只有成为自己家园的主人，他们的文化才能得以生存和繁荣。迫于魁北克省民族主义运动的压力，1963 年联邦政府设立了双语和二元文化皇家委员会（Royal Commission on Bilingualism and Biculturalism），并着手调查加拿大现存的双语和二元文化状况。经过几年的客观调查，这个调查委员会于 1967 年公布了一个调查报告。报告最后揭示出魁北克省内英语人口虽然仅占全省总人口的百分之十几，但却一直接受着英语授课，他们从小学到大学，或到博士阶段，都接受着良好的系统教育。相形之下，魁北克省以外的法裔人口却得不到起码的法语教育。倘若这种状况得不到尽快纠正，民族的分裂就会日益加深。这个调查报告还把当时的语言状况形容为"语言混乱"，并提出了以下建议：制定正式的法规以代替目前的只是对混乱状况采取容忍或妥协的政策；用一种正式的双语政策代替目前不稳定、有争议的政策。

这个委员会提出的具体建议是："我们建议正式宣布英语和法语作为加拿大国会、联邦法庭、联邦政府和联邦行政部门的官方语言。英语和法语的这种平等地位应该是完整的，为此应在国会和联邦政府的下属机构中执行。这种平等应该是实在的，否则我们还会重陷于过去的争议之中。在联邦范围内执行这条原则将会产生深刻影响。"

所以加拿大政府在 1969 年推出了《官方语言法》（The Official Languages Act），并为发展以英、法两个建国民族为基础和保护其他为加拿大的建设增砖添瓦作出贡献的民族文化提出建设性意见。之后，法语获得了与英语平等的官方语言地位。1971 年，联邦政府又颁布了《两种官方语言框架下的多元文化主义政策》（The Policy of Multiculturalism within the Bilingual Framework）。这项法令赋予了加拿大所有公民可以选择任何一种官方语言的权利。他们在享受国家政府服务、接受不同层次的教育和进行国内外交往中自由使用任何一种语言。该政策不仅有利于法语教育的发展，同时也激励了所有少数民族保留、继承和传播他们的民族语言和文化传统。1982 年，联邦政府又出台了《加拿大权利与自由宪章》 （Canadian Charter of Rights and Freedom）。该宪章规定，如果家长提出让孩子接受法语教育的话，只要人数许可，就必须在该地区创办法语班或法语学校。

1982 年这一宪章的颁布保证了英法两种官方语言的地位，扩大了它们的应用范围。《宪章》的第 23 款还明确指出，"支持在加拿大保存和加强多元文化传统，取消种族隔离，自由使用官方语言。"加拿大政府推广使用两种官方语言的努力取得了良好效果。英裔居民说法语、法裔居民说英语的人数越来越多。

自从《官方语言法》颁布以后，多元文化教育的重点首先是促进各省的第二官方语言教育。联邦政府为双语教学提供津贴，以推动其发展。在 1970～1979 年间，联邦政府津贴主要通过与各省政府之间的协议来发放。1980～1982 年，按年度发放。1983 年以后，按联邦政府与省教育部签订的协议有计划，有规律地向地方政府发放。联邦政府承诺对双语教育的基础设施建设项目开发、双语教师的培训和学生学习提供咨询。联邦政府资助的额度逐年递增。1989 年联邦政府用于资助中小学语言教学，包括双语教学的拨款为 127 010 000 加元。魁北克省和安大略省是两个最大获益者。

1987 年 6 月，加拿大政府对《官方语言法》（The Official Languages Act）进行了修改补充，与原来的草案相比，增加了一些英法两种语言在司法方面地位的规定。所增加的内容特点明显，如：①采取必要措施，改善两种语言在司法方面的地位；②采取措施鼓励发展少数人运用的官方语言，并推动在加拿大社会上使用英语和法语；③在推广英语和法语的工作中，承认联邦政府秘书处作为协调者的立法权力和作用；④确认语言文化委员会在政策指导方面的作用以及监督联邦机构执行语言法的资格；⑤授予官方语言专员更明确的作用；⑥为进一步完善现行由语言专员提出的诉讼和更有效地执行语言法，需要采取新的司法措施；⑦在遇到与联邦政府其他法律相抵触时，对新的语言法的权利实行优先照顾。由此可见，加拿大政府对官方语言政策给予了充分重视。政府对使用两语问题有了一套明确的政策，有常设机构实施，还有专门机构实行监督。有关双语问题的机构经常讨论新情况和制定新的措施。因此，加拿大双语教育取得成效是必然的。

1988 年，《多元文化主义法》（The Multiculturalism Act）出台并立法，这就使加拿大的双语教育获得了宪法的保障，具有比美国双语教育更牢固的法律地位。

**2. 加拿大英、法双语的撞击与冲突**

在法裔加拿大人和英裔加拿大人的文化冲突中，语言问题无疑占主要因素。魁北克党（Party Quebequa）在执政的第一年就颁布了具有深远意义的《法语宪章》 （Charter of the French Language），即"101 法案"（101 Bill）。该法案有 3 个规定：法语是魁北克唯一的官方语言；魁北克的商业标志要使用法语，有 50 名或以上的企业只有在得到"法语化"证书后才可开业；魁北克所有新移民的子女必须在法语学校接受教育。魁北克党推出的"101 法案"明确规定"魁北克将不存在任何双语问题。我们希望魁北克省成为一个在本质上是法语的国家。"

英、法两个"开国民族"虽然同样被称作是加拿大的开国民族和特殊集团，但它们实际上并不是平等的伙伴。加拿大在实行多元文化主义政策之前，法裔长期笼罩在英裔加拿大人的政治统治和社会管理体系之下，其"开国民族"地位徒有虚名。事实上，是法国人1534年在北美大陆建立了第一个居住点，他们对自己先人的历史和繁盛的史实一直有着深刻的怀旧和自豪，法裔聚居的魁北克迄今仍是加拿大经济贸易的中心。

1534年，一位名叫雅克·卡蒂埃的法国探险家踏上了加拿大的土地，造就了魁北克省的欧洲历史。随后开始了以日益增长的皮毛生意为特征的时期，法国定居者与当地人保持着相对友善的关系，同时继续与英国竞争，掠夺殖民地。

自19世纪60年代起法裔加拿大人的反抗声音表现得日益明显。抗议的焦点是由于只讲法语，他们被排除在政府部门以及一些大公司之外。有些法裔加拿大人认为，保持他们独特身份的唯一办法就是让魁北克彻底脱离加拿大管辖。

魁北克是加拿大法语占主导地位的一个省份——大约80%的人口是新法兰西定居者的后裔，大多数人只讲法语。自1977年颁布了《101法案》以来，法语是魁北克省唯一官方语言。

1982年加拿大出台新宪法，9个省份签署了该宪法，而魁北克没有签署。魁北克表示该宪法没有授予魁北克保护法国文化和语言的权利，他们说这个政策是在为难魁北克人民，所以他们以特别的方式要求政府修改宪法。

1987年6月，加拿大10个省份的省长们与麦隆尼总理在魁北克的米其湖见面，经过认真的争论后，达成一致，他们同意修改1982年宪法。因此，魁北克当时签订了《米其湖条约》（Meech Lake Accord），给予魁北克省特殊地位并授以特权使其发扬法国语言和文化。不要想当然地认为加拿大是一个相安无事的国家，《米其湖条约》事实上造成有些省份的不满。自从该条约规定魁北克为一个特别地区并授予魁北克特殊权利保护法国文化和语言以来，有些省份比如马尼托巴省和新不伦瑞克省就没有签署《米其湖条约》。由于大部分英语为母语的加拿大人反对，这个协议在1990年被终止了。1995年10月30日加拿大在魁北克举行全民公投来决定魁北克的前途。结果，反对魁北克独立的一派仅仅以微弱优势取胜（50.6%比49.4%），这场旷日持久的争论暂时告一段落。

自20世纪初起，来自欧洲大陆的移民不断涌入，这逐渐改变了加拿大的人口结构，民族分布开始缓慢变化，法兰西民族相对于其他民族人口的比例不断减小。从20世纪二三十年代开始，魁北克民族主义觉醒，对加拿大人口越来越明显的英语化，而法语人口的比例逐渐减小表示忧虑。他们认为保存法裔文化的关键在于保存学校的法语教育，他们为法语家庭的子女接受法语教育的权利而斗争。英、法语言和文化的冲突甚至使加拿大陷入到一场宪法危机，在20世纪最后的25年里，加拿大几乎到达了分裂的边缘。

加拿大推行的规模空前、耗资庞大的双语教育计划就是为了加强英、法两种文化和语言的沟通，而加拿大双语教育的成功对促进加拿大民族团结、渡过宪法危机、避免国家分裂有着不可磨灭的贡献。加拿大的双语教育不仅促进了法语教育的发展，也激励了所有少数民族保留、继承和传播他们的民族语言和文化传统，使加拿大成为一个"马赛克（Mosaic）"的多元文化社会。

众所周知，加拿大是一个主要由英国文化和法兰西文化并存组成的国家，其中约 80%的人口使用英语，20% 左右的人使用法语。长期以来，英语被认为是通用语言。在魁北克省，尽管 80% 以上的居民说法语，但只是一个省份，而且当他们中的许多人在移居到其他省份之后同样会改说英语。另外，魁北克法裔加拿大人的低出生率也在一定程度上减缓了法裔加拿大人的人口增长。令法裔加拿大人不能接受的是其他国家想移居到魁北克省的居民在移民前后一般都选择学习英语而非法语。以上种种情况致使法语家庭的子女被迫接受英语教育，接受法语教育的机会便越来越少。这种状况招致魁北克省民众的普遍不满，法裔加拿大人民族情绪日益高涨。20 世纪 60 年代初，魁北克政治局势出现了不稳定局面并有民族分离的倾向。当时斗争的目标之一就是为法语家庭的子女争取接受法语教育的权利和机会，以及为法语学校争取自治的权利。

加拿大联邦政府的系列双语和多元文化主义的政策、法规和措施对国内的双语教育一直起着积极的推动作用。加拿大双语教育发展的高潮始于 20 世纪 60 年代，源于加拿大魁北克等地区的民族主义运动和民族分离倾向。这一阶段被称为"无声革命"或"温和革命"时期。通过这场革命提高了法语和法兰西文化的地位，致使联邦政府视英语和法语同为官方语言，而且推动了中小学的沉浸式双语教育。从那时起，双语教育就已成为加拿大的一项基本国策。

加拿大双语教育计划的最大驱动力来自于民族团结的号召。为了使法裔民族情绪不至于白热化，促进加拿大民族团结，避免国家分裂，自 20 世纪 60 年代起，加拿大加大力度推行规模空前、耗资庞大的双语教育计划，使得英法两种文化和语言的沟通得到了较充分的改善，而加拿大双语教育的成功对渡过国家宪法的危机，保证国家统一有着不可磨灭的贡献。而加拿大联邦政府的一系列法规、政策和措施对国内双语教育起到了很大的推动作用。在联邦政府双语政策和官方语言法案的明朗政策表态下，复苏的法语和法兰西文化意识以法语沉浸式教学为先导开始了双语教育，让加拿大多元文化教育开始走向希望。以双语教育为契机的多元文化意识逐渐进入并且带动了教育领域的持续改革。加拿大人的文化态度从此发生了跨越式的转向。

加拿大人趋同于一种观点，"任何民族语言、文化、传统知识都有她的可学之处，应该得到同等的关注、利用与开发。""马赛克"文化汇集了人类文明智慧与力量，它是加拿大人取之不尽的教育资源。

# 第四节　加拿大沉浸式双语教育

为使英法两种官方语言在加拿大平等并存，联邦政府采取了多种措施。其中"沉浸式法语教育"（French Immersion Education）的源起及发展最令人瞩目。这种教育主要是指运用法语来学习语言以外的教学内容，同时通过语言以外教学内容的学习来掌握法语语言。

## 1. 沉浸式双语教育的缘起与实践

这项双语教学实验是在魁北克省蒙特利尔市的圣兰伯特学校产生和发展起来的。沉浸式双语教学实验的设想产生于 1963 年，并于 1965 年开始实施。当时就读在圣兰伯特学校的部分学生家长向校方首次提出强化法语的想法。这些家长大多数是中产阶级，他们全是讲英语的，但他们对学校只提倡英语教学的做法很不满意。对学校一直视法语为第二语言持有异议，对法语教学没有得到足够的重视，家长们提出了具体事实：法语教师素质低下，不能讲流利的法语，只是为孩子们设置有关法语语法和简单的词汇课程。学生每天学习法语的时间被安排在短暂的 20 ~ 30 分钟内完成。

这些家长在提出法语浸入式设想之前就达成了这样的共识：为使加拿大各民族之间保持团结、消除隔阂、友好相处、和谐生存，就必须坚持双语制，开展双语教育。同时，他们也认识到，在魁北克这个法语人口占总人口 80% 以上的省份，他们的子女如果期望有一个美好的发展前景，就必须同时学好英语和法语两种语言，尤其是法语的水平必须达到相当的水平。然而，当时以英语为主的课堂教学形式难以满足使他们的子女掌握两种语言的愿望。于是，他们便萌生了让其子女完全用法语完成基础教育阶段的学业的想法，并强烈呼吁学校和政府部门能够及时实施他们的设想。他们自发成立了一个名为"圣兰伯特双语教育家长委员会"（Canadian Parents for French）团体。

在这样的背景下，家长们的创见既赢得了圣兰伯特学校校长和教师们的绝大多数人的认可与大力支持，同时也得到了魁北克省教育部门的关注与重视。省教育部门认为，在民族主义运动高涨的年代，讲英语的人自愿提出学好法语，是一件有益于推广法语和加强民族团结的好事情。于是，魁北克省教育部门责成蒙特利尔市的圣兰伯特学校为 26 名儿童进行法语浸入式双语教育实验。后来，这所学校因为实验双语教育成功更名为"圣兰伯特双语学校"。

沉浸式双语教育是在 1965 年 9 月魁北克省圣兰伯特地区查伯利县学校开放的第一个幼儿园双语教育实验班，让那些说英语的儿童能够接受以法语作为教学语言的教育。起初，学校担心实施双语教育会影响儿童教育能力的发展，为此，家长们还专门聘请了语言专家论证英法双语教育的可行性。

首先是学生的甄选：实验班设置 26 个名额，结果学生报名踊跃，全部自愿。开办实验班的宗旨是，把这些孩子培养成掌握两种语言和熟悉两种文化的拔尖人才。具体要求有：①能够听说读写法语。②使包括英语语言在内的所有学科达到正常的学业水平。③能够欣赏法裔加拿大人和英裔加拿大人的传统文化。其次是教师的甄选。搞好双语教育，师资力量甚为重要。一个合格的双语教师不仅要懂得双语语言，更要懂得双语背景文化。双语老师需要具备良好的职业道德、正确的价值观和先进的教育理念，还要具备扎实的专业知识以及丰富的理论教育知识、突出的教学能力。因为老师们的价值观、信仰、对双语的认知等，都深深地影响着学生学业的成功与失败。

出生在法国的爱芙琳娜·比莱·里斯翁夫人（Mme. Evelyne Billey-Lichon）成为第一个实施浸没式双语教育的教师。她于 1938 年出生在法国，1957 年开始从事教师工作，1961 年移居加拿大魁北克省。1964 ~ 1965 年间，她用法语为英语孩子开设了周六的艺术课程。爱芙琳娜·比莱·里斯翁夫人是实施双语教育的最佳人选。她精通法语，拥有多年的教学经验，而且仅仅略懂英语。这样，孩子们就可以接受纯正的法语教育，也避免了家长最不希望出现的翻译式双语教育（把法语译成英语）。这个浸没式双语教育幼儿班刚开始的时候，她和家长都担心孩子因为厌学、气馁或失败而流失。结果，教学工作一切顺利，全班竟然没有流失一个孩子。沉浸式双语教育实验班获得了极大的成功。

爱芙琳娜·比莱·里斯翁夫人从事沉浸式双语教育积累了丰富的教学经验，后来，她成为该地区学校委员会沉浸式双语教学的专家。她还担任过双语学校的校长助理，一直在双语教育的岗位上工作到 1993 年退休为止。爱芙琳娜·比莱·里斯翁夫人被公认为双语教学里程碑式的人物。她是沉浸式双语教育的开路先锋，推动了加拿大乃至世界范围内双语教育的发展。

实验班的成功，吸引了更多的学生，要求接受沉浸式双语教育的学生人数剧增，以至校方聘请了更多的任课教师。有一段时间，法语教师不能满足与日俱增的需求。那时，子女能接受双语教学成为了一种时尚，尤其是圣兰伯特地区的绝大多数家长都希望自己的子女接受双语教育。不久，双语教育课程在加拿大其他省份陆续实施。双语教育实验班名声在外，许多国家的教育工作者慕名而来，亲眼目睹了这种前所未闻的、新型的双语教学模式。

圣兰伯特沉浸式双语教育获得成功的经验很快推广到加拿大各地，全国先后建立了2000 多所沉浸式双语教育学校。沉浸式双语教学模式是加拿大首创，至今已开展 40 多年。这是在加拿大教学史上开展研究最深入、最广泛、最细致的一个教学改革项目。

**2. 加拿大沉浸式双语课程的独特内涵、教学特点及经验价值**

沉浸式双语实验班是在加拿大麦吉尔大学心理学教授华莱士·兰伯特（Wallace Lambert）的指导下逐年进行的，逐步点燃了全加拿大双语教育的星星之火。这是一次充满想象力的、革命性的教学实验，充分显示了民间、基层和家长在教育方面的强大力量和创新意识。在实施沉浸式双语教育的过程中，主要采用了早期、中期、后期沉浸式双语教育。

早期法语完全沉浸式课程（Early French Immersion）：这种课程从幼儿园或学龄前阶段开始，一直持续到小学三年级，全部课程几乎都用第二语言法语讲课。至此，课堂授课时间大致比例为 90% 法语、10% 英语。这种早期沉浸式课程是最受欢迎的。在这个阶段，老师在与孩子们交谈时，几乎全部使用法语。在教学过程中，教师充分发挥儿童习得语言的能力优势，为孩子们提供了可以接受的法语发音模型。在早期阶段法语沉浸的一两年中，老师有意识地限制词汇量，并对使用过的词、词组和表达过的思想进行重复。授课过程中，老师有意放慢讲法语的速度，给孩子们更多的时间进行对语言输入的加工，从而理解所表达的意思，进而加强记忆。实践证明，早期阶段的沉浸式教育往往反映出第二语言学习的无意识的获得，还证实了第二语言接触越早效果就越好。实验班学生在学习数学、地理等学科过程中，在参加体育、音乐、艺术等活动过程中，自然而然地、无意识地掌握了法语。而且，老师在课下还有意识地组织学生适当地用英语交流，总体讲，孩子们法语语言的提高，主要是通过他们参与他们感兴趣的、有意义的交流活动，而并非在课堂上一味地要求学生进行反复的语言操练，也不是过分强调词汇的记忆和语法的学习。这是一种真实的、与孩子们汲取知识相关的交流。

中期沉浸式课程（Mid French Immersion）：在这个阶段，英语语言、美术和数学科目使用英语语言授课。英语作为教学语言的比例四年级为 50%，五年级 60%。准确地说是从小学四年级开始，80% 法语、20% 英语授课，到了六年级 50% 法语、50% 英语。在这个阶段，教师在讲授所学课程中，英、法双语并用。

后期法语浸入式课堂（Late French Immersion）则从六年级开始加强法语学习。小学六年级至中学二年级（即八年级）期间，安排一年或两年时间集中实施完全沉浸式双语教育。这时为了巩固和提高学生的法语水平，法语被作为历史、地理、数学、化学等学科的教学语言。在实施后期完全沉浸式双语教育期间，除英语语言、艺术类课程以外，法语是唯一的教学语言。

开办沉浸式双语教育的目的有三个：①把学生培养成为具备法语听说读写能力的人。②使学生在所学的科目上达到与其他学生（英语为第一语言的或法语为第一语言的）同等的水平。③让学生除了了解英裔文化传统外，也同时了解并喜爱法裔传统文化。总之，沉浸式教学的目的就是在不影响学生学业的前提下，把学生培养成为掌握两种语言和两种文化的有用人才。

早期法语沉浸教育常常可以从幼儿园或小学的一年级开始。中期发育沉浸教育通常从小学中间各年级开始，有的开始更晚一些。例如，2000 年在新斯科舍省录入法语沉浸项目的 21% 的学生，都是小学四年级前就参加的。而在马尼托巴、萨斯喀彻温和艾伯塔，至少 80% 参加法语沉浸项目的学生都是 15 岁左右才开始的。

圣兰伯特的试验评估结果表明，沉浸式双语教学的目的达到了，学生的学习态度和学业水平没有受到影响。有学者总结出这样的实验结果："实验班的学生与传统的英语授课的学生一样，能够听、说、读、写英语。除此之外，他们还能够听、说、读、写法语，他们的法语水平是接受其他传统英语授课的学生从未达到的。"沉浸式双语教师都具备了当地的或类似当地的法语和英语能力。他们能够听懂儿童的家庭语言，也就是孩子们的母语。但是，在与孩子们进行交谈时，双语教师几乎全部使用法语。孩子们把在操场上和在课堂上使用法语交际认为是一种理所当然。

加拿大的沉浸式双语教育自 1965 年实施以来，历经 40 多年，取得了令人瞩目的成就。据 1993 年数据统计，大约有 40 万讲英语的加拿大儿童在约 2 000 多所法语沉浸式教育学校学习过。这个数字占加拿大学生总数的 48%。其特点之一就是它的井然有序的组织工作，且严格地根据语言学和教育学的研究成果来进行。这类教学课程不仅得到了儿童家长的支持，而且得到了像兰伯特等专家们的及时咨询和协助。沉浸式双语教育的发展依赖的是一种信仰，而不是依靠对法律和法规的服从。孩子们在学校里自愿地而不是被强迫练习他们的第二语言。沉浸式实验班的特点之二是，所有老师都是有双语能力的人才。他们尽职尽责，在双语课堂上所使用的特殊教学方法超过了单语教师所拥有的技能。加拿大沉浸式双语教育的另一不可忽视的特点是，政府和教育部门对双语教师的培训加大了力度，他们强调"提高双语课程的学习成绩和确保第二语言能力的关键在双语教师，沉浸式教学方法需要具备的技能和技巧远远超过了普通单语课程所需要的，因此教师的培训至关重要。"1996 年，Day 和 Shapson 在他们共著的《沉浸式教育研究》（Studies in Immersion Education）一书中对加拿大西部大学里的两个沉浸式教师培训项目进行了个案分析和研究。他们认为，教师培训的关键要素除了过硬的教学基本功、丰富的学科知识和教师的实践经验之外，还应加强对教师的语言学知识、社会与文化知识、第二语言理论学习以及沉浸式课堂教学的培训力度。只有这样，才能充分调动学生的互动与协作。

沉浸式教育的成功经验在于为学生提供了附加的教育环境。那些说英语的孩子们对法语的学习掌握并没有影响到英语在他们家庭交流中的氛围。总之，这些教学项目是在严密科学观察和系统调查研究条件下，在心理语言学家、神经心理语言学家以及教育学家的共同努力下顺利地进行着，以求改进课程设计和证实其促进参加者的认知能力发展的可能性。这些项目给人留下的深刻印象是他们使用第二语言来讲授语言课以外的自然科学课程。多年的实践证明，双语学习与单语学习的同龄组人相比，双语学生不仅在语言学习上，而且在培养自己的思维能力和创造性方面都表现出了一定的优势，加拿大的沉浸式双语教学所带来的重要影响便是学生学会了以多种视角来看待世界，这一点对于学生在商界和社交界中取得成功是必不可少的。用单语教学或只是用母语来授课，对开拓学生的新视野有一定的局限性。

加拿大沉浸式教学课程每年都要进行评估，事实证明这些双语教育试验不仅有利于儿童语言学习，而且有利于他们在学习其他自然科学中增进认知能力发展。加拿大沉浸式教育经验就显得尤为有价值而值得引起国际上重视。1993 年，科林·贝克（Colin Baker）在他的《双语与双语教育概论》（Foundations of Bilingual Education and Bilingulism）中认为加拿大的沉浸式双语教育不仅在于提高学生的语言和专业技能，更重要的是营造了一种不同的社会与文化和价值观的感受氛围。正如兰伯特在他 1980 年所著《社会心理学角度的语言认知》（Language：Social Psychological Perspectives）中所总结的："我们在自己所作的最初的调查中已能够克服早期研究中发现的大部分缺点，而使自己对所取得的结果感到有信心。……不过，使我们吃惊的是在蒙特利尔的环境条件下研习法英两种语言的儿童取得的学习成绩无论在言语还是非言语智力程度上都比经过严格比照的单语儿童的成绩显著地高些。而且，测试结果的类型分析说明双语学生的智力结构更为多样化，思路更加灵活。"

加拿大双语沉浸教学的另一个有利的方面是双语青年学生在对待其他民族集团的态度上有所变化，因此从某种程度上讲，加拿大的双语教育是一种旨在改善该国说英语和说法语的民族集团之间关系的强有力的手段。正如有些双语教学研究者得出的结论："坚持进行双语教育可以利用各种因素，如使少数民族的语言得到经常性的运用，从而使之得到应有的社会地位；为民族的多样性提供一定社会基础，从而减少同化少数民族儿童的威胁；从各个教育层次水平上代表少数语言成员的利益，从而使这些少数语言学生得到较高的地位和较高的职业类型等因素弥补社会不公正现象。"

## 第五节　加拿大高等学校实施双语教育的现状及回眸

加拿大中小学沉浸式双语教育在其本国、中国和其他国家研究课题最多，而对于加拿大高校双语教育的研究并不多见。原因是：①高校双语课程不像中、小学普及得那么广泛。②坚持双语教学的高校也为数不多。③高校之间对于采用双语授课持有不同见解。④高校实行双语课程规模以及联邦政府财力支持力度不够。⑤在高校中可以用英法双语授课的教师也不像中、小学那么多。⑥由于高校教师在学术和科研方面的压力，较少教师有意愿接受第二语言的培训。⑦接受过第二语言"沉浸"和懂得双语的新一代人到了高等学校之后，如果没有机会使他们的第二语言（法语或英语）继续获得巩固和深化，那么过去的一切努力都会面临付之流水的局面。因此，让受过法语或英语"沉浸"的年轻人有机会在高等学校选择用第二语言授课的课程，成了加拿大推广双语教育，贯彻语言政策和实施语言计划的重要课题。

坚持双语教学的学校为数不多，限于地域、双语生源和财政能力，这类大学按照自己所追求的目标和办学办法，独立从事研究，树立自身的学术威望，按自己的传统造就人才。当然，这类学校与提倡双语教育政策不会合拍，但一个国家内同时存在两种单语授课的大学，也不失为实施双语教育的方式。发展双语教育的第二种方式是设立第二语言授课的学院。这种集中接受双语学生、节省开支、便于管理的做法，为某些省份或地区所乐于采用。在大学内使用两种语言开设同一专业课程的做法，是发展双语教育的第三种方式。应当说这是最理想的双语教育途径。学生可同时选择不同语言授课的课程，所学知识更能适应将来职业的要求。但这种方式取决于地区、师资、双语生源和财政力量。今后或许有一定的发展，但不可能取代其他方式而成为发展双语教育的唯一途径。

综观加拿大整个国家，安大略省的双语教育气氛最为浓厚。安大略省有多所实施双语教育的大学。其中位于加拿大首都的渥太华大学是北美最大、最古老的双语大学。自1982年就开始作为领头羊探索在高校教育中开展双语教学的路子。从1985年起，在历史、心理学、社会学、语言学等专业中，同时开设了六门用英、法语讲授的双语课程。他们把第二语言教学（法语或英语）渗透到学科教学的课程中，倡导了"依托课程内容的语言教学法"（Content-Based Language Instruction）。唐娜·布林顿（Donna Brinton）、玛格丽特·斯诺（Marguerite Snow）和马乔里·微彻（Marjorie Wesche）在他们1989年合著的《依托课程内容的第二语言教学》（Content-Based Second Language Instruction）一书中阐述了该教学模式的先进教学理念。他们认为，这种外语教学模式与纯外语课程有所不同，它是建立在学习者有一定的专业水平基础上，用第二外语学习专业知识。依托式教学不仅考虑到学生现有的语言知识水平，同时还顾及到学生的专业知识水平，不但注重语言形式，同时也兼顾了语境应用。这种依托式双语课程大量的时间是用学生的第二语言（主要是法语）进行学科知识的传授。独特的双语课程设置使得学生可以自由地用其中任何一种语言完成学习任务。

当时该大学使用这种教学法讲授的《心理学概论》（Introduction to Psychology）为双语教学的典范。《心理学概论》这门课程是该大学第二语言学院和心理学院用英语（适用于以英语为第二语言的学习者）或法语（适用于以法语为第二语言的学习者）所设计的双语课程。凡是在该校顺利通过第一学期课程的，而且第二语言达到中等或以上水平的学生都可以报名参加。该课程的特色是，由心理学专业教师完全采用学生的第二外语讲授，且其教学大纲、教材以及考试内容与普通班级，也就是没有参加双语教学项目的班级完全一致。语言教师同时也跟班参与整个教学过程，每次课上用大约20分钟的时间帮助学生预习或串讲语言难点，扫清语言障碍，为其专业课程的学习铺路。这些语言教师非常敬业，无论是在课上、课下，随时给那些遇到语言困难的学生辅导。

二十几年来，这所大学双语教学的对象范围由部分课程扩展成了全部课程。校方不停地在改进整个学校的教学大纲和培养计划，使得该大学成了一个独具特色的双语教学机构。自1985年起，大学的沉浸式双语教学课程有条不紊地开展起来，直到今天。它的课堂授课模式，既包括专门针对非母语学习者的专业课程，也包括为使学生听懂专业课程而设置的第二外语听说课程。这种双语教学模式实施的灵感来自斯蒂芬·克莱申（Stephen Krashen）的"综合输入理论"（Theory of Comprehensible Input）。

实施全部课程的语言沉浸式教学模式也面临着许多挑战，为此，渥太华大学成立了专门的组织机构，对整个项目的扩展密切监控，还分派专门的老师们负责协调学生的语言调整。实施沉浸式双语教学模式最大的困难是教师缺乏经验，有相当一部分教师不懂得如何使专业课程教学与外语能力的提高相互产生作用。比如，经验不足的老师不能安排好沉浸式课堂的专业学习活动，认识不到母语在解释抽象名词和易混淆概念词汇时的特殊作用，也就是说，有些教师不能把握适当使用母语帮助学生学习专业知识的时间。

为使沉浸式双语教学在校内健康地发展，在研究者的大力支持和人力资源积极配合下，校方进行了大量的问卷调查。问卷内容主要包括：学生选择双语课程的原因；学生已具备的语言程度；课堂专业课讲授和语言教师辅导时间的分配；各种补充教材的运用；学生自认为享受课堂的程度；学生认为最有价值的课堂活动；专业授课语言值得改善的地方；用第二外语学习专业课程知识能否达到与那些用母语学习专业课程的学生的水平等。

调查结果显示沉浸式双语教学模式确实对学生有足够的吸引力，使他们取得了比在常规外语课堂更佳的外语学习效果。他们第一语言的发展没有因此而受到负面影响，而且他们的学科成绩没有落后于常规班的学生。再者，学生对双语教学模式本身感兴趣，学习热情高。这种双语教学模式给予学生的另一大鞭策是他们由此获得更多学分。还有一大收获是，这样的学生比常规学外语的学生多掌握了许多专业知识和专业方面的外语知识。通过调查问卷，获选指数最高的收获是学生第二外语的口语能力比常规环境下提高得快，这是课堂相关专业课程内容的口头陈述和学生参与课堂活动的结果。

渥太华大学研究学者多琳·贝里斯（Doreen Bayliss）撰写了题为"沉浸式双语课程项目的实施——-我们迄今所获悉的"（The Implementation of A Program of Immersion Courses; What We Have Learned So Far）。该文章对渥太华大学沉浸式双语教学进一步完善提出了建设性意见。其中包括：①"语言教师应从沉浸式教学的角度对学生的第二外语技能和用第二外语所学专业科目的知识不断进行评估和总结，完善双语教学实践和理论的结合。在像渥太华这样大规模双语教学项目中，教务协调人员需要经常与新任双语教师进行沟通，以便随时调整教学方法、教学活动以及教学策略。②校方应该加大对师资队伍建设的投入力度，以确保专业科目教师语言能力的提高，因为问卷调查显示有些专业科目的教师尚不具备完全采用外语授课的能力。"

实践证明，在大学里，用第二语言学习专业课程内容的学生能够与那些用母语学习的学生同样出色地掌握课程内容，同时证明他们的阅读能力和听力能力以及接受语言的技能越来越好，特别是学生的表达能力最为突出。虽然课程的设计以专业内容为依托，更加强调专业内容知识而不是语言本身的教学，也不特意为学生讲解句法和语篇知识，但是学生们仍然在课上积极练习口语和写作。研究人员得出的结论是：只要学生能够大量接触阅读材料和课堂授课，即使不专门设计口语课程，他们仍然能够在口语流利和准确性上取得长足的进步。由此可见，学科课程和附加性的语言课程相结合是一种很有效的教学模式。

安大略省的卡尔顿大学（Carleton University）是一所采用英语授课的大学，由于这所大学与渥太华大学有横向联系，所以，该校鼓励法语掌握得较好的学生到渥太华大学选修用法语开设的专业课程，两校互相承认派送学生的学分。此外，卡尔顿大学还开设了法语补习班，使一些虽经法语"沉浸"，但未真正掌握这门第二语言的学生将来有机会攻读用法语讲授的专业课程。多伦多大学的双语教育计划颇具规模。该大学自20世纪70年代起，共开设了十多门用法语讲授的课程，双语教学得到了校方的大力支持，经费开支相当庞大，可惜效果不尽如人意。生源的日益不足使得有些课程被取消，尤其是21世纪以来，双语课程寥寥无几。

约克大学（York University）早在20世纪60年代就是一所双语学院，学生可以自由地选读英语或法语讲授的同一课程。由于在相当一个时期两种班级生源不平衡，近年来某些课程只选用法语讲授，效果反而更好。该校已成为安大略省较成功贯彻双语教育的机构之一。除上述学校外，安大略省的西安大略大学、滑铁卢大学等尽管为用法语开设专业课程都作了不同程度的努力和尝试，但因生源不稳定，双语教育只是时盛时衰。

　　纽芬兰省只有一所用英语教授的大学——纪念大学（Memorial University）。该校受过法语"沉浸"的学生生源不多，大学内没有双语教育设施，希望选择用法语授课课程的学生只能就读于该大学的法语系。这所大学懂法语的教师本来就很少，而且他们的法语能力也不足以用这种语言给学生自己开出所讲的专业课。

　　新斯科舍省的七所大学中只有一所是用法语授课的大学，即圣安娜大学（Université Sainte-Anne）。据了解，那里的戴尔豪斯大学（Dalhousie University）和圣玛丽大学（St. Mary's University）正采取措施，争取能有20%的课程能用法语开设，从而将自己发展成为双语教育的机构。

　　以爱德华王子岛命名的爱德华王子岛大学（University of Prince Edward Island）从1984年起在加拿大研究专业开设了三门用法语讲授的历史课程。该大学的教育学院还为培养该省中小学的"沉浸法"教师开设了法语进修课程，学校当局为将来接纳受法语"沉浸"的学生和为培养"沉浸法"师资在不断努力。该大学专门成立了法语课程计划委员会，从师资和物质设备方面筹划，为开设更多的用法语教授的课程积极运筹。

　　新布伦瑞克省的省立大学新布伦瑞克大学（University of New Brunswick）是加拿大最早的一所用英语授课的大学，也是加拿大东部率先为受过法语"沉浸"的学生开设用法语授课课程的大学。他们从1981年起就制定出法语语言教育政策，计划将学校办成双语教育的机构。1985年起该大学在历史、经济、心理学、社会学等专业中全面开设了用法语授课的课程；政治学、化学和舞蹈专业的辅导课用法语。

　　目前，魁北克省绝大部分大、中、小学都是以法语授课为主的学校，位于蒙特利尔市的两所用英语授课的大学——麦吉尔大学（McGill University）和康科迪亚大学（Concordia University）的文科中，也开设了一些用法语讲授的引论课程，以适应英语程度较差的法裔学生和一些希望改善自己法语能力的英裔学生。地处法语区的麦吉尔大学一直就有实施双语教育的准备，比如，校方给学生提供较多可用英语也可用法语讲授的课程，这是加拿大其他地区大学中比较少见的现象。学校提出：为了提高课堂效果，法语水平不足的学生须先在语言中心补习法语。麦吉尔大学的政治学、历史学专业设有法语授课的课程，法律专业更是有广泛的法语讲授的选修课。

　　马尼托巴省的省立大学（University of Manitoba）早在1983年就考虑开设用法语授课的问题。该省的特点是：要求受过法语"沉浸"的学生进入全用法语授课的学院（如圣博尼费师学院）；但不要求用英语授课的大学为这些学生开设过多用法语授课的课程。他们认为，这样做从整体上更能体现加拿大大双语区的特点，当然也存在不同的观点。如温尼伯大学这所英语授课的大学就主张为双语学生尽可能多开设法语讲授的课程。

　　萨斯喀彻温省的两所大学由于历史上的原因，对用法语授课持消极态度。以该省命名的萨斯喀彻温大学（University of Saskatchewan）尽管意识到有学生要求用法语讲授课程，但这所大学反应冷淡，只有很少的课程安排了用法语讲授。与此相反，该省的另外一所大学里贾纳大学（University of Regina）的双语教育就非常成功。该大学为双语教育专项拨款，而且除学士学位的双语教学外，还提供了双语的硕士、博士学位课程，开展了校园内的法语社交文化活动，给该省公职人员开设法语口语班，同时，为来自魁北克省的法裔学生开设了英语作为第二语言的暑期班。该校每年有近百人修习双语课程，参加用法语授课课程的学生中有40%优良生在取得某专业学位的同时，学校在其学位书上专门注明学位取得者具备双语能力，从而为他们的就业提供更多的机会，起到很好的鼓励作用。

里贾纳大学在对中学阶段受过法语"沉浸"的学生进行甄别：对那些有信心讲一点法语、但错误较多的学生，学校安排他们在法语系补修语言课，然后再安排到各专业系科攻读用法语讲授的课程；只有语言"过关"的双语学生才能直接修习用法语开设的诸如计算机、数学、逻辑、法兰西历史、英语、美法比较文学、心理学、社会学等专业课程。这些专业课程从讲课、作业到实验、考试全都用法语。为确保学生能接受这种双语教育，里贾纳大学对语言补课的要求十分严格，补修课程共安排三个学期，前两个学期实行强化训练，每周授课15学时，并集中安排在上午进行，第三学期将学生派往魁北克的拉瓦尔大学，按他们所学的专业分散到有关系科听课，使他们在较好的法语环境下使用法语，并接触一些专业法语。里贾纳大学这个语言补课计划所需的开支，除大学本身的预算外，还得到省和联邦政府的拨款支持。此外，该大学还重视双语师资的培养，正不断创造条件，为训练出更多能操双语的各专业师资而努力。总之，里贾纳大学已成为萨斯喀彻温省值得自豪的双语教育中心。

阿尔伯达省的卡尔加里大学（University of Calgary）在双语教育方面成立了专门的指导委员会，指导开设用英语以外的语言授课的课程。该校选择经济学专业作为实施双语教育的突破点，他们认为双语经济人才是联邦政府所急需的，因此生源可得到保证。此外，卡尔加里大学教育学院还聘用多名能操双语的教师，给受过法语"沉浸式"教育的学生开设用法语授课的专业课程。

位于省会埃德蒙顿的阿尔伯塔大学（University of Alberta）设有法语学院，该校从1979年起就实施双语教育政策。法语学院就是专为满足双语学生的需要而建立的，学生大都来自魁北克省的法裔和少量受过"沉浸式"训练的英裔。他们除了在法语学院攻读法语讲授的课程外，还可选读英语讲授的课程。但是，这样的安排无疑耗费了不少时间，而且十分不便，导致有些学生被迫放弃双语教育。

不列颠哥伦比亚省大部分高等学校都没有设立法语专业学院来满足当地法裔或英裔学生接受双语教育的要求。英属哥伦比亚大学（University of British Columbia）校方力求维持全国公认的高声誉，唯恐法语授课会影响专业课的水平，故一直未有双语授课的措施。只是该校的教育学院开设了旨在培养中小学实施"沉浸法"的师资训练课程。参加者要求有良好的法语能力，课程全用法语讲授，学生最后取得双语教师文凭。

作为一个双语国家，加拿大的高等学校一直采用两种不同的文化传统的办学模式。其一是按历史上法国在教育与宗教分离前的罗马天主教秩序建立的教育体制办学，以后逐步演变为今天用法语授课的北美高等学校；其二是按英国和美国的实践经验而形成的教育体制。通过政府、宗教和社会团体、私人等方面的资助而建立起来的用英语授课的高等学校。随着形势的发展，有越来越多的双语学生需要进入大学深造，这使加拿大的一些高等学府打破了用单一语言授课的传统，改用双语授课。我们在文章的第一部分所介绍的情况正是加拿大高等学府今天实施双语教育的大致情况。从现状估计，加拿大高等学校今后的双语教育会朝着三方面发展：坚持双语授课；设立更多的第二语言授课的学院；开展用第二语言授课的课程，从单语教学逐步发展成为双语教学。

加拿大高等学校发展双语教育是否成功，取决于下述几个条件：

1）具有实施双语教育的统一认识。按西方的传统，高等学校在社会中是独立自主的，他们可以根据办学人的意志按自己既定的目标造就人才。但加拿大作为一个双语国家，要求有一支精通双语的公职人员和科技文化大军。作为最高教育机关的高等学府，当然要培养这样的人才。近二十年来，中小学的"沉浸"教育，已积聚了一批初步掌握双语的后备力量。在他们陆续到达接受高等教育阶段的时候，必须使他们的第二语言同时得到更多的实践，否则实行了"沉浸法"所取得的成果就会半途夭折，双语教育计划就不能彻底实施。对此，各高等学校必须有统一认识，为培养双语人才尽职。只有这样，发展双语教育才有可能。

2）具有财政的支持。加拿大高等教育经费主要来自学校收入、省和联邦政府的拨款，据加拿大的实际情况，教育拨款主要来自省一级政府，但由于双语教育是国家政策，因此联邦政府的责任理所当然。联邦政府除下拨各省支持各大学办学的经费逐年有所增加以外，对各大学的一些专项发展往往通过教育委员会直接下拨经费支持。以发展双语教育，联邦政府目前是按各样的双语教育规模大小而斟酌拨款的，多属短期性质。此外，它还协助筹措基金，促进不同地区双语教育的推行。如果财政支持能够不断增加，双语教育的前景无疑是乐观的。

3）师资准备。各大学的双语教育要得到发展，必须有教师的支持，特别是传统的用英语授课的著名大学，如果那里的教授们支持双语教育，学校的一些专业课程就能用法语开设，双语师资的压力就会减少。但从现状看，加拿大各高等学校仅仅使用现有师资力量来组织双语教学是有困难的。因为，在各大学的教师中能够流利地操双语讲授同一专业课程的为数不多，如果勉强让他们用第二语言授课，势必因语言表达的信息量不足而影响授课质量。为解决这个问题，有些用英语授课的大学试图让教授们进修法语，以适应双语教育的需要，但这种做法往往遭到教授们的抵制。他们认为，让他们抽出时间进修语言，势必减少他们从事科研的时间，科研成果便会因此而减少，从而影响他们的学术地位，并使学校当局不能对他们的学术能力作出正确的评估。总之，影响了他们的前途。可见，要发展双语教育，师资的准备也是一个十分重要的条件，必须在财力的支持下，使双语师资不断充实。

4）学生来源和他们接受双语教育的愿望。加拿大推出"沉浸法"培养双语学生已有近20年的历史，初步掌握双语的新一代正陆续进入高等学校深造，各大学的双语生源按理是不成问题的，但是由于各大学接收双语学生的条件并不完全成熟，认识上并不一致，再加上受过第二语言"沉浸"的学生也不一定感到有必要使用第二语言来学习专业知识，这导致目前双语学生源并不充分，影响今后双语教育的发展。具体地说，第一，愿意在大学接受双语教育的学生多半倾向于在魁北克省或渥太华的法语大学就读，而这些大学并不具备充分条件来大量接收外省学生；第二，其他地区为数不多的法语专业学院积极吸收当地的法裔学生，他们并不希望这些英语作为第二外语的学生到英语授课的大学去接受双语教育。这些学院也乐意接收法语作为第二外语的学生，但因学院本身的师资、设备等条件的限制，再加上这类学生的法语能力不尽如人意，所以学院对他们只表现出有限度的热情；第三，一些英语授课的大学也不大乐意接收那些受过法语"沉浸"的学生，而总希望他们都到法语学院学习，从而减少他们为设置法语授课的课程所带来的额外负担，这样的结果势必影响学生接受双语教育的积极性。

从另一角度看，学生本身接受双语教育的愿望更须注意。这是保证双语教育生源的根本问题。有条件实行双语教育的高等学校开设的双语课程再多，设备再好，如果没有学生就读，那都是徒劳的。所以，作为学生必须认识到在一个名副其实的双语国家里，受过教育的就业人士都应能操双语；教育部门也要在中小学进一步普及"沉浸法"训练，加强能用

"沉浸法"训练学生的双语师资队伍，使学生的双语能力有所提高。这样，学生们就会增加进入大学继续接受双语教育的信心和愿望，而学校方面也因为学生有较好的双语能力而乐意接纳他们。因此，为发展双语教育，联邦政府和省政府教育部门要在加强中小学"沉浸法"师资的培养和宣传双语教育的优越性方面开展大量的工作。

按照 W. E. Lambert 对双语教育类型的划分，加拿大双语教学模式无疑是属于添加型双语教育，其实施的直接结果是社会上出现了双语并存、相互促进的局面，而且个人的双语能力也在此过程中得到提高。但与此同时，也有不少双语研究者持有相悖的观点，认为沉浸式教学仍然存在弊端，在教学方面有很多值得提升的空间。双语教学研究大师 Swain 科研成果颇丰，他在 1985 年所著的《第二语言习得输入》（Input in Second Language Acquisition）一书中指出，双语学生的口语表达能力和写作能力与听力和阅读能力相差悬殊，容易出现语法错误，而且口语表达僵化。比如，有些法语沉浸式课堂上的学生尽管能将意思表达清楚，但却不能正确使用动词的正确形式。此外，一直以来，在加拿大沉浸式双语教学课堂上能否使用母语是备受争议的话题，但是最近部分研究学者认为，一定程度上、一定环境中使用母语是非常必要的。综观加拿大双语教学发展的缘起、历史及其现状，沉浸式双语教学模式作为加拿大首创，其实施成果以及成功经验是不言自明的，它是我们拓展双语教学新思路、探索新模式的奠基石。但是，这种教学模式也有其改进的余地。

在过去的几十年里，加拿大学术界及其他国家的双语教育专家就有关加拿大沉浸式双语教育进行了大量的案例研究和实证研究。国际著名的双语与双语教育研究专家，英国的 Colin Baker 博士曾出版了双语方面的专著 15 部，发表论文 60 余篇。在他的《双语与双语教育概论》（Foundations of Bilingual Education and Bilingualism）著作中就双语教育问题涉及国外 580 多名双语教育专家学者及其双语教育著作和论文，其中包括 W. E. Lambert, G. R. Tucker, M. Swain, R. K. Johnson, J. Cummins, S. Krashen, L. Bloomfield, H. H. Stern, P. S. Saif, R. Leblanc, R. N. Lalonde, S. Lapkin, A. Walsh, C. Pelletier, K. Moore, K. J. Lindholm, H. D. Brown, M. Heller, J. Rebuffot, B. Harley 等。他们的著作和论文几乎都涉及加拿大的沉浸式双语教育。他们对沉浸式教学中最有效的教学方法和策略进行了深入的分析和研究，这些研究对高校开展双语教学、提升双语教育理念以及丰富教学实践大有裨益，从而对我国高校的双语教学起到指导性作用。

## 第六节　国际化视野下中外合作办学双语教学模式的建构

双语教学模式是实现双语教学目标以及控制教学过程的重要手段。我们通过对构建双语教学模式的影响因素进行实证分析，其结果表明：学生外语水平越高，双语教学效果越明显；教学过程越符合学生认知规律，双语教学效果越好；教学环境越丰富，学生对双语教学满意度越高。教学模式是教学经验的总结与提炼，是教育理念的应用实践，是实现教学目标以及教学过程控制的重要手段。关于双语教学模式，国内外均有很多研究，其类型主要有以下几种。

国内学者根据高校的师资条件与学生外语水平、专业知识的实际状况，把双语教学的模式归纳为三种主要类型。①全外型。即所开设的专业课程采用外文教材，直接用外语讲授。②混合型。这种双语教学模式是采用外文教材，教师采用外语与汉语交错进行讲授。③半外型。即采用外文教材，用汉语讲授。

也有学者把国外的双语教学模式归纳为以下几种主要模式：① 沉浸式（Immersion Program）——完全使用一种非学生母语的第二语言进行教学（即完全沉浸在非母语的教学之中）。② 保持式（Maintenance Bilingual Education）——学生刚进入学校时使用母语教学，然后逐渐地使用第二语言进行部分学科的教学，有的学科仍使用母语教学（即从始至终保持母语教学，尽管最后仅部分地保持）。③ 过渡式（Transitional Bilingual Education）——学生进入学校以后部分或全部使用母语，然后逐步转变为使用第二语言进行教学（即由部分或全部地用母语教学过渡到最后完全放弃母语）。国外学者认为双语教学模式建构的依据是人们在不同的社会与语言群体中所持有的不同语言观，即把语言看做问题、把语言看做权利、把语言看做资源。把语言看做问题，强调语言的统一与同化，是一种弱式双语教育模式。如美国的双语教学，美国 227 法案要求学校主要使用英语进行教学，就是持该种语言观。而把语言看做资源，是一种强式双语教育模式，强调保持多元制以及提高语言水平，如加拿大的法语与英语为共同教学语言的双语教育模式。

还有学者认为，双语教学模式体现了先进的教学理念，其主要的优点有：第一，特定目标英语教学法（English for Special Purpose）。他们认为，如果要进行成功的外语教学，教学大纲的设计就必须考虑到学习者学习外语的目的，而依托式教学与此相一致。第二，学习者良好的学习动机是学好外语的关键之一，依托式教学是建立在学习者现有的知识水平之上的，因而可以增强他们的学习动机。第三，教学原则规定了语言教学应该建立在学习者现有的知识水平之上，依托式教学不仅考虑到学习者现有的语言知识水平，同时还考虑到学习者的专业知识水平。第四，语言教学应该把重点放在语境应用上，而不是语言形式的教授上，依托式教学不仅注重语言形式，同时也兼顾了语境应用。第五，成功的外语学习应该建立在接受"可理解性输入"（Comprehensible Input）上，而依托式教学模式正是以"可理解性输入"为基础的。

应该说，上述种种提法都有其优点，也有不足之处。我们提出灵活的双语教学模式，内容包括：①因材施教。无论采用哪种教学模式都要符合教学的规律，即教学的难易程度应建立在学生现有知识结构之上；②注重能力的培养。双语教学中使用的原版教材应用性很强，大都具有以学生为主导的风格，应尽量采用，同时教师通过进一步设计和整合教材和教学内容，充分开展自主、开放的教育，最大程度上培养学生自主学习的理念，提高其创新能力；③改变教师传统的角色。传统教学中教师是知识的传递者，而双语教学强调以学生为中心，教师是教学的设计者、组织者和协调者，是学生学习的促进者、引导者、合作者；④利用教材中新颖的、前沿的理论，实现教学与国际接轨。

以上的研究加深了我们对双语教学模式概念以及本质的认识。然而，研究仍存在以下不足之处。首先，国内的双语教学模式研究多是理论研究，对双语教学模式建构的影响因素缺乏实证分析。其次，由于双语教学的复杂性，其研究结果针对性不强。此外，国外的研究，由于国情不同，教学目标存在很大差异，因此其研究成果很难照搬到我国双语教学实践中。现代管理学之父、"大师中的大师"彼得·德鲁克（Peter Drucker）曾在他的著作《德鲁克管理思想精要》（The Essential Drucker）中专门谈到了创造性模仿战略，即利用他人的成功经验，外加自己的创新见解，进而完善自己，独树一帜。

天津理工大学中外合作办学背景下的国际工商学院，其中工商管理专业与加拿大汤姆逊大学合作英汉双语教学，物流管理专业与日本大阪产业大学合作日汉双语教学。因此，我们的双语教学包涵了几种情况。以工商管理专业为例，一是用母语或外语教授第二语言，例如《综合英语》、《综合日语》课程的教学；二是在用母语（汉语）进行教学的同时，用非母语（英语或日语）进行部分或全部专业的教学，例如《商务与经济统计》（Statistics for Business and Economics）的教学；三是在用外语原版教材进行教学的同时，用母语（汉语）进行部分或全部专业，例如《International Marketing》（国际市场学）的教学；四是全部使用外文教材以及用外语教授专业课程，如《中外商务行为比较》的外教集中授课。以上几种双语教学的根本差异即课程的教学目标不同，第一种课程教学目标主要是掌握第二语言，而后三种的课程教学目标是利用第二语言掌握学科知识。

根据我们双语教学的总体目标，即掌握两种或两种以上语言，培养具有特定专业技能以及跨文化社会理解能力的国际化人才，因此我们的课程设置中87%的课程属于第二大类型。当然，在我们双语教学实践当中仍存在许多问题，如学生如何适应双语教学？哪些课程适宜用母语教学？哪些课程适宜用双语教学？哪些课程适宜用全外文授课？因此，有必要根据我们的教学实践对双语教学模式以及模式的建构进行深入的研究与分析。

**1. 研究假设及研究方法**

我们[⊖]根据加拿大学者科林·贝克（Colin Baker）的语言"输入—输出—情景—过程"双语教育模式（图1），并结合教学实际情况提取了几个影响双语教学模式的相关变量。由于我们的双语教学是四年不断线，因此进行跟踪调查符合我们的双语教学实践。我们把双语输出变量即学生学业成绩及双语态度设为因变量。提取双语输入变量中的外语水平作为自变量1；双语习得过程变量中的课程内容学习作为自变量2；双语背景变量中的双语教学环境作为自变量3。我们的基本假设是①学生的外语水平越高其专业知识掌握程度越好，学业成绩越好，也越适合建构全外型双语教学模式；②双语课程的教授越符合学生认知规律，学生学业成绩越好，半外型教学模式符合某些难度较大的课程；③双语教学环境越丰富，学生对双语教学满意度越高。

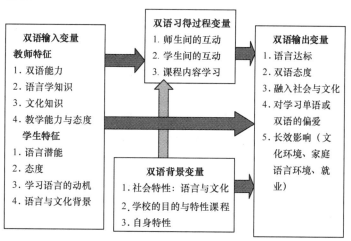

**图1　科林·贝克（Colin Baker）的语言"输入—输出—情景—过程"双语教学模式**

---

⊖　本节中的"我们"是指天津理工大学国际工商管理学院。

对于假设 1，我们收集整理 2007 届工商管理专业毕业生的成绩总计 109 人，应用 SPSS 软件对学生入学高考英语成绩与毕业总成绩（四年中所有双语教学科目成绩累加）进行相关分析。对于假设 2，我们抽取了工商管理专业 2006 届、2007 届及 2008 届毕业生共 451 名学生（其中 2006 届为 153 名学生，2007 届为 141 名学生，2008 届为 157 名学生），分别对他们在 2004 年、2005 年和 2006 年学习的《商务与经济统计》（Statistics for Business and Economics）课程的成绩进行统计分析。关于假设 3，我们收集整理了 2005 级工商管理与物流管理专业学生的访谈及问卷资料。

**2. 实证研究结果**

（1）学生外语水平越高双语教学效果越明显　　通过对中外合作办学工商管理专业 2007 届毕业生入学英语成绩与毕业总成绩（四年中所有双语教学科目的成绩累加）进行相关性（Correlations）分析（见表 1），我们发现，这两个变量显著相关。经由 SPSS 软件进行统计分析，我们可以得知二者之间的相关系数，即皮尔森相关系数（Pearson Correlation）为 0.246，也就是说毕业总成绩的 24.6% 归功于入学英语成绩；误差概率或显著程度（Significant Level）为 0.010，或自信度为 99%，即学生入学外语成绩与毕业总成绩呈现正相关的概率或可能性有 99%，也就是说，入学英语成绩高的学生能够在双语教学中取得相应较好的学业成绩。

表 1　学生入学外语水平与毕业成绩相关分析

| 项目 | 入学英语成绩 | 毕业总成绩 |
| --- | --- | --- |
| 入学英语成绩<br>皮尔森相关系数 | 1 | 0.246 |
| 误差概率/显著程度 | | 0.010 |
| 分析样本数量 | 109 | 109 |
| 毕业总成绩<br>皮尔森相关系数 | 0.246[①] | 1 |
| 误差概率/显著程度 | 0.010 | |
| 分析样本数量 | 109 | 109 |

① 相关性显著为 1%（双尾检验）。

除此之外，为了弄清楚究竟外语程度达到什么水平对学业成绩产生的影响最大，我们进行了以下群体统计（Group Statistics）分析。假设我们的学生高考外语成绩总分为 120 分，那么及格成绩就应该是 72 分。我们在 72 分左右分别取了几个数据作为分割点进行差异分析，结果都不理想；而当选择 72 分进行分割时，以此为分界的两组学生（及格和不及格）的毕业总成绩存在着较明显的差异，显著程度大于 0.10，即自信度为 90% 以上。分析结果见表 2 和表 3。

表 2　学生外语成绩与毕业总成绩的群体统计

| 入学英语成绩 | 样本数量 | 平均值 | 标准差 | 误差均值 |
| --- | --- | --- | --- | --- |
| 毕业总成绩 | | | | |
| ≥72 | 93 | 597.461 | 49.4077 | 5.1233 |
| ≤72 | 16 | 570.862 | 50.0601 | 12.5150 |

在进行本次群体统计时，我们采用 F-ratio 和 T-test 两种检验方式来分析两种变量的相关程度。由 F-ratio 为 0.108 看，两组学生毕业总成绩间存在着弱相关性，而误差概率/显著程

度为 0.743；当我们用 T-test 对两组学生毕业总成绩进行检验时，结果分别是 1.985 和 1.967，误差概率/显著程度分别为 0.050 和 0.064，即自信度分别为 95% 和 94%。这说明两组学生的毕业总成绩间存在着明显的差异。

表 3　学生外语成绩与毕业总成绩独立样本检验

| 毕业总成绩 | 组间差异检验 | | T 检验平均值 | | | | | | |
| --- | --- | --- | --- | --- | --- | --- | --- | --- | --- |
| | F 检验 | 显著程度 | T 检验 | 平均值 | 显著程度 | 平均值差异 | 误差均值 | 95% 自信区间 | |
| | | | | | | | | 最低值 | 最高值 |
| 假设相同差异条件 | 0.108 | 0.743 | 1.985 | 107 | 0.050 | 26.600 | 13.3972 | 0.0411 | 53.1579 |
| 无相同差异条件 | | | 1.976 | 20.356 | 0.063 | 26.600 | 13.52.31 | − 1.5776 | 54.7767 |

以上检验结果为我们的双语教学模式建构提供了几个参考依据，即以班级为单位，学生入学外语成绩整体平均越高越有利于双语教学。也就是，双语教学中外语所占的比重应与学生外语成绩成正比，这一比例随着学生外语水平的提高而变化。同时，随着学生外语水平的提高，教师采用语言内教学策略的比重也随之加重；其次，如果班级内外语水平差异过大，就可以依据外语成绩进行分级教学提供一个参考依据；再者，为了减弱学生外语差异对教学整体效果造成的影响，我们建议合作办学的高校以及专业的招生中，可以把外语成绩作为一项重要的参考标准，同时也为学生选择双语授课的专业提供一个参考与指导。

（2）教学过程越符合学生认知规律教学效果越好　以上研究结果表明学生英语水平越高专业成绩越好，但教学实践表明英语水平并不是唯一制约专业成绩的因素。因此，在构建双语教学模式当中不能只考虑到学生外语水平一个因素。因此，为了弄清其他影响双语教学的因素，我们抽取了合作办学的工商管理专业 2006 届、2007 届及 2008 届毕业生共 451 名学生（其中 2006 届为 153 名学生，2007 届为 141 名学生，2008 届为 157 名学生），分别对他们在 2004 年、2005 年和 2006 年学习的《商务与经济统计》（Statistics for Business and Economics）课程的成绩进行了统计分析（结果见表 4）。以该课程的特点为依据，我们选择了三个变量进行考查。首先，该门课程以外教集中授课为主，也就是采用全外型教学模式，因此用集中授课时间的长度为自变量可以考查学生外语程度与学业成绩之间的关系；其次，该门课程配有中方教师跟随课程为学生用母语进行辅导与答疑的环节，因此用汉语讲授课程所用时间（以课时计算）为自变量考查学生对课程理解程度与学业成绩间的关系；最后，该门课程实践性较强，因此，用实验课时比例为自变量考查授课方式与学生学业成绩之间的关系。此外，这几届学生考试所用的试卷由试卷库调用，题型与难度基本相同。主讲的加拿大专业教师、辅导的中方教师以及使用的教材都保持不变，因此由教师和教材的差异性引起的偏差基本可以消除。

表 4　教学情况差异与考试成绩比较

| 项目 | 时间 | 2004 年 | 2005 年 | 2006 年 |
| --- | --- | --- | --- | --- |
| 教学情况差异 | 汉语讲课所占的比例（%）/课时 | 25 | 40 | 25 |
| | 集中授课的时间长度/星期 | 5 | 3.5 | 3.5 |
| | 使用 Excel 建模的实验课比例（%）/课时 | 25 | 57 | 27 |
| 学生考试成绩比较 | 平均成绩 | 64.2098 | 65.8305 | 61.3465 |
| | 成绩标准差 | 16.48661 | 16.43847 | 14.55647 |

通过方差检验，结果是 2005 年与 2006 年学生的考试成绩之间存在显著差异。对相关影响因素进行回归分析，我们发现学生成绩与相关影响因素之间的关系如下：

外教集中授课时间越长，学生成绩越好。也就是说在采用全外型教学模式的情况下，学生需要适应与消化学习内容的时间。教师使用汉语进行辅导的时间越多学生学习成绩越好，进一步说明某些相对难度较大的课程需要用母语辅助来促进学生对学习内容的理解，因此某些课程如统计学、计量经济学可以采用其他的教学模式，依托型或半外型能够兼顾到学生的外语水平以及课程的难度。教学使用实验手段比例越高学生学习成绩越好，说明专业性课程的实践环节越丰富，越有利于双语教学效果。以上结果说明，教学过程符合学生认知水平，教学效果最好。

（3）教学环境越丰富教学效果越好　我们在研究中还发现教学环境是影响双语教学的重要因素之一。每学期我们各专业各年级有一至三门课程由外籍教师全部用外语进行集中授课。且有部分加拿大留学生来我院与中国学生一起参加其所选的课程，所选课程授课教师既有中方教师授课，也有外籍教师授课的科目。通过与中加双方教师和学生访谈我们发现，在外籍教师集中授课时，或有外国留学生的班级当中，近 70% 的学生接受全外语式教学模式。他们都情愿尝试这种教学模式对双方教师和学生带来的挑战。而当国内教师用全外式教学模式教授同一门课程时，学生的接受程度明显下降。由此可见，学生的心理因素也是双语教学不可忽视的因素之一。此外，调查表明，85% 的学生赞同英语角、英语竞赛、话剧表演等活动对双语教学有促进作用，希望以多种形式创建外语学习的氛围，促进学生学习的积极性。因此，提供有利于语言学习的环境，是影响双语教学质量的重要因素之一。

**3. 双语教学综合选择模式的建构**

根据我们的教学实践以及对上述影响双语教学模式建构因素的分析，我们将全外型、半外型、过渡型以及依托型这四种教学模式有机地结合在一起，提出了一种全新的综合双语教学综合模式（图2）。通过实践运用该综合选择模式，已收到较好的效果。

学生在刚入学开始进行学习期间，对所学习专业以及相应课程还属于熟悉与了解阶段，此时学生的外语水平有限，课程难度一般。因此，采用过渡型教学模式（Transitional Bilingual Education）与其相适应（图中 A）。所谓过渡型教学模式即学生进入学校以后部分课程使用母语教学，但教材为外语，逐步加大外语使用比例，然后过渡为使用第二语言进行教学。

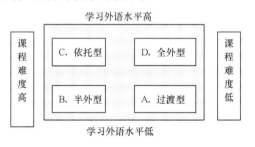

**图 2　双语教学综合选择模式**

半外型教学模式（图中 B）适合于某些课程难度较高，学生欠缺相关课程的知识，外语水平不足以掌握课程内容的情况。在这种情境下，教师可以增加母语使用频率，利用跨语言教学策略或翻译法，加大课程实践环节的比例等方式，帮助学生掌握所学的课程内容。为了达到双语教学的整体目标，教师需要依次权衡学生接受程度、课程核心内容以及学生语言掌握程度。

依托型（图2中 C），即语言的掌握依托于课程内容之中，重点放在语境应用上，而不是语言形式的教授上。一般情况下，中外合作办学的学生在入学两年以后，语言水平有了相应的提高，尽管课程难度加大，但学生专业知识也有了一定的基础。因此，高水平的外语将会成为掌握专业知识的主要工具，而教学中使用母语只是中方教师解决特定问题的辅助手段。

全外型（图2中D），是学生的整体外语水平较高并与所学习的课程难易程度相适应，或者在具有相应的教学环境的条件下，如班级中有外国留学生，外教进行授课等。采用全外型教学模式有利于全面提高学生外语水平以及对专业知识的理解能力。

**4. 分析与讨论**

双语教学模式的建构受到学生英语水平、课程难易程度以及双语环境因素的影响。其中，学生外语水平不仅影响到学生自身专业学习的效果，也影响到教学模式的选择以及教学的方式方法。例如，全外型教学模式不适合课程难度较大或者学生外语水平较低的情况。其次，课程内容学习过程中，教师要恰当选择与学生外语水平与认知能力相适应的教学模式，加大实践环节，调整双语教学中母语使用比例等方法有利于双语教学的效果。再者，创设有利于双语教学的环境能够提高双语教学的满意度。由此，双语教学模式的建构应本着以下几个原则：①第二语言（外语）刺激的强度，必须本着由易到难的原则，恰当地运用相应的教学策略，才能保证双语教学的良好效果；②专业课程的双语教学模式要与学生认知水平相适应，教学过程中加大某些课程的实践环节，增加某些先修课程的导入环节有利于教学的效果。③双语教学模式的建构不应该只局限于课堂内，为学生提供课堂以外双语教学实践与活动的机会，创设有利于双语教学环境，能够有效促进课堂内的双语教学效果。

# 第七节　加拿大多元文化背景下的双语教育对国内双语教学的启示

加拿大多元文化背景下的双语教育和双语教学是20世纪60年代由加拿大的特殊国情衍生而发展起来的。加拿大首创的沉浸式双语教学模式（Immersion Bilingual Education）被誉为加拿大教学史上开展双语研究最为广泛、最为细微的教育研究项目。这种教学模式的核心内容是让双语学习者像习得母语一样习得第二外语，其接受者是从幼儿园到初中年龄段的儿童和青少年。20年后，也就是20世纪80年代，以渥太华大学为代表的加拿大高校把外语教学渗透到专业学科教学的课堂中，这种教学方法被称为"依托专业课程内容的语言教学法"。加拿大的双语教学的成功经验给了我们启迪和信心。我们的教学团队体会到，实施双语教学必须打破安常习故的惯例，把语言教学和专业课程内容教学有机地结合起来，如此，学生在获取专业知识的同时自然会提高自己的语言能力。

天津理工大学与加拿大汤姆逊大学的合作旨在引进国外优质教育资源，引进最新外文专业教材与办学理念，引进现代的管理模式和教学评估体系，采用中外双方共同认定的培养方案和教学计划，外方合作大学选派专业教师来我院与本院教师一起开展双语教学，注重学生综合素质和能力的提高，培养学生具有先进的专业知识基础理论和技能、熟练的外语能力和跨文化交际能力，学以致用，真正使学生成为国际化专业人才。

《中华人民共和国中外合作办学条例》指出："国家鼓励引进外国优质教育资源的中外合作办学"，"国家鼓励在高等教育、职业教育领域开展中外合作办学"。在全球化背景下我国高等教育的发展不仅要重视人才培养的规模效应，而且还要注重国际化办学标准，通过中外合作办学的各种形式，迅速引进国外优质的教育资源，提高我国教育的国际竞争力。我们深感对两所国外合作大学优质教育资源及办学理念从认知和了解到消化和吸收，并使之真正成为我们每一位双语教师意识形态领域的一部分，是基于中外双方长久以来充分沟通、密切协作、不断磨合的结果，而非一时一日，仅仅通过落笔在合作协议中的条款所获得的。这种理念与意识的形成使中外双方能够明确其共同的目标与使命，在合作中共同为培养目标的实现做出努力，在遇到困难的时候发挥相互理解、共同协作的精神，创造一切有助于学生成材与发展的基础和条件。

天津理工大学开展合作办学的主要目的就是引进国外领先的专业和课程设置，采用双方共同认定的培养方案和教学计划。例如，加拿大在工商管理方面的管理理念和方式在国际上是非常先进的，而日本的物流管理在国际上则相对比较有优势，这是我们选择同两所国外大学合作专业的主要原因。另外，我们注重在校园中创建局部的国际化氛围，做到使学生不出国门也能达到相当于出国留学的效果。这种局部国际化氛围的形成因素主要包括使用外文版教材、外籍教师授课、中方教师双语授课、双语教学管理、双语学生管理、国外交换生、各种与外语相关的竞赛及课外活动等，使学生在任何场所、各种情境下都能接触到外语，体验国外文化与生活习惯，达到强化外语能力、适应双语教学的要求，从而将学生培养成为专业知识扎实、外语能力突出、能够进行跨文化沟通和交流的国际化专门人才。

为保证培养目标的实现，我们的中外合作办学项目组织主要发挥包括教学管理、学生管理和外事联络在内的三大职能，用以保障双语教学的顺利开展和学生各种能力的提高。同时，这三大职能之间并不是相互独立存在的，而是遵循目标一致、紧密联系、共同合作、相互支持的原则来运行的。

教学管理职能方面。为保证双语教学顺利有序地进行，我们的教学管理职能主要包括合作专业的教学计划管理、教学运行组织、教学质量监控及教学辅助支持等，具体工作内容如表5所示。

**表5　中外合作办学项目教学管理职能**

| 教学管理职能 | 具体工作内容 |
|---|---|
| 教学计划管理 | 1）确定培养目标，同外方共同制订并不断完善专业培养计划及课程设置<br>2）明确中外双方在培养计划中应承担的责任，同外方进行教学协调<br>3）制订师资计划，组织中外双方专业教师进行教学沟通及学术交流<br>4）制订学生短期出国留学计划及交换生选派计划 |
| 教学运行组织 | 1）组织中外教师按照合作专业培养目标的要求共同制订双语课程教学大纲<br>2）组织实施教学计划，协调中外教师的教学时间，制订科学合理的课程表、教学实践时间表、考试安排表、教学文件提交安排表等<br>3）组织管理中外教师各个教学环节的实施，保证教学过程正常、有序地进行<br>4）组织到国外短期留学的学生制订学习计划并监督他们在国外的学习状况 |
| 教学质量监控 | 1）综合中外双方的教学质量要求制订教学工作规范和教学质量监督制度<br>2）配合学校统一安排的教学工作检查进行预查，及时发现问题和解决问题<br>3）制订领导、专家听课制度以及中方教师之间、中外教师之间听课制度，鼓励中外教师在授课过程中相互学习、交流和监督<br>4）配合外方教学检查工作，根据外方要求抽调和寄送相关教学文件及试卷，并将检查结果及时反馈给相关教师<br>5）建立学生评教制度，定期组织学生对中外教师的授课情况进行评估 |

（续）

| 教学管理职能 | 具体工作内容 |
| --- | --- |
| 教学辅助支持 | 1）组织学生进行选课、考试、成绩查询等<br>2）收取和保管教学文件及试卷，并根据教学管理的需要向外方寄送<br>3）组织学生成绩及学分管理工作，并将学生成绩在中外双方之间进行传送<br>4）进行学籍管理，根据两所大学的要求对毕业生的毕业资格进行评定 |

学生管理职能方面。目前，我国许多合作办学项目生源质量处于中等偏低的水平，计划内招生的项目一般是本科二批次录取，因此学生在思想观念、学习能力、学习方法、学习习惯、英语水平等各个方面与合作办学专业中要求的使用英语或双语学习专业课程的目标都存在一定的差距。这就要求学生管理工作在树立学生正确的思想观念和学风建设，严格管理及监督学生的学习状况，丰富学生课余生活，提高毕业生就业率及就业质量等方面发挥一定的职能。为保障中外合作办学双语教学顺利进行的学生管理职能工作内容具体如表 6 所示，主要体现在学风建设、学生活动和就业管理等方面。

**表6　中外合作办学项目学生管理职能**

| 学生管理职能 | 具体工作内容 |
| --- | --- |
| 学风建设 | 1）建立学生考勤制度，组织教师严格记录考勤，同缺勤严重的学生及时沟通<br>2）建立家长联络制度，同学习有困难的学生家长一起分析原因，找出努力方向<br>3）建立学长辅导制度，对学习有困难的学生给予关心和帮助<br>4）同国外大学共同设立奖学金制度，鼓励学生们努力学习 |
| 学生活动 | 1）组织同外语及专业相关的竞赛活动，如外语演讲、外语话剧、外语竞赛等<br>2）组织"外语角"活动，为学生提供一个用外语进行交流的平台<br>3）组织学生同国外来访师生共同参加社会实践活动，创造外语学习环境<br>4）积极组织学生参加科技创新及创业大赛活动，提高学生的研究水平和实践能力 |
| 就业管理 | 1）建立毕业班班主任制度，对就业工作坚持"早抓、紧抓、细抓"的原则定期对毕业生进行就业动员，指导毕业生制订职业生涯发展规划。通过广泛联系合作企业努力创造就业机会，组织学生参加面试并追踪录取结果<br>2）鼓励学生考取国内大学的研究生或申请到国外大学攻读硕士学位的资格 |

外事联络职能方面。为保证合作项目本身的正常运行以及由合作项目延伸出来的国际交流活动的有序进行，并为学生创造更多的外语交流及跨文化学习机会，外事联络职能主要体现在中外合作双方人员互访的组织联络及手续办理工作。具体包括合作专业学生各种出国项目的组织及手续办理、合作专业教师出国访问或进修的手续办理、来华学习的外国留学生的组织管理、来华教学和交流的外籍教师的组织管理以及短期来华参观访问的国外代表团的联络及接待工作。频繁并且多样化的国际交流活动的长期开展对于合作办学项目的可持续发展具有很大的促进作用，但其依赖于一支具备丰富的国际交流经验和对项目合作模式充分理解的外事队伍。

中外合作项目中的外事联络职能是创造国际化学习环境的重要保障，是促进外国师生走进来，中国师生走出去的强大支撑体系。这一职能的有效发挥和充分利用为双语教学的顺利开展创造了难得的实践平台，并且极大地丰富了双语教学的课外教学内容，是课内教学有益和必要的补充。

我们在近 10 年的双语教学实践过程中主要采取的是源自加拿大渥太华大学的一种行之

有效的双语教学模式——依托专业课程内容的语言教学法，也被称为"依托式教学法"。这种教学模式体现了"以人为本"的教学原则，其课堂教学活动是根据学生的兴趣、需求等来组织设计，在真实的课堂交际环境中，学生就专业知识内容进行各种口头的、书面的学术交流和演讲。与此同时，这种模式激发了学生同时学习外语语言和专业知识的兴趣，使学生在专业水平、外语语言水平的提高上取得了突飞猛进的进步，基本实现了专业知识获得和语言能力提高的"双丰收"。其特点是，课堂上外语的使用是围绕专业知识而进行的，使学生通过学习具体的工商管理专业知识或现代物流专业知识来提升外语水平。

在我们多次的双语教学研讨会中，加拿大汤姆逊大学校长 Roger Barnsley 博士曾经总结道："就中国双语教学的适宜模式而言，2/3 英语加 1/3 汉语的双语教学模式比 100% 全沉浸式更符合中国国情。"于是，在借鉴加拿大"依托式教学法"的基础上，我们因地制宜，创造性地开展了多种我们自己总结出的双语教学模式，比如"汉译型"、"延展型"、"穿插型"、"示范型"以及"合作型"。

中加合作办学的典型——与汤姆逊大学校长罗杰·邦斯利 Roger Barnsley
博士举杯祝贺

**1. 汉译型双语教学**（Translation module）

汉译型双语教学即以汉语为主要媒介语串讲外文版教材的双语教学模式。这种方法比较简单，主要是将外文教材中的专业术语、基本理论、核心思想等进行归纳和总结，在整堂课中用汉语串讲全部教学内容。"汉译型"双语教学模式是我们在最初的双语教学实践中，主要针对参加中日合作项目的学生日语零起点的特点总结提出的，同时也在中加合作项目第一学年开设的部分专业课程中进行了试用。实践表明，这种教学方法有效解决了一年级或外语零起点的学生在外语水平相对较低、外语语境下理解专业知识能力有限的条件下学习外文版专业教材过程中存在的困难，是学生接触双语教学初期一种较为奏效的教学手段。

但是，应用这种教学方法的弊端也逐渐显现，主要体现在以下四个方面：①学生过度依赖教师的汉语讲解，并没有真正达到用外语学习专业课程的目标；②学生无法将教师课堂中的汉语教学与外文版教材中的内容有机结合在一起，并可能产生"错位"现象；③学生可能理解了教师所讲授的内容，但由于缺乏用外语表达专业思想的能力，因此在考试中应答外文试卷或双语试卷时不知所措；④学生在向外语比例逐渐递增的课程过渡过程中表现出不适应，不利于鼓励学生树立双语理念和培养学生的双语能力和思维习惯。基于教学过程中反映出的上述几个问题，我们认为应将"汉译型"双语教学模式进行适当的调整和改进，因此形成了下面几种教学模式。

**2. 延展型双语教学**（Extension module）

延展型双语教学即从关键词逐渐向系统知识延伸的过程中外语比例逐渐递增的双语教学模式。"延展型"双语教学模式是在"汉译型"的基础上演化而来的，是在每一章内容中精心挑选出具有代表性并能有效连接该章所有知识点和教学环节的关键词，主要包括专业术语、核心概念、重点语汇等，然后围绕这些关键词，利用以点连线、以线带面的方法制订并实施教学计划，拓展整个章节的双语教学工作。具体说来，"延展型"双语教学过程主要分三步进行：提出关键词，并以外语为主要媒介语对该关键词的概念及涵义进行详细的讲解；以汉语为主要媒介语，并辅以少量简单的外语进一步延伸同该关键词相关的教学内容和知识点，并适当运用案例分析等教学手段使教学内容更加直观和形象化，拓展学生对专业知识学习的深度挖掘；全部用汉语对该关键词与本章中其他关键词及相关知识之间的内在关联度进行讲解，将"线性"知识点的基本内容贯穿起来，使学生掌握较为宽泛的知识面，从而达到课程计划及教学大纲的要求。

尤其是在我们的中日双语教学具体实施过程中，这一双语教学模式的运用是建立在关键词逐步递增，且保持"语码转换"状态基础上的。确切地说，即以关键词为切入点主要用学生母语，即中文为媒介语言进行概念整理、涵义深入和思想清晰化的教学活动。针对日语零起点的物流管理专业学生，我们更注重关键词用日语表达对学生进行耳濡目染的重复效果。在"延展型"双语教学模式的背景下，低年级或外语零起点学生能够就专业术语、基本概念等核心专业内容形成双语语境下的思维模式，同时不会由于其外语水平偏低而影响他们对于专业知识在深度和广度上的学习和掌握。

**3. 穿插型双语教学**（Alternation module）

穿插型双语教学即以外语为主要媒介语，在中外两种语言之间进行语码转换的双语教学方法。例如，教师在中英双语授课的某一堂课的开场白中介绍当天的教学要求和任务，可以先讲英语："Today, we'll spend 15 minutes doing some exercises to review what we have learned in Chapter 4, and we'll start to learn Chapter 5."然后紧跟着用汉语解释一下："今天我们先花15 分钟的时间做练习，复习第四章中学过的内容，然后再开始学习第五章。"接下来再用英语继续讲下面的内容，并辅以汉语解释，如此持续下去。这种方法适用于具有一定的外语基础和双语学习经验的学生，他们能够适应教师在授课过程中不断在汉语和外语之间进行切换，并能在汉语思维模式和外语思维模式之间灵活转变。为避免课堂时间的浪费，教师在使用"穿插型"双语方法的时候，不需要将所讲述的外语部分逐句用中文翻译，而是应当视学生的接受程度而灵活调整。当讲到专业性较强的知识点，特别是专业术语或基本理论时，教师应当用汉语给出详细的解释和描述，并通过有效的课堂互动及时了解学生的掌握情况，避免造成学生因其中某一个环节未听懂而致使后面的内容无法衔接的结果，这样会导致学生对接下来的学习丧失信心；当讲到专业性相对较弱的内容，特别是使用课堂衔接语言的时候，教师可将汉语部分一带而过甚至省略掉，这样既可以锻炼学生的外语听力，又不会影响对专业知识理解的效果。另外，教师在不同的年级实施这种方法时，可根据学生的外语水平来确定授课过程中外语和汉语的使用比例，从而达到既让学生充分发挥其外语能力，又保证专业教学效果的目的。

**4. 示范型双语教学**（Demonstration module）

示范型双语教学即全部用外语讲授外文版专业教材的双语教学模式。这种方法试图同外方的教学标准和教学模式保持一致，主要应用于有国外学生参与的课程，是中外合作办学成果所反映出来的特色之一。例如，在我们的中加合作项目中，每年双方大学都选派优秀学生到对方的大学进行为期一个学期或一年的学习，以拓宽彼此的交流与合作范围，选派的学生称为"交换生（Exchange Student）"，被编入到对方大学同年级的班级中进行学习，成绩合格获得双方学校互认的学分。双方互派的交换生通常是三年级或四年级的学生，由于加拿大学生不懂汉语，因此部分三、四年级的专业核心课程必须完全用英语来讲授。这种方法在最初的实验中受到了加拿大学生的好评，因为他们在中国期间的专业学习中获得了超值体验。对于加拿大学生来说，利用母语学习专业知识的效果没有打折扣的同时感受到了异国的商务环境与社会文化，获得了在本国学习无法获取的经验。

但是，中方学生在全英文的授课环境中却表现出了明显的不适应甚至是抵触情绪，因为他们在前两年的学习中已经完全习惯了有汉语辅助的教学方法，在全英文的课程讲授中无法确定自己对某些专业概念和理论的理解是否正确。同时，他们认为"示范型"教学方法是为了满足加方学生的需求而采纳的，因此他们因自身的感受和学习效果受到了忽视而情绪低落。后来，为了协调双方学生的需求，最大范围内提高教学效果，我们将"示范型"和"穿插型"两种方式相结合，采用了"高英语比例穿插型"的双语教学方法，即交替使用汉语和英语两种语言，在课堂讲授中英语比例占90%以上，只对专业概念给出汉语翻译和解释的教学方法。这种改进得到了中方学生的大力拥护，并获得了加方学校及学生的充分理解和接受。

**5. 合作型双语教学**（Cooperation module）

合作型双语教学即中外双方教师共同讲授一门专业课程的双语教学模式。根据中外合作办学协议规定，合作专业中部分课程由外方教师讲授。过去的经验发现，外方教师独立给中国学生讲授专业课程可能存在几个问题：学生无法完全听懂课程内容；学生无法获得中国背景下同该专业内容相关的知识，如中国企业管理实践与案例分析等；由于文化差异的存在，学生和外方教师沟通困难，可能会发生冲突或相互不理解；教学管理者无法及时了解外教授课情况，不利于教学质量和效果的监督；由于外教对中方学生不了解，教学效果受到影响等。针对这些情况，我们开创了"合作型"双语教学方法，根据面向的学生人数，为每一名外教分配一名或多名中方教师，中外双方教师在授课过程中各有分工，相互协作。

这种双语教学方法的主要思路是：外方教师作为主讲教师负责教学计划与教学大纲的制订、主要课程内容的讲授、考核标准的制订与实施等工作；中方教师主要负责提供部分课程内容的翻译、课外汉语辅导、协调外教与学生之间的沟通、监督课程的全部教学过程等。这种方法适用于各个年级。随着年级的增长和学生外语水平的不断提高，中方教师提供的课程内容翻译比例和课外辅导学时可逐渐降低。一位讲授一年级"管理经济学"课程的加拿大教师说："I just could not imagine how fast the students responded to my questions in the class. I do think it should contribute to the office hours that my Chinese colleagues provide for them"。意思是"我真想不到学生们对于我课上提出的问题反应如此之快。我想这跟中方教师给学生们提供的课外辅导是分不开的"。因此，"合作型"双语教学方法在外方教师主讲的专业课程中不失为一种行之有效的方法。值得提出的是，由于中外教师之间的密切协作为他们提供了更多的教学交流与讨论的机会，"合作型双语教学方法"在保证外教授课的顺利进行和教学质量提高的同时，还有利于促进中外双方教师之间的学术研究合作。

双语教学模式是实现双语教学目标以及控制教学过程的重要手段。我们通过对构建双语教学模式的影响因素进行了实证分析，其结果表明：学生外语水平越高，双语教学效果越明显；教学过程越符合学生认知规律，双语教学效果越好；教学环境越丰富，学生对双语教学满意度越高。教学模式是教学经验的总结与提炼，是教育理念的应用实践，是实现教学目标以及教学过程控制的重要手段。

综上所述，我国开展双语教学与加拿大双语教育的目的是基本相同的。但是，加拿大的双语教育包涵了更多多元文化认同层面的含义。加拿大双语制的形成是由其历史和文化背景决定的，语言成为调节多元文化的切入点。加拿大多元文化为加拿大双语教育提供了实施的土壤和条件，而双语教育的实施有利于推动多元文化的认同和发展。在加拿大，多元文化主义上升成为国家政策和法律这一现实成为加拿大双语教育的有力保障。加拿大的双语教育不仅促进了法语教育的发展，也激励了所有少数民族保留、继承和传播他们的民族语言和文化传统，使加拿大成为一个"马赛克"（Mosaic）的多元文化社会。加拿大双语教育与多元文化相互关联、相互促进。因此，加拿大的双语教育的宗旨是最终寻求民族和谐共处、文化认同、社会稳定等社会和政治的结果。可以说，加拿大双语教育在加拿大多元文化的土壤里生根发芽，两者在形式与目的意义方面有异曲同工之妙。

# 第八章　加拿大土著文化

土著居民（aboriginals）或原住民，指的是某地方较早定居的族群。"土著"一词源于拉丁语 ab，靠近 origine，意为"从最初开始"。"土著居民"也可称为"土著民族"或"本地民族"等。加拿大原住民，又被称为加拿大原住公民，即 1982 年《宪政法案》中所认定的原住民族群。全国人口普查把这一群体分为印第安人（Indians）、梅蒂斯人（Metis）和因纽特人（Inuit）（或爱斯基摩人 Eskimos）。在 2001 年由加拿大公共事务与政府服务部发表的《加拿大概况》简介中指出："今天，加拿大土著居民人口约为 79 万人，占加拿大总人口的 3% 左右。其中'第一民族'——印第安人口占 69%，梅蒂斯人占 26%，因纽特人占 5%。他们的人口增长率是全国人口增长率的两倍。"加拿大联邦政府承认这些少数民族在政治、科学、教育、医疗卫生、高科技、体育等方面的贡献。

加拿大印第安人也自称为"第一民族"（First Nations），这是有其历史根源的。曾经有些白人作家出于政治偏见，歪曲历史，把欧洲白人说成是最早来到这片大陆的人类，引起了印第安人的诸多不悦。于是，他们提出"第一民族"这一称号，以说明他们才是这块土地上最早的主人。因此，这一称号不但具有历史意义，而且具有政治意义。确切地说，"第一民族"是个统称，而不是指某一个民族。因为，现今的加拿大版图，也就是联邦政府初建时期的版图的大部分主要是早先印第安人活动的地域，所以目前说来，"第一民族"仅限于印第安人。

由于加拿大是一个移民国家，这就决定了其文化特质的多元化，即"没有特质"。然而，早在欧洲殖民者到来之前，土著居民就已经定居于这片土地，他们借助于历史的积淀，形成了自己深厚的文化底蕴。因此，土著文化的完好保存又给加拿大文化锦上添花，使其更加绚丽多姿。所以从某种程度上讲，土著文化才是唯一真正属于加拿大自己的本土文化，而加拿大人其他的文化都是由来自世界各地的移民引进的。

在这片广袤的土地上居住着形形色色的土著人，他们依靠自然环境过着游牧或定居的生活。他们中有猎人、渔夫，还有农民。他们与自己赖以生存的土地和这片土地孕育的一切生命之间都存在着深厚的、心灵上的联系。但是，土著人却在西方人到来后被限制在保留地，不得不通过出让领土的所有权来换取政府的保护、补偿或狩猎权等。如今在这片土地上主要是早年的欧洲难民、受迫害的英国清教徒、法国探险者，及被逐出家园的苏格兰人、爱尔兰人，或者是美国独立战争后逃亡到加拿大的保皇党人的后代。这些人反而成为加拿大的"建国民族"，成为土著居民的"家长"和"监护人"。

直到 20 世纪 70 年代，加拿大联邦政府对土著民族的"同化"政策才有所减缓。1971年《多元文化法案》（Multiculturalism Act）的通过，对土著民族来说，更是一件具有深远意义的大事。这一政策对于其他欧洲或者亚洲移民也是很重要的，但对于土著民族来说，却具有更加深远的意义。这一法案使他们的文化、语言、风俗习惯得以保存和延续，同时，也使他们在就业和教育方面有了更多的平等机会。

多种多样的自然条件孕育出了千姿百态的土著文化。他们有独特的精神信仰和宗教仪式，其中许多是由先人一代一代口头流传下来的；他们有着多种多样的语言，但不同语言和文化群体的个人之间也可以相互交流。因为，他们的语言有着共同的祖源，而这些都是独一无二的。

今天，弘扬土著文化被视为维护群体自尊和坚持自力更生的秘诀。加拿大全国各地都设有旨在促进土著文化、语言、传统信仰和实践活动的机构，这些机构也负责解决与此相关的社会问题。在加拿大各个学校里，土著语言、文化和历史发展计划正在实行。为数不少的土著人报纸和广泛的土著广播服务网用本民族的语言为其社团提供各种服务。许多流传至今的土著艺术表达形式，例如舞蹈、木雕、皂石雕刻和精致的手工制品都得到了很大程度的发展。土著艺术展现了自然和精神价值的紧密性，其艺术感染力对殖民后期的加拿大文化具有深远的意义和影响，并作为一个重要的艺术元素保留至今。土著艺术家的作品也越来越多地被加拿大国内外艺术界所接受。

在教育方面，早在北美殖民化以前，土著先人们就采用口述方式向年轻一代传授本民族的历史。随后，印第安人一直在争取走上教育自治之路，并取得了显著成果。从 20 世纪 60 年代开始，联邦政府为土著教育提供专项拨款，兴办了不同类型的学校，使印第安人和因纽特人的教育设备都得到了较为充足的补充和发展。1999 年 4 月，因纽特人建立了其第三个特别行政区——努纳武特地区，并在那里创办了"因纽特人文化学院"。此外，因纽特人在加拿大北部还开办了自己的出版社和杂志社，出版因纽特语的报纸和杂志。总的说来，联邦政府在教育问题上负责提供财政资助，保护土著人的语言和文化权利，以最终确保土著文化的生存和延续，并加强其在现代社会中的平等竞争力。

# 第一节　寻找历史足迹的梅蒂斯人

梅蒂斯人是加拿大土著居民中的一个特殊群体。马尼托巴是其发源地，也是其重要聚居地之一。除此之外，他们的聚居地还分布于不列颠哥伦比亚省、阿尔伯塔省、萨斯喀彻温省、安大略省以及西北地区。美国北部也有梅蒂斯人居住。"Metis"一词是法语词，意思为"混合的"，它最初专指法国人与印第安人的混血人种，后来指母亲是印第安人而父亲是白人的混血人以及这些混血人的后代，现在也指所有印第安人和白人混血的人。

根据 2001 年加拿大全国人口普查，有梅蒂斯血统的居民总数为 307 845 人，占加拿大人口总数的 1.04%。他们主要信奉罗马天主教和新教。人们往往误以为他们只随其父亲的宗教信仰，其实不然，梅蒂斯人的宗教信仰如同他们部族本身一样，甚是复杂。如今，他们主要讲英语，法语则作为第二语言。除此之外，还辅助有其他土著语言。

梅蒂斯儿童从小接受来自父母双方的说教，而这些说教结合了父亲的宗教背景以及印第安母亲的传统教义，所以他们努力适应在土著人和白人两种世界里生存，包括在宗教信仰方面。

最早的梅蒂斯人是印第安女子与在今日马尼托巴雷德河地区经营皮毛生意的欧洲商人所生的子女。从 16 世纪末开始，越来越多的欧洲人来到这块新大陆。其中，法国政府鼓励其国民移民到此殖民地。由于首批移民基本上都是男性，为了能够产生新的法国海外居民，获得更多的定居点，他们采取了与土著女性通婚的方式，以达到其殖民目的。于是，随着白人殖民区域的扩大，梅蒂斯人的数量不断增加，特别是加拿大联邦政府成立后，大批的白人移民涌入加拿大，梅蒂斯人的生存空间却在不断缩小。为了维护自身的生存权益，他们发动起义开始反抗。他们从 19 世纪初组织反抗，到 19 世纪 70 年代成立自治政府，最终建立马尼托巴省，并将其划分为联邦政府的第 5 个省，这在加拿大土著历史上具有深刻的意义，其中的辛酸历程也是不言而喻的。

女作家玛格丽特的短篇小说《潜鸟》就是一部与梅蒂斯人命运紧密相关的作品，可谓是梅蒂斯人在历史舞台上的缩影。小说深刻、透彻地倾诉了梅蒂斯人处于多重边缘地位的尴尬和无奈。

目前，关于梅蒂斯这个特殊的群体到底是谁，还存在很大的争议和分歧。虽然印第安人的某些权利还未落实，但至少他们已经在法律上被确立为少数民族，并享有一定的政治权利，受到法律的保护。然而梅蒂斯人的概念甚至在法律条文里都没有界定，只在 1982 年的《宪政法案》中这样提及：①加拿大现承认并肯定土著居民现有的土著权利和条约权利；②本法中，"加拿大土著人"包括：印第安人、因纽特人和梅蒂斯人。

潜鸟

直到 2003 年，有一起涉及梅蒂斯人的个案发生，在案件审理过程中，加拿大最高法院不得不明确了对梅蒂斯人的界定：①自我认同。②传承于历史性梅蒂斯社区。③被梅蒂斯社区所接受。只有具备这三个条件，在法律意义上，才有资格被称作是梅蒂斯人。但这一概念仍然是模棱两可的。

对于一个民族来说，文化是他们赖以生存的精神支柱，是他们的根。文化殖民无疑是对这些土著居民的最严重的侮辱和摧残。尤其是当殖民者的文化与梅蒂斯人的本土文化相悖时，两种文化之间悬殊的差异便在文明层次上清晰地表现出来，且愈加明显。这就更导致了这些梅蒂斯人的一种迷惘、失落和无归属感。当生存在这样一种进退两难的文化夹缝中时，他们在某种程度上成为了社会的弃儿，显得格格不入，被甩在社会的边缘地带。如今，新一代梅蒂斯人正在试图重新确立他们在加拿大的地位。他们也不再满足于被描写成一个被遗忘的原住民种族。

梅蒂斯人别具一格的文化传统通过其各种服饰特征体现出来。他们的衣着将欧洲人和原住民的传统融为一体。男人通常身穿的外衣上面饰有颜色鲜明的彩带，脚穿莫卡辛鞋。妇女身着欧洲式服装，围巾一直垂到肩上，脚上也穿莫卡辛鞋。在社会习俗方面，他们还吸收并保持了父辈的传统，展示着他们自己的特点。如他们室内的家具摆设都要给跳舞留出足够的空间；家中的法国式小提琴也能说明他们的文化背景；他们的舞步、节奏和乐曲都具有其独特的个性。

梅蒂斯人通过吸收欧洲和当地土著文化，形成了自己的独特文化。他们从早期为了生存而学会了一些技能发展成了众多体育运动和体育游戏，例如射箭、打猎、摔跤、赛马、雪地快跑、跳跃、投掷重物和力量测试。早在 19 世纪时，梅蒂斯人就与欧洲裔船夫和印第安人展开皮毛贸易各个环节的技巧竞赛。互相比试力量、勇气、速度和毅力。项目包括雪地赛跑、跳跃、投掷重物和力量比试。参赛者扛着沉重的皮毛或重达几百千克的货物跋涉。在力量、毅力和敏捷性测试中胜出的获胜者将获得丰厚奖励。梅蒂斯人组、印第安人组和划独木舟的船夫组还会组织赛舟会，竞争十分激烈。在比赛的同时，人们还会举办一些狂欢活动。

梅蒂斯人和马有着深厚的感情。骑手在马背上表演特技，如骑在奔驰的马上捡起地上的东西。他们擅长骑马套牛。骑手必须信任自己坐骑的忠诚、速度和耐力，要知道，捕猎野牛时，这些品质都有可能关乎骑手的生死。在骑马或拉货比赛中，一匹马的品质往往是决定胜败的关键。在以前的红河殖民地地区，梅蒂斯人在结冰的河上举办冬季赛跑比赛，新年那天举办狗拉雪橇比赛。各种比赛的获胜者都会赢得奖品及奖金。

## 第二节　冰屋的主人——因纽特人

因纽特人也是加拿大政府正式承认的原住民中的一个分支，他们与生活在格陵兰、阿拉斯加和西伯利亚等极地周围地区的居民同属一个民族。他们猎食海生哺乳动物（特别是鲸和海兽），辅以鸟类和鱼类。因为他们经常吃生肉，因而被称为"爱斯基摩人"（Eskimos），这是克里印第安词语，意思是"吃生肉的人"。如今，该词被普遍认为是阿尔衮琴语的派生词，已经逐渐被"因纽特"代替。"因纽特"一词的意思是"人们"（单数形式为"In-uk"）。因纽特人的足迹遍布北极地区和内陆地区。北极沿岸地区的因纽特人主要以海豹肉和鱼为食，而内陆地区的因纽特人则吃驼鹿肉等。因纽特人祖祖辈辈生活在北极诸岛和加拿大大陆北部沿海地区，恶劣的环境、严寒的气候塑就了他们无比坚韧的性格。由于人们从未受殖民主义的侵扰，因纽特人今天仍保持着独特的生活方式。他们以快乐和爱好娱乐的天性著称于世。

从阿拉斯加到格陵兰的遥远的北部地区，是因纽特人的家园。这些游牧民族的狩猎者们夏天住在毛皮帐篷里，冬天则住在自己建造的圆顶冰屋里。由于北极地区恶劣的生存环境以及有限的食物供给，他们只能小范围地以家为生活单位，只有在特殊的场合才聚集在一起。比如，每年在驯鹿迁徙的时候，他们就会全体出动，外出狩猎。在狩猎的时候，他们通常使用狗拉雪橇和海豹皮船（这种皮船是将海豹皮或其他兽皮蒙在可漂浮的木材或鲸骨做的构架上，并装配上短桨）。

因纽特人，特别是一些老年人，仍然有吃生肉的嗜好。生活在北极地区的因纽特人还是住在北极的雪屋（或叫做圆顶冰屋）里。他们在平地上用雪砖垒成半球形的屋顶，屋内挖一深坑，坑前开一小窗。雪屋的门极低，必须爬行才能钻进雪屋。

因纽特人平时忙于狩猎，多在冬闲时进行婚配，青年男女以碰撞和摩擦鼻子的方式来互表爱慕之情。他们至今仍然流行着"抢婚"的古老习俗。特殊的地理和生活环境使因纽特人更注重诚挚的感情，而不讲究结婚的形式。当一对青年男女互生情愫，并发展到一定程度时，男方便会为女方家盖一幢冰屋，或者送给女方一套能够御寒的衣服。这似乎与亚洲民族结婚前男女双方互赠彩礼的风俗有异曲同工之处。当女方的家庭成员接受了这份"彩礼"，或者姑娘穿上了男方送来的衣服时，就算是双方确定了一种婚姻关系，相当于"定亲"。之后，双方会商定一个黄道吉日举行婚礼。如果婚礼选在冬天举行，男子会在婚礼当日偷偷隐藏在女方家附近，等待时机把新娘抢走。姑娘自然是知道男子在门外冻着的，为了考验未来丈夫对自己的感情，她们故意不给男子下手的机会。而男子总会千方百计地引姑娘出来以达

**加拿大因纽特人的冰屋**

到"抢人"的目的。如果婚礼选在夏天举行，那么新郎就可以钻进女方家里，抱起姑娘就往外跑。姑娘此时都会假装不从，还稍微挣扎一番，而她的家人则佯装没有看见，任由新郎把新娘当众抢走。之后，新郎新娘一起拜过家族长老父母，见过兄弟姐妹，然后设宴招待，纵情狂欢，最后进入洞房。至此，一场婚礼便宣告结束。

因纽特老年人预感死神将即将来临时，便会示意儿女自己年老困倦了，需要睡觉休息。儿女意会，便准备一个冰洞，让老人躺进去，为其盖好兽皮，然后用冰将洞口封住，老人躺在里面安然离去。5 天后，他们会在冰洞上方挖个小洞，据说，这样可以使老人的灵魂升入天堂。

如今，加拿大的因纽特人被称为这个国家的本土人，他们以此为傲。在加拿大南部，由于受科技和文化的影响，他们的生活方式也发生了很大改变。政府为他们建立了城镇，为他们提供接受各种工作培训的机会，他们的子女可以在那里上学。1999 年 4 月 1 日，加拿大又增添了一个新的省份——努纳武特（Nunavut）。原来从 20 世纪 60 年代开始，因纽特人在原住民向联邦政府提出土地要求时，希望也能够拥有一片属于自己的政治领土。于是，因纽特人发挥了自决权，他们在自己所居住的区域建立了面积达 349 650 平方千米的努纳武特，这是一个新的半自治区。"努纳武特"在因纽特语中的意思是"我们的家园"。34 岁的保罗·奥卡力出任努纳武特地区第一任总理。与此同时，当地的因纽特语代替了官方的英语。传统的狩猎和建造圆顶屋的技能也逐渐被引进到这个新的地区。截止到 2012 年，联邦政府预计在努纳武特地区的公共服务方面投资总额高达 10 亿加元。

# 第三节　第一民族印第安人

## 1. 加拿大印第安人的起源

印第安人的起源，是一个世界范围内的文化问题，是一个涉及地理、历史、民族、语言、天文、历法、考古文化学、地理学、语言学以及许多高科技研究等多方面知识的综合问题。

"印第安"（Indians）一词的来源有其历史意义。1492 年哥伦布发现了新大陆，他误以为自己开辟的是通往印度的新航路，所以把当地人叫做"印第安人"，原指印度人的意思。但是目前，这种用法在有些人看来是带有冒犯性的，因为它是在欧洲人对东方的探索中衍生出来的。

对"印第安"一词，新的解释与发现也总在充斥着人们的思想。近年来，美洲考古学家在奥尔梅文化遗址拉文塔祭祀中心，发掘出方形高冠雕像及六块玉玺。令人称奇的是，考古者发现，玉圭背面所刻铭文，介于大汶口文化、陶文和殷墟甲骨文三代古金文文字之间。

考古学家们对雕像的颜色和排列进行了研究，破译了玉圭铭文。研究发现，"印第安"三字，即来源于"殷地安"。而解释此现象的考证是，殷商末年，纣王无道，周武王伐纣。商纣用于对付东夷的军队在回师救纣之时，被周武王之军截断。最东一部分纣军在军事统帅彼侯喜和摩且王统帅之下，东渡出海，远赴美洲。东渡美洲的殷军民众，仿照故国中原大地的殷地安阳建立新家——拉文塔。他们念念不忘他们的殷地安阳故土，以至每日相见、吃饭、睡觉都要说"殷地安"，使"殷地安"成为口头禅，据此相传，便得此结论。

究竟"印第安"一词缘何而来，我们还没有确切的定论。每一种考究都有其有力的论据，对于科学家们新的发现和共识结论，我们只能翘首以待。

印第安人的起源，在学术界也可谓是众说纷纭，莫衷一是。究竟这些生活在美洲土地上的土著印第安人的祖先是从何而来，何时而来，为何而来，如何而来，是一次到达还是分批迁徙，至今仍没有定论。

从考古人类学来看，最初曾经有人认为印第安人是土生土长于美洲的。美国学者 R. M. 昂德希尔在《红种人的美洲》一书中指出：由于迄今为止没有在美洲发现任何类人猿和直立猿人的化石，依此断定，美洲土地上的原始土著印第安人只能是来自另一大陆，他们的祖先一定是外来的移民。

虽然人类通过某种方式从遥远的地区进入美洲大陆，但弄清楚他们的旅程具体是从何时何地开始的，成为人类学家永恒的论题。早在 16 世纪，西班牙人何塞·阿科斯塔就提出人类的起源是单一的，美洲的印第安人可能是亚洲人的后裔。18 世纪，俄国学者克拉契尼科夫第一次提出了古人类从亚洲经西伯利亚迁至美洲并形成印第安人的假说。至今，我国著名古人类学家贾兰坡先生仍持亚洲远古先民经白令海峡到达美洲的观点。

再从考古文化学来看，何丕荣 1992 年 6 月 6 日在《光明日报》上发表的"是谁先到'新大陆'？"一文指出，在美洲大陆上有中国古代殷商时期的文物出土、中国早期发明的历法使用，以及其他一些相似的文化现象。这一切似乎告诉我们，最早到达美洲的人来自于亚洲，而且来自中国的中原大地。另外，《北方文物》期刊上曾发表过两篇有关印第安人祖先迁徙的文章：贾伟明译自原苏联学者 N·N·戴克尔的"古印第安人和原始爱斯基摩人——阿留申人在堪察加半岛的遗址"和康呈"关于东北亚和北美细石器文化的几个问题"，两篇文章都得出并肯定了人类从亚洲东北部向美洲迁徙的观点。

从地理学角度看，关于古代从亚洲向美洲移民的路线，现在也基本上形成了一致的看法。其中一条路线就是经西伯利亚跨越白令海峡或白令陆桥到达阿拉斯加，再扩散到整个美洲大陆。因为亚洲和美洲大陆之间的白令海峡在冰期内曾四次露出海底，成为一道暂时的陆桥，这便为从亚洲向美洲移民提供了可能性和可行性。但"西伯利亚"在此确指哪里仍待商榷。

　　有趣的是，也有人从语言学的角度证实印第安人的祖先是从亚洲大陆经由西伯利亚过白令海峡到达美洲的。美国加利福尼亚大学勒顿分校人类学教授奥托·J·冯·萨道夫斯基有一个重要发现：今天居住在蒙特利、博德加、萨克拉门托、圣金华等地的印第安人与生活在今天原苏联乌拉尔山区的 6 000 沃尔古人及 17 000 奥斯加人在语言上极为相似，以至今天加利福尼亚印第安部落中几乎有 80% 的口语在亚洲西伯利亚部落中还在继续使用。这些情况说明，他们来自一个共同的语言系统。也就是说，北美的印第安人祖先是从西伯利亚迁徙过去的。

　　我们再从高新科技的研究成果来看，2007 年 11 月 29 日《参考消息》发表一则消息：美国趣味科学网站报道，研究证实首批美洲人全部来自西伯利亚。新的基因证据表明，曾经有一群人从西伯利亚出发，横跨白令海峡暂时出现的陆地桥到达了美洲寒冷的西北部。此外，密歇根大学医学院的基因研究人员诺厄·罗森堡还说，他们有相当确凿的证据能够证明美洲土著最有可能来自东亚某地。

　　另外，人类学家通过对遗传和考古记录的研究，提出印第安人是越过白令海峡到达北美的亚洲人后裔，现在这一理论又得到一种名叫 JC 病毒的有力支持。《华盛顿邮报》刊登一篇题为"微生物的迁徙"的长篇文章，文中指出：科学家发现印第安人体内携带的 JC 病毒，与日本人携带的这种病毒几乎完全相同，但与南太平洋土著居民、非洲人和欧洲人携带的这种病毒则差异很大。

　　除此之外，从历史学角度，也有充足的证据来证明美洲与中国古文明的关系历史源远流长，我们可以觉察到中国文化延伸的痕迹，也可以发现中国和美洲大陆两者之间的文化渊源。

　　从人类学角度看，大量的证据都充分证明印第安人在人种特征上同亚洲的黄种人是非常类似的。历史学家和人类学家关于印第安人祖籍的考证总会得到证实。

　　关于人类是在何时移居北美大陆这一问题上，各国科学家都得出了不同的结论。我国的考古工作者于 1974 年得出的结论，确定人类移居北美是在 2 至 3 万年以前的冰河时代；1981 年，美国科学家通过对一些发掘出的石质工具的测定，得出人类是在距今约 2 万年前移居北美的结论；也有一说可能在距今 1~1.5 万年；而美国学者昂德希尔在《红种人的美洲》一书中指出，考古学家已经确定，人类是在更新世冰河期中的后期到达美洲的，时间可能在距今 1~1.5 万年；此外，陈永龄先生在"记加拿大'第一民族'——印第安人"一文中透露，一位加拿大考古学家曾向他证明，有些新材料可以证明这一时间最远可追溯到大约 7 万年前，与之前的研究结果相比较，已然很早了；更有甚者，加拿大拓荒者博物院研究人员托马斯·约翰逊教授在一次报告中说，美洲大陆的人类祖先有可能是 12 万年前从亚洲大陆沿太平洋大陆架迁移过去的。

　　至于其迁徙原因，是为了逃避敌人？还是为了追逐猎物？都有可能，但至今仍是个谜。

　　而对于从亚洲到美洲的移民批次，塞奥多尔·施舒尔博士认为，史前有两次从亚洲移民美洲的大浪潮。第一次发生在 2 万到 4 万年以前的冰河时期。当时人们从西伯利亚经过冰冻的白令海峡而到达美洲。第二次移民浪潮发生在 6 千年到 1 万 2 千年以前。一些海上移民者从中国的东北部南下越南，经过菲律宾到斐济群岛和夏威夷，然后再到北美。而这一结论却是与 2007 年 11 月 29 日《参考消息》上的消息是背道而驰的。《参考消息》中据美国趣味科学网站报道，一些研究基因的科学家们表示，基因中的遗传变异出现得很晚，强有力地证明了人类是通过最近一次迁徙而不是分几次分别迁徙到达北美洲和南美洲的。

总体来说，到目前为止，人们普遍接受且最有说服力的科学理论是，早在 4 万年以前，从亚洲过来的一些游牧部落通过连接西伯利亚和阿拉斯加的白令海峡迁徙进入美洲，成为这里的原始土著居民。

因此，国内外研究美洲印第安人的起源是有其重要意义和价值的。正如我国著名的考古人类学家贾兰坡先生所说："亚洲和美洲的史前文化联系，蒙古人种或中华祖先向美洲移民并开拓美洲，已成为世界文化人类学研究的最有意义的重要课题之一。"这一课题的研究既有利于世界，也有益于中国，越靠近事实的理论越是全世界所乐见的。

综上所述，国内外学术界对美洲印第安人来源问题的研究，近年来的确取得了不少可喜的成果，并有了长足的进展。但是，由于这一问题所涉范围之广，大大增加了其难度，目前国内外学者们仍未取得共识。要想有新的突破，仍然需要世界上不同国籍、不同学科的专家、学者们协同配合，共同攻关，并为此付出艰辛的劳动。

**2. 加拿大印第安人的早期生活及现状**

历史的车轮缓缓驶向前方。在如今社会现代化、经济全球化的加拿大社会中，仍然可以触及到对极其古老的印第安传统历史文化的怀恋和伤逝，也能意会到对变幻莫测的、捉摸不定的未来的迷惘、惆怅的思绪，过往的岁月承载了这个古老民族的失望和憧憬。历史的长河疑似平静，可总有声音在分辨着历史的脚步。

土著印第安人的祖先以"第一民族"的身份开拓了这片荒芜之地。在极其恶劣的自然条件下，不同的印第安部落生活方式相差甚远，具有明显的地域特征和对自然环境的高度依赖性，生活水平因此有所不同，社会组织结构也存在着很大差别。比如，位于西部沿海的印第安人部落拥有较为复杂的社会等级和分工，而位于北部森林和冻土地区的印第安人基本上是以血缘关系为纽带组成的较小团体。早期的土著印第安民族大多以半永久性和群居的方式生活为主，如今的不列颠哥伦比亚、安大略南部和圣劳伦斯谷地的河流、海岸等地区都有他们活动的足迹。也有少部分印第安人过着游牧生活，基本上以渔猎、采集为生，只有个别部落有原始的畜牧农业。几个世纪以来，在冰雪覆盖的北部地区，或者荒无人烟的西部地区纽芬兰岛，原住民的生活非常简单。但是，在土地肥沃的安大略和以渔业和农业为主、水产丰富的哥伦比亚，孕育出的印第安人社会则是非常先进的。

在当时的经济条件下衍生出的社会组织形式有三种：①原始游动部落的村落社会（Band），即游动民族的基本社会组织，其结构简单，是出于寻觅食物、捕鱼狩猎或者节日贸易的需要而组织的。在狩猎中发挥出色、技艺超群的人往往被推举为村落的首领，而首领几乎没有或者完全没有特权，只有赢得了村落社成员的支持，才能获得首领地位。村落社里的每一位成员都是平等的。值得注意的是，这种早期的村落社组织只限在部落组织之下，即部落酋长之下。②半定居农业部落的联盟组织。相比较而言，有些居住在大湖区一代的土著印第安人由于温和气候条件的庇护，以农业为基础的生活水平是相对较高的，因而社会组织要比游动部落的组织发达一些，这个时候开始出现氏族以及部落联盟。③在太平洋沿岸地区，呈现的是等级社会的趋势。在那里，虽然还没有完全进入等级社会，但是已经开始出现等级区分。

由于历史和人为的原因，同是印第安人，却有不同的地位之分：①有条约地位的印第安人（Status Indians，也称"注册印第安人"）。因为他们的祖先曾同英国殖民政府定过条约，献出过土地，所以如今的他们有权利享受这些回报。如保留地、少量福利补贴以及免税等。

在当今加拿大的所有土著居民中，有 60% 被承认是有条约地位印第安人，这意味着他们可以正式地在原住民保留地居住生存。但是，仍有 40% 的这种印第安人居住在保留地以外很远的地方，而且在 2 370 块保留地中，只有 900 块可供居住。通常情况下，保留地居住的原住民不只来自于一个部落。比如在安大略，最大的印第安部族是来自格兰德地带的第六民族，那里居住着来自 13 个不同的群体、人口多达 19 000 的土著居民，其中包括了摩霍克族、德拉瓦族和塞内卡族。②如今，大多数无条约地位印第安人（Non-Status Indians，也称"非注册印第安人"）则同其他的加拿大人口混合居住，尽管他们也赞同自己在社会文化和种族属性上属于印第安人，但是他们却不想拥有这些特权，因为他们的祖先没有同殖民政府签订过这样的条约，所以不具有印第安人的"地位"。

随着联邦的建立，新的联邦政府被赋予对"印第安人及印第安人保留地"的立法权。1876 年通过的第一部《印第安人法》赋予联邦政府以更大的权力来控制居住在保留地的印第安人。该法律指明什么人是印第安人而什么人不是，控制居民随意迁出保留地，还指明儿童应在什么时候、什么地方上学，但是不赋予印第安人投票权。该法的一些条款还赋予联邦政府管理无保留地印第安人的权力。乔治·里加（George Ryga, 1932—）的剧本《印第安人》中对印第安人生存的严酷现实进行了详细的描写。控诉了当时那个置土著民众疾苦于不顾且逃避责任的社会。

20 世纪 40 年代末至 50 年代，印第安人的婴儿死亡率一直很高，人的寿命都很短。一些教育措施，如住校制度，很显然没有把印第安青年包括在内。保留地内的住房标准很差，酗酒和失业的问题也十分普遍。尽管现在土著居民几乎分布在所有劳动力部门，但严重的经济问题和社会问题依然存在，较之非土著加拿大人，他们的失业率仍然偏高。在许多保留地内，住房供给也仍然不能满足需要。

政府为改善土著民族社区的生活条件进行了不懈努力。到了 20 世纪 60 年代中期，社会和经济状况有了好转的迹象。保健设施有所增加，印第安青年接受高等教育的状况也大为改观。20 世纪 60 年代末，印第安人已经获得了完整的政治权利和法律权利。如今，政府对印第安人实行了很多优惠政策，经济上给予补助，政治上允许自治。在政府的帮助下，印第安人不劳动也可以生活。但是，这也在某种程度上带来一些负面影响——加剧了印第安人的依赖思想。这也是当代的印第安人和加拿大政府需要思索的一个问题，究竟怎样才能真正实现两者之间的和谐相处。

现在加拿大印第安人共有 80 多万，分布在加拿大各省，他们被划分为 12 种不同语言的群体。2007 年，根据《加拿大印第安人法令》规定，有近 540 000 名注册印第安人，约占加拿大总人数的 1.8%。根据联邦法律，经"注册"的印第安人，即法律上被认同是印第安人的人，享有特定的权利和利益。大约 55% 的注册印第安人居住在名为"保留地"（Reserve）的指定区域，这些区域是政府为印第安人专门使用而划分出来的。在加拿大，为全国 605 个土著民族设立了 21 200 多个保留地，而这些地区多位于乡村地区，其中有许多是与世隔绝的，没有人烟。如今，随着人口快速增长，住房压力骤增，他们的居住条件令人担忧：几代人同住的现象非常普遍。此外，能源依靠外界也是困扰印第安人生活的一个重要问题。

很多人想象中的印第安部落散居在密林深处，头插羽毛的印第安人手持弓箭，以狩猎为生。早期的印第安人的生活的确如此，但现在的他们有好多就住在公路旁。那些木制的房屋或用粘土抹墙的房屋看上去显得质朴敦实，很像中国北方的村落。与加拿大现代城市相比，他们的屋内陈设显得简陋凌乱，但是电视、煤气、暖气、各种家电、卫生间洗澡设备一应俱全。如今部落里大多是老年人看家，做些工艺品出售。年轻人则从学校毕业后便到城市里去闯天下，融进了现代社会的洪流中。印第安人古老的文化也成了加拿大的国宝。印第安人居住过的岩洞或一些木屋也成为国家的保护文物。印第安人的工艺品也被展览在大大小小的博物馆里。

当传统面临现代的挑战，当年轻人的思想脱离、背弃了老年人的意识轨道时，当代印第安人应该何去何从？站在历史的角度来审视这样一种形势，是悲是喜？民族的根固然是不能抛弃的，民族基地更是不能遗忘的，但是当城市现代化的洪流袭来时，土著印第安人就需要作出选择，并正确处理好这两者之间的关系。

**3. 加拿大印第安人的文化**

（1）语言　据划分，加拿大现有 12 个土著语族，如阿尔衮琴语族、爱斯基摩-阿留申语族、易洛魁语族（其中，世人知晓的"加拿大，Canada"这一名称便来源于本语族词"ga-nà；da"，意为"村落"）等，而且每一种语族中又包含了许多不同种类的语言。而正是这些语族将文化密切联系在一起，并且解释了文化的多样性。需要指出的是，对于印第安人来说，唯有爱斯基摩-阿留申语族是不属于他们的语言。在对于这些多种多样的土著语言的研究过程中，也不乏遇到一些有趣的现象：某两个部落之间，虽然地理环境及生活方式相差甚远，但是却操同一语族的语言。无独有偶，有些部落之间在各方面几近一致，可是其所操的语言却截然不同。其中，值得提及的是，目前土著语言最为集中的地方是不列颠哥伦比亚省，这一地区的土著印第安人使用着上述所提及的 12 个土著语族中的 7 个语族的语言，其语言特性之丰富，让人思索。

在任何一个时期，语言都是社会文化历史舞台上的主角之一，更何况在这样一群特殊的人群中。有些学者提出的"语言流失和语言保持"似乎更值得引起我们的广泛关注。"非物质文化遗产"作为一种特殊的文化载体，是需要保护和传承的。在早期的加拿大印第安人的生活中，各部落之间的贸易和战争在一定程度上对其语言的发展是起促进作用的。正是这两方面的需要，既使得这些印第安语言得到适当的传播，也在传播过程中充实了其内容。

印第安语终归还是不能进入当地的立法、学校等部门，针对此种情况，印第安人本身和联邦政府都采取了相应的举措，为最终达到保护并保存土著语言的目的，尽可能避免"语言流失"。这种"家园语言"有继续为人们表达当地土著的历史、信仰和文化的必要，可以让更多的人了解这样一种种族群体和语言群体。

此外，印第安语言对加拿大英语有独特的贡献。社会语言学的一项重要内容是研究语言与地理的关系，这里的地理是广义的地理，包括山川湖泊、天文气象等。如上所述，这些因素对语言，特别是对词汇，有重大影响，这应该不仅引起词汇收集者，而且引起词汇解释者（在很多情况下是词典编纂者）的注意。另外，印第安人语言中的词汇，反映出其语言地理学独特性质的词语，为我们深入了解加拿大印第安人的早期生活方式及生活习性各方面提供了很有价值的参考。我国的英汉词典收录了很多印第安人词汇，但目前还有一些尚未收入，如 muskey（沼泽地）、kayak（兽皮独木舟）、whisky jack（铁匠；锻工）、kokum/kokum（祖母，奶奶；外祖母，姥姥）等。

（2）图腾柱　加拿大历史告诉我们，图腾柱是雕塑，是艺术，是加拿大的最高水准的木雕，它在给世人展示着这种独特的印第安文化的同时，也反映了西北沿岸印第安人在木器雕刻上的伟大成就。多少年以来，西北沿岸的土著印第安人一直雕刻木制图腾柱，用以记录他们所属的家族，比如乌鸦族、青蛙族或狼族。

众所周知，图腾柱是西部沿海地区印第安人文化的特色标志。图腾柱是一根长长的木制柱子，通常由雪松木（cedar）雕刻而成，上面刻有形状各异的符号、人物以及动物图案，并被着以各种色彩。其中动物形象包括海狸、海狮、海狼、杀人鲸、狗鱼、三文鱼、比目鱼、老鹰、秃鹰、渡鸟、乌鸦、鸟、雷鸟、熊、狼、青蛙、蛇、铜头蛇等。图腾柱上的符号和图案都充满着十分诡异神秘的气息。上面雕刻的图案十分夸张，人物或者动物面目怪诞，甚是让人吃惊。整个柱子浓墨重彩，更增添了一种庄重严肃的氛围，给人以强烈的视觉冲击和心灵的震撼。最具有代表性的一具雕刻，其上刻着一只灰熊，它的前爪掌里雕有一个出奇大的眼睛，象征着一位已经去世的酋长的灵魂。另一具雕刻中，哭泣女人塔娜的泪水中浮现着已死孩子的面容。无论是在加拿大博物馆的陈列中，还是在车站、机场、码头、广场、道路或者公园，到处都会有图腾柱的身影。

直到目前，关于印第安图腾柱是何时开始的，还没有确定的说法。但 18 世纪欧洲探险家们记载的资料表明，当时他们踏上这片土地的时候，这样的图腾柱就已经存在了，只不过那个时候的图腾柱体积小，而且为数不多。此外，也有资料表明，因为图腾柱大多用雪松木雕刻而成，而雪松木在西北海岸的热带雨林环境中易腐烂，所以几乎没有 1800 年以前的图腾柱了，但是值得提及的是，展于维多利亚皇家博物馆的、不列颠哥伦比亚以及哥伦比亚大学人类学博物馆的图腾柱历史更久远一些，但也只能追溯到 19 世纪 80 年代。

虽然名曰"图腾柱"，但不能想当然地以为图腾柱就是他们绝对的图腾崇拜。两者是有关联的，但又不完全等同。美国人类学家爱德华·马林（Edward Malin）这样解释说："西北沿岸印第安人的图腾柱不过是一种巨大的雕刻柱，为同一血缘的人群或是氏族出于纪念某一历史事件或是神话典故而树立，它完全属于一种社会秩序而不是宗教性的。一些形象也许具有图腾的含义，但大多形象同集团的社会关系与社会身份有关。有的柱子描写单个的事件，也有的同集团的历史传统或近似于历史传统的多重事件有关。"加拿大著名的图腾柱研究专家希拉里·斯图尔特（Hilary Stewart）说道："最早的探险家也已经认识到这些雕刻柱表现的并不是上帝，不是膜拜对象。相反，这些雕刻柱表现的是家族徽标，或源自继承，或源自婚姻或其他方式。它们是主人权利或特权的宣言书，记录了部落的起源神话，同时也讲述祖先的探险历程和家族的历史。"也有的西方学者，只命其名曰"雕刻柱"，因为他们认为这些根本就不是图腾，竖立这些图腾柱的原动力不是狂热的原始宗教信仰，而是获取特权，巩固地位。但总的说来，图腾柱是一种象征，一种象征某个部落集团出身、家族谱系、传统地位、世袭权利和特权的综合体。

埃迪·马林于 1986 年提出了一套关于图腾柱发展的理论。他指出，早先欧洲探险家所看到的图腾柱起初是用作支撑房屋的柱子，接着发展到安置骨灰的地方，到纪念文化信仰和引起关注的大事，最后发展到家族财富、威望和地位的象征。他还指出，图腾柱最早是以夏洛特皇后群岛上的海达人为中心的，随后传至蒂姆西亚人和特林吉特人，然后延至不列颠哥伦比亚甚至华盛顿的北部，这也是西北海岸的摄影历史传递给我们的信息。

根据不同的用意，图腾柱有房柱、墓柱、纪念柱、耻辱柱、嘲笑柱等不同的类型。其中，房柱分为房内柱和房前柱。房柱的历史最为悠久，也是最早进入西方文献记载的图腾柱类型，也可能是分布最为广泛的木雕类型；房前柱非常普遍，影响范围很广。从安置骨灰的地方发展为墓柱，后来还用做纪念。纪念柱则是记录一些首领的丰功伟绩或者所经历的重要事件。用于公共场合嘲笑的通常是耻辱柱，如果某个人或集团没有偿还债务，则是会被嘲笑的。今天很少有人讨论耻辱柱，其意义也多被遗忘。但是在整个 19 世纪，耻辱柱是图腾柱中非常重要的一部分。图腾柱可以说是西北沿岸土著印第安人图腾崇拜的最生动的表现，此外，他们也通过绘画、纹身等形式形象地表现出来。

18 世纪晚期到 19 世纪上半叶出现了一个新的与图腾柱密切相关的名词，叫做波多拉支（potlatch），来源于清努克语（Chinook），也被叫做"夸富宴"。这是西北沿岸土著印第安人以赠送大量财物和食物为主的一种最重要的礼仪活动。通常情况下，在竖立图腾柱的时候，都一定要举行夸富宴，于是夸富宴出现在西北沿岸印第安人文化舞台上。两者的结合，奢侈地展示了主人的财富和特权，及其社会等级和地位。如果一个酋长因此赢得了声望以及他所争取的等级地位和特权，那么夸富宴的参与者便是其合法有效的人证，而图腾柱则是其实在的物证。随后，在皮货贸易往来减退的同时，加拿大政府宣布取缔"波多拉支"活动，而且基督教传教士也唾骂那些图腾柱崇拜的异教徒，并迫使他们毁坏现有的图腾柱。于是，图腾柱雕刻得以传承的社会文化环境被摧毁，到了 20 世纪以后几近灭绝。到 20 世纪 50 年代，伴随着文化、语言等各方面的复苏，图腾柱文化也得到了恢复，印第安人也通过自己的努力获得了对自己文化的归属感和认同感，与此同时，主流社会也形成了一种认识和认可，并表现出尊重和欣赏。

（3）风俗习惯　印第安人还崇拜羽毛，羽毛节为其传统节日之一。相传一只山鹰曾解救过他们的祖先，为感谢山鹰的救命之恩，祖先将散落在地上的羽毛供奉起来，便演变成今天的羽毛节。节日的庆典活动多在秋季举行，持续数日。节日里男人们身着传统勇士服，头插羽毛，游行狂欢。但不同的种族都有不同的庆祝方式和表现风格。比如，印第安特林吉特人习惯在身上用颜色绘出各种图腾形象。他们居住的房屋为巨大的三角顶木房，上面雕刻、彩绘着各种图案，房内有很多松木箱用来储存食品和衣物，室内平台既为凳子又可当床，房橼的架子和壁龛放置着各种生活用具。而印第安克里人则住在帐篷里，用黑、红两色在帐篷绘出各种神像及梦中灵魂，将其当作神灵供奉，彩绘帐篷退色后，便将帐篷烧掉以示对神灵的敬仰。

另外值得提及的是，一年一度持续三天的帕瓦仪式。帕瓦仪式是北美土著印第安人一种集会形式。Powwow 一词来源于赛特部落，意思是"精神领袖"，在印第安语中的意思是"交换劳动产品的集会"。现在，这个词被用来指重要人物，比如军事要领人物的会晤，这一用法被认为是对本土文化的无礼侵犯。

仪式过程中的音乐和舞蹈被认为是土著人们与神的交流和对话，而鼓点和舞姿是与神灵沟通的媒介。如今的帕瓦仪式中，非土著人也会加入其中，人们在一起跳舞、唱歌，互相交流，尊重并欣赏印第安文化。通常情况下仪式中会举行舞蹈比赛，夺冠者可以获得一些奖金。仪式持续时间一般为 3 天，每天都有 5~6 个小时。有时，集中的、大型的帕瓦仪式会持续一个星期。

每一次举行帕瓦仪式都需要挑选人员组成帕瓦委员会，委员会的成员有竞技场负责人（Arena Director）、司仪（Master of Ceremonies）、鼓组（Drum group）、头舞者（Head danc-ers）等，他们一起为整个帕瓦仪式服务。部落间音乐风格迥异，用于说明这些土著人的部落身份和生活文化价值。

加拿大印第安人的婚礼带有浓厚的民族色彩。婚礼通常在印第安人聚居区的公共建筑物里举行，一般是一幢较大的木头房屋。举行婚礼时，来参加婚礼的亲朋好友或者村民们都纷纷来到木屋里，问候聊天。不管男女老少，他们都身穿民族服装，款式新颖，色泽艳丽。尽管本应是热闹欢腾的场合，但是印第安人总是静默的，互相之间的交流也轻声细语。

根据印第安人传统习惯，新郎婚前要设法猎获一头麋鹿，用鹿肉加野味熬成汤，婚礼上分给在座的来宾喝。按照古老惯例，印第安人婚礼上吃玉米饼时，还应吃烤野牛肉，但今天的野牛成为保护动物，所以许多人婚礼上的烤野牛肉便用美国的"肯德基炸鸡"代替了。喜宴结束，酋长和长老离去，人们来到一块空地上，随着欢快的鼓声，通宵达旦跳传统的印第安太阳舞。

印第安人的婚礼既保持着本民族的传统习惯，又受到了西方文化的影响。在传统与时尚结合的今天，也已然成为了一种特色文化，历史悠久的传统习惯是他们的特性，而与西方文化的部分结合成为他们的个性，两者兼顾，足以展示印第安人在当今社会的真正特色，成为他们生活中的一个亮点。

（4）加拿大印第安人的教育　　教育对一个民族的发展来说是一个十分重要的先决条件，是民族发展乃至社会发展的根本大计。加拿大印第安人教育经历了不同的发展时期，在漫长的过程中，他们清醒地意识到，对一个民族来说，教育是民族生存与发展的关键，只有真正掌握了自己受教育的权利，才能真正掌握自己的命运和未来。所以在过去几十年里，土著人一直在教育方面努力争取一些自身权益和自治的权利，而联邦政府也赋予其越来越多的自决权和自治权。

在综合考虑了土著印第安人的历史、语言、文化、现状和对未来的期望后，联邦政府尝试着做了一些工作。据1987年的统计数字，在育空地区，有95%的印第安儿童可以进入不列颠哥伦比亚省学校接受教育。印第安大学生有12 000人。若将印第安人的小学生、中学生、大学生加在一起共88 192人，学生占其总人口的21%，这个比例并不低。该数据说明加拿大政府在提高印第安人教育方面做了很多的工作。

17世纪以前，即欧洲殖民者踏上这片大陆之前，加拿大印第安人的教育属于传统教育时期。这一时期的教育形式是最基础的，是为了传承其文化精髓，维护其民族生存。通常情况下，德高望重的老人和父母是这一时期教育事业的执行者，他们给孩子们传授道德标准以及生存技术和传统文化。比如，孩子们需要学习如何尊重别人，如何狩猎、捕鱼和随气候变化而搬迁，以及印第安人的风俗习惯、民族历史、宗教信仰等。值得注意的是，在这一阶段，没有学校、没有专门的老师，孩子们所学的东西，都是听来的。"口述"是孩子们受教育的主要手段。

从17世纪开始，欧洲殖民者入侵，大量欧洲人纷纷移居到此。从某种意义上讲，这片土地开始接受被动的教育。这一时期最早的印第安人的教育受到了法国传教士所带来的浓厚的宗教气氛的冲击，从由法语教学到英语教学，这一过程中，整个土著民族处于被"驯化"的地位。殖民者们想尽办法用自己的说教来驯服这些殖民地的人们，以使这些土著印第安人更加听从他们的统治，企图把印第安人变成有利于他们的人。这一时期的印第安人教育事业发展并未取得令人满意的成绩。

随着时间的推移，1763年之后教育一体化现象的出现，使得殖民政府开始对印第安人教育采取一些实际的措施。同时，一些大的贸易公司也对印第安人进行资助，所以这一时期印第安人的学校有了一定的发展。

诸多社会问题使印第安人意识到教育的重要性，只有教育水平提高上去了，他们才有可能获得更多的机会和权利，所以他们迫切地要求教育自治。殖民地时期带有目的性的教育模式亟待改善。

1868～1945年，这一阶段是由政府与教会联合办学，对印第安人实行分校教育的时期。1867年之前，印第安人的学校以教会学校为主。1867年，联邦政府通过了不列颠北美法，印第安人取得了自治领，加拿大联邦政府开始过问印第安人的教育。自1892年开始，所有教育经费支出都由联邦政府拨发。但是，这一时期的教育没有新的突破，还是秉承了上一阶段已经出现的分校教育政策。

第二次世界大战结束以后，印第安人更加觉醒，要求民族权利平等的愿望更加强烈。1946～1969年期间，印第安人各个民族一再要求结束分校教育的教育政策，于是出现了合校教育，即印第安人儿童与移民儿童合校学习。1949年，联邦政府签订了第一个合校教育的协议。

联邦政府为印第安人提供的福利政策，在某种程度上也产生了一些消极影响。在后来的加拿大印第安人争取自治权和自决权的过程中，他们努力争取更多的接受教育和就业的机会，而不是福利补助。他们从自己的现实地位和社会环境出发，切实感受到了只有狠抓教育才能拥有更多的机会。他们不甘心自己的教育历史上只有记载白人统治的文字，而他们自己的记录却是空白，所以他们大胆建议创办自己的民族学校。

在20世纪70年代初，他们的努力取得了一定的成效。值得一提的是，在印第安人教育自治方面，加拿大的全国印第安人兄弟会（National Indian Brotherhood）发挥了非常出色的作用。1972年2月，在当时加拿大印第安人和北方事务部协会（Indians and Northern Association of Canada）部长让·克雷蒂安的帮助下，基于全国印第安人兄弟会的政策文件，联邦政府采纳了"印第安人控制印第安人的教育"（Indian Control of Indian Education）的建议，规定由父母和地方当局负责，并将其作为加拿大印第安人未来教育发展的基础，融入了加拿大的主流社会，并延至省级教育系统，产生了部落控制的学校（Band-Controlled Schools）。

总体来说，这项政策的出台和实施是联邦政府在对印第安人教育问题上意义深远的一个转变，全加拿大的印第安人重新得到了教育自己后代的权利。在1984～1985年间，全加拿大的印第安儿童中有48.9%在各省属学校就读，28.3%在联邦学校就读，其余22.8%在部落控制的学校就读。

接过了教育的管理权之后，由印第安保留地村落社管理的学校逐渐兴盛起来，遍布加拿大全国。虽然印第安孩子们有选择的权利，或者去村落社，或者去省办学校，或者去联邦政府学校，但是他们更多地选择进入村落社管理的学校学习，并最终实现了村落社管理学校的目标，提高了印第安儿童受教育的比率。在这一时期的办学过程中，学校都注重对学生民族文化传统和价值观念的传授和培养，加深他们的国家和社会责任感，完成个人自我价值观的塑造。

因为大多数土著民族现在都能主管自己的教育事业，所以学生的入学率有所提高，退学率有所下降。63%以上的印第安和因纽特小学和中学中所学的各门课程都是以本族语讲授的。1992～1993年，有22 000名土著族学生高中毕业后继续上学，所学专业主要集中于商科、管理学、工商管理、工程学、应用科技和贸易。受过高等教育或掌握了适应现代劳动力需求的工作技能的土著人数量正在增加。政府计划致力于改善其就业前景，并鼓励其在联邦公共机构和私人机构中继续接受教育。

在此基础上，兴办民族大学的要求也相继而生。萨斯喀彻温省的印第安联合学院（Indian Federated Institute）的设立便是一个很显著的例子，它在发展过程中取得了很好的效果，也为以后建立第一所民族大学奠定了坚实的基础，揭开了印第安人教育自治的新篇章。

但是，由于语言流失，文化遭受摧残，经费的不稳定，后来的"印第安人控制印第安人的教育"的各项工作进展步履维艰。尽管如此，这一时期印第安人教育的发展趋势还是令人欣慰的，印第安人的文化和语言正在受到前所未有的重视。

此外，作为一个以多元文化为特色的国家，其双重文化身份也体现在教育方面。一方面在自治的同时要保护好民族语言教育，因为这是一个民族文化中不可或缺的部分；另一方面在"同化"的同时，适当地开展遗产语言教育，以保证这些不同种类的语言能够在多种文化交融的加拿大社会中生存下去。因此，民族语言教育的完好保存和遗产语言教育的有效进行都是加拿大教育的任务。

综上所述，在现代化社会里，印第安人的教育工作取得了可喜的成绩。但是，关于印第安人教育的工作仍然是一项未完成的事业，其在印第安民族自治方面所要发挥的作用仍需要时间来证明。

### 4. 加拿大印第安人与主流社会的撞击与融合

尽管历史上加拿大印第安人长期处在主流社会之外，与加拿大主流社会有过许多矛盾，并发生过诸多斗争，他们的合法权益一直得不到保护，生活、教育、文化等各方面的生活状况都得不到应有保障。长期以来，印第安人以消除民族歧视为目标，主张各民族平等，要求自己管理自己的事务。

第二次世界大战以后，加拿大联邦政府推行的土著政策发生了重大转变，告别了以往的同化政策和绥靖政策，开始转向融合，从否定土著权利、同化土著民族，逐步发展到恢复土地，承认土著自治，保护土著文化。虽然过程艰难，但也取得了一定成果。融合政策与政府在全国推行的多元文化政策是相一致的。多元文化政策的实施，的确使人们对土著文化的某些方面重新产生了兴趣。

几百年来，加拿大土著居民一直致力于民族自治的努力。他们与加拿大联邦政府和其他族裔的关系，已经由过去的同化与被同化关系，从本质上转变为合作、协商、求同存异的平等关系。在我们接待的加拿大教育代表团、商务代表团和政府代表时，都能看到很多加拿大的土著居民参与其中。他们表示，加拿大联邦政府所做出的签约自治、复得权利、保护土著文化等的和解让步让他们非常感动。实际上，从20世纪70年代开始，加拿大联邦政府和各省级政府与加拿大土著居民就解决土地主权问题和自治问题进行多次谈判，达成了系列协议，并签订了相关条约。而且，联邦政府在土地、资源和资金等方面都给予土著民族很多优惠政策。比如，如今的加拿大联邦政府竭力保护以图腾柱为表征的印第安传统文化，不仅印第安人努力恢复自己的语言和风俗仪式，对自己的传统文化产生了强烈的归属感和认同感，而且主流社会对印第安文化遗产理解认识也越来越深刻。在某种程度上这是融合政策的实施效果。

　　我们不得不承认，虽然融合政策有力地处理了土著群体和主流社会的关系，但是这一政策却没有直接处理两者之间的种族隔离问题。相反，仅仅被当做一项过渡措施，鼓励两者的并存，因此这种关系的处理还有更多的空间。我们相信，随着历史与文明的发展，加拿大主流社会与土著居民的关系呈现给我们的将是更加和谐的景象。

# 第九章　加拿大福利文化

社会保障（Social Security），英文原意是"社会安全"，是指维护、保护和提高公民基本生活标准的公共立法和计划。社会福利（Social Welfare）是社会保障的重要组成部分，它是国家和社会为保障和维护社会成员一定的生活质量，满足其物质和精神的基本需要而采取的社会保障政策以及所提供的设施和相应的服务。由于世界各国的政治制度、经济发展、社会背景、文化传统等各方面的不同，各国根据自身的特点，建立了不同程度、不同形式、差别很大的社会保障体系。

社会保障涉及居民从日常生活到遭遇任何事故的所有方面。西方学者把它概括为"从摇篮到坟墓"或"从胎儿到天堂"。加拿大是个高税收、高福利的国家，加拿大社会保障制度的目标是"保证所有加拿大人拥有最起码的资源以满足他们的基本需求，享有基本的社会服务以保持他们的福祉"。

## 第一节　加拿大社会保障制度的发展

加拿大是一个社会福利制度非常完善的国家，这是其他许多发达国家都无法企及的。加拿大人为此而自豪，外国人更是对此眼热，就连美国人都对此羡慕不已。但它的发展也经历了一个漫长的过程。

加拿大的社会保障制度于 20 世纪 30 年代正式起步。当时正值资本主义世界经济大危机时期，加拿大总理 R·B·贝内特曾提出一系列社会改革计划，而这一"新政"却由于贝内特大选失利而被迫"流产"。直到 1944 年，加拿大联邦政府通过了"家庭津贴法"（The Family Allowance Act），此法律规定家中如果有 16 岁以下的在校子女，父母可按人数向政府领取儿童补助金。

第二次世界大战以后，加拿大的社会福利保障体系迅速发展，福利计划也延伸到社会生活的各个领域。在医疗方面，1948 年加拿大通过《全国健康医疗金》（National Health Grants）计划，规定联邦政府承担各省医院建设费用的 50%。1957 年，渥太华通过的《医院保险和诊断服务法》规定由联邦政府和各省政府分别承担 50% 医疗费用。在老年人福利方面，1951 年，加拿大通过了《老年人保障法》以保障老年人的基本权利。1964 年通过了《加拿大养老金计划》和《魁北克养老金计划》。这两个法案均为全国性的养老金计划，于 1967 年在各省付诸实施。在社会福利方面，加拿大于 1966 年通过了两个重要的社会福利项目，分别为《加拿大补助计划》和"确保收入补贴"。这两个项目都是为改善各省社会补助标准的费用分摊项目，规定联邦政府为各省的社会救助补贴 50% 的经费，而获得联邦补贴的各省必须支付另外 50% 的福利资金。

经过近 40 年的发展与完善，加拿大的社会保障项目和政府支出不断增加，整体社会福利水平日益提高。到了 20 世纪 70 年代，加拿大的社会保障事业达到了鼎盛时期，各种福利项目趋于健全，这标志着加拿大进入了福利国家的行列。尤其是 1971 年《失业保险法》的修改，再次扩大了保险覆盖范围，标志着加拿大社会保障体系达到了相当高度。

但与此同时，扩大福利保险范围的弊端也渐渐显现出来，社会福利和失业保险的开支日益增大，政府负担日益沉重，再加上经济增长缓慢，通货膨胀率上升。因此，商业经济部门要求削减公共开支的呼声越来越高。从此以后，加拿大社会保障体系的发展进入了"瓶颈"时期，对福利系统的改革刻不容缓。面对 1981～1983 年的经济大萧条，有人认为老年保障金和家庭津贴等社会保障项目超出了现有经济承受能力。针对这一问题，加拿大开始对社会保障和福利制度进行了一系列的调整，面对严重的经济危机，政府仔细考察了各项福利开支，提出了紧缩政策。

无论是联邦政府还是省政府，都采取了取消或大幅缩减福利制度的政策，对社区组织产生了一定的消极影响。对社会保障计划的削减分为两种情况：一种是部分取消，一种是完全取消。因此，从 1984～1993 年间，联邦政府逐步将老年保障金降低到一般中等收入水平。1993 年马尔罗尼的保守党政府取消了普遍家庭津贴计划。他们用经过家庭收入调查的儿童免税计划和工作收入补助计划代替普通家庭津贴计划，放弃了"无论收入如何，所有家庭养育孩子都是值得肯定的基本责任"的原则，根据每个家庭的儿童数量和上年度家庭纯收入，每月提供给中低收入家庭儿童一份免税的月收入。

1993 年，安大略省将社会救济津贴降低了 21.6%，然后用安大略省残疾人支持计划和工作福利计划代替原来的一般福利救济和家庭津贴计划。新福利计划将申请者分为两类，即应给予者和不应给予者，通过抬高合格标准，加强反欺骗措施并通过增设接受福利的障碍来改革现存制度。

1995 年，联邦政府宣称将转移支付给省用于医疗、教育和福利的预算减少 25%。而省政府希望对社会计划有更大的控制权，获得更多的现金转移支付和征税权限。他们希望进一步明确福利制度的不同分工，并限定联邦政府对省政府福利计划领域的干预。1996 年，联邦政府取消了两项长期的拨款计划，即《加拿大补助计划》和对各省保健、高等教育的补助。1999 年，联邦政府与 9 个省、两个区（除魁北克）签订了社会联盟协议。该协议规定，联邦政府尊重各省、区在资金分担和获得联邦资金支持的权利，如果没有任何变化，联邦政府将提前一年与其他省政府商议，在没有多数省同意的情况下，联邦政府不能擅自改变原计划。与此同时，各省政府努力从联邦政府获得更多的财政资源，他们寻找各种办法与地方政府和社区组织分担社会保障责任。

除了与省政府和地方政府分担和向他们下放社会保障的责任外，联邦政府还通过与非盈利性的私人组织签约"转包"社会服务。需要指出的是，当政府使用合同作为混合的福利经济的方式时，并不是推卸福利的责任，而是在提供服务上增加一个帮手。比如，政府不是自己去为老人建立老人院、雇佣人员和提供服务，而是与非赢利组织或私人组织签约，让他们进行实际操作。用合约转包社会服务的方式，使政府在设计福利制度上有了更多的灵活性。这使政府可以与许多地方社区的服务者建立联系，满足地方人口的需要。

总之，为了应对经济危机，加拿大政府采取了一系列改革措施，比如从制度上、模式上和项目上削减福利制度，寻找与其他因素的合作，或是通过对政策和计划的调整保持现有制度。虽然加拿大政府采取了削减社会福利计划的举措，并因此曾引起国内一片抗议浪潮，各地都出现了较大规模的群众示威活动，但是一些福利的成分还是保留下来了，如普遍医疗保险、中小学义务教育、老兵福利、老年人救济计划等。因为对这些基础保障项目没有做较大的调整，所以维持了公众的生活安全感和社会信心。面对全球化和多元化的挑战，加拿大政府仍在寻求新的社会保障方式来切实地维护公民的各项权益。

# 第二节　加拿大主要社会保障和福利项目

加拿大有着成熟的社会保障制度及优厚的社会福利待遇。无论是加拿大联邦政府，还是各省、市地方政府都有完善的多级社会保障体系。他们推行相应的社会福利计划，用以帮助不能维持自己和家人生活的弱势群体。这些计划名目繁多，服务对象广泛，涉及社会保障的方方面面。以下介绍加拿大几个主要的社会保障和福利项目。

## 1. 加拿大儿童福利

儿童是国家的未来，未来的支柱，同时也是未来的纳税人。加拿大同很多国家一样，注重培育税源"从娃娃抓起"，重视儿童福利。在加拿大，儿童从出生的第一天开始直至 18 岁独立生活之前，无不享受着加拿大社会福利制度的种种恩惠。儿童的成长和教育似乎受到了格外的关注和保护。加拿大儿童福利政策向低收入家庭倾斜。

为了鼓励人口增长和减轻家庭抚养儿童的经济负担，加拿大各级政府推出了一系列社会福利项目。

（1）家庭津贴（也称牛奶金 Child Tax Benefit）。儿童福利金（Child Benefit）是加拿大联邦政府的福利项目，家庭补贴（Family Allowance）是魁北克省的福利项目，这两个项目合称为"牛奶金"（Child Tax Benefit）。这是加拿大联邦政府和省政府为加拿大中低收入的家庭提供养育子女的费用补贴。"牛奶金"，从英文字面上看，没有任何牛奶的意思，这是当地中国人给起的名字，意思是这笔钱可供小孩喝牛奶了。在加拿大，每个小孩从出生一直到 18 岁，都可以每月领取这笔补助金。"牛奶金"具体发放数额是根据孩子父母上一年度的总收入、家中孩子的数量、出生顺序、父母的家庭状况（如已婚或同居、单身母亲或父亲、分居或离婚）而计算出的。因此，个别收入较高的家庭就不能享受此待遇。"牛奶金"设立的目的，一是想帮助收入低的家庭，二是鼓励大家多生孩子。申请表格可到加拿大税务局或者孩子出生的医院领取。填妥两份表格后，依照所附信封上的地址寄到税务部门。联邦政府与魁北克省的税务部门会根据申请人的家庭年收入等计算出相应的"牛奶金"的数额，以后每月分别将支票寄给孩子的父母或直接存入父母的银行账户。就 2000 年来说，联邦政府的"牛奶金"最高可达每月 191.25 加元，魁北克省的"牛奶金"每月 52.08 加元。税务部门会在每月 20 日，或每 3 个月寄出"牛奶金"的支票。"牛奶金"的数额每年 7 月都要重新复核计算（注：每年 7 月到次年 7 月算一个财政年度）。由于加拿大的财政预算案不断改变，有时会出现上半年的"牛奶金"总额与下半年的"牛奶金"总额不一样的现象。

家庭中凡有一名或一名以上未满 18 岁的儿童，只要申请人是加拿大公民、移民或难民，都有权领取家庭津贴。该津贴是发放给抚养孩子且与之居住在一起的监护人的。一般说来孩子的母亲将会被作为第一人选，其次是父亲或父亲的另外配偶（需经过父亲的同意）。如果上述情况都不存在的话，家庭津贴将发给孩子的直接抚养人。

尽管从 1978 年以来加拿大着力提高对中低收入家庭未成年子女的救济，但在一段时期之内，加拿大的儿童贫困率在西方发达国家中仅次于美国，居于第二位。西欧国家在普遍实行福利制度的同时，也采取了一些有针对性的儿童福利计划，因此儿童贫困率明显较低。所以近年来加拿大也模仿"西欧模式"，除了为儿童提供直到 18 岁的"牛奶金"外，还向新生婴儿发放津贴，并为 6 岁以下儿童家庭残疾儿童家庭等提供补助。

（2）幼儿津贴。如果家中有一名或一名以上不满 7 岁的儿童，那么申请人在领取家庭津贴的同时，还可以领取幼儿津贴。幼儿津贴与家庭津贴同时发放，计算方法也与之相似：每一名不满 7 岁的儿童都有幼儿津贴，孩子越多，津贴也随之递增。即第二个孩子出生时，幼儿津贴高于第一个，第三个高于第二个，以此类推。幼儿津贴也随着加拿大物价指数的上升而增加。

（3）婴儿出生津贴。婴儿出生津贴是发给新生儿家庭的一次性津贴。金额和发放办法根据家庭中孩子的多少而有所不同。如果一个家庭有两个以上的孩子（含领养的孩子），那么第三个或第三个以上的孩子可领取 5 年的婴儿出生津贴。

（4）伤残儿童津贴。如果家中有未满 18 岁的小孩，在体能上有严重持久性的缺陷，需要采取特别的治疗、护理或教育等，就有资格领取伤残儿童津贴。伤残儿童津贴的目的在于帮助有伤残儿童的家庭更好地抚养这些孩子，使之同样可以享受到如同健康孩子一样的关怀和教育。

（5）儿童托养费减免计划。"托儿补助金"（Child Care Subsidy）。在加拿大，6 岁以下的儿童早期教育的学费是自费的，而且费用也比较高，很多低收入的家庭因经济能力的原因而无力让小孩接受学前教育。为了使低收入家庭的儿童也可以享受高质量的儿童托管服务，加拿大政府拨出专款用于儿童托养费减免和资助计划，以减少低收入家庭的托儿费用。一般低收入家庭都可以申请此补助。政府根据每个家庭的现有情况，有时补贴一半，有时全额补助。需要注意的是，这笔钱不是给父母的，而是直接给孩子所在的幼儿园的。儿童托养费减免计划优先考虑的是那些夫妻都在工作或学习、但收入很少的家庭。

近年来，人口负增长或实际增长速度变缓是西方国家的普遍现象，加拿大也不例外。年轻人不愿意承担责任，不愿意多生小孩，只同居不结婚，或只结婚而不要孩子，"丁克"（英文 DINK，Double/Dual Income No Kids 的音译，意思是家庭中的夫妻双方都有收入却主动不要孩子）一族愈来愈流行。为了扭转人口增长过慢甚至下降的局面，加拿大采取了一系列的政策措施。其中，提高儿童福利待遇就是很重要的一项举措，以此来刺激鼓励本国公民多生多育。当然，尽管儿童福利政策很是诱人，许多加拿大人还是认为孩子越少，父母的负担就越轻。因为总体来说，要抚养一个孩子，从出生到培养其长大成人，还是需要一笔很大的费用的。政府的补助只能在一定程度上减轻这些家庭的经济负担和压力，主要抚养责任还是要由各个家庭自己来承担的。所以尽管拥有如此优惠的政策保障，加拿大人还是不愿意多生，一般也就生一两个。最主要的原因，还是因为他们有完善的社会保障体系做后盾，享受着良好的医保体制，眼前无忧，老来无忧，不用指望将来靠子女养老。

## 2. 加拿大老年人福利保障

虽然加拿大现在还是公认的青年人的国度，但人口老龄化的进程也在加速。据人口普查表明，2000 年，15 岁以下的人大约占总人口的 19%，到 2011 年，已降到 16% 以下。另一方面，老龄人口比例增速超过了其他年龄段。65 岁以上的人目前占总人口的 12.7%，2011 年，这个数字已经增长至 15%。老人，作为加拿大社会中的一个弱势群体，依法受到各项福利制度和项目的保护。老人并不会成为子女的负担，而是凭借完善的老人社会福利项目，真正地实现了老有所养，老有所乐，老有所终。众所周知，加拿大是个高福利的国家，并且很多福利是在老年时才能享受到的。

（1）加拿大退休计划（Canada Pension Plan）。这是一项强制性的联邦计划，除魁北克省外，在全国各省实施。魁北克省执行的是一项类似的《魁北克养老金计划》（Quebec Pension Plan）。加拿大养老金计划规定雇主和雇员必须参加这项强制性的养老保险计划。该计划的目的是在供款人和其所负担的家属因退休而无经济收入时，能够为其提供一个稳定的基本经济来源。该计划的资金来自雇员、雇主缴纳的保险费和国家所投基金（包括利息和投资收入）。每人在工作期间，扣除其收入的一部分作为供款，供款额以每年的入息计算，由雇主与雇员共同来分担。通常说来，缴纳数额为每月工资额的 3.6%，雇主和雇员各按 1.8% 缴纳。自雇者如想参与该计划，则自己支付全部供款，即本人按 3.6% 的份额缴纳。

退休计划的供款年限从供款人满 18 岁便可以开始，直至领取退休金前一个月或满 70 岁为止（过了 70 岁就不用再供款了）。当供款人到达 65 岁退休时，或 60~65 岁之间部分或全部停止工作时，就可以申请领取退休金。具体的领取金额视供款人为该计划的供款数额、时间以及供款人的退休年龄而定。同时，加拿大的税法明确规定，从加拿大退休计划中提取的款项均被列入个人收入并征收所得税，但此时会因为领款人的收入减少而征收较低的税率。

曾经为加拿大退休计划提供过供款的人都会获得一个供款记录，它是以居民及其工卡号码登记并储存的。每隔若干年，供款人就会收到一份供款记录，清楚地告知供款人为该计划提供的供款数额。如经过核对发现与自己的实际供款数额有出入，则应立即通知人力资源部收入保障办事处作出相应的更正。另外，根据供款人的要求，每年发一张供款记录书也是可以的。

（2）老年保障金（老人金）（Old Age Security Pension）。老人保障金是加拿大联邦养老计划的一部分，这是一项不用供款的福利计划。津贴资金由加拿大政府在每年的国家税务总额中拨出，主要给予所有低收入和中等收入的老年人。无论在哪个省份居住，都可申请老人保障金。1927 年加拿大通过了《老年人养老金法》，为 70 岁以上并在加拿大居住 20 年以上的居民提供津贴。1952 年《老年保障法》生效，经过多次修改后，最新的《老年保障法》规定：该保障金并不要求申请者必须有就业经历或必须是退休者，但该保障金的申请人，必须是缴纳联邦和省的收入所得税、年龄在 65 岁或以上并且在加拿大至少居住了 10 年的加拿大公民或合法居民。在某些情况下，在加拿大居住少于 10 年（申请人曾居住的国家与加拿大签有社会保障协议）或居住于海外的居民，也有可能符合申请老人保障金的资格。

获得领取老人保障金的批准后，人们都会在一个月内收到保障金。可以领取的金额视申请人在提出申请时在加拿大的居住时间而决定的。计算方法如下：全部金额：年满 18 岁后在加拿大居住至少 40 年；部分金额：假如您不符合上述条件，按照规定只能领取部分金额。一般情况，申请老人保障金的条件为年满 65 岁且 18 岁以后在加拿大居住至少 10 年。

部分老人保障金的计算方法，是根据申请人 18 岁以后在加拿大居住的年限而定的，每住满一年，就可以领取养老金金额的四十分之一。例如，如果申请人在申请老人保障金时在加拿大居住已满 10 年的话，可以领取全部金额的四十分之十，即四分之一，以此类推。老人保障金一旦经过计算并确认后，就不再随在加拿大居住的时间的增加而增加。

（3）保证收入补助金（Guaranteed Income Supplement）。保证收入补助金是加拿大联邦政府发给除了基本的老人保障金外很少有其他收入（如退休金、外国养老金、利息、红利、租金、工资或职工赔偿金等）的老人的，以保证他们的总收入处于一定的水平。与老年保障金不同的是，保证收入补助金不被纳入所得税征收范围，也不向居住在加拿大之外超过 6 个月以上的人发放。无论其曾经在加拿大居住过多久，申请者必须是正在领取老人保障金的老人。保证收入补助金的多少取决于申请人老年保障金之外的其他实际收入，即每有 2 加元老年保障金外的收入，最高补贴金额中将被扣除 1 加元，余额作为低收入老人的实际补助金所得。

保证收入补助金的计算方法主要依据三个方面，即婚姻状况（单身或已婚）；申请人过去一年的收入，如果申请人已婚或同居，就会根据申请人及其配偶或同居伴侣过去一年的总收入来计算；申请人所领取的基本老人保障金的金额。

（4）配偶津贴（Spouse's Allowance）。配偶津贴同样是加拿大联邦政府给予居住在加拿大的低收入老人的一种生活补贴，是从 1975 年开始实施的新保障项目。其发放对象是领取老年保障金者的低收入或无收入配偶，或配偶已经去世的遗属，相当于一种"准老年保障金"。申请此项补贴，必须具备以下的条件：申请人的配偶或同居伴侣正在领取老人保障金及保证收入补助金；申请人的年龄在 60 ~ 64 岁之间；申请人是加拿大公民或合法移民；申请人以成年人身份居住在加拿大超过 10 年。

只要符合以上的申请条件，同居的同性或异性伴侣也可申请配偶津贴。申请的时候，必须签署一份声明书，并提供同居关系的证明，例如联合报税表、遗嘱或保险证明书等。此外，假如申请人居住在加拿大少于 10 年，但曾经在与加拿大签有社会保障协议的国家居住过，也有可能具备申请资格。最大津贴额是全额老年保障金和全额保证收入补助金的总和。配偶已经去世的人得到的津贴稍高。

值得注意的是，在通常情况下，当申请人年满 65 岁时，收入保障办事处会自动将配偶津贴转为老人保障金。

（5）鳏寡津贴（Widowed Spouse's Allowance）。如同配偶津贴一样，鳏寡津贴也是加拿大联邦政府给予那些居住在加拿大的低收入老人的一种生活津贴。申请该项津贴的申请人除了具备申请配偶津贴的条件之外，还必须是配偶或同居伴侣已经去世的老人。

以上可以看出，加拿大已经形成社会化、多样化的老人收入保障体系。因此，加拿大的老人们生活还是比较悠闲的。加拿大统计局的数据表明，当今加拿大男子的平均寿命是 76 岁，女子为 82 岁。老年人可以享受许多优待。商店在"老年日"会有特殊的打折活动，旅行社也为老人提供各项优惠服务。打猎证、露营费、公车月票等对于老人会便宜很多。加拿大联邦税务部和各级税务部门也都承认老年人的特殊地位，减少他们的个人所得税。因此，对老年人来说，生活并没有走到尽头，而是有了新的开始。他们学习新的课程，培养新的兴趣爱好，参加合唱团和各种社团活动，几个人一起郊外远足。许多人退休后做起了兼职工作，也有人开始发展全新的事业。总之，由于完善的老年人福利保障制度，加拿大的老人生活悠闲安逸，可以充分享受灿烂的"夕阳人生"！

**3. 加拿大失业保险制度**

一个国家或地区的平均失业水平总体反映了该国家或地区的政治、经济的综合发展水平。工薪阶级最怕失业。在加拿大，不管是临时工作还是正式工作，按小时计酬还是领取周薪，所有雇员在经济下滑的时候都可能面临失业的危险。公司需要裁员时，入职时间通常会成为决定性因素，最先离去的总是那些刚进公司不久的新员工。公司会尽力使更多员工留在岗位上，并给那些被裁退的雇员提供帮助。然而，无论如何，总会有人在经济不景气的时候失去工作。对于那些被解雇的员工，大部分雇主会协助他们寻找新工作，且常常出资让他们参加再就业培训，以便他们能够重新找到工作，许多就业培训的项目都是政府主办的。此外，加拿大政府建立了完善的失业保险制度，目的就是为了减轻失业对社会造成的冲击。

（1）失业保险金（Employment Insurance）。失业保险金是指劳动者在失业期间得到的由政府支付的收入津贴，它是加拿大设立的第一个全国强制性社会保险项目。失业保险金是在劳动者失业而没有收入时，用来帮助其渡过财政难关的。失业保险金分为普通失业保险金（Regular Benefits）和特别失业保险金（Special Benefits）两种，申请领取任何一种失业保险金都必须缴纳收入税。普通失业保险金主要用于劳动者因失业而没有收入时申请领取；特别失业保险金用于在生病、受伤隔离检疫、分娩或因需要全时间地照料新生或领养的孩子而不得不暂停工作时申请领取。

普通失业保险金是加拿大联邦政府给予失业者的短期补贴，以解决他们因突然失去工作而产生的经济困难，也鼓励失业者尽快重返工作岗位。通常最多可以领取 50 周，比例约是原薪水的 50% ~70%。这期间申请人可以休息，可以去"充电"接受就业再培训，也可以去寻找新工作。申请人必须具备以下条件才可以申请领取失业保险金：在过去的 52 个星期内，申请人必须至少已经工作了 910 个小时；申请人在工作期间曾经支付失业保险费；不是因为个人行为不检而被解雇的；自动提出辞职必须有合理的原因；因健康原因离职的需要有医生开具的证明。

特殊失业保险金（Special Benefits）包括怀孕津贴和育儿津贴。

怀孕津贴。怀孕母亲最早可在预产前 8 个星期开始领取怀孕津贴，申请人也须经过两周的等候期才可以开始领取津贴。因此，怀孕母亲最早可在预产期之前的 10 周休产假，然后立刻向加拿大人力资源部的就业保险办事处申请领取怀孕津贴。怀孕津贴最多只可领取 15 周，但会在婴儿出生 17 周后停止发放。若婴儿因健康问题需要住院的话，这 17 个星期的期限可延长，直至婴儿出院回家，但不可拖延超过婴儿出生后的 52 周。

育儿津贴。婴儿的亲生父母或领养父母可领取高达 10 周的育儿津贴，使其能留在家中照顾初生婴儿或被领养的儿童。若儿童有健康问题，需要特别照顾，育儿津贴可增加至 15 周。该津贴可由母亲或父亲一人领取或父母两人共同分享。如两人共同领取育儿津贴，则每人都要接受两周无津贴的等候期。假若母亲在领取怀孕津贴时已经过两周的等候期，那么在领取育儿津贴时则不再需要履行两周的等候期。育儿津贴最早可从婴儿出生日或领养儿童回家后当天起领取，这 10 周的津贴不可以超越婴儿出生后或领养回家后的 52 周。

失业保险金的领取以半年为期限，如果半年之后劳动者还没有找到新的工作，而处于长期的失业状态，就只能改为申请社会福利金。失业保险金的领取具体规定和资助的金额因地而异。

（2）社会福利金（Social Welfare）。社会福利金是加拿大社会福利体系的一块基石，用于保证每个加拿大人能保持一个基本的生活标准。社会福利金是对既没有工作，又没有一定积蓄的人提供的特别帮助。申请社会福利金的人，需要符合条件并向人力资源收入保障办事处提交申请。

社会福利金适用于没有工作、无生活来源，以及自有存款不超过 1 500 加元，自有住房的价值不超过 10 万加元的生活困难群体。通常情况下，申请获得批准后，单身人士每月可以获得 500 ~700 加元的生活补助，三口之家可以获得 1 100 ~1 300 加元左右的补助。这样的标准已足够维持基本的生活水平。而且，如果申请人一直没有工作且生活始终处于很低的水平，便可以无限期地领用社会福利金。

正因如此，加拿大完善的社会福利制度也滋养了很多"懒人"，他们无需参加工作，只要按期向政府领取社会福利金，同样也可以生活得无忧无虑，逍遥自在。为此，加拿大很多的纳税人对此大为不满，但这就是真实的加拿大。

**4. 加拿大医疗保险制度**

加拿大的医疗保险制度是世界上最好的医疗保险制度之一，同时也拥有世界上最完善的全民医疗保险。这是长期以来加拿大人感到最为骄傲的社会保障计划，被认为是加拿大可与西欧福利国家相媲美的最受欢迎的公共计划。根据加拿大宪法，医疗保障主要由省和地区政府管辖。各省和地区负责管理和实施自己的医疗保健计划，包括医院和医生提供的各种医疗及辅助性服务。因此，在加拿大，从未听到过公民对医药费问题有任何的不满，因为加拿大人看病从来不用自己付钱，至少不用自己承担巨额的医疗费，再严重的病个人也只需负担其中很小的一部分。

加拿大的医疗政策是由联邦政府制定的，奉行的是全民优惠的方针。不管你是腰缠万贯的富豪，还是家徒四壁的流浪汉，公共的医疗保险计划给所有符合资格的人（包括公民、移民以及难民等）提供医疗服务。根据加拿大的医疗保险制度，在多数省份使用医护服务时无须直接付费，这些服务的费用是用政府的税收来支付的。

加拿大政府推行的"全民免费医保体制计划"规定，每一个加拿大公民，都可以申请办理一张个人医疗卡。按照相关规定，居民本人、雇主、政府三方每月按比例交纳社会医疗保险金后，居民本人挂号、化验、医疗、住院等费用便都可以由相关的保险公司支付。看病时，病人只需出示本人医疗卡，医生则会事后向政府卫生部门收取相关费用。65 岁以上的老年人和领取社会救济金的人的处方药大部分是免费的。

尽管医疗保险是一个全国性的服务制度，但各省均独立地管理本省的医疗保险计划。因此，医疗保险制度在省与省之间存在着很大差别。加拿大大多数省份的居民无须每月缴纳医疗保险费用即可享受医疗福利，而在不列颠哥伦比亚省和阿尔伯塔省则有所不同，居民必须每月支付固定的医疗保险费方可享受医疗保险。医疗保险费可以从工资里扣除或直接交付给不列颠哥伦比亚省的医疗保险计划办事处。如果打算永久离开该省的话，应该尽快通知该省医疗保险局取消医疗保险，并告知其取消的具体原因、离开的日期和新的居住地址。否则，医疗保险局会继续寄发付款单据并追讨欠款。

另外，在不列颠哥伦比亚省，如果居民在该省居住时间达 1 年以上且家庭收入达到了需要补助的额度，就可以携带报税回单，去该省的医疗保险计划办事处递交医疗保险费减免申请表。经过审核批准后，就可以享受减免保险费用的待遇，有时可获全免。

虽然医疗保险的范围很广，但并不是所有的医疗服务项目都属于医疗保险的范围，不属于医疗保险范围内的医疗费用则需要由病人自己支付。

属于保险范围的服务内容包括：由专科医生、医院的各科医生在诊所或在家里对病人提供的必要的医疗服务。主要项目包括检查、诊断、精神病护理、治疗、手术、住院、麻醉、透视、磁力共振治疗、医疗中心的其他服务等。

不属于医疗保险范围之内的服务项目为：精神分析法治疗（在健康和社会福利部准许的医疗机构中进行的除外）；通过电话、通信等方式进行的远距离诊断；中医针灸和按摩；

以美容为目的而进行的治疗服务；在私人诊所进行的切片显微测密等项目；牙科和视力治疗项目；对特殊人群进行的体检、疫苗、免疫和注射等（经卫生组织预先征得医疗保险局的书面同意时除外）；教育机构、休假团等其他组织或团体所要求的体检项目等。

值得注意的是，加拿大普通的看病取药所需费用是自费的，但在病人需住院治疗的情况下，住院费和相关医药费则是免费的。

加拿大医疗制度实施成功有三个主要因素，这些因素在其发展过程中发挥了十分重要的作用。①从殖民地时代起加拿大医院就是慈善机构，是非盈利（non-profit）机构。医院开办的目的不是为了盈利，而是救死扶伤。②经济大萧条后，国家干预经济的理念和政策使得政府用于全民医疗福利的比例增大。③加拿大平民合作联盟，也就是后来的新民主党在推动加拿大医保制度建设方面起到了决定性作用。1944 年，该党在萨斯喀彻温省取得选举胜利后，主张医疗事务至少应该像教育一样是免费的。经过多次会议商讨、献计献策、筹备资金，该省于 1947 年在全省范围内率先对需要住院治疗的病人的住院费和治疗费实行国家负担，开创了加拿大医保制度的先河，在全国引起了强烈反响。1956 年，加拿大联邦政府为鼓励其他省效仿萨斯喀彻温省的范例，提出了联邦政府和省政府共同负担公民住院费和治疗费的国家级计划。20 世纪 60 年代初，加拿大 10 个省和当时两个地区都同联邦政府签署了有关住院费和治疗费由联邦政府和省政府共同负担的协议。正是这些因素促进了加拿大医保体制的完善。

加拿大全民医疗保险体系是加拿大社会保障体系的重要组成部分，也是最让加拿大人引以为骄傲的。美国政府也曾经试图建立一个类似加拿大的医疗保险制度，虽然提了很多方案，但最终也未实现。因为加拿大式的体制是建立在高税制基础上的，既想免费医疗，又不想多纳税，这样的两全其美是不可能的。

（1）加拿大的医生。加拿大的医生基本上分为家庭医生和专科医生两种。

家庭医生是自己开设诊疗所的医生，他们都是经过专业资格认证的医学博士。在加拿大，家庭医生约占全部医生的 60%。绝大部分的家庭医生都独立开业或与其他的家庭医生一起开业，不受雇于政府，因此有很大的自由度。家庭医生的诊所一般开设在居住人口比较集中的地方，或是人口流量大的地方，如大的商场或超市附近。

一般说来，每个家庭都要指定一个家庭医生。大部分的病症都是由家庭医生诊治的，病人还可与家庭医生讨论生育计划、饮食营养和心理方面的问题，所以家庭医生也是全科医生。加拿大政府规定了每个家庭医生负责的病人家庭的数量，以保证其提供的服务质量。

通常情况下，家庭医生同各家庭都会形成一种比较亲密的关系。几乎家庭成员所有的病症都是由家庭医生来诊治的，所以寻找一个适合的家庭医生是非常重要的。寻找一个适合自己的家庭医生，最佳的途径就是请教朋友、邻居或社区内的其他人，他们的就医经验可以帮助申请人找到满意的医生。另外，当地的医疗管理机构和医院都会存有一份家庭医生的名单，列出可以接受新病人的医生的名字和资料。在这些资料里，申请人可以很容易找到一个离本人居住地较近的家庭医生。一旦找到合适的家庭医生，申请人就应该到该医生所在的诊所索要一张医生的值日表，以便确定就诊时间。很多诊所会在月底和月初的时候，将医生的值日表放在接待处供病人拿取。

有很多人会因为各种原因更换自己的家庭医生。要注意的是，更换家庭医生时，应该将自己以前的就医地点告知现在的诊所，以便现在的诊所获取旧的就医资料。有的家庭医生会因为已经接纳了足够多的病人，而不接受新的病人。因此，有时当申请人需要一个医生作家庭医生时，可能会被拒绝。虽然该医生不能成为此申请人的家庭医生，但是并不妨碍申请人要求他诊疗。

专科医生大多受雇于政府部门，为病人提供专科疾病的诊断和治疗，如心脏病、血液疾病等。通常情况下，家庭医生根据病人的病情决定由自己治疗还是转到专科医生，实际上大多专科医生只诊治由家庭医生介绍来的病人。

（2）加拿大医疗体制的弊病。虽然加拿大的免费医疗福利为人们看病就医和健康保健做出了杰出的贡献，但也并非十全十美。

加拿大医疗体制的弊病之一："慢"！有些需要急诊的患者，却往往不能得到及时的医治。即使患者有急性病症发作，也必须经过各种系列检查以及化验才能进入最后的对症治疗程序。因此，患者被拖延治疗的现象时有发生。

即使患了急病，也得先预约家庭医生，然后再去专科医院。预约家庭医生需要2天~2周的时间，去专科医院还得要等4~24小时才能就诊。看完医生可以接受免费化验，但是要足足等上2~4周才会出化验结果；做手术虽然免费，但是预约排队需要2个月乃至1年的时间，时间之漫长可以想象。

有一次，某访加中国代表团中的一位团员突然鼻子出血，可到了医院，医生迟迟不给止血，说是要等化验结果出来以后才提供治疗。我们在医院足足等了4个小时，那位团员才得到治疗。可谓是付出了"血的代价"！

一个朋友的女儿在加拿大留学期间患了感冒，高烧持续不退。她去医院看病，只希望医生能迅速地开处方、打一针抗生素来退烧，可是在化验了许多项目之后，她被告知要回家等一个星期才会出化验结果，然后根据化验结果开处方。她万般无奈，由于不能忍受长时间的等待，居然一气之下买了当天的机票，连夜回到中国，在天津的某家医院就诊半个小时之后，如愿以偿地开始输液，并注射了大剂量的抗生素，才使高烧退去！初次听到这样的事情会让人觉得荒谬无比，哭笑不得，可仔细思量之后，却是耐人寻味。

加拿大医疗体制的弊病之二：家庭医生水平参差不齐。在加拿大，看病必须先去家庭医生诊所。家庭医生的水平高低不一，水平低的甚至连打针都不专业。有的职业态度良好，遇到自己不能医治的病症，会及时建议病人转到医院或专科医生那里。有的家庭医生，为了赚钱而频繁地诊断，使得病人频繁地就医、刷卡，病没看好，家庭医生的口袋却"收获颇丰"。当然，设立家庭医生的本意是好的，长期固定地拥有一个好的家庭医生是件非常幸运的事，医生与病人之间彼此非常熟悉，了解和掌握了病人和病人家庭成员的身体状况和心理性格后，治疗的时候也更加贴心，得心应手。也正是这个时候，家庭医生才体现出了它的名字所代表的真正意义 ——家庭的医生。

加拿大医疗体制的弊病之三：诊病方法死板，不以人为本。加拿大的医生大多都主张物理治疗，提倡身体的自然抵抗，不主张借用药物。比如说消炎药，在加拿大，消炎药是不能随便开的。只要你没有发炎的症状，医生就不会给病人开消炎药，而是根据病情开处方。加拿大的医生都是按部就班，怕承担责任，凡事都要以化验和仪器为根据。这样看病虽然比较科学，但难免死板，而且有时医生因为怕承担法律责任，很有可能会贻误病人的治疗而导致其病情加重。

在中国就医，通常是患者"追随"医生。而在加拿大，情况有些不同，通常是医生

"盯着"患者。医生一旦有了就医的患者，便会"穷追不舍"，坚持负责到底。每次就诊都要约定下次的就诊时间。中国人往往不倾向于主动就诊，如果感觉不适，会用传统方法解决。在加拿大，即使人们没有那么夸张的病情，医生也会坚持患者做一系列化验检查。因此，每次中国移民在加拿大就诊时，总是不能理解这种"负责"的态度。

此外，在加拿大就医还会遇到以下问题。由于加拿大是多民族国家，因此少数族裔患者就医没有畅通的沟通保障。绝大部分医生的外语能力有限，不能跟患者进行顺畅的交流，有的中国移民甚至自己带着翻译去就医。但有些可以充当翻译角色的人也会避而远之，他们不想因为翻译的误会而引起误诊。

（3）其他保障与福利

1）土著民族福利。土著民族是加拿大社会一个特殊的弱势群体。这表现在许多方面：印第安人的平均寿命比全国平均寿命大约低 10 岁；土著人的死亡率、疾病和事故率是全国平均水平的 3 倍，土著婴儿的死亡率是非土著人口的 2 倍；45 岁以下印第安人主要死因为暴力，占加拿大人口 3% 的土著人凶杀犯罪却占全国的 20% 以上；许多土著居民住房拥挤，大约 20% 的印第安人的住所处于拥挤中，在保留地则超过 33% 的居民住宅处于拥挤状态。因此，印第安人同其他加拿大人一样，除享受普遍性福利保障（老年保障金、保证收入补助金、家庭津贴等）以外，还接受联邦、省和地区政府的一些特殊资助与服务。联邦和省区对保留地与非保留地、条约与非条约印第安人提供标准不同的福利项目。这些福利项目的主要目标是：保证印第安人享有与同省其他加拿大公民相当的服务；增加印第安人对社会服务计划制定与运行的参与；鼓励和强化印第安人的家庭生活与自立；协助其他政府与私人机构为印第安人提供服务。

联邦政府的印第安人事务部的社会补助计划为印第安人提供基本的生活所需（住所、食物、衣服、燃料等），具体管理事务则由政府机构在一些保留地或其他部落理事会中的工作人员负责。在儿童福利政策方面，各省都根据各自的儿童福利法规，为保留地的印第安儿童提供福利照顾。在与联邦政府有协议的省区，服务费用由联邦政府支出；在其他省份，联邦政府支付印第安儿童的生活费和管理费。在老年人福利政策方面，联邦政府为老年收养中心的身心残疾者提供生活费和看护费，与此同时，还为领取老年保障金和保证收入补助金的印第安人发放额外经济救济金。除此之外，政府设立专门的教育和法律项目，以缓解印第安人的社会问题及因其身心缺陷而造成的不利影响。在医疗保障方面，北方边远地区的因纽特人可以通过政府的"空中救护车系统"包租飞机接受医疗服务，土著少年儿童享有的受义务教育权益也逐步达到了其他加拿大少年儿童的标准。有机会获得高等教育的土著青年通常可以得到来自加拿大各级政府和学校更为优厚的财政资助。

2）移民福利。众所周知，加拿大是现今主要的移民接收国之一。20 世纪 40～80 年代，加拿大平均每年接收移民约 12.5 万人，到了 20 世纪 90 年代，每年的外来移民超过 20 万。因此，移民的福利保障也是加拿大政府社会政策的一项重要内容。由于加拿大主要收入项目对申请人的就业和居住年限都有限制，因此外来移民享有的福利保障总体上达不到加拿大本土居民的水平。新移民在入境之后须立即到政府移民办事机构办理社会保险号，正式纳入政府的就业和收入保障管理。新移民在申请医疗保健卡 3 个月后，开始享有公共医疗保障。移民家庭中 18 岁以下子女享有儿童反税金。低收入家庭可以申请家庭补贴和幼儿入托补贴。

对新移民来说，登陆加拿大以后，首先面临的困难就是语言问题，为此，加拿大联邦政府和各相关机构向新移民提供一系列的免费英语学习机会和一些学费减免英语培训课程，旨在让新移民及其家庭成员尽早融入加拿大社会。

移民英语班。它是由联邦政府资助的，主要是为未加入加拿大籍的 18 岁以上的新移民而设立的。课程的内容以融入加拿大社会的训练为主，整个课程分为五级，新学员经过测试以后，会根据其程度而被编入相应的班级。课程训练共 200 小时，上课的时间分为全日制和兼读班两种。全日制班的上课时间由星期一至星期五，每日上午 9 点至下午 3 点。兼读班则每天 3 小时，每星期上课 3 天，但仍需修读 200 小时的课程。通过短时间的英语课程培训，大多数新移民均可以掌握英语日常生活用语并顺利地通过加拿大入籍考试。

英语第二语言班（English as Second Language，ESL）。这是由省政府提供，专门为第一语言为非英语的新移民而设立的。许多大学、学院、私立学校和社区服务机构都会开设该课程。公立学校和私立学校开设的英语第二语言班课程是要收费的，但就读公立学校时可以申请学费的减免。社区服务机构和教会学校开设的英语第二语言班课程对所有学员都是免费开放的。

## 第三节 加拿大福利保障制度的评价

虽然与某些西欧国家相比，加拿大的社会保障与福利标准还有些差距，"社会排斥"现象随处可见，如无家可归者、失业大军、贫穷儿童等。但同美国相比，加拿大各种社会保障项目普遍实行得比较早，项目涵盖范围广，救助标准、资格条件通常都优于美国，所以社会福利保障事业呈现出更稳定的发展趋势。联邦政府制订了一系列计划，为所有的加拿大人提供基本的福利保障，两国居民的收入差距越来越小，因此许多加拿大人认为他们的公共福利足以弥补同美国的生活差距。在加拿大，老年保障金属于一项公民权利，几乎所有老年人都有基本的收入保障。在贫困、伤残、生病、怀孕等方面受救济照顾的资格和待遇通常也比美国宽松优厚。虽然美国是世界上最富有的国家，但它的贫困人口的比重在发达国家中也是最高的，且政府在住房、福利和医疗方面的救助标准和水平也较低。

在医疗保障方面，虽然美、加两国的医疗保险体系都允许病人自由选择医院和医生，但美国政府没有全民医疗保障计划，政府只为老年人、低收入者和残疾人支付基本医疗费用。其他大部分公民的医疗保险或由本人到保险公司购买，或由雇主支付，甚至有一些人根本没有任何医疗保险。在加拿大由公共税收支持的全民医疗制度下，政府为所有的公民支付基本的医疗费用，使全民都能享受到比较全面的医疗服务。除此以外，加拿大联邦政府还规定了医院和医生的收费标准。

但随着社会经济状况的变化，加拿大的社会保障制度也暴露出了一些问题。首先，政府开支水平过高，超出了经济增长水平，从而造成了巨额预算赤字和公共债务；其次在管理方面存在偏差，最需要的群体得不到足够的救助，出现了一些受益不平等现象。比如，私人保险计划和个人退休储蓄计划主要由高收入者参加，并可享受政府很大的税收减免和优惠待遇，而高收入的老人则在很长时期内享受老年津贴。这实际上就减少了低收入者应当在这项福利计划中获得的津贴。另外，公共救助在某种程度上代替了劳动收入，这样就淡化了人们的工作动机，削弱了人们自食其力的意识。在加拿大，有大量"有劳动能力的失业者"不去工作，而是依赖政府福利为生，这引起了公众对社会福利计划性质和作用的质疑。人们意识到，福利制度的副作用之一是缺乏激励作用，容易使人们选择依赖政府福利救济，而不选择就业。举例说来，一个依靠福利救济的人如果接受了一份低收入的工作，就失去了获得社会救助福利的资格，而且他劳动收入中超出社会福利所得的部分要缴税，因此，他放弃社会救济而从事生产劳动之后，实际的生活质量并没有任何改善。所以对于那些不得不选择低收入岗位的人来说，选择依赖社会救济也就不足为奇了。

虽然有其自身的弊病，但总体来说，加拿大还是一个福利制度非常完善的国家。把加拿大同美国和一些欧洲发达国家进行比较，会发现像加拿大这样福利体系完善发达的国家还比较少。当然，加拿大福利好的一个必然结果就是税收重，这是很多人都不喜欢的。世界上没有免费的午餐，优厚的社会福利需要强大的经济基础做后盾，没有强大的经济基础，政府是不可能负担得起如此优厚的福利待遇的。

加拿大现行的社会福利政策显然是建立在高税收基础之上的。要想享受这些社会保障和福利待遇，每一个加拿大人都必须从自己的工资中拿出一笔不小的费用，通过纳税形式参与"全民社会保障计划"。

从以上介绍的福利制度我们可以看出，加拿大的社会福利和保障制度虽然完善，但受益的主要是老人和小孩，中青年人的负担很重。中青年人是主要的税务承担者，若要享受这些福利，则要等到退休以后。年轻健康时努力工作，通过纳税充实基金为他人做贡献，年老体弱时再从中受益。在加拿大，如果想年老时能够安枕无忧，那么就必须找到一份工作，除了按期缴纳政府养老保险金以外，从年轻时就要实施退休储蓄计划。每月从工资中划出若干存入固定账户，待退休后再逐月动用这笔钱，否则到年老时仅靠政府发放的养老金是不够用的。

这是一个"我为人人，人人为我"的社会互助形式，名目繁多的各类税收占人均收入的相当一部分。虽然加拿大人对如此高的税收制度时有抱怨，但他们时时刻刻都能从全面广泛的社会保障福利系统中受益。所以总体说来，他们对政府"取之于民，用之于民"的做法还是表示支持和理解的，并自觉配合纳税，为加拿大社会保障和福利增砖添瓦。

# 第十章　加拿大节日文化

　　加拿大的多元文化是将全世界的文化聚集到一起，并经受各种文化间的相互作用以及加拿大独特的地理、历史等条件的影响，融汇而成的。节日方面也不例外。加拿大有很多节日，有些节日被政府规定为全国性节日，也有一些是非官方的、地区性节日；有些是宗教性节日，也有一些只是从历史上流传下来的、不含任何政治或宗教色彩的节日；此外，还有一些国际性的艺术节点缀着加拿大多彩的节日文化；这些节日加起来几乎占全年的三分之一。节日气氛所渗透的独特文化与加拿大的多元文化相得益彰，使加拿大的多元文化更加充实、丰富、多彩。

　　许多少数族裔除了庆祝自己民族的节日之外，也尽情享受着其他族裔的文化节日。各族裔人们在这个充斥着多元文化氛围的国度，体验着不同民族的历史、宗教、文化和风俗习惯。每逢节假日，加拿大人便尽情地享受这种"恩赐"，热烈地庆祝，与亲朋好友欢聚一堂，其乐融融。"多元"一词赋予了加拿大这片土地太多的精彩和奇迹，多元文化在这里被体现得淋漓尽致。

## 第一节　法定的全国性节日

　　加拿大全国性的法定节日有 10 个，其中包括每年 1 月 1 日的新年（New Year's Day）。庆祝新年时许多人通宵聚会、开 Party、看电视、喝啤酒、放松休闲、迎接新的四季轮回。每年的 3 月或 4 月的耶稣受难日（Good Friday），复活节前的那个星期五，纪念耶稣生命中最高潮的一周（从棕榈主日，立圣餐日到受难日）中最重大的日子——受难日，纪念耶稣为世人的罪被钉十字架而死。3 月 22 日~4 月 25 日之间的复活节（Easter Monday）（基督教会的重大节日，纪念耶稣基督在十字架上受刑后第三天复活）本来是庆祝耶稣复活的宗教节日，但现在宗教的气氛已逐渐淡化，在这一天，人们更多的是拥向商店，而不是教堂。过节时孩子们异常开心，他们可以得到各种五颜六色的巧克力，以及象征生命力的彩蛋和兔宝宝等。5 月的第三个星期一是维多利亚日（Victoria Day）（纪念维多利亚女皇的生日。该节日从 1845 年开始庆祝，也就是她登基继位 8 年后开始，在加拿大除了魁北克外的各省均庆祝该节日）。7 月 1 日是加拿大国庆日（Canada Day）（自 1867 年 7 月 1 日创建加拿大自治领时就开始庆祝，并规定为国庆节）。国庆日时，各大中城市组织上街游行狂欢，晚上燃放烟火，首都渥太华最热闹。

　　还有在 9 月第一个星期一的劳动节（Labor Day），家长利用这一天为孩子们的新学期开始做些准备。商店也利用这一天促销学习文具，还有许多人在这一天开始他们的"庭院交易"活动。

　　10 月的第二个星期一是感恩节（Thanksgiving Day）（为感谢上帝带来的大丰收，该节日自 1879 年开始庆祝，但是不同于美国的感恩节），有关感恩节和圣诞节的知识将在此章节详细论述。军人纪念日（Remembrance Day）是每年的 11 月 11 日（为纪念 1918 年 11 月 11 日第一次世界大战结束，现在主要是纪念和缅怀那些在第二次世界大战中牺牲的将士）。这一天，士兵们佩戴各种徽章，身穿军服，精神抖擞地走在大街上游行，庄严肃穆。12月25日的圣诞节（Christmas Day）是一年之中最隆重的节日（家人团聚的日子，热闹的程度和我们的春节相似）；第二天便是西方的节礼日（Boxing Day，帮助人们从圣诞节的假日季节的忙碌中恢复过来的假日）。

感恩节在加拿大和美国都是重要节日，不过这两个国家的节日并不在同一天。加拿大感恩节（Thanksgiving）是每年10月的第二个星期一，美国感恩节则是每年11月的第四个星期四。

感恩节是喜庆丰收、合家欢聚的佳节，是感谢上帝在一年里赐予丰收和给人们带来充足食物的。加拿大和美国的感恩节都有各自的来历。说起来，加拿大感恩节的历史比美国还早几十年。美国的感恩节始于避难的朝圣者，而加拿大的感恩节始于探险家。16

**加拿大军人纪念日**

世纪，英国人马丁·弗洛比舍（Martin Frobisher）抱着取道地球北边去东方的目的，开始了艰苦的海上探险。他没能发现通向东方的北部航路，却来到了加拿大这片土地，他庆幸自己历经艰难依然幸存，于是感谢上帝，于1578年举行了一个感恩的仪式，这在后来被认为是西方殖民者在这块土地上过的最早的感恩节。早期的法国殖民者也举行自己的感恩庆典。那时候西方人与原住民的关系还算融洽，感恩节期间，殖民者与原住民总是共同庆祝，传教士们则趁机向原住民宣扬上帝的恩典。

美国的感恩节，人们就比较熟悉了，这还得从英国的历史说起。英国有一批清教徒，鉴于改革的理想无法实现，便脱离英国的国教建立起自己的教会，从而遭到了英国官方的破坏。有些人为了寻求自由，摆脱宗教与政治上的迫害，1620年9月，100多人乘"五月花"号横渡大洋历尽艰辛来到了普利茅斯，并找到了安全的港口，从此定居于此。这些人被称作Pilgrim Fathers（最初的移民）。清教徒们在新大陆的第一个冬天遭受严寒、饥饿与疾病的打击，人口减少了一半。到了第二年春天，当地土著居民及时伸出援助之手，教会了他们种植玉米和蔬菜，又传授给他们当地的各种求生知识。到秋天，他们的种植获得了大丰收。为了庆祝丰收年，清教徒邀请土著居民一起大宴三天，这就是美国最早的感恩节。加拿大的感恩节虽然有欧洲渊源，但同时深受美国的影响。据加拿大历史记载，1776年，几千名新英格兰难民，也就是被华盛顿部队打败的那些"英帝国保皇派"，在威廉·豪的带领下，北上加拿大，随之把美国感恩节的传统也带了过来，比如感恩节大餐上的南瓜馅饼。最初在加拿大过感恩节时，是没有南瓜馅饼的，当时人们吃的是新鲜南瓜。感恩节那天吃火鸡也是地道的美国和加拿大感恩节的特色。

加拿大感恩节的日期，有个演变过程。虽然感恩节的传统是从殖民初期就流传下来的，但直到 1879 年国会才正式将感恩节定为全国假日。当时的日期定在 11 月 6 日。此后这个日期一直在变动。第一次世界大战后，战争纪念日与感恩节合并在一起，都在 11 月过，随后这两个日子又分开了。直到 1957 年，国会才宣布 10 月的第二个星期一为感恩节，这个日子一直延续到现在。

早期的感恩节既是宗教节日，也具有农业色彩。到了今天，农业色彩已经渐渐淡去，宗教氛围也不那么强烈了。尤其是对于非基督教背景的移民来说，这个节日和其他节日一样，成为紧张的现代生活中的一个休息日，成为家庭团聚的好机会，也成为商家的赚钱良机。

现在，每当感恩节来临的时候，无论是小学生、中学生还是大学生，都会向老师呈送贺卡，以表示对老师一年来辛勤培育的诚挚感谢和崇高敬意；家庭成员之间，也往往会在这一天表示感谢，感谢大家共同走过的岁月。

加拿大英裔、法裔及印第安人都过感恩节。他们现在把这个节日看成一个家族团聚的日子，也是对一年内上帝赐福表示感谢的日子，共同享受丰收的果实。在加拿大，各民族感恩节家宴的菜单基本上是一致的：烤火鸡——里面填满洋葱、葡萄干、核桃仁、玉米渣、香肠等，然后涂上油用火烤，烤到外酥里嫩、颜色深黄、香味扑鼻的程度。火鸡因此称为感恩节的吉祥物。餐桌的布置也同样遵循传统模式，桌上有玉米棒子、苹果、栗子、核桃、干树枝，还有紫葡萄，象征着秋天丰硕的恩赐。亲朋好友在分享恩赐中得到满足。

圣诞节（Christmas）是加拿大最盛大、最受人们喜爱的节日，也是一个充满热情、欢乐、美好和祝愿的节日。这个节日像中国的春节一样热闹，一家人团聚喜庆，欢聚一堂，一般在圣诞节前两个星期，人们就开始做一些准备活动。圣诞树是这一节日最有代表性的陈设，一般是用冬青树做成的，象征着生命长存，以增加节日的欢乐气氛。除此之外，人们都用花环、灯柱、星星等绚丽多彩的饰物将自家的房屋和街道点缀一新，耀眼夺目。各家门前草坪的树上挂满了五颜六色闪烁的彩灯，家里的各个角落都能看到圣诞节的吉祥物，人们围着圣诞树唱歌跳舞，尽情欢乐，传递着温馨与祝福。

20 世纪 70 年代我在加拿大留学期间，有幸和加拿大朋友们共同庆祝过圣诞节，其场面之盛大、气氛之热烈都给我留下了深刻的印象。圣诞节前，各个单位都要举行节日会餐。1992 年 12 月，正值我在不列颠哥伦比亚省三一西部大学访问，那里的老师和学生们庆祝圣诞节的会餐盛况让我大饱眼福。他们一起载歌载舞，欢声笑语从不间断。礼堂、教室和教堂里，师生们都在认真地排练精彩节目，准备在圣诞节演出。那一天我看到的是灯火辉煌的壮观场景！大学校园里的图书馆被装饰得亮丽非凡，在数以千计的彩灯的映衬下，图书馆显得更加静谧和谐。在节日气氛的烘托下，整个夜空似乎都被点燃了！

一般情况下，在圣诞节的前夕，加拿大人是不会邀请朋友到自己家里吃饭的，他们同自己的家人围桌团坐，拉家常、讲故事。每家都有一棵圣诞树，各式各样的彩灯烘托出热闹的节日气氛。在温哥华这样的大城市，商场里专门布置了圣诞树和圣诞老人，以供孩子们照相用。孩子们都在那里排着队，焦急地等待着和圣诞老人拥抱合影，他们期待着自己能够从圣诞老人那里得到圣诞礼物。孩子们天真的面孔给这个盛大的节日增加了许多神秘和神圣之感。商店在这个时候会借机为自己宣传，有的商店甚至专门邀请歌唱家在自己店门口引吭高歌，以招徕顾客。场面之隆重壮观，唯有想象却又难以想象！

圣诞节期间到处都可以看到人们以各种各样的方式来表达"圣诞"精神——加拿大的

**和加拿大中学生们共度圣诞节**

每一个人，无论穷人还是富人，无论是住在城市还是乡村，他们都融入到这个盛大祥和的节日气氛里。过完圣诞节的第二天，便是他们的节礼日了，人们似乎更殷切期待着这一天的到来。

# 第二节　传统的全国性节日

　　除了法定的全国性节日外，还有一些传统的全国性节日。情人节（Valentine's Day）是加拿大人最为喜爱的传统节日，从小学生到老年人都以不同方式表达他们的相亲相爱。这是一个源于欧洲的传统节日。2月14日这一天，情侣之间互赠贺卡和礼物，礼物一般是巧克力和鲜花。但是，今天人们庆祝情人节时，家庭成员之间、异性朋友之间也都互赠礼物。4月1日的愚人节（April Fool's Day）最早风行于法国。法国人把上当受骗者称为"4月的鱼"，因为鱼在4月里最容易上钩。这一天是搞恶作剧的日子，人人都可随意说谎，以使他人上当出丑为乐，节日里充满了嬉戏欢娱的气氛。母亲节（Mother's Day）是5月第二个星期日，这一天家庭成员都给母亲送上一份礼物或贺卡，表示对母亲的感恩之情。6月的第三个星期日是父亲节（Father's Day），这一天，孩子们向父亲表达感恩的心情并精心为其准备贺卡或小礼物。贺卡或礼物标签上的祝福很正式、很温馨，父亲看到后心里暖烘烘的。但这个节日自21世纪以来，父亲打开贺卡时却经常被逗笑，如"Daddy，no drinking，no smoking when you are with TV.（爸爸，请不要在看电视的时候喝酒、抽烟）"；"Would you mow the lawn this weekend?（这周末你能帮忙除草吗）"；"Mommy doesn't like cleaning the garage.（妈咪不喜欢打扫车库）"；"You didn't kiss me last night when you left the room.（昨晚你走时没有亲我）"。孩子们把父亲节当成了给父亲提意见的节日。

　　11月1日的万圣节（Halloween）又被称为鬼节，是源于苏格兰和爱尔兰人的传统节日。在这一天，孩子们穿着戏服，打扮成小海盗、怪兽、公主、幽灵或当时的英雄人物。橘红色的南瓜也是万圣节的一个象征。人们在南瓜上刻上恐怖的鬼脸，里面放上闪烁的蜡烛，摆在门窗前。大人告诉孩子们只要表现好，就能得到里边的好东西。孩子们扮着鬼脸从一家走到另一家，去敲邻居家的门，说"Trick or Treat"（不给糖果就捣乱）。主人们只好用糖果来打发这些"小鬼们"，当然他们也是非常乐意给这些孩子们糖果的。孩子们收到的钱也会相应地转给有关的基金会。在加拿大的某些地区，人们会在这一天晚上装扮成各种妖魔鬼怪，载歌载舞，尤其是大城市里的孩子们会兴高采烈地参加各种化装舞会和聚会，以表示节日的庆祝。在加拿大多元文化概念里，土著居民扮演了非常重要的角色。传统的土著节（Canadian Aboriginal Festival）便也成为加拿大节日文化中的一个亮点。每年的 6 月 21 日这一天，所有的加拿大人都为第一民族印第安人、因纽特人和梅蒂斯人的文化以及他们对加拿大的贡献而庆祝，表达他们对这些土著民族文化的认可和颂扬。这一天，土著居民身着节日的盛装，载歌载舞，展示他们祖先创造并传承下来的丰富多彩的音乐和舞蹈。这些音乐和舞蹈形式来自全国各地，既有传统的，也有现代的。

土著节

　　土著节的宗旨即宣传土著文化，嘉奖土著音乐教师以及土著音乐的创造者、倡导者和表演者，其目的是对土著文化表示认同，弘扬并促进土著文化的多元化传播，并通过这种文化活动鼓励其他少数族裔文化的维护和延展。土著节将传统的土著文化辅以现代元素加以诠释，并将其展示给加拿大主流社会，为土著文化的复兴奠定了深厚的基础。实际上，加拿大每年 7 月 1 日的国庆节的庆祝活动从土著节这一天就陆续拉开了序幕。之后便是连续的圣让·巴蒂斯特节庆祝、加拿大多元文化日的庆祝以及国庆节的到来。

　　另一个和土著居民有关的节日是"帕瓦仪式"（pow wow，也作 pau wau）。pow wow 一词在印第安词语中表示"交换劳动产品的集会"。每年 8 月，一些部落的印第安人都会举行为期 3 天"帕瓦仪式"。"帕瓦仪式"是北美印第安人的一项传统仪式，已有数百年的历史。举办时，不同年龄的印第安人聚在一起，载歌载舞，相互交流。他们激情地蹦着跳着，不知疲倦，看上去像是北美的印第安人巫师在作法。如果不了解印第安人的历史和文化习俗，我们就不会得知他们疯狂舞蹈的含义。据解释，鼓点和舞姿是他们与神交流的语言，他们通过跳舞表达自己对神的敬仰，舞蹈越欢快越疯狂，就表明他们与神灵的交流和沟通越有效。

## 第三节　地区性节日

除了这些全国性的节日外，还有地区性的节日，这些节日更具浓郁的地方特色，是特定的民族庆祝的节日，令人陶醉。例如圣让·巴蒂斯特节（Jean – Batiste）、魁北克冬季狂欢节（Quebec Winter Carnival）、夏洛特敦节（Charlottetown）、加勒比游行节（Caribbean Parade）、加拿大枫糖节（Maple Syrup Festival）、加拿大"淘金节"（Klondike Days，也被称作克朗代克节）等。

圣让·巴蒂斯特节（Jean – Batiste）原为欧洲传统的宗教节日，后来成为加拿大人的法语节，最后魁北克政府正式认定其为魁北克省节。法裔加拿大人将这一天看作是他们最重要的节日。按照旧的传统，节日这天，蒙特利尔大街小巷挂满省旗，彩车、乐队、巨大的模型和身着民族服装的游行队伍，组成浩浩荡荡的方阵，场面盛大壮观。如今又增添了燃放烟火，举办音乐会等活动。还有人穿上节日的盛装，乘坐彩车游行。魁北克的民族特色尽显其中，引起人们的很多遐想。

魁北克冬季狂欢节（Quebec Winter Carnival）是为期两周的，也是世界上最大的冬季狂欢节之一，并且是继巴西的里约热内卢和美国的新奥尔良的狂欢节之后的世界上第三大狂欢节。该节日从1月的最后一个周末开始，狂欢直到2月中旬结束，大约持续15天左右。它已有40多年的历史，规模声势浩大，吸引了国内外大量的游客。狂欢节活动内容丰富多彩，人们会举行各种有趣的竞赛，如划船比赛、滑轮胎比赛、冰雕比赛、狗拉雪橇比赛、越野滑雪比赛等，具有浓郁的法兰西特色。节日期间，魁北克被装饰得辉煌灿烂，一片绚丽的景象。狂欢节还有两项主要的活动，其一是市民每年要推选出一位魁北克冬季狂欢节之王，作为节日期间该市的"临时统治者"。这位"王子"被打扮成一个雪人，他身穿白色衣服，头戴白色帽子，手带白色手套。这位"雪人"骄傲地向狂欢节人们招手示意。其二是，他们用雪块筑成一座冰雪城堡（ice castle），供人们娱乐消遣。在这冰天雪地里，你会领略到冰雕和雪雕的魅力，可以和我国哈尔滨的冰雕相媲美。

加勒比游行节（Caribbean Parade）是每年8月在多伦多安大略湖畔的湖滨大道（Lakeshore Blvd）都要举行的游行节。这一活动来源于加勒比海岸，因为那里曾经是英国和西班牙的殖民地。由于不满殖民者的统治，当地居民经常敲击一切可以发出声音的器皿以示愤恨，后来便演变成象征团结和争取自由的游行，并流传至今。

通常参加游行的人来自很多不同的地方，他们身穿节日的盛装，精神抖擞、豪气冲天，扮成不同的人物形象，仙女或者大侠，载歌载舞，锣鼓声铿锵有力，气势非凡。

多伦多旅游团队节（Toronto Tour Team Festival）是每年的6月19日～27日在多伦多举办的一次国际文化盛会，"旅队"是一个象征性的比喻，意指一群旅行者从某个国家的某个城市旅游到另一个国家的某一城市，旅游者不走出多伦多市，便能象征性地游遍全球很多国家，领略它们的风俗和文化艺术传统。

多伦多是一个外国移民集中的城市，每当"旅队节"来临时，这里的居民都在自己的社团中心，按照祖籍国或本民族的传统特色大加装饰，使之成为节日活动的中心；每个中心都叫"馆"，多数以首都的名称命名，也有少数是以著名城市的名字命名的。各馆均展出具有本民族特色的美术工艺品、仿古制品、时装及传统服装等。各馆还设有餐厅，供应品种繁多的名菜、糕点、饮料。晚上还有各民族的专业和业余艺术家的精彩演出，其中以苏格兰的风笛、乌克兰的歌剧表演、菲律宾的土风舞、阿拉伯的民间舞蹈等最受欢迎。

除了以上几个比较隆重的节日外，最有特色的要数加拿大的枫糖节（Maple Syrup Festival）了，它是加拿大传统的民间节日。枫糖在加拿大的悠久历史已经演变成一种文化、一种象征。加拿大也以其"枫叶之国"的美称享誉海外。

早在欧洲移民来到加拿大以前，北美东部的本土人就已经了解并懂得珍视枫树中甘甜的树液。法国移民从当地的印第安人那里学到了这些技术，比如如何在树干上划痕并取得树液，如何熬煮那些树液使之变为糖浆，后来又学会了制造枫糖块，以备后用。许多被采集树液的枫树都有超过百年的树龄。

**激动人心的枫糖节**

据加拿大历史记载，大约在 1600 年前就已经有了"印第安糖浆"。加拿大土著居民——印第安人在甜枫树里首先发现了甘甜的树液。加拿大东部的冬天又冷又长，因此在这期间根本没有农作物可以生长，人们只能打猎吃肉，很多人因为缺乏维生素和矿物质等营养而死去。后来，他们偶然发现了枫树里的糖液，并逐渐学会了制作和食用枫树糖浆。由于枫树糖浆含有丰富的营养素，才使得他们的健康有了保障。

事实上，枫树的糖分在秋天便开始在树干内聚集，冬天浓缩，初春则流到树皮下面。这时割开树皮，自然就会流出枫汁，枫汁的采集期大约持续一个半月。起初的枫汁含糖量较高，约为 2.5%，到后来就降低到 1%。过了采集期则一点糖分都没有了，每一百升枫汁大约最多可以熬制 2.6 升纯枫糖。但是，一般的农庄不会达到这么高的提炼指标。由于现代人崇尚绿色食品，手工熬制的枫糖更受欢迎。

在魁北克省或安大略省，驱车到郊外的农庄，或者乘马拉雪橇穿行在枫林之间，或者坐在雪橇高高的草垛上，就可以看到一只只挂在树干上接枫糖浆的桶，很像"割漆"。采集树液的方法有很多种。这种"割漆"是传统的吊桶收集法，即在树上挖一个洞，挂上一个桶，然后往树洞里插一个细长的金属槽形工具，于是树液就顺着它流进桶里。等到桶流满了之后，就把树液倒入一个大罐子里熬煮。你可以用一个大勺进行搅动，很快树液就变得越来越浓稠。接下来你可以用一根小木棍儿，取一些糖浆放到雪中，糖浆会变得坚硬，变成"枫糖棍"，就可以食用了。

虽然传统的吊桶收集法仍然在枫树区使用，但是大部分已经被一种既节能又更加卫生环保的真空管道系统所取代。一旦收集到枫树液，它就被脱去水分变成枫树糖浆。

盛产枫糖的安大略、魁北克、新斯科舍和新不伦瑞克四个省，每年春天都会举办枫林盛会，国内外观光的旅客和本地居民纷纷涌向郊外的农庄，既饱眼福，也饱口福。

每年春天来临、残雪未融的时候，加拿大人，特别是孩子们都盼望着枫糖节的到来。3月中旬至4月中旬，加拿大魁北克省和安大略省上万个生产枫糖浆的农场纷纷披上节日的盛装，人们从四面八方赶来，加入到这盛大的节日之中，同时品尝大自然赋予的甜蜜食品。红了一秋的枫树，并不仅限于观赏，许多枫树可以用来采集树汁，熬制枫糖浆。枫糖浆营养丰富，甜香可口。

枫糖是北美印第安人的传统食品。他们的祖先将枫糖汁称为"甜水"，他们将枫糖汁和鹿肉一起煮食，强身健体，延年益寿。枫糖浆是加拿大独特的食品，而且还是一种纯天然的甜料。枫糖含有营养丰富的大量微量元素，有钾、镁、磷、锰、铁、锌、铜以及锡等。同时，枫糖中钙的含量要比蜂蜜高出15倍之多。

枫糖浆最普通的吃法是将其直接淋在松软的烤饼上吃。另一种吃法被称为"白雪上的枫糖浆"，即在一块干净的木板上铺上一层干净的白雪，把煮沸的枫糖浆直接淋在雪上面，枫糖浆就会慢慢凝固。在枫糖浆还未凝固前，人们迅速地用一根小木棒把冷却的枫糖浆慢慢卷起来，制成枫糖棒棒糖。吃在嘴里，甜在心里，回味无穷！人们管它叫"白雪太妃"。

也有一些游客耐不住饥馋，他们干脆直接用小棍儿从大锅沾一些糖浆，然后迅速插进雪里，等糖浆变硬，拿出便可享用。

世界上最大的枫糖节是加拿大"艾美热一日枫糖节"。艾美热小镇位于安大略省滑铁卢市区以北10多千米处，距多伦多市西南方向80千米。在镇中的商业街——阿瑟大街，有一百多个摊点，整条大街车辆禁行。在枫糖节这一天，成千上万的行人把该镇的阿瑟大街围得水泄不通。所有的摊位都向游客出售各种小吃，有松饼、苹果派、枫糖块、枫糖酒、枫糖饼干和各种各样的枫糖浆。还有许多琳琅满目的印第安传统工艺品供游人欣赏。

艾美热镇每年3月~4月要接待国内外游客10几万甚至20万人。艾美热地区的一项特殊的旅游观光项目吸引着许多游客，那就是"枫林行"。游客花上3~5加元，坐上农用的马车到郊外的枫树林中现场观光，亲眼目睹枫树液提取和枫糖浆制作的全过程。

北美有大约两万家枫糖制造厂。据统计，全球每年枫糖产量达2270万千克，其中加拿大的枫糖产量为1500万千克，而将近1200万千克的枫糖产自魁北克省。

每年8月的第三个星期一举行的淘金节，是育空地区的公共节日。此节又被称作克朗代克节，是为了纪念1896年发生在这一地区的淘金热潮中的点点滴滴。因为，这一地区位于加拿大育空河流域，是黄金的盛产地，所以得此命名。当时的淘金热对加拿大18~19世纪的经济开发、农业扩张、交通革命，工商业发展具有重要的意义。通常情况下，这一节日会持续5天，遍及小镇的建筑物都将隐于19世纪风格的店面中，人们身穿19世纪90年代淘金时代的服装上街游行，热闹非凡。在埃德蒙顿广场演出杂耍、马戏、吃薄煎早餐、街舞表演，甚至进行河上泛舟大赛，夜晚还会燃放五彩缤纷的烟火。每年的淘金节都要吸引近百万游客。

# 第四节　省政府规定的节日

除了上述地方性节日以外，还有其他省或地方政府规定的节日，如渥太华的郁金香节（Canadian Tulip Festival）、卡尔加里的牛仔节（Cowboy Festival in Calgary）、不列颠哥伦比亚省的不列颠哥伦比亚日（British Columbia Day）、萨斯喀彻温省的民俗节（Heritage Festival）、纽芬兰省的圣帕特里克日（St. Patrick Day）、圣乔治日（St. George's Day）和新大陆发现日等。以上这些节日都是具有西方文化背景的节日。土著民族和其他族裔还都有各自的节日，如加拿大华人每年都要欢度的中秋节、元宵节和春节等。

加拿大渥太华的郁金香节在每年5月的第三周举行。加拿大人喜欢郁金香，不仅仅因为它漂亮，还因为它蕴含着的历史和友谊。第二次世界大战期间，由于战事纷扰，荷兰国王带着王后，全家流亡海外，当时他们被一家加拿大人收留。王后在渥太华生下一位小公主。待到二战结束后，他们又重新回到自己的故土。荷兰国王为了报答加拿大人民的恩情，便以数百万种郁金香花种相送，今天闻名世界的郁金花节便由此而生。

第一届加拿大郁金香节于1953年举办。世界闻名的摄影家马拉克·卡西（Malak Karsh）的郁金香作品集使得郁金香在加拿大获得了永生。应卡西提议，加拿大正式设立了加拿大郁金香节，时间定在每年5月郁金香盛开的季节。在这一天，加拿大总督、总理和皇室成员会一起宣布这一盛大节日的开幕；荷兰的皇室多次来到加拿大游；国际巨星和加拿大著名演员也都会在这一节日时上演精彩节目。

目前，这一节日已成为加拿大首都地区的盛大节日，每年展出的郁金香超过300万株。现在每年5月有超过80万来自世界各地的游客前来参加加拿大的郁金香节。据加拿大环球邮报报道，郁金香节每年能够给渥太华地区带来5亿美元的经济效益。这一节日，已经从表达友谊的荷兰礼物演变成世界上最盛大的郁金香节。

时至今天，郁金花节更加引人注目了。节日期间，园丁们把郁金香排成方阵，连成一片，远远望去，好似无数彩带在大地上起伏，蔓延成一片花的海洋，令人心驰神往。数百万朵郁金香妆扮着首都地区的公园和堤岸，五颜六色的郁金香争奇斗艳，徜徉在郁金香的世界，令人如醉如痴。加拿大郁金香节诞生于和平，所以郁金香在美丽的加拿大是象征和平的友谊之花。如今，加拿大郁金香节已成为世界上最为壮观的郁金香盛会。

渥太华丽都运河的彩船表演是郁金香节的另一个高潮。每次都有近百条船只参加表演。装饰一新的游船下午一时从道斯湖公园出发，沿运河向国会山方向上溯。表演者沿途吹奏乐曲，表演节目。近年来，中国热闹的龙舟也加入到这个行列中。丽都运河并不宽阔，两岸的观众与游船交流甚恰，他们争抢船上抛出的糖果，掌声欢呼声不绝于耳。很多观众自带了折叠椅，还有人在河边草地上野餐。更多的观众和游客则乘坐专为节日开出的免费公共汽车，悠闲自在地观赏表演。

一年一度的西部牛仔节（Cowboy Festival in Calgary）也是激动人心的一个节日，它历史悠久，规模宏大。该节日从1912年开始，每年7月的第一周，在阿尔伯塔省（Alberta）的城市卡尔加里（Calgary）举办，加拿大西部乃至整个北美的著名牛仔们都会聚集在此，人们围看这一乡土气息浓厚的、世界上规模最大的牛仔竞技活动。每次牛仔节正式开始先是由大游行拉开序幕，这时几乎全城的所有公司都让员工暂时放下工作，穿上传统的牛仔服装，走到街上参加游行。仅加拿大每次游行团体就有几十个队伍，还有从澳大利亚、新西兰、南非、英国前来参加的。他们载歌载舞，鼓乐齐鸣。这一节日是由早年的"牲畜交易会"发展起来的。比赛项目繁多，令人目不暇接。其中有骑野牛比赛、驯马比赛、伐木比赛以及水上滚木比赛等最为突出。由此演变出的牛仔文化也称为当地的一大特色，而"牛仔"作为人们心中的拓荒英雄，浑身散发着青春和活力，成为这种特色文化的代言人。牛仔服装更为世界大众所喜爱。"牛仔节"的活动已有100多年的历史。节目期间，还有各种良种畜牧的展览，获奖者有奖状和奖金。展览的目的是为了扩大各种牲畜的销路，以进一步发展畜牧业。

卡尔加里牛仔节

## 第五节　国际性文化艺术节

　　加拿大一些主要的国际性的文化艺术节也是镶嵌在这个多元文化国家的一颗璀璨明珠。如加拿大斯特拉特福德莎士比亚戏剧节（the Stratford Festival of Canada）、国际文化多元节（the International Multicultural Festival）、格尔弗之春艺术节（Guelph Spring Festival）、夏洛特顿节（Charlottetown）、萧伯纳戏剧节（the Shaw Festival）、加拿大舞蹈节（Canada Dance Festival）、加拿大传统艺术节（the Canadian Heritage Festival）、德雷蒙威尔世界民间艺术节（Festival Mondial de Folklore de Drummondville）等。

　　加拿大斯特拉特福德莎士比亚戏剧节（the Stratford Festival of Canada）是在加拿大安大略省的一个名叫斯特拉特福德的小镇举行的，也被称作"莎士比亚戏剧节"、"莎翁艺术节"。因为这个小镇的名字和英国著名戏剧家威廉·莎士比亚（William Shakespeare）的出生地的名字相同，这个节日因此而得名。自创办之日起，来自加拿大和世界各地的剧团都在此演出过，演出的节目有莎士比亚及其他作家的许多经典之作。该地的莎氏艺术学院也因此被誉为"与英国国家剧院和皇家莎士比亚剧团齐名的三大英语古典剧院之一"。因为每年都会有很多来自世界各地的莎士比亚戏剧的爱好者慕名而来，所以这个节日的举办也给该市旅游业的发展提供了契机，从而促进了该市经济的迅猛发展。斯特拉特福德也因此从一个默默无闻的小镇发展成该地区的经济中心和英语国家最重要的文化中心之一。

国际多元文化节（the International Multicultural Festival）创立于 1969 年，并于每年 6 月的最后 9 天在多伦多举行。这个节日也被称作"卡拉旺节"（Caravan），Caravan 一词的意思是"一群旅游车队从一个地方到另外一个地方"。举办该节的目的是让观众在几天之内无需出城就能领略世界各地不同民族的文化风情和社会习俗，感受多元文化所蕴含的宽容和和谐。每年的这个时候，人们会欣赏到各式各样的、来自许多不同国家和城市的艺术雕塑、佳肴美酒和音乐舞蹈等展览。正是因为各种不同文化的参与，所以又被称为"多元文化节"。每逢此节，外来的旅游者都会云集于此，亲临这一盛况。

每年 4 月至 5 月是格尔弗春韵艺术节（Guelph Spring Fecstival）的庆祝时期。此节日第一次庆祝是在 1968 年，并由爱德华·约翰生资助。节日期间，由当地的、国家的以及世界的知名人士表演的各种音乐会、歌舞剧都会使人大饱眼福，也有各种各样的艺术课程、系列讲座和竞赛等将节日气氛推向高潮。

夏洛特敦节（Charlottetown）在爱德华王子岛的省会夏洛特敦举行，以音乐为主，是加拿大最大的音乐和戏剧节。届时会有很多音乐剧被搬上荧幕放映，整个城市都散发着优雅的艺术气息。

加拿大舞蹈节（Canada Dance Festival）的创立是为了促进舞蹈艺术的发展，提高舞蹈艺术家的社会地位，同时教育和愉悦人民。加拿大是一个让人感到舒适和放松的国度。从 1987 年开始，每两年都会有一次盛大的舞蹈节日，规模宏大。节日期间，来自加拿大的 500 多位艺术家聚集在首都渥太华及赫尔地区，为全国人民倾情表演自己的舞蹈节目，其中包括古典芭蕾舞、现代舞等。

除了上述大型节日以外，还有一些小型的特色节日，诸如多伦多光荣周（Period Week）、欢笑节（Just for Laughs Festival）、莫尔森·因迪节（Molson Indy）、玫瑰色的庆典（Flambée des Couleurs）、尼亚加拉河葡萄酒节（Niagra Grape and Wine Festival）、育空探荒节（Yukon Sourdough Rendevous）等。总之，种类繁多的节日庆祝活动折射出这个国家历史的多样性和民族的多元性，给我们以充足的精神享受。在多元文化政策的保护和支持下，纷繁的节日文化得到尊重并得以保留并持续发展。这不仅丰富了加拿大的本土文化，同时，它也为世界文化的多样性作出了贡献，成为世界各国人民了解加拿大社会文化的一个窗口。

# 第十一章　加拿大生活文化

生活方式是一个内容相当广泛的概念，它涉及物质生活和精神生活的各个层面，是人的"社会化"的一项重要内容。生活方式可以反映出个人情趣、爱好和价值取向等。

在加拿大这片充满机遇的土地上，居住着许多来自世界各地的移民，人们尽情享受着多姿多彩的文化；加拿大幅员辽阔、景色各异、有丰富的假日资源，人们有很多的休闲时间享受各种休闲活动，如旅行、野营、健身、购物、钓鱼、参观国家博物馆和风景名胜等。

十字路口绿灯时，一般车辆都会先让行人通过；过马路一定要走人行横道，哪怕要绕一个很大的圈子；开车遇到老人，不按喇叭，耐心地等待老人迈着小碎步挪过马路；嘴里嚼着口香糖，手里拿着废弃的包装袋，如果没有垃圾桶，就会一直拿着，直到丢进垃圾桶里；如果垃圾没有分类装好，一定会有热心的邻居不厌其烦地帮你重新分类；弄错了收垃圾的日子，也一定会有人帮你把大包小包的垃圾重新拎回来……这就是加拿大人的生活。

加拿大每个省都有许多地方供人们参与文化活动。你可以参观博物馆、画廊和历史遗迹；还可以看戏剧，听音乐会、歌剧和欣赏芭蕾舞表演。有些社区有自己专门的活动，比如庆祝节日活动和交易会。许多城镇都有社区中心，设有游泳池、溜冰场、网球场和运动场。社区中心还有涉及工艺、舞蹈、健身和电脑方面的课程。

大部分社区建有公共图书馆，人们可以借阅书籍、杂志和光盘。许多图书馆还为残疾人提供专门服务，例如提供盲文书籍。公民在公共图书馆借书是免费的。无论在哪一个图书馆借书，只需办理一张借书证就可以了。

在周末，加拿大人的生活也不尽相同。大多数加拿大人周末在家料理家务、保养汽车、修剪草坪和打扫庭院。有些人会驾车去乡间兜风，有些人则有规律地到健身俱乐部去锻炼身体，还有些人喜欢在家里和家人共进晚餐或观看体育项目比赛，更多的人星期六或星期天的早上去不同的教堂做礼拜。许多家庭喜欢全家人一起去教堂。

商场购物已经成为加拿大人最大的休闲活动。据《大西洋月刊》（1993 年 5 月号）报道，加拿大人每月平均有 12 个小时的时间花在购物上。

旅行是加拿大最受欢迎的休闲活动之一。加拿大人有较多的闲暇时间。大多数上班职员每年有两个星期的带薪假期，因此短期度假非常流行。

加拿大人崇尚自我，追求独立。他们喜欢拥有自己的生活空间和生活方式，不被外人打扰。无论选择什么样的生活方式，他们都自得其乐，舒心愉悦地享受生活。

## 第一节　饮食文化

加拿大是一个移民国家，是一个多元文化国家，饮食文化也充分体现出它的文化多元性。加拿大没有自成一体的加拿大菜系，但你可以在加拿大品尝到各族裔的名菜佳肴。世界各地移民将各地最好的菜肴都带到了加拿大，所以，在加拿大到处可见世界各国的特色小吃，丰富多彩。有高档口味的法国菜，有大众口味的意大利比萨、意大利面、日本的寿司、墨西哥的鸡肉卷、韩国的烧烤、中国的宫爆鸡丁和狗不理包子，也有西班牙和希腊特色的小吃。一年四季还能品尝到当地新鲜的三文鱼、生蚝、龙虾、北极蟹等。

加拿大人对日常饮食没有特别的要求，非常简单随意。虽不像中国菜那么讲究色、香、味俱全，但是他们的饮食种类也多种多样，来自不同国度的美味佳肴随处可见，人们可以随意品尝到那些味道截然不同的食品，尽情地享受多元饮食特色文化，或意大利式的，或中国式的，或乌克兰式的等。加拿大的每个省都有自己的特色菜：大西洋沿海诸省以海鲜美味为主；而魁北克人依旧保持着独特风味的法国菜肴；安大略省以蔬菜、水果和葡萄酒为主要菜肴；大平原诸省则盛行小麦加工的各种面食和上等的牛肉。一提起 BC 省人们就会联想到三文鱼和中国南方菜系。加拿大人没有自己独立的烹饪体系和烹调技艺。现代的加拿大饮食可称为具有加拿大特色的、适合快节奏生活的、以汉堡、热狗等为主的快餐文化，这种快餐文化是移植于欧洲文化的。

加拿大人对中国菜肴情有独钟。他们钟情于中国菜系的各具特色、种类丰富以及独特复杂的烹饪技术。不同于中国菜的做法，加拿大人一般用平底锅，放菜放油后再加水。他们的蔬菜以生吃为主，目的是保持原色，减少营养成分丢失；而鱼肉类则以烤和煮为主。厨房设备的不同也决定了中西饮食特色的不同。加拿大的厨房宽敞，炊具精致，电炉烤箱、电饭煲、微波炉、餐具、冰箱、清洗池等一应俱全，清洁便捷。但不管怎样，初来乍到的中国人，总是不习惯加拿大人的饮食，享受就更无从谈起。

总的说来，加拿大人的饮食以肉类和面食为主，他们偏爱酸甜口味，喜欢食用煎、烤和油炸烹制的东西。吃饭的时候不排桌席，不设烟酒，氛围轻松自在，座次没有等级之分，通常为自助餐的形式。其中两大特点就是："不设烟酒"和"不吃热食"。中国人无论是到酒店宴请，还是在家招待朋友，总有烟酒相伴，否则有怠慢之嫌。但是，加拿大没有如此明显的烟酒"文化"。另一方面，中国人喜欢现烧现炒趁热吃，凉菜也是为了配合饮酒。而在加拿大人习惯冷食。因为主人总是先将各种菜肴做好，然后用各种各样精美的器皿盛好摆放，当客人入席时菜肴已凉，故而被称作"冷餐宴会"。

加拿大人喜欢吃肉。据《环球邮报》报道，一个普通的加拿大人每年要吃掉约 100 磅牛肉、40 磅猪肉和 60 磅鸡肉。这个比例远远高出中国人的肉类食用量。但是，他们不吃动物的内脏、头、脚之类的东西。加拿大人特别喜欢吃甜食，据有关统计数字显示，加拿大年均每人消费食糖 40.4 千克，糖的食用量几乎达到人均每周 1 千克，仅次于巴西，居世界第二。

加拿大人的早餐虽然简单，但品种多样，富有地方特色。比如，面包片、咸肉条、燕麦粥、凉麦片粥、鸡蛋、枫树糖浆、香甜的油炸圈等。香甜的油炸圈饼是加拿大人的最爱，在加拿大的咖啡店里随处可见。它们或是红棕色的，或是裹着白色糖粉，或者粘着粉红的糖霜，有圆的、长的，还有扭花的。人们可以泡着吃、舔着吃，可以大嚼大咽，也可以缠绕在手指上吃。它们一直被认为是加拿大人最喜爱的早餐。

他们的午餐也比较简单。因为中午时间有限，而且在公司就餐，所以一般就是一份三明治，即面包夹火腿和西红柿片或生菜叶，抹上沙拉酱，再加咖啡或者饮料。也有些公司职员会从自己家里带去一些准备好的食品。

因为晚餐的准备时间比较充裕，所以他们会好好享受。作为一天中难得的团聚和交流的机会，他们格外珍惜晚餐时光，吃的也比较正式。炖牛肉或者烤猪排都是绝佳的选择，还配有沙拉、蔬菜和汤等。

快餐店在加拿大极为普遍，无论你走到哪里——超级市场、火车站、娱乐场所、商业区、大学校园、加油站等，都会看到各种特色的快餐店。它的特点是快捷，迎合了人们的消费心理。加拿大许多快餐店和餐馆的厨师会在顾客面前当场制作三明治。首先你要告诉服务员要什么样的面包，选择什么样的肉或火腿肉放在面包上，还要选择奶酪，通常有美国式、加拿大式或瑞士式。供选择的蔬菜通常是生菜、西红柿和洋葱等。洋葱对健康有利，几乎所有的加拿大人都爱吃。在加拿大，面包有时是免费的，水也是免费的。饮料一般都比较贵，实际上对健康也不利。

加拿大人喜欢在主食上涂抹各种调味酱食用。面包或面包片上经常抹黄油、人造黄油、果酱或花生酱，而面包圈上经常抹乳脂干酪。做三明治时人们经常给面包卷或小圆面包抹些芥末酱或番茄酱。不过你也可以什么都不抹，面包本身就很好吃，尤其是新鲜出炉的面包。

至于饮品，咖啡、啤酒、可乐都是他们的最爱。在加拿大的大城市，咖啡店几乎到处都是，提姆·荷顿（Tim Horton's）和星巴克（Starbucks）随处可见。提姆·荷顿是一家著名的连锁店，以其新鲜的咖啡而著名；星巴克是一家非常受欢迎的美国咖啡连锁店，遍布整个北美地区。很多加拿大人喜欢早上喝咖啡，因为它可以帮助人们消除困意。而他们似乎对此也形成依赖，各行各业的人们都喜欢喝咖啡，因此，咖啡饮用业逐渐发展成为加拿大一项年盈利数百万加元的产业。

在饮用咖啡的同时，加拿大的许多医生提醒人们，适量地饮用咖啡是可以的，但是太多的咖啡可能导致心脏病等健康问题。在加拿大，许多父母一般不允许年轻的孩子们喝咖啡。人们往往从高中或者大学开始饮用咖啡。每当早上醒来觉得困倦，但又不得不上学或者工作时，一杯咖啡则可以让人精力充沛。

加拿大人喜欢喝啤酒。但他们为了品尝啤酒的香醇原味，一般在喝酒的时候不配食下酒菜。加拿大许多地区的啤酒厂都酿造味道浓厚的淡色啤酒和烈性黑啤酒等。另外，生产啤酒量最大的省安大略省和不列颠哥伦比亚省的啤酒最有竞争力，其中摩尔森（Molson）和拉巴特（Labatt）两大品牌的啤酒在全国乃至全世界都享有盛誉，被称为"男人花儿"（Men's flower）。这两种啤酒产量最高，而且畅销国内外。甚至在大西洋东西海岸都很畅销。加拿大的啤酒质量很高，部分原因是水质纯净。此外，加拿大的冰酒也因其制作方法特殊以及味道独特而备受各国人民喜爱。欧洲、澳大利亚和墨西哥进口的啤酒也深受加拿大人的欢迎。在饭桌上不管喝什么酒，加拿大人从不劝酒。如果有人喝醉了，那是由于他本人贪杯，不是被灌醉的。加拿大人通常不喝烈性白酒，他们喝红酒还有个讲头，如果主菜是牛羊肉，他们一般喝红葡萄酒；如果是鸡或是海鲜，他们一般喝白葡萄酒。

而可口可乐是加拿大最畅销的饮料。百事可乐是其强有力的竞争对手，知名度毫不逊色，它同样有自己的拥护者，因为它的味道没有可口可乐那么甜。

中国人为了表达对朋友和宾客的热情款待，端上桌的菜肴常常会超出客人们所需的用量，尤其是请外宾吃饭，上桌的菜量往往会使加拿大人大吃一惊。加拿大人也喜欢请客吃饭，但是他们的饮食文化和中国人不一样。他们请客考虑的是经济实惠，让朋友吃饱、吃好，而不是摆阔气、讲排场。加拿大人在吃饭的时候，会详细地介绍各个菜的制作过程，并且不断称赞这次做的菜是平生做得最好的一次，这种"自卖自夸"的表达方式并不是真正意义上的吹嘘、炫耀，而是要表达自己内心的热情，让客人能够享受到丰盛的宴席。中国人总是表达一种自谦的心理，他们常常会说"做得不好，请多指教"、"没有什么好菜招待大家"、"真是献丑了"等比较谦卑的话，其目的是让客人能够欣然接受。另外，中国人在邀请客人做客的邀请函里通常会说"寒舍"、"备下薄酒"等，而在加拿大，人们会说"Warmly welcome and enjoy yourself"（热烈欢迎，尽情享受）。在加拿大每吃一顿饭别忘了夸奖主人高超的手艺，这样会使主人感到高兴。

此外，加拿大人饮食文化的另一大特色就是喜吃甜食，蛋糕里加糖，冰激凌里加糖，咖啡里加糖，早晨通常松饼上倒上枫糖浆。加拿大糖的品种特别多，质量也好，如古巴糖、白糖、枫糖、赤砂糖、葡萄糖等，应有尽有。

# 第二节　聚会文化

加拿大人的聚会文化别具一格，构成了他们生活方式的一大特色。加拿大聚会的形式多种多样，有午餐聚会（lunch Parties）、酒会（drink Parties）、慈善聚会（charity parties）、茶话会（tea party）、家庭招待会（open house）、校园聚会（campus party）等。

加拿大人经常举办大型聚会，称为"茶话会"或"家庭招待会"。在很多场合，朋友们和同事们会在一起聚餐，这时，几乎所有的客人都会自带一些食物和饮料，这种聚会叫做聚餐会（pot luck），加拿大饮食文化的多样性也尽显其中。人们在一起聚餐，庆祝国庆节、生日和其他一些特殊的社交活动。参加这种聚会，客人通常应该晚到10分钟或15分钟，提前半小时离去。客人们来的时候往往会自带一道菜肴，通常包括沙拉、蔬菜、鸡肉、肉丸子、意大利式卤汁面条或者是一些具有异国风味特色的佳肴。大家把各自带来的菜肴摆在一起，共同品尝。人们一边品尝美食，一边互相介绍饭菜的做法，俨然是一个国际性会餐。有时各种饭菜呈一字形摆在十几米的长桌上，每份菜只能尝一点，否则来不及尝完就饱了，场面很是壮观。

到了节假日，他们的饮食就别有一番风味了。尤其是在春夏秋季，烧烤（barbeque）或者野餐（picnic）就会频频出现在他们的饮食生活里，这是他们最悠闲，也是最常见的聚餐形式。每到休息日或者傍晚，经常可以看到人们在自家院子里或者阳台上，甚至有时在公园里，围着铁炉点火烧烤，一边品尝着美味佳肴，一边还可以尽情享受阳光和新鲜空气。现在，烧烤或野餐已成为加拿大郊区生活方式的主流。烧烤不仅是一种烹饪方式，也成为了一种聚会社交活动，休闲且实用。尽管说烧烤的主要内容是吃，但更重要的是，人们可以在这种场合无拘无束，非常随意地结交朋友，或轻松地同家人欢聚一堂。

加拿大人特别重视家庭聚会。感恩节是分散在各处的家人团聚在一起同桌就餐的日子。长大成人的孩子们在一年当中客运最繁忙的时候返回他们的"鸟巢"。他们一边享受美食，一边拾起一年前争论的旧话题，就好像他们从未离开过家一样。传统的主菜是烤火鸡，此外还有肉汁土豆泥、烤土豆、烤南瓜、南瓜泥、果冻沙拉、蔬菜沙拉、焖西红柿、罐头青豆、奶油洋葱、卷心菜、玉米面包、小圆面包、芹菜、橄榄、南瓜馅饼、菜果馅饼、肉馅饼、印度布丁和冰淇淋等。一家人吃得不亦乐乎，之后，躺在沙发上观看电视转播的橄榄球比赛或其他电视节目。就是在这一天，人们会按传统习惯低头垂首感谢生活中的许多幸事。

加拿大人最喜欢的是悠闲的聚会形式。每逢周末、节假日，特别是天气晴朗的日子，亲朋好友凑到一起，在公园里、在自家庭院、在社区、在餐馆里聚首聊天。大家欢聚一堂，谈笑风生，但不会涉及关于隐私或业务方面的事情。通常情况下，聚会时的谈话充满了和谐和快乐，轻松而又不失风趣。

# 第三节　大自然野营

很少有国家拥有像加拿大这样多样化、又极具诱惑力的户外活动场所。就加拿大的风景而言，它是极其丰富、壮丽的。这里有雄伟的落基山脉，峰顶白雪皑皑，也有广袤的原始森林，植被郁郁葱葱。就其环境而言，加拿大被认为是世界上最适宜人类居住的国家。

这里有数不尽的瀑布飞流直下，有轻柔的小河淙淙流淌，有小型的湖泊让你倍感亲切，也有浩瀚的五大湖让人叹为观止。其中，苏必利尔湖是世界上最大的淡水湖。

冬春两季，清澈的湖水、湛蓝的天空和那令人眼花缭乱的五光十色的山石吸引着成千上万的野营者。这里的风景引人入胜、充满活力，使得世界各地的观光者接踵而至，流连忘返。

加拿大人喜欢全家人一起旅行。一般家庭的度假方法是把孩子和鼓鼓的行囊塞进汽车或者房车（一种活动的小房子，里面有各种家庭日用品），穿越几千英里的省际公路，享受沿途美景。这种旅游对于孩子们来说很刺激。

加拿大人还认为出国旅行既方便又经济，特别是前往美国。在冬季，成千上万的加拿大人都聚集到温暖的地方度假。佛罗里达、加利福尼亚、夏威夷和墨西哥都是冬季度假的好去处。据《温哥华太阳报》（Vancouver Sun）报道，每个会开车的加拿大人平均每年要驾车行驶 2000 英里（1 英里 = 1609.3 米）独自旅行度假。

在加拿大，几乎每个地方都可以看到野营车、野餐者以及度假的人。你可以轻而易举地找到一条通往大自然的路。一旦置身旷野中，真正的自然之美就会让你心旷神怡。野外宿营成为一种极具时尚气息的运动方式。比如人们可以在某一山谷里或在某一野外公园觅得一片清净之地，租一匹马，沿着深山里的河流远足。加拿大人喜爱这种带有刺激性、挑战性的野外活动。他们尽情地欣赏着大自然的美丽景色，感受那野生动物在自然中驰骋的自由和无忧无虑。

对于喜好户外活动的人来说，加拿大独一无二的优势便是那些国家级公园和省级公园。加拿大有许多国家级公园和省级公园，且大部分国家级公园和省级公园都设有露营和野餐场所。露营地通常包括野餐餐桌、点火坑和扎营的地方，人们只需花一点钱就能玩个通宵。省内还有很多私人营地，人们通常需要提前预约。加拿大国家公园制度（1979 年颁布）鼓励公众理解、欣赏和享受自然遗产，为"后人"保留完整的未被破坏的风景。这些公园错落有致，还特别考虑到野营者的需要。也有一些野营地，掩映在海边的沙丘或者是茂密的丛林中。无论走到哪里，你几乎都能找到野餐的木桌、长椅、垃圾箱、公厕，甚至做饭用的炊具。就不列颠哥伦比亚省来说，就有将近 400 个省级公园和 5 个国家公园，其中有很多公园面积广阔，并且拥有美丽的森林、高山、河流与湖泊。这里吸引了大量的人到公园来远足、露营、垂钓、划船、滑雪以及玩独木舟。

同时，加拿大也是一个有山有水的地方，风光旖旎，美不胜收，山与水的结合孕育了这片美丽富饶的国土，以及在这片土地上生活的形形色色的人们。加拿大落基山脉是世界上最大的整片山区公园之一。1984 年，联合国宣布了由 4 个相连的国家公园——班芙、杰士伯、友好、库尼——组成的总面积达 20 160 平方千米的区域为世界人类共同文化遗产。1990 年，加拿大又将邻近的阿辛尼玻因山、罗伯森山及汉伯省立公园列入世界人类共同的文化遗产。

在这个地方，你可以坐在豪华的餐厅中眺望高高的山峰，观看高尔夫球掠过低头吃草的麋鹿。你可以搭乘登山缆车或滑雪缆车上到山顶眺望风景，乘游览船邀游冰湖或者坐上雪车登上冰河一游；也可以顺着易行的小径探寻迷人的景致，或者干脆远离喧嚣的人群，深入真正的荒野去探险。

尼亚加拉瀑布是加拿大的奇迹，也是世界上最壮观的旅游胜地之一。每年有 1 200 万到 1 500 万的观光者前来欣赏这个奔流在加美边界的壮观瀑布。尼亚加拉大瀑布常年开放，这里的夜晚更是灯火通明，灿烂辉煌。

尼亚加拉大瀑布是世界上水流量最大的瀑布，它被戈特岛分隔为两部分。美国瀑布（American Falls，又称为亚美利加瀑布）高 64 米，宽 305 米，每分钟流量达到 1400 万公升。而加拿大瀑布（Horseshoe Falls，又被称为霍斯舒瀑布）高 54 米，宽 675 米，每分钟流量达到 1550 万公升。乘坐"雾中少女"（maid of the mist）号游艇是件令人兴奋的旅行，这艘观光船会把游客带到瀑布的脚下。水流发出的呼啸声大得令人难以置信，而且由于与瀑布的距离很近，你会顿时置身于水花喷溅的飞沫之中。

**尼亚加拉大瀑布**

尼亚加拉瀑布不仅仅是探险和旅游胜地，也为加拿大水力发电作出了巨大贡献。大瀑布惊人的落差使之成为开发水力发电的理想位置，1906 年这里的第一座水力发电站投入使用。

不管是年轻的还是上了年纪的加拿大人，他们都喜欢在一种叫"野营车"的车里野营。野营车多种多样，从豪华型到小型两用货车都有。有些巨型的野营车大小和公共汽车差不多，上面搭载着从冷冻柜、微波炉到舒适的地毯和彩色电视机，应有尽有。这些野营车里能轻松地容纳 4 口人。记住，在加拿大，这并不是有钱人的专利，许多收入不高的家庭也能享受这种野营的乐趣。

一些退休的夫妇把一大部分积蓄投入到这些"车轮上的家里"，花上大半年的时间周游全国。这种野外活动满足了退休之后希望感受广阔野外空间的人们的渴求，同时，这也是一种节约的生活方式。在加拿大，我见过一些长者表述了他们对野外活动的渴望。而且不管油价上涨多少，都阻挡不了他们制定旅游计划。

那些喜欢冒险的人往往在野营车头上用绳子捆绑上自行车或摩托车。当野营车无法安全通过旷野深处的更陡峭更崎岖的道路时，自行车或摩托车就可以沿着最陡峭的道路爬上高山，或者穿过沙漠，或者深入森林。

在加拿大，并不是所有人都用野营房车旅行，也有一些人乘着四轮汽车在乡村旅行。他们也许会带着独木舟或橡皮艇，这样他们就可以坐在其中沿着由国家公园管理局管控的河流顺水而下，而这些河流往往流经荒无人烟的地方。冒险的人们可以在河岸上野营，但是不允许到内陆去；他们可以钓鱼，但是不允许打猎。实际上，在加拿大钓鱼既是一项工作，也是一种消遣方式。

户外的冒险活动多种多样，而船是人们比较热衷的一种探险工具。不管你是划船还是巡游，壮观的地理景观总是让你流连忘返。划皮船就非常简单，也是去感受沿海风景的最佳选择，这样你就可以轻而易举地领略海岸风光。在加拿大很多河流上泛舟时，你都会沉浸在这无比美妙的自然美景中！

激动人心的徒步旅行、野营、野餐、泛舟、划皮船、钓鱼以及不同寻常的野外风景观光，顶级的享受，丰富多彩的户外活动，使得加拿大成为游客们度假的理想天堂。

# 第四节　健身意识

早在 20 世纪 60 年代，国民的生活方式被提上日程，加拿大政府就已逐步开始关注。与此同时，也有很多研究表明，由于不爱运动，各年龄段加拿大人的体质正在每况愈下，肥胖症患者越来越多。这种状况使得医疗保健费用增多，政府因此背上了沉重的财政负担。1961年，加拿大政府通过了《健康和业余体育法》，依据该法，加拿大政府在健康部设立了加拿大健身处。加拿大健身处从建立之日起，就对加拿大许多体育健身计划进行指导，并给予财政支持。到 20 世纪 60 年代后期，加拿大健身处认为，应当使所有的加拿大人充分认识到懒散的、不爱运动的生活方式的害处，以及参加体育活动给个人和社会带来的益处。另外，许多社会科学家认为，体育锻炼和健身活动能够反映一个社会的基本价值观念，坚持不懈的锻炼身体可以培养一个人的拼搏精神和坚强性格以及坚韧的毅力。

所以在过去的 20 年时间里，加拿大人越来越重视保健和健身。每个人都想生活得更加健康长寿。他们一直在研究怎样饮食更健康，怎样锻炼更有益。许多电视节目、杂志、健康饮食故事和体育课都是关于健康和健身的。40 岁和 50 岁年龄段的人们非常讲究健康饮食和适当锻炼，以预防心脏病、癌症和其他一些疾病。他们希望每天醒来精力充沛，并且可以长寿。

在加拿大文化里，人们也很重视身体塑形。年轻的小伙子希望有结实的腹肌、发达的胸肌、宽阔的肩膀和窄细的腰身，使他们看起来非常强壮。为了使自己有这种外形，许多年轻小伙子去体育馆进行举重锻炼，吃高蛋白低脂肪的食物，坚持跑步并做其他一些运动。年轻的女孩们也希望自己拥有健美的身条，纤细的腰、修长的腿和细瘦的胳膊。像那些小伙子一样，这些女孩们也参加一些健身俱乐部，尽可能多地运动，以减少脂肪。

　　加拿大人和所有人一样，热衷于参与和观看各种体育活动，包括跑步、游泳、打高尔夫球、打网球、滑雪、划船、远足、钓鱼和登山等。

　　统计数字显示，1 650 万加拿大人（占 10 岁及以上人口的 62%）在业余时间喜欢运动，其中散步是最受欢迎的活动，其后依次是骑单车、游泳、慢跑和园艺。打高尔夫球是一项高消费的运动。你要有特殊的鞋、球杆和球。场地费要每人一次 30～40 加元。有的居民小区内有免费的高尔夫球场，在那里你很容易就能学会打高尔夫球。

　　加拿大人非常注重身体健康。气候炎热的夏天，他们喜欢在水上运动，冲浪、航海都是他们喜欢的夏季运动方式；冬天，人们都尽情享受冰上游戏的快乐，滑雪滑冰的人群熙熙攘攘，异常热闹。无论是什么天气，人们都在体育馆内进行网球、足球、保龄球、棒球、橄榄球等体育锻炼。许多城市和乡镇也都有社区中心，设有游泳池、溜冰场、网球场和操场，还有涉及艺术与工艺、舞蹈和健身的课程。随着健身热的到来，健身俱乐部也越来越受欢迎。很多人加入健身俱乐部不仅是为了锻炼，还为了结交朋友。政府也支持健身热，从 20 世纪 70 年代开始一直在推行一个名为"重在参与"的项目。

　　举例来说，如果你有幸在早晨或者晚上到斯坦利公园，你就会感受到加拿大人的健身氛围是多么的浓厚。男女老少，甚至带着他们的宠物都在公园的主道上跑步锻炼，人数之多使得那些行人只好在路的边缘行走。

　　活跃的加拿大人更喜欢活得年轻。在加拿大，男性通常比女性健康，年轻人比老年人健康。如何关注健康和怎样保持健康对加拿大人来说是越来越重要了。不同年龄层的人们都格外重视健康问题，所以，加拿大人培养了强烈的健康意识。除了他们自己在保健方面产生新的兴趣外，加拿大人还受益于国家卫生保健计划。因此，加拿大的保健质量在世界范围内位居前列。

# 第五节　购 物 文 化

　　加拿大是一个非常时尚的国度。每逢周末，正规的大商场里都挤满了熙熙攘攘的人群，在商场里悠闲地选购商品。加拿大的消费者持续不断地受到报纸、杂志、收音机和电视上各种广告的冲击和诱惑。

　　加拿大有很多大型的购物中心（加拿大人习惯叫做 mall）。比如，在温哥华市区就有罗伯森街（Roberson street），穿着时尚的人们穿梭其间，来来往往。许多世界名牌（Louis Vuitton、Gucci 等）商店的店员都恭候着游客的光顾。尤其到了晚上，五彩缤纷的夜景装饰更彰显其奢华。

　　加拿大的商店一年当中经常有打折活动，通常是在季末或节假日。减价活动是为了给新品留出摆放空间。比如，在 12 月底的节礼日那天，或者 1 月的新年期间，所有的冬装打折，这时买冬装的价格要比 10 月或 11 月便宜很多。

　　虽然消费者受到联邦政府和省级法律的保护，可以免受虚假广告、强买强卖或伪劣商品的侵害，但是想避免冲动或盲目购物仍然要靠消费者自身的细心和节制。相对来讲，在加拿大购物是比较有安全感的。但要记住，购物后购物收据一定要保存好，因为假如发现商品有缺陷或者对在某个商场买的东西不满意，消费者有权要求退货并索回付款，但是要在一个星期内尽快退货，并且要向商店出示当时的收据。需要注意的是，有一些商店是不允许退还货款的，还有一些商店对打折出售或标有 "final sale" 字样的商品是既不允许退还货款，也不允许更换商品的。在购买前，一定要注意商品在此方面的规定。

如果你要退货的这家商场已经售完你想要的商品，便可以直接退款。此外，售货员也可能会向你推荐类似商品，如果该商品价钱更高，那你就需要补足差价了。你会很容易察觉到，加拿大的购物文化营造的是一种轻松的氛围，给顾客以非常舒适、放松的环境。如果你在一家服装店里试穿很多不同的衣服但最后没有购买，也没有关系，他们还会笑脸相迎对你说声谢谢。所以在加拿大购物，消费者是没有金钱压力的。即使你没有足够的钱买价值昂贵的衣服，你仍然可以体验时尚的感觉，这就是不同的购物文化所带来的全新感受。

另外，值得注意的是，加拿大商品标签上的价格并非你实际要支付的价格，你还需要支付额外商品税。在不列颠哥伦比亚省购物，通常还要支付联邦货品服务税（General Service Taxes）和省销售税（Provincial Service Taxes）。

在加拿大，除了商场购物以外，其专门处理旧货的跳蚤市场（flea market）和庭院大甩卖（Yard Sale）也很受欢迎。这两种都是非正式的、不合常规的销售二手商品的市场形式，在加拿大郊区很常见。卖主通常不需要营业执照，也不需要缴纳销售税。

跳蚤市场的物品比较便宜，从首饰到衣服，从家具到日用品，应有尽有。这里的东西大多数是用过的，所以价钱相对较低。去这些地方买家具、玩具和一些临时要用的东西是很不错的选择。

天气爽朗的周末，最适合庭院大甩卖。这种销售的地点通常设在车库、车道旁边或庭院里，有时候干脆就在房子前面摆开。一般情况下，这些货物是主人不再需要的。也有些时候，主人也会出售一些新的物品来清理财产或者筹集资金。甩卖的物品琳琅满目，小的物件有旧衣物、书籍、玩具、家庭便利设备和修建草坪园艺的工具，以及体育设备和棋盘游戏等，大的东西可能有家具、不太常用的电器等。因为这些商品都没有价格标签，于是讨价还价便是很自然的事。卖家通过报纸、传单或者广告向过往的客人展示着自己的物品，当地的电台也会报道各个庭院甩卖的时间和地点。镇中心的电话亭周围也会树立标志牌，标明车库卖场的地点。小商店的公告牌上也在积极宣传。

有时，想知道哪家在甩卖，根据其家门口停车的数量就一目了然了。如果你精挑细选，就一定能淘到物美价廉的物品。但不要只因为贪便宜而购买，那样你会带着一堆便宜货回家，却发现它们毫无用处。

对于某些社区，庭院销售已经具有非同寻常的意义了，并成为当地有特殊含义并每年例行的一项活动了，甚至都有了规定的日期。如渥太华 Rockcliff 区都在每年 8 月下旬的一个周末举行。在这种情况下，便出现了整个社区同时为几十个乃至几百个家庭举办这样一个销售活动。社区组织者的安排和社区居民的配合帮助，使得每年的活动都进展顺利，井然有序。所以，从深层角度来看，这种家庭式的市场不全然是纯粹的生意，而是加拿大人一种司空见惯的生活方式，甚至可以说是一种特定的文化。

# 第六节　环 保 意 识

加拿大被联合国环境规划署根据环境综合质量评价，认为是世界上最适合人类居住的国家之一，因而吸引了世界各地的人们去旅游观光或移居加拿大。

众所周知，加拿大幅员辽阔，森林资源丰富，自然环境优美。凡是去过加拿大的人，一定会对那里天蓝、水清、草绿的优美环境留下深刻的印象，但加拿大人并没有因此而挥霍浪费。相反，他们历来重视环境保护。各地政府和企业格外注重环保意识的培养，大力发展环保产业。在日常生活中，人们尽量避免资源浪费，并且总是自觉地将物品循环再利用，甚至连购物时，都会首先考虑该物品是不是符合环保要求。

加拿大联邦政府于 1988 年制定了《加拿大环境保护法》，是一部操作性较强的法律。其制定的初衷是为了解决当时加拿大环境的两个主要问题：禁止机动车辆使用含铅汽油；降低能够破坏大气中臭氧层物质的水平。

目前，加拿大联邦政府采用新修订的环保法，内容涵盖范围很广，着重解决污染防治、保护环境以及影响人类健康的有毒物质残留问题。其研究主要包括：污染防治，有毒物质管理，清洁的水和空气，污染物和废物控制，与环境有关的紧急事件，与生物技术有关的污染及扩散问题，联邦政府行动和政府以及土著居民的土地问题，执法问题，信息收集等。

1994 年 9 月，加拿大联邦政府出台了"加拿大环境工业战略"，强调政府和工业、环保企业界之间的合作，强调多个企业和组织间加强联合的必要性，确立加拿大在全球的重要作用。1996 年，加拿大联邦政府宣布，作为加拿大合作伙伴计划的一部分，将通过投资支持项目的形式来支持环保技术的发展。由此可见，环境保护在加拿大一直是非常重要并且被付诸实践的议题。

皇家路大学（Royal Roads University，RRU）就是一所在环境管理领域领先的学校。整个大学校园坐落于加拿大西海岸不列颠哥伦比亚省海特利国家历史遗迹公园，占地 565 英亩（1 英亩 =4046.86 平方米），四周全是茂密的原始森林，长达 15 千米通向自然风景区的小径将其环绕。繁茂的遗迹公园和鸟类自然保护区的包围共同造就了这所大学的优美环境，并塑造了其可持续发展理念。在这里，对环境优雅的校园的有序管理将皇家路大学可持续环境发展的决心体现得淋漓尽致。大学本身就是他们重视环境保护的有力佐证。皇家路大学的环境管理工作和共同担负社会责任的种种政策使它在环境可持续发展以及开展可持续环境活动等方面成为全球的先驱者。皇家路大学已明确将"构建可持续发展社区与社会"作为首要研究课题。皇家路大学最近公布了一份可持续发展计划，该计划的目标是，截止到 2020 年，将温室气体净排放量降低至 2007 年排放量的 50%，并在 2010 年实现气候友好，到 2018 年达到能源、水资源自给自足的水平。学生可以从这些实践和例证中有所学习和收获。

加拿大政府制定并号召公民实施有效的环境保护和可持续发展政策，鼓励和支持环境保护产业的发展，并制定和实行一系列详尽完善的法律法规，依法合理地规范经济活动中的环境保护活动。包括企业在内的经济集团等非常重视环境保护。各企业将自己经济效益的增长和环境保护结合起来并贯穿经济活动的始终，以可持续发展作为企业经营的重要指标和原则。

此外，各学术团体、科研机构和各种综合组织共同致力于环境保护，加大新技术研究和开发力度，增强公共宣传力度和教育，并为公民提供正确的生态伦理观念的指导，号召公民参与到环保事业中来。他们将环保融入到生活的方方面面，基本实现了人与自然的和谐发展。

举例来说，加拿大有许多国家和省级公园，加拿大国家公园制度（1979 年）鼓励公众理解、欣赏和享受自然遗产，为"后人"保留完整的未被破坏的风景。国家公园的员工通过亲身经验或教育节目向他们家乡的人们介绍公园知识。为了保护公园环境，满足游客的需求，公园的管理机构面临许多管理方面的问题。近几年公园负责人面临的问题包括维持鱼类的繁殖，防止森林火灾、乱丢垃圾和故意破坏，保护游客不受到熊的攻击，禁止偷猎，减少在火爆景点人群拥挤的现象，使用新技术工具，比如机动雪橇、滑翔机以及减少极限运动事故的设备。

　　加拿大的草坪面积极广。除了道路和建筑物，几乎所有的地面都被草坪覆盖。人们的户外活动，比如散步、打球、聚会等，都自然而然地在草坪上进行，草坪成为人们生活中的重要场所。尽管人们被允许在草坪上跑跳打闹追逐，却不能乱扔废弃物污染。所以，在加拿大，可以经常看到人们在草地上席地而坐，享受着阳光的灿烂和青草的芬芳。

　　保护环境是加拿大人基本的公民意识，得益于这种意识，加拿大的清洁工人一般不需要在大型集合场合解散后清理垃圾。1995 年和 1996 年我曾两次随我校武术队赴加拿大进行武术表演。我们的武术表演展示给小学、中学、大学以及不同的社团等群体。令我印象深刻的是，每次表演结束，观众离席，场地的地面都非常干净，观众自觉将自身的废弃物带走，无需清洁工人清理垃圾。

**中国武术文化在加拿大**

　　多年来，我在加拿大参加过多次大型集会，如渥太华的国庆日、校园里的大型演讲、夏季露天演唱会等。场面十分热闹，成千上万的人欢聚在同一个地方，各种小商小贩也都在路边忙碌着红火的生意，大人孩子几乎人人都喝着饮料，吃着冰淇淋和热狗。也有的在一边看杂志、看报纸。每当集会结束，地面上都没有残留的垃圾罐儿或者纸包装。而产生的垃圾都被观众们自觉地丢进了旁边的垃圾箱。甚至有的人看到地上偶尔的废弃物会自己俯身捡起，放入垃圾箱内。如果身边没有就近的垃圾箱，他们会将垃圾盒捏在手中或提着自己的垃圾直到找到垃圾桶。1976 年我第一次来到加拿大时，看到的是这样和谐感人的一幕。相隔 30 多年，依然如故。2009 年，我访问加拿大时参加了一个大型聚会，人们离去后的街面依旧干净整洁，不得不令我感叹。

　　为了解决城市的垃圾问题，每天都有垃圾车到各个居民区逐一将各户放在门口的已装袋或装箱的垃圾运走。而且，为了工作的便利，各家会提前将垃圾分类：瓜皮、果壳、剩菜等与塑料制品、玻璃瓶类硬物分别装袋，过期的报纸、杂志及广告宣传品等印刷物单独放在一个大筐子里，以便回收造纸。很多时候我都看到加拿大人在遛狗的时候随手携带一个垃圾袋，以随时清理宠物的排泄物。加拿大人都习惯了这样的生活方式，所以，不管老少，这种垃圾整理行动已然成为一种自觉。

在加拿大总有一些令人匪夷所思的规定，使大片的森林依旧保持着相当原始的状态。长期以来，政府一直十分关注对树木资源的保护。以温哥华为例，立法机关设有这样的法规：如果要砍伐一棵直径超过一定公尺的树（首先必须确认该树已经死亡），必须向有关部门提出书面申请。只有通过论证，确有必要，才能砍掉。否则，任何个人或单位，若违反此规定，都必须缴付罚款。

加拿大严格规定，在公共场所不准抽烟，抽烟必须要到指定的房间；丈夫在家抽烟如果没得到妻子的许可，妻子可以上法庭起诉或提出离婚；向未成年人出售香烟也属违法。在公共场合（包括公园内）喝酒也是法律不允许的，违者将罚款105加元等。

加拿大是渔业大国，水产品出口量居世界第三位，盛产各种鱼类，主要有鳕鱼、鲱鱼、鲐鱼、鲑鱼、三文鱼和大螯虾等。为了保护鱼类资源，政府制定了"留大放小"的政策，坚决杜绝"竭泽而渔，一网打尽"的作法。甚至有些让人匪夷所思的规定，比如，捕获的长度在7英寸以下的鱼（有些鱼种）必须放回水里，否则处以50加元的罚款；另外，65岁以下的居民钓鱼要办执照，倘若无照钓鱼，将被罚款500加元。对指定的几种鱼，一般只允许每次钓3条，每年需要交费30加元，若每次钓5条，则一年需交50加元，其他鱼种则不限。

如果不遵守这些规定，就会被视为违规犯法。有些省如安大略省、不列颠哥伦比亚省，设有私人养殖的鱼塘专为休闲垂钓。省政府所制定的规则既可帮助垂钓者感受到垂钓的乐趣，又可保护渔业资源的持续性。为此，各省都有一本《钓鱼规则手册》，垂钓者需办什么手续，何时在何区域可钓何种鱼，多长的鱼可带回家，何种鱼可带多少条回家，都规定得很详细，连各种鱼的形状都印在这本手册上。违者若被巡逻警察发现，就必须接受重罚（款）。所以，垂钓者没有谁去违规冒险。而且，垂钓者大都随身带着尺子，以便对长度没把握的鱼随时量一量，及时决定取舍。由于加拿大环境保护主义具有相当大的影响力，使加拿大的资源开发政策较为保守，许多资源没有得到合理和及时的开发利用。

从上述种种文化现象之中，我们可以感受到加拿大不同的生活文化，而这些文化现象背后却有很多值得探究的内涵，诸如民族性与人性、价值观、政策等因素共同作用才形成了今天的异彩纷呈。"一方水土养育一方人"，在多元文化政策的冲击和影响下，加拿大人在各个领域都表现出了自己独特的文化特征，并且这一趋势会随着时间的推移而愈加明显。

# 后　记

　　加拿大是一个公认的移民国家，目前有近 200 个来自世界各国的民族汇集于此，其文化本身就是世界文明融合的有力佐证，体现了高度的世界性。以全球化思维解读加拿大，它是一个世界多种文化竞相开放的民族融合体，同时也是"民族马赛克"进一步发展的源泉。加拿大联邦之所以在全球竞争中赢得更为有拥护力的地位，多种民族造就的多元文化活力着实为其增色不少。在加拿大，英语和法语同时作为官方语言的事实无疑为这个国家和谐文化的建构奠定了坚实的基础。因此，法裔加拿大人在经济、贸易、科学、研究等领域也都取得了长足的发展和进步，有效地保护并传承了法裔加拿大文化。加拿大联邦政府鼓励移民们以自己的语言、宗教信仰和文化为荣，还鼓励所有的加拿大人互相尊重其文化亮点，加拿大人也为其丰富的多元文化资产而骄傲。

　　加拿大是一个民主的联邦国家，魁北克和土著人自治区已经享有极大的自主权，其他许多族裔群体也都获得了多种维护自我身份的空间和权力，加拿大许多人都具有多重身份，他们互相认同、互相保护，从而维护了多元文化安全发展的局面。而这种多元文化元素并存的社会环境也使得各族裔的健康发展得到了保障。加拿大各族人民在自由地享受"大同"文化的同时也安全地保护了自己的民族文化、维护了自己的民族身份，从而建构出了"和而不同"的国家文化，达到了"大同"的高度。

　　文化的发展直接影响并"牵引"着经济的发展。在当前世界文化和舆论格局中，西方文化仍处于主导和统治地位。深究其源，这与西方经济长期在世界经济中占主体和统治地位是有着密切关系的。从当今世界全球化的角度看，文化不仅是经济的重要组成部分，是推动经济发展的重要杠杆，同时也代表着一个国家和民族的文明程度、发展水平。在全球化的今天，强大的文化就是强大的国际影响力，因此文化体现着国家的"软实力"，反映其国际竞争力。2011 年 10 月 18 日中国共产党第十七届六中全会议指出，要"培养高度的文化自觉和文化自信，提高全民族文明素质，增强国家文化软实力，弘扬中华文化，努力建设社会主义文化强国"。

　　文化包括信念、价值观念、习俗、知识等，其中价值观念是文化的核心。价值观念是社会意识形态的组成部分，是人们行为的准则，思维的方式，认知的准绳，处事的哲学，在社会中起着评价标准和评价原则的作用，影响着人们的评价和行为。价值观一旦形成，便支配着人们的信念、态度、看法和行动，成为人们行动的指南。社会主义核心价值体系是兴国之魂，是社会主义先进文化的精髓，决定着中国特色社会主义发展方向。因此，在我国大力提倡文化建设的今天，构建社会主义核心价值体系是政府和全体民众义不容辞的责任。

　　此外，进行文化建设、构建和谐社会还必须重视中华民族文化中的多元性差异，继承和发展少数民族优秀的多元文化，丰富我国文化建设的内涵。文化多样性，意味着实际出场的文化释放着不尽相同的社会作用，会有正面与负面效应之分。文化力量象征一个国家的软实力，如果产生负面效应的文化蔓延，就会逐渐消耗国家的软实力。因此，发挥中国优秀传统文化的积淀力量，并对其进行创造性弘扬，是须臾不可忽视的。

文化是人类活动的产物，"是一种社会范畴，是指一个社会所具有的独特的信仰、习惯、制度、性格、思维方式的总模式，是一个社会的整个生活方式，一个民族的全部活动方式。"克林·坎贝尔（Colin Campell）认为：作为一种意识形态，多元文化主义主张加拿大是由许多种族和族群组成的，作为团体，他们有介入财富和富裕的平等机会。加拿大多元文化管理的重要前提和目标就是，不同民族、不同文化之间的相互理解和尊重。

在多元文化管理中，加拿大政府将多元文化有效地统合到了国家中，从而实现了多元一体的格局。作为一个建立了多元文化主义政策并将其视为重要思想文化的国家，加拿大不同族群的族群权利与文化差异，并没有阻碍多元文化主义背景下基本的社会秩序与政治秩序的形成与发展，是值得我们深思的问题。

加拿大多元文化政策所蕴含的义务性和包容性如同一种黏合剂，将各种"马赛克文化"紧紧地黏合在一起，控制冲突，促进沟通，加强交流，使人们努力寻找与不同于自己文化的共同点，并达成共识。如此，各种文化群体可以了解其他文化的价值观、文化习俗、生活方式等，并在了解其文化特征和历史背景的基础上，开阔自己的文化视野，以此提高本族和其他族群和睦相处的能力。

我国著名的社会学家、人类学家费孝通教授提出"中华民族的多元一体格局"的理论揭示出中华民族文化多元一体的重要特征。他认为中华民族作为一个自觉的民族实体，是近百年来中国和西方列强对抗中出现的，但作为一个自在的民族实体则是几千年的历史过程所形成的。而这种民族自觉性也成为当今我们追求民族自信、文化自信的动力和源泉。中国文化根基牢固、博大精深，虽难免有糟粕和迷信的杂质，但是，其主题内容蕴含着非常丰富的文化软实力要素，其哲理智慧、理性价值和人文精神，至今仍然闪烁着耀眼的生命力之光。中国传统文化中所包含的讲仁义、倡忠勇、敬孝悌、重民本、守诚信、崇正义、尚合和、求大同等思想，以及"养性、修身、齐家、治国、平天下"的抱负，"先天下之忧而忧、后天下之乐而乐"的情怀，"苟利国家生死以，岂因祸福避趋之"的精神，"为天地立心，为生民立命，为往圣继绝学，为万世开太平"的使命感等，影响了世世代代的中国人，这些思想情操是维系中华民族生生不息、团结统一的文化血脉。这些，都是我国文化建设中恃有的自信和骄傲。其实，许多西方社会对中国文化的精髓并不是非常了解。也许他们只知道中国的烹调、针灸或功夫。他们常常误将中国文化视为神秘文化，一提到中国文化，许多加拿大人和美国人会提及《易经》、阴阳、风水和气功等等。季羡林在《西方不亮，东方亮》一文中，说道："现在整个社会，不但中国，而且是全世界都是西方文化占垄断地位，但是情况正在起变化，发展民族文化、弘扬民族精神，已成为强大潮流。"文化强国的自信，最终是源于对"根"的尊重和扬弃、对"魂"的坚守和创新、对外国文化的包容和借鉴。

在中国的文化建设大潮中，我们不难看到，有的固守本位文化，坚持"中体西用"原则；有些人企图用中国文化压倒或者代替西方文化；也有些人鼓吹全盘西化，走向另外一个极端；还有些人是宣扬东西文化的调和，但实际上往往摧残了文化融合的精神支柱。其实，中外文化的融合是一个文化整合机制，这个整合机制作用的过程，就是在广泛深入地开展文化交流、深刻理解传统文化和外来文化本身的基础上，来扬弃和重组主体原有的文化结构。既保留本民族文化优秀成果和合理的因素，又吸收外来文化的精华，从而把本民族的文化提高到世界先进文化所达到的时代水平。文化融合绝对不是简单的引进、摹仿或者调和，而是经过文化整合，融中外优秀、新旧文化因素为一体，对中国文化进行改造、重组、提高和再创造，建立起一种更为适应新的时代更有生命力的新的文化体系。而这也是一个很漫长艰苦的历程。

人们越来越发现，"和而不同"是中国古人的伟大智慧，一直在中国文化中存活着，千百年来以不同的表现形式在传达着中国人的和谐梦想。

文化多样性是人类生存、发展、繁荣的宝贵资源。随着全球化时代的到来，世界各国的文化必然走向百家争鸣、和而不同。西方文化的优秀传统和基因，固然是值得中国文化所学习和汲取的营养，但中国文化中的优秀传统也应该得到弘扬和阐发。吸收世界文化精华势所必然，然而中国传统文化的优秀基因也不可迷失。只有这样，才能实现中国文化和世界全球化的有效对话，才能积极构建多元文化管理体制下的文化建设发展。

当今的世界是一个多元文化的世界，只有尊重文化的多样性，才能使不同文明与文化和平共处、相得益彰，才能实现多元共生的和谐局面，才能最终达到和谐的最高境界：合和，即大同，协和万邦。而在文化元素存在多元化发展趋势的今天，创造一个适合多元文化生存的环境非常必要。中国的文化建设必须强调中华民族文化中文化认同和价值观念一体的基础，同时需要继承和发展包括各少数民族在内中华民族多元文化，这不但是对中华民族发展历史的延续，也是中国文化建设的必然途径。只有正确处理好这把双刃剑，才能更好地建设当今的中国文化。

李桂山

# 参 考 文 献

[1] Alan McMillan. Native Peoples and Cultures of Canada [M]. Vancouver: Douglas &. McIntyre Ltd, 1988.

[2] Allan Robert. His Majesty's Indian Allies: British Indian Policy in the Defence of Canada, 1774-1815 [M]. Toronto: Dundurn Press, 1993.

[3] Andrew Cardozo, Louis Musto (eds.). Battle Over Multiculturalism: Does it Help or Hinder Canadian Unity [M]. Ottawa: Person-Shoyama Institute, 1997.

[4] Ash Sharon, et al. The Atlas of North American English: Phonetics, Phonology and Sound Changes [M]. New York: Mouton de Gruyter, 2006.

[5] Augie Fleras. Multiculturalism in Canada [M]. Scarborough, Ontario: Nelson Canada, 1992.

[6] Axtell Roger. Using English Around the World [M]. New York: John Wiley & Sons, Inc, 1995.

[7] Bernd Heine, Tania Kuteva. Language Contact and Grammatical Change [M]. Cambridge: Cambridge University Press, 2006.

[8] Bill Bryson. Made in American [M]. First Avon Books Trade Printing, 1996.

[9] Bock Kathryn, et al. Number Agreement in British and American English: Disagreeing to Agree Collectively [J]. Language, 2006, 82 (1).

[10] Boyd David. Unnatural Law: Rethinking Canadian Environmental Law and Policy [M]. Vancouver: UBC Press, 2003.

[11] Brian McFarlane. One Hundred Years of Hockey [M]. Toronto: Deneau, 1989.

[12] Bruce Clark. Native Liberty, Crown Sovereignty: The Existing Aboriginal Right of Self-Government in Canada [M]. Kingston: McGill-Queen's University Press, 1990.

[13] Canadian Encyclopedia [M]. Toronto: McClelland and Stewart, 2001.

[14] Canadian Scene editors. Ethnic Eating: The Canadian Scene Cookbook [M]. Toronto: Hounslow Press, 1991.

[15] Christine Bennett. Comprehensive multicultural education: theory and practice [M] 4th ed. Boston: Allyn and Bacon, 1999: 11-17.

[16] Civil Code of Quebec [M]. 徐建江, 郭站红, 朱亘芬, 译. 北京: 中国人民大学出版社, 2005.

[17] Colin Baker. Foundation of Bilingual Education and Bilingualism [M]. Philadelphia: Multilingual Matters Ltd., 1993: 166.

[18] Cummins, J. & M. Swain. Bilingualism in Education: Aspects of Theory, Research, and Practice [M]. London: Longman Group Limited, 1986.

[19] Dana Colarusso. Teaching English in a Multicultural Society: Three Models of Reform [J]. Canadian Journal of Education, 2010, (3): 432-458.

[20] David Crystal. English as a Global Language [M]. Cambridge: Cambridge University Press, 1997.

[21] David Guralnik. Webster's New World Dictionary of American Language [C]. New York and Cleveland: The World Publishing Company, 1972.

[22] David Shugarman, Reg Whitaker. Federalism and Political Community Essays in Honour of Donald Smiley. Peterborough : Broadview Press, 1989.

[23] Diane Ravitch. Diversity and Democracy: Multicultural education in America [J]. American Education, 1990 (14): 46-68.

[24] Dorian. Internally and Externally Motivated Changes in Language Contact Settings [A] In C. Jones (ed.)

Historical linguistics［C］. N. C.：Longman, 1993.

［25］　James Banks, Cherry Banks. Multicultural education——issues and perspectives［M］2th ed. Boston：Allyn and Bacon. 1993：2- 26.

［26］　James Frideres. Aboriginal Peoples in Canada：Contemporary Conflicts［M］5th ed. Scarborough：Prentice Hall, 1998.

［27］　James Marsh. The Canadian Encyclopedia［M］. Alberta：Hurting Publishers Ltd, 1985.

［28］　James, David. Asia-Pacific Communications［J］. Sydney：Alien &. Un-win Pty Ltd, 1995.

［29］　Jamie Scott. Religion, literature and Canadian cultural identities［J］. Literature&Theology, 2002（6）.

［30］　John Colombo. 1000 Questions About Canada［M］. Toronto：Hounslow Press, 2001.

［31］　John Fitzmaurice. Quebec and Canada：Present and Future［M］. New York：St. Martin's Press, 1985.

［32］　Jonathan Vance. A History of Canadian Culture［M］. Canada：Oxford University Press, 2008.

［33］　Joseph Larkin, Christine Sleeter. Developing Multicultural Teacher education Curricula［M］. State University of New York Press, 1995：228.

［34］　Karigouder Ishwaran. The Canadian Family：A Book of Readings［M］. Toronto：Gage Publishing, 1983.

［35］　Li Guishan. The Roots of Canadian English［J］. The World of English 英语世界, 1998,（7）.

［36］　Michael Clyne. Dynamics of Language Contact：English and Immigrant Language［M］. Cambridge：Cambridge University Press, 2003.

［37］　Michael Moore. A Handbook of Canadian English［M］. Vancouver：Canada Publishing Corporation, 1988.

［38］　Nadeem Esmail, Michael Walker. "How Good Is Canadian Health Care? 2006 Report：An International Comparison of Health Care Systems"［J］. Fraser Institute Digital Publication, 2006.

［39］　National Association for Multicultural Education. Definition of Multicultural Education［EB/OL］.［2003-02-01］http：//www. nameorg. org/aboutname. Html#define.

［40］　Northrop Frye. Divisions On A Ground：Essays On Canadian Culture［M］. Toronto：Awasi Press, 1982.

［41］　Ofelia Garcia, Ricardo Olheguy（eds.）. English Across Cultures Cultures across English：A Reader in Cross-Cultural Communication［C］. New York：Mouton de Gruyter, 1989.

［42］　P. M. 得法尔热. 国际社会与文化多样性［J］. 国外社会科学, 2004（1）：103-104.

［43］　Patrick Watson. The Canadians：biographies of a nation［M］. Canada：Friesens, 1951.

［44］　Paul Olson. 四国精神卫生服务体系比较［M］. 石光, 栗克清, 译. 北京：人民卫生出版社, 2008.

［45］　Philip Resnick. Language, identity, citizenship［C］. CBCA Reference and Current Events, 2002（11）：65.

［46］　Rand Dyck. Canadian Politics：Critical Approaches［M］. Nelson Canada, 1996.

［47］　Roger Axtell. Do's and Taboos Around the World［M］. Hoboken, NJ：John Wiley and Company, 1985.

［48］　Rudyard Griffiths. 101 Things Canadians Should Know about Canada［M］. Toronto：Key Porter Books, 2008.

［49］　Sanjay Sharma. Organizations, Policy, and the Natural Environment：Institutional and Strategic Perspectives［M］. Canadian Journal of Administrative Sciences, 2003.

［50］　Simon Adams, Anita Ganeri, Ann Kay. DK Geography of the World［M］. Great Britain：Dorling Kindersley Limited, 1996.

［51］　Statistics Canada. Canada's Seniors：A Dynamic Force, 1988.

［52］　Stephan Gramley. The Vocabulary of World English［M］. London：Arnold, 2006.

［53］　Stephen Ryan. Nationalism and Ethnic Conflict［M］. New York：Vintage Press, 1997.

［54］　T. 胡森, T. N. 波斯尔斯韦特. 教育大百科全书［M］. 张斌贤, 等, 译. 成都：西南师范大学出版社, 海口：海南出版社, 2006.

[55] The Canadian Encyclopedia［M］.Admonton：Alberta Canada Hurting Publishers Ltd.，1988，Ⅲ.

[56] Vic Satzewich. Deconstructing a Nation［M］.Halifax：Fernwood Publishing，1992.

[57] W F·麦凯，M·西格恩.双语教育概论［M］.严正，等，译.北京：光明日报出版社，1989.

[58] William Toye. The Oxford Companion to Canadian Literature［M］.Toronto：Oxford University Press，1983.

[59] 爱德华·麦克诺尔，等.世界文明史［M］.上海：商务印书馆，1987.

[60] 班克斯.多元文化教育——议题与观点［M］.陈枝烈，译.台北：心理出版社，2008：279.

[61] 班克斯.多元文化教育概述［M］.李苹绮，译.台湾：国立编译馆，1998：29-32.

[62] 北京大学加拿大研究中心.加拿大研究［M］.北京：民族出版社，2006.

[63] 北京大学社会学人类学研究所.东亚社会研究［M］.北京：北京大学出版社，1993：165.

[64] 曹顺仙.世界文明史［M］.北京：北京航空航天大学出版社，2006.

[65] 陈潘，罗伯特·巴拉斯.加拿大文化震撼之旅［M］.孟艳梅，译.北京：旅游教育出版社，2008.

[66] 陈平.语言民族主义：欧洲与中国［J］.外语教学与研究，2008（1）：4-8.

[67] 陈琴，丽娟.幼儿双语教育问题探析［J］.学前教育研究，2006（5）：27-30.

[68] 仇雨临.加拿大社会保障制度的选择及其对中国的启示［M］.北京：经济管理出版社，2003.

[69] 辞海编辑委员会.辞海（1979年版）［M］.上海辞书出版社，1981.

[70] 戴炜栋.高校外语专业教育发展报告（1978-2008）［M］.上海：上海外语教育出版社，2008.

[71] 戴炜栋.中国高校外语教育30年［J］.外语界，2009，（1）：2-5.

[72] 戴炜栋.中国外语教学环境下的二语习得研究［M］.上海：上海科学技术出版社，2006.

[73] 迪克·加尔诺.印第安人——加拿大第一民族的历史 现状与自治之路［M］.李鹏飞，杜发春编译.北京：民族出版社，2008.

[74] 董霄云.探析文化视界下我国双语教育［D］.2006.

[75] 方大为，张爱学.登上彼岸［M］.北京：东方出版社，1997.

[76] 冯增俊.比较教育学［M］.南京：江苏教育出版社，1996.

[77] 高鉴国.加拿大多元文化政策评析［J］.世界民族，1999，（4）：30-40.

[78] 韩民清.文化论［M］.南宁：广西人民出版社，1989：15.

[79] 黑格尔.法哲学原理［M］.杨东柱，尹建军，王哲，编译.北京：北京出版社，2007.

[80] 候轶杰.加拿大民族认同的形成［J］.硕士论文.2007.

[81] 胡文仲.英美文化词典［M］.北京：外语教学与研究出版社，1995：318.

[82] 黄冬梅.关于双语教育的实践与研究［J］.广西师范大学，2003（4）.

[83] 蒋萍.时间观与文化差异［J］.文化研究，2010（153）.

[84] 蒋秀英.当前加拿大中小学多元文化教育课程实施面临的问题与思考［J］.内蒙古师范大学学报，2008（21）：10-12.

[85] 晋继勇.文化视角中的时间取向简析［J］.内蒙古民族大学学报，2002（8）.

[86] 克罗恩，F. W. 教学论基础［M］.李其龙，等，译，北京：教育科学出版社，2005.

[87] 李桂山.创新与可信——凡斯《加拿大文化史》评介［J］.国外社会科学，2011（1）.

[88] 李桂山.风格·词语·句子［J］.中国翻译，2008（6）.

[89] 李桂山.感悟加拿大文化［M］.北京：机械工业出版社，2006.

[90] 李桂山.高校实施双语教学的理论探讨［J］.吉林工程技术师范学院学报，2008（6）.

[91] 李桂山.加拿大高校产学合作教育及其借鉴意义［J］.国外社会科学，2010（3）.

[92] 李桂山.加拿大英语特点探究［J］.解放军外国语学院学报，2008（4）.

[93] 李桂山.诺亚·韦伯斯特及其学术遗产——语言学史上的思考［J］.国外社会科学，2009（2）.

[94] 李桂山.谈汉语四字词组的英译［J］.解放军外国语学院学报，2009（6）.

[95] 李桂山.委婉语散论［J］.外语教学与研究，1997（4）.

[96]　李桂山．一种委婉语探索 [J]．职业技术教育，2001 (31)．

[97]　李桂山．中外合作办学背景下双语教学模式的建构 [J]．高等教育研究，2009 (1)．

[98]　李桂山．作为英语变体的加拿大英语 [J]．社会科学战线，2009 (2)．

[99]　李莎．一个西方人眼中的中国 [M]．北京：外文出版社，2003.

[100]　刘军．列国志加拿大 [M]．北京：社会科学文献出版社，2005.

[101]　刘艺工．当代加拿大法律制度研究 [M]．北京：民族出版社，2008.

[102]　吕良环，双语教学探析 [J]．全球教育展望，2001.

[103]　吕叔湘．吕叔湘大集 [M]．北京：商务印书馆，2004.

[104]　尼托．肯·多样性——社会政治情境下的多元文化教育 [M]．陈美莹，译．台北：涛石文化事业有限公司，2007.

[105]　石中英．教育公平的主要内涵与社会意义 [J]．中国教育学刊，2008 (3)：1-6.

[106]　孙铁．影响世界历史的100事件 [M]．北京：当代世界出版社，2005.

[107]　唐炎钊．时间行为的跨文化差异 [J]．企业文化，2005 (2)．

[108]　田静．文化多样性视域下多元文化教育的发展趋向探析 [J]．高等农业教育，2010 (1)：26-28.

[109]　外国文学家大辞典编辑委员会．外国文学家大辞典 [M]．沈阳：春风文艺出版社，1989.

[110]　汪福祥，马登阁．文化撞击案例评析 [M]．北京：石油工业出版社，1999.

[111]　王斌华．双语教育和双语教学 [M]．上海：上海教育出版社，2003.

[112]　王菲．外国法制史 [M]．北京：中国检察出版社，2002.

[113]　王晓丽，刘波．美国人的道德观 [M]．武汉：武汉大学出版社，2007.

[114]　王雪梅．加拿大文化博览 [M]．北京：世界图书出版公司，2004.

[115]　沃尔特·怀特，等．加拿大政府与政治 [M]．刘经美，张正国，译．北京：北京大学出版社，2004.

[116]　谢宁．全球社会的多元文化教育 [J]．国外社会科学，1995 (5)：23.

[117]　熊莺．阅读加拿大 [M]．北京：外文出版社，2005.

[118]　徐继强．西方法律十二讲 [M]．重庆：重庆出版社，2008.

[119]　许祥林．枫叶之国加拿大 [M]．南京：南京师范大学出版社，2008.

[120]　杨发青．中西时间取向的文化差异与跨文化交际 [J]．湖北第二师范学院学报，2008 (3)．

[121]　姚公厚，李鹏程，杨深．西欧文明：上下卷 [M]．北京：中国社会科学出版社，2002.

[122]　袁平华．中国高校双语教学与加拿大双语教育之比较研究 [J]．高教探索，2006 (5)．

[123]　张迪．时间观念与中西方文化交际 [J]．华章，2010：111.

[124]　张雪．多元文化视角下的北美双语教育 [J]．科技信息，2009 (8)．

[125]　赵月．多元文化教育研究综述 [J]．辽宁教育行政学院学报，2005 (11)．